马桥词典

长篇小说

韩少功 著

上海文艺出版社

自序

眼前这一套作品选集，署上了"韩少功"的名字，但相当一部分在我看来已颇为陌生。它们的长短得失令我迷惑。它们来自怎样的写作过程，都让我有几分茫然。一个问题是：如果它们确实是"韩少功"所写，那我现在就可能是另外一个人；如果我眼下坚持自己的姓名权，那么这一部分则似乎来自他人笔下。

我们很难给自己改名，就像不容易消除父母赐予的胎记。这样，我们与我们的过去异同交错，有时候像是一个人，有时候则如共享同一姓名的两个人、三个人、四个人……他们组成了同名者俱乐部，经常陷入喋喋不休的内部争议，互不认账，互不服输。

我们身上的细胞一直在迅速地分裂和更换。我们心中不断蜕变的自我也面目各异，在不同的生存处境中投入一次次精神上的转世和分身。时间的不可逆性，使我们不可能回到从前，复制以前那个不无陌生的同名者。时间的不可逆性，同样使我们不可能驻守现在，一定会在将来的某个时刻，再次变成某个不无陌生的同名者，并且对今天之我投来好奇的目光。

在这一过程中，此我非我，彼他非他，一个人其实是隐秘的群体。没有葬礼的死亡不断发生，没有分娩的诞生经常进行，我们在不经意的匆匆忙碌之中，一再隐身于新的面孔，或者是很多人一再隐身于我的面孔。在这个意义上，作者署名几乎是一种越权冒领。一位难忘的故人，一次揪心的遭遇，一种知识的启迪，一个时代翻天覆地的巨变，作为复数同名者的一次次胎孕，其实都是这套选集的众多作者，至少是众多幕后的推手。

感谢上海文艺出版社，鼓励我出版这样一个选集，对三十多年来的写作有一个粗略盘点，让我有机会与众多自我别后相逢，也有机会说一声感谢：感谢一个隐身的大群体授权于我在这里出面署名。

欢迎读者批评。

韩少功

二〇一二年五月

目录

1	△江	57	△哩咯啷
2	△罗江	59	△龙
5	△蛮子（以及罗家蛮）	63	△龙（续）
8	三月三▲	64	枫鬼▲
9	△马桥弓	70	△肯
12	△老表	72	△贵生
15	△甜	77	△贱
18	碘酊▲	79	△梦婆
19	△乡气	83	△觑
25	△同锅	86	△下（以及穿山镜）
26	△放锅	88	△公地（以及母田）
28	△小哥（以及其他）	90	△月口
30	神仙府（以及烂杆子）▲	91	△九袋
37	科学▲	98	△散发
40	△醒	100	△流逝
43	△觉	101	马疤子（以及一九四八年）▲
44	△发歌	107	△打醮
49	△撞红	109	△打起发
50	△觉觉佬	111	△马疤子（续）

116	△荆界瓜	200	△清明雨
118	△一九四八年（续）	201	△不和气
123	△军头蚊	203	△神
124	△公家	208	△不和气（续）
127	台湾▲	217	△背钉
133	△浆	219	△根
134	汉奸▲	221	打车子▲
141	△冤头	225	△呀哇嘴巴
145	△红娘子	227	马同意▲
147	△渠	230	△走鬼亲
152	△道学	235	△火焰
153	黄皮▲	238	红花爹爹▲
155	△晕街	242	△你老人家（以及其他）
161	△颜茶	245	△茹饭（春天的用法）
162	△夷边	248	△模范（晴天的用法）
164	△话份	249	△打玄讲
171	满天红▲	256	△现
173	△格	258	△嘴煞（以及翻脚板的）
177	△煞	262	△结草箍
181	△豺猛子	267	△问书
182	△宝气	268	△黑相公
185	△宝气（续）	269	黑相公（续）▲
188	△双狮滚绣球	277	△磨咒
191	洪老板▲	278	三秒▲
193	三毛▲	279	△莴玮
199	△挂栏	284	△放藤

286	△津巴佬	367	后记
294	破脑（以及其他）▲		
295	△怜相	371	附录
297	△朱牙土		文学有副多疑的面孔
299	△罢园		——在国际华语纽曼文学
300	△飘魂		奖授奖晚宴上的致辞
305	△懈		
306	△黄茅瘴		
307	△压字		
310	△懒（男人的用法）		
315	△泡皮（以及其他）		
317	△民主仓（囚犯的用法）		
321	△天安门		
324	△狠		
326	△怪器		
333	△放转生		
335	△栀子花，茉莉花		
337	亏元▲		
345	开眼▲		
348	△企尸		
349	△嗯		
354	△隔锅兄弟		
358	△归元（归完）		
360	△白话		
365	△官路		

编撰者说明

为一个村寨编写一本词典，对于我来说是一个尝试。如果我们承认，认识人类总是从具体的人或具体的人群开始；如果我们明白，任何特定的人生总会有特定的语言表现，那么这样一本词典也许就不会是没有意义的。

语言是人的语言。迄今为止的各种语言成果，提供了人类认识世界的工具，推进了人们的文化自觉，但认识远远没有完结。语言与事实的复杂关系，与生命过程的复杂关系，一次次成为困惑人类的时代难题。在这本书里，编撰者力图把目光投向词语后面的人和事，清理一些词语在实际生活中的意义与功能，更愿意强调语言与事实之间的密切关系，力图感受语言中的生命内蕴。从某种意义上说，较之静态语言，编撰者更重视动态言语；较之抽象义，编撰者更重视具体义；较之规范性，编撰者更重视实用性。这样一种非公共化或逆公共化的语言总结，对于公共化语言成典，也许是必要的一种补充。

需要说明的是：

（一）编撰者原来是依照各词条首字的笔画多少，来决定词条排列的顺序。为了便于读者较为清晰地把握事实脉络，也为了增强一些可读性，后根据出版者的意见，改成现在的排列顺序，但保留了词条的首字索引目录于后以方便读者查检。

（二）每一个词都有一定的流传范围。在这本词典里，词目前加有△记号的，表示这个词的流传范围不限于马桥。相反，在词目后面加有▲记号的，表示该词流传范围仅限于马桥，甚至只为马桥个别人使用。

（三）为了减少读者阅读中的障碍，笔者在释文中尽量少用方言。但这并不妨碍有兴趣的读者，可以在阅读过程中，运用本书已经提供的方言知识，在自己心目中对释文中某些相应的词进行方言转换，那样的话，可以更接近马桥实际生活原貌。

谢谢出版社对这一词典提供的热情支持。

一九九五年十一月

《马桥词典》条目首字笔画索引

一画

118　一九四八年（续）

二画

91　九袋

三画

193　三毛
8　三月三
278　三秒
337　亏元
227　马同意
9　马桥弓
101　马疤子（以及一九四八年）
111　马疤子（续）
28　小哥（以及其他）
19　乡气
86　下（以及穿山镜）

四画

321　天安门
201　不和气
208　不和气（续）
345　开眼
90　月口
88　公地（以及母田）
124　公家
188　双狮滚绣球
235　火焰

五画

59　龙
63　龙（续）
221　打车子
249　打玄讲
109　打起发
107　打醮
317　民主仓（囚犯的用法）

360	白话	64	枫鬼
127	台湾	70	肯
134	汉奸	2	罗江
358	归元（归完）	365	官路
44	发歌	164	话份
		295	怜相
		326	怪器

六画

		333	放转生
12	老表	284	放藤
162	夷边	26	放锅
307	压字	182	宝气
25	同锅	185	宝气（续）
238	红花爹爹	315	泡皮（以及其他）
145	红娘子		
297	朱牙土		

九画

348	企尸		
1	江	37	科学
123	军头蚊	245	茹饭（春天的用法）
267	问书	335	栀子花，茉莉花
		199	挂栏

七画

		217	背钉
230	走鬼亲	72	贵生
225	呀哇嘴巴	77	贱
242	你老人家（以及其他）	116	荆界瓜
		262	结草箍
		324	狠

八画

		203	神
256	现	30	神仙府（以及烂杆子）
		43	觉

50 觉觉佬
191 洪老板
286 津巴佬

268 黑相公
269 黑相公（续）
354 隔锅兄弟
5 蛮子（以及罗家蛮）
147 渠
152 道学

十画

279 莴玮
219 根
173 格
294 破脑（以及其他）
57 哩咯啷
155 晕街
181 豺猛子
100 流逝
133 浆
141 冤头
299 罢园

十三画

18 碘酊
349 嗯
177 煞

十四画以上

248 模范（晴天的用法）
171 满天红
49 撞红
161 颜茶
83 嘲
300 飘魂
258 嘴煞（以及翻脚板的）
277 磨咒
305 懈
310 懒（男人的用法）
40 醒

十一画

79 梦婆
153 黄皮
306 黄茅瘴
15 甜
200 清明雨

十二画

98 散发

马桥词典

MAQIAO
OF
A DICTIONARY

△【江】马桥人的"江",发音 gang,泛指一切水道,包括小沟小溪,不限于浩浩荡荡的大水流。如同北方人的"海",把湖泊池塘也包括在内,在南方人听来有些不可思议。重视大小,似乎是后来人的事。

英语中的 river(江)与 stream(溪),就是以大小来分的。而近在海峡对面的法国,fleuve 指入海的河流,rivière 则表示内陆河或流入另一条河流的支流,与大小无涉。可见四海之内名理多异,不是一一对应的。

马桥人后来也明白了大小,只是重视得似乎不太够,仅在声调上作一点区分。"江"发平声时指大河,发入声时则指小沟小溪,外人须听得时间足够的长了,才不会搞错。我刚到马桥时,就发生过这样的误会,按照当地人的指点,兴冲冲寻江而去。走到那里,才发现眼下哗啦啦的江窄得可以一步飞越两岸。里面有一些幽暗的水草,有倏忽而逝的水蛇,根本不合适洗澡和游泳。

入声的江不是平声的江。沿着入声走了一阵,一下走进了水的喧哗,一下走进水的宁静,一下又重入喧哗,身体也有忽散忽聚的感觉,不断地失而复得。碰到一个放牛的老人,他说莫看这条江子小,以前的水很腻,烧得,可以拿来点油灯。

△【罗江】马桥的水流入罗江，村子距江边有小半天的步行路程。过渡有小划子，若船工不在，过河人自己把划子摆过去就是。若船工在，五分钱一个人，船工把划子靠到对岸了，稳稳地插住船头篙，站在岸上——收钱。点一张票子，就蘸一下口水。

攒下大一点的票子了，他就垫进一顶破旧的呢子帽，稳稳地戴在头上。

过河钱无论冬夏都是一样。其实，夏天的江面要宽得多，水要急得多。若遇到洪水时节，漫漫黄汤遮天盖地而下，昏黄了一切倒影，向岸边排挤一叠又一叠的秽物，还有一堆堆泡沫塞在水缓的浅湾，沤积出酸臭。但越是这个时候，岸边的人倒越多，一心一意等待着从上游漂下来的死鸡、死猪、破桌子或者旧木盆，还有散了排的竹木，打捞出来捡回家去，这叫发大水财。

当然，有时候也可能有一个女人或者娃崽，泡成了巨大的白色肉球，突然从波涛中滚出来，向你投射直愣愣的呆目，骇得人们惊叫着逃散。

也有一些胆大的娃崽，找来一根长长的竹篙，戳着白色的肉球，觉得好玩。

江边的人也打鱼，下吊网，或者下线钩。有一次我还没有走到江边，突然看见几个走在前面的女人，尖叫着慌慌张张回头就跑，好像发生了什么事。再仔细看，她们的来处，男人无论老少，也不管刚才正在挑担还是在放牛，刹那间全脱光了裤子，一顺溜十几颗光屁股朝河里跳跟而去，大吼大叫。我这才想起，刚才闷闷地响了一声，是炮声。这就是说，河里放炮了，炸鱼了，他们闻声而脱是去捞鱼的。他们舍不得湿了自己的裤子，也不觉得这种不约而同的紧急行动会吓着什么人。

在马桥的六年里,我与罗江的关系并不多,只是偶尔步行去县城时得在那里过渡。说起过渡,五分钱常常成了大事。知青手里的钱都不多,男的一旦聚成了团,也有一种当当日本鬼子横行霸道的冲动,过渡总是想赖账。有一个叫黑相公的,在这些事情上特别英雄,上岸以后拿出地下工作者舍己救人的做派,一个劲丢眼色,要我们都往前走,钱由他一个人来付。他摸左边的口袋,掏右边的口袋,装模作样拖延够了,看见我们都走远,这才露出狰狞面孔,说他没有钱,就是有钱也不给,老鳖,你要如何搞?然后拔腿就跑。

他以为他是篮球运动员,摆渡的老倌子是无论如何也赶不上的。不料老人不觉得快慢是个什么问题,扛上一条长桨,虽然跑得慢,离我们越来越远,但决不停下步来,追了一里,追了两里,追了三里,追了四里……直到我们一个个都东倒西歪了挂涎水了,小小的黑点还是远远地咬住我们。谁都相信,只要没有杀了他,他今天不讨回这三角多钱,即便挥舞长桨追到天边,断不会回头的。他一点也没有我们聪明,根本不打算算账,不会觉得他丢下船,丢下河边一大群待渡的客人,有什么可惜。

我们无路可走,只有乖乖地凑了钱,由黑相公送上前去以绝后患。我远远看见老人居然给黑相公找还了零钱,嘴里大张大合,大概是骂人,但逆着风一句也没有送过来。

我再也没有看见过这位老人。清查反革命运动开始的时候,我们的一支手枪成了重点追查的问题。枪是在城里"文化大革命"时搞到手的,打完了子弹,还舍不得丢,偷偷带到乡下。后来风声一紧,怕招来窝藏武器的罪名,才由黑相公在过渡的时候丢到河里,而且相约永远守口如瓶。这件事是怎么暴露的,我至今仍不清楚。我只是后悔当时太自作聪明,以为丢到河里就干净了。我们没料到上面不找到这支枪，根本不可能结案，相反，还怀疑我们把这支枪继续窝藏，有不可告人的目的。没完没了地审问和交代之后，好容易熬到了冬天，罗江的水退了，浮露出大片的沙滩。我们操着钯头，到丢枪的方位深挖细找，一心想挖出我们的清白。我们在河滩上足足挖了五天，挖出了越来越阔大的范围，差不多在刺骨寒风中垦出了人民公社的万顷良田，就是没有听到钯头下叮当的金属声。

一支沉沉的枪，是不可能被水冲走的，不可能被鱼虾吃掉的，沉在水底，也是不可能被什么人捞走的。奇怪的是，它到哪里去了呢？

我只能怀疑，这条陌生的江不怀好意，为了一个我们不知道的理由，一心要把我们送到监狱里去。

只有在这个时候，我们才感觉到它的神秘，也才第一次认真地把它打量。它披挂着冬天第一场大雪，反射出刺眼的白光，像一道闪电把世界突然照亮，并且久久凝固下来。河滩上有一行浅浅足迹，使几只白色的水鸟不安地上下惊飞，不时滑入冰雪的背景里让人无法辨别，不时又从我想不到的地方钻了出来——几道白线划过暗绿色的狭窄水面。我的眼睛开始在一道永久的闪电里不由自主地流泪。

没有什么人过渡。摆渡的不是以前那个老倌子了，换成了一个年轻些的中年人，笼着袖子在岸边蹲了一阵，就回去了。

我猛回头，发现岸上还是空的。

△ 【蛮子】（以及罗家蛮）　壮年男人别名"汉子"，是较为普遍的情况。马桥人更习惯把男人叫做"蛮子""蛮人""蛮人三家"。其中"三家"的来历不可考。古代有"楚虽三户亡秦必楚"一语，其中"三户"似乎并非特指男人。

明明是一个人，却带着"三家"的标记，承担着"三家"的使命，这是不是楚地先人的传统，不得而知。我曾经有一个想象：如果一个人的血缘来自父母两人，而父母的血缘又来自祖父母一辈的四人，祖父母的血缘又来自太祖父母一辈的八人……照此几何级数往上推算，只需几十代，全人类的巨大数目都可统括在先辈的范围之内，都是每个人共同的祖先。"四海之内皆兄弟"的美好愿望，在这则简单的运算里完全不是虚言，竟有了生理学的可靠依据。从理论上说，每一个人都是全人类的后裔，每一个人身上都收聚和总结了全人类穿越了几十代的遗传因素。那么一个人还是一个人吗？还仅仅是一个人吗？我在一篇文章里说过，"个人"的概念是不完整的，每个人也是"群人"。我希望马桥的"蛮人三家"中的"三"只是传统中"多"的同义词。这样，"蛮人三家"就差不多是"群人"的别名，强调着个人的群类背景，也就暗合了我的奇想。

"蛮"字流行于南方，在很长时间内是南人的统称。有关的资料记载，春秋时代（公元前七〇〇年）有罗国，即罗家蛮。《左传》说："鲁桓公十二年，楚师分涉于彭，罗人欲伐之。"算是最早的入史痕迹。罗人曾定居今天的湖北宜城县西南，与西南方的巴国为邻，后称罗川城，见于《水经注》卷二八。罗家蛮又叫罗子国，曾以彭水为天然屏障，抗拒北方强敌，一见楚兵南渡，是不能不抵抗的，而且居然也取得过胜利。但楚罗大小悬殊，后者终非敌手。我们在《左传》中看到，罗人后来两次逃亡，第一次逃到枝江县，就是历史上"巴人"的发祥地；第二次是二十年左右以后的楚文王时代，再次逃到湘北，即现在的岳阳、平江、湘阴县一带。

江以人名，罗江就是这样获得了名号。

很难想象当年扶老携幼的长途迁徙。从史料上看，罗人到达这里以后重建了"罗城"，但今天已经了无痕迹。我怀疑罗江边上的长乐镇，就是当年的罗城。乐与罗在方言中谐音，可算一个线索。这是一个依山傍水的小镇，也是我进山挑竹木之类的必经之地。它有贯穿全镇的麻石街，有流淌于麻石上的甜酒香和木屐声，通向热闹而且湿漉漉的码头，也有一些似乎永远不会探出人面来的紧闭门窗。当地人说，码头下有铁柱，水退时才可以看见，上面还有很多模糊的古文。我当时没有考古的兴致，从没有去看过。每次都是累得两眼发黑，喝下一碗甜酒之后，倒在街边和衣睡上片刻，准备继续赶路。好几次我都是被深冬的寒风冻醒的，一睁眼，只有头上摇晃欲落的疏星。

如果长乐不是罗城，那么可供查考的还有落铺、珞山、抱落、铜锣峒，它们也有一字谐音于"罗"，也都与我有过一面之交。这些村或镇至今在我的印象中还可浮现出古老的墙基和阶石，浮现出男女们眼中一闪即逝的躲避和戒备。

罗人与巴人有亲密的关系。"下里巴人"在这里是很通用的成语，意指他们的古歌。罗江的终端便是"巴陵"，即现在的岳阳。《宋史》卷四九三，说到哲宗元祐三年（公元一〇八八年），"罗家蛮"曾一度"寇钞"，后来由土家的先辈首领出来加以约束，才告平静，可见土家与罗人是颇为合作的——而土家族被认定为巴人的后裔，已成史学家们的公论。另一个可以注意的证据是，土家传说里，经常出现有关"罗家兄妹"的故事，显示出"罗"与土家族先民有不解之缘。

奇怪的是，我在罗江两岸从没有找到过名以"罗"字村镇，也很少听说有罗姓人家——除了我所在村子里一位姓罗的老村长，出身长工，是个地地道道的外来户。我不能不设想，一次残酷的迫害浪潮，一次我们今天已经无法知道也无从想象的腥风血雨，使"罗"字成为这里的禁忌，罗人不得不改变自己的姓氏，隐没自己的来历，或者远遁他方，就像某些史学家描写的那样，成群结伙，风餐露宿，去了湘西、黔、桂、滇以及东南亚的崇山峻岭，再也没有归来。从那以后，罗江有名而无实，只剩下没有内容的名号，成了一张不再发出声音的嘴，只是喷放出来无边的寂静。即便这张嘴被我们从墓穴里找出来，我们不知道它曾经说过什么。

事实上，他们的国家已经永远失去了，万劫不复，渺无踪迹。只留下一些青铜器，已经粉化，一捏就碎。我在那里挖荒时，多次挖出大批的箭镞和矛头，只是都非常小，比书上看到的要小得多，显示出当年金属的稀贵，必须用得十分俭省。这些出土物被本地人见多不怪，不当回事，全都弃之地边道旁，小崽子们装上一篮篮的，拿来打架玩耍而已。我后来见到博物馆里一些森严保护下的青铜器的展品，总是有点不以为然。这些东西算什么呢？我在马桥的时候，随便踩一脚，都踩到汉代以前去了，脚下吱吱吱不知要踩掉多少文物珍品。

【三月三】

每年农历三月三日，马桥的人都要吃黑饭：用一种野草的汁水，把米饭染黑，吃得一张张嘴都是黑污污的。也就是在同一天，所有的人都要磨刀，家家户户都霍霍之声惊天动地，响成一片，满山的树叶被这种声音吓得颤抖不已。他们除了磨柴刀菜刀镰刀铡刀，每家必有的一杆腰刀，也磨得雪亮，寒光在刃口波动着跳荡着爆发着，激动着人们的某种凶念。这些刀曾经在锈钝中沉睡，现在一把把铿亮地苏醒，在蛮子即蛮人即蛮人三家们的手中勃跃着生命，使人们不自觉地互相远离几许。如果不是人们把刀柄紧紧握住，它们似乎全都会自行其是，嗖嗖嗖呼啸着夺门而去扑向各自的目标，干出人们要大吃一惊的事情——它们迟早会要这样干的。

我可以把这一习俗，看作他们一年之初准备农事的仪式，不作干戈的联想。但不大说得通的是，准备农事主要应该磨锄头，磨犁头，何以磨腰刀？

刀光一亮，春天就来了。

三月三是刀刃上空气的颤动。

△【马桥弓】马桥的全称是"马桥弓"。弓指村寨，但包括村寨的土地，显然是传统的一种面积单位。一弓就是方圆一矢之地。马桥弓约有四十来户人家，还有十几头牛以及猪狗鸡鸭，偎着大小两片狭长山谷里的水田。这个村子的四至是：东接双龙弓的田土，可遥望罗江。北向天子岭的起伏山脉，与岔子沟以天子岭上的水流走向为据，骑岭分界。西邻张家坊。南通龙家滩，并有小道与六十年代建成的长（沙）岳（阳）公路连接，如果坐汽车去县城，就得走这条路线。从马桥的弓头到弓尾，得走上一个多时辰，这不能不使人惊讶：古人是何等的伟大雄武，可以一箭射出这么大一片地方？

一代一代下来，莫非人的个头越长越小？

马桥弓据说原来也叫妈桥弓，但除了一张旧契据上有过这样的写法，没有更多的证据。把它当作前人一时讹写的结果，也是可以的。进入现代以后，记录比较清楚的建制沿革大致是：

一九五六年以前叫马桥村，属天子乡；

一九五六年至一九五八年叫马桥组，属东风合作社；

一九五八年叫十二生产队，属长乐人民公社（大社）；

一九五九年至一九七九年叫马桥生产队，属天子人民公社（小社）；

一九七九年以后，人民公社撤销，马桥村随天子乡的一部分并入双龙乡至今。

马桥的人大多姓马，大致分作上下两村，也就是上下两弓。上弓以前富人多一些，马姓也多。这样的情况并不太常见。相反，这附近张家坊的人姓李，龙家滩的人姓彭，村名和姓氏并不统一，曾经让我奇怪。我粗略地统计，这种情况在这个县大概占总数的一半以上。

据《平绥厅志》记载：马桥弓在清朝乾隆初期曾经昌盛一时，当时号称马桥府，人口达千余之众，有城墙环合，碉堡四立，防卫十分坚固，流匪从来无法攻破。乾隆五十八年，马桥府有名叫马三宝者，在一亲戚家吃酒席时突然发癫，称自己是老娘与一条神犬配的种，真命天子转世，实为莲花太祖，要建立莲花国。当下有他的三个本家马由礼、马老岩、马老瓜也一齐发起癫来，披头散发，呼天喊地，拥立马三宝为王，传旨册封马三宝其妻吴氏为后，册封马三宝的一个侄女和另一位李姓女子为妃。他们四处传帖，兴兵造反，竟纠合远近十八弓的刁民，抢夺客商的财货，袭击官府的粮船，杀人不计其数。五十九年正月十八，镇竿总兵明安吐（蒙古人），副将伊萨纳（旗人），率兵八百分两路前往弹压。左路攻青鱼塘，正面扑寨，枪炮并施，抛火弹烧贼寨，逼贼扑河死者无数。右路抄贼后，于横子铺伐木架桥，缘木过河，夜袭匪巢马桥府。黎明时有贼两百余破寨而出，往东逃窜，刚好遇左路官兵赶到，拥围毙杀无一漏网，伪相伪臣马由礼等六人旋即枭首示众。马桥周围所有附逆助贼的匪寨，一律焚毁。唯助官军平乱有功的部分百姓，由官军分发红旗，旗上写"良民"二字，插于门户，可免官军侵扰。

这本《平绥厅志》让我有些遗憾。曾经被新县志列入"农民起义领袖"名单的马三宝，曾经被马桥人传说的真龙天子马三宝，在这本清朝当局编写的志书里，形象十分恶劣。短短三个月的造反，他不思建功立业抗敌救世的大谋大略，倒抢先册封了五个妃子。从史料上看，他既无造反之才，听说官兵到了，只会请巫公设坛祈神，剪纸撒豆，一心化纸为将化豆为兵，抵挡官军的钢枪火炮；亦无造反之德，一朝被擒，毫无慷慨捐躯的义节，光供单就一气写了四十多份，满纸都是乞饶之言和"小的""小的"之类自我贱称，一心得到胜者的怜悯。他写供单语无伦次，癫态跃然纸上。在整个"莲花国"的兴亡过程中，光是据官方统计，马桥及其周围农民死亡约七百余人，连远嫁在外数十年的很多妇人也毅然从四方归来与同胞亲人生死与共。他们赴汤蹈火，浴血奋战，只不过是把自己的命运交到了这样一个癫子的手里。

是不是供单有假？我真心地希望，这些供单只是清朝统治者们伪造历史的一部分。我真心地希望，那个最终还是被官军浑身淋上火油绑在大树上点了"天灯"的马三宝，不是《平绥厅志》上描述的那个样子，而曾经追随他的七百多亡灵，不曾被这样一个癫子嘲弄。

也许还有另一部历史？

"莲匪"之乱，是马桥历史上最大一个事件，也是马桥衰落的一个主要原因。自那以后，马桥人迁移他乡的渐多，留下来的人是越来越少。整个村子进入这个世纪时已经破败冷落。上面安排知青落户，一般都是着眼于田多人少也比较穷困的村寨，马桥就是上面选中的村寨之一。

【老表】 比起"莲匪"之乱,规模更大范围更广的动乱则发生在明朝末年:张献忠在陕西拉竿子造反,屡次与官军中的湖南杀手"钯头军"相遇,伤亡颇重,迁恨于所有的湖南人,后来数次率军入湘,杀人无数,被人们叫做"张不问"——即杀人不问来由和姓名的意思。当时他们的马鞍下总是挂着人头,士兵的腰间总是一串串的人耳,作为计功邀赏的凭据。

"十万赣人填湘",就是这一血案后的景观。据说就是因为这一段历史,湖南人后来把江西人一律叫做"老表",显得很亲近。

湘赣之间没有太大的地理阻隔,人口往来不难。湘人至少也有一次填赣的浪潮,则是在二十世纪六十年代初。我初到马桥时,在地上干活,蛮人们除了谈女人,最喜欢谈的就是吃。说到"吃"字,总是用最强度的发音,用上古的qia(呷)音,而不用中古的qi(喫),不用近代以来的chi。这个qia作去声,以奔放浩大的开口音节,配上斩决干脆的去声调,最能表现言者的激情。吃鸡肉鸭肉牛肉羊肉狗肉鱼肉,还有肉——这是对猪肉的简称。吃包子馒头油饼油糕面条米粉糍粑,当然还有饭,就是米饭。我们谈得津津有味,不厌其烦,不厌其详也不厌其旧,常谈常新常谈常乐,一直谈得手舞足蹈,面生红光,振振有词,一个个字都在充盈的口水里浸泡得湿漉漉的,才被舌头恶狠狠弹出口外,在阳光下爆炸得余音袅袅。

这种谈话多是回忆,比方回忆某次刻骨铭心的寿宴或丧宴。谈着谈着就会变成假设和吹嘘。刚有人宣布自己可以一次吃下三斤饭,马上就有人宣布自己可以一次吃下二十个包子。这不算什么,更有强中强哼了一声,断言自己一次可以吃下十斤猪板油外加两斤面条,等等。为此当然会发生争吵,发生探讨和研究。有人不信,有人要打赌,有人自愿出任裁判,有人提议比赛规则，有人机警地防止参赛者作弊，比方防止他把猪板油煎成油渣了再吃，如此等等。这种差不多千篇一律的热闹，总是在离吃饭早得很的时候就超前出现。

在这种时候，本地人也常常说起"办食堂"那一年，这是他们对"大跃进"的俗称和代指——他们总是用胃来回忆以往的，使往事变得有真切的口感和味觉。正像他们用"吃粮"代指当兵，用"吃国家粮"代指进城当干部或当工人，用"上回吃狗肉"代指村里的某次干部会议，用"吃新米"代指初秋时节，用"打粑粑"或"杀年猪"代指年关，用"来了三四桌人"代指某次集体活动时的人数统计。

他们说起"办食堂"，说起那时吃不饱饭，一个个饿得眼珠发绿，还要踏着冰雪去修水库，连妇女也被迫光着上身，奶子吊吊地担土，配合着红旗、锣鼓、标语牌以示不畏严寒的革命干劲。继三爹（我没有见过的人）一口气没接上，就栽倒在工地上死了。更多的青壮年则不堪其苦，逃窜江西，一去就是多年。

我后来碰见过一位从江西回马桥探亲的人，叫本仁，约摸四十来岁。他给我敬纸烟，对我"老表"相称。在我好奇地打听之下，他说他当年跑江西就是因为一罐苞谷浆（参见词条"浆"）——他从集体食堂领回一罐苞谷浆，是全家人的晚饭，等着老婆从地上回来，等着两个娃崽从学校里回来。他太饿，忍不住把自己的一份先吃了。听到村口有了自己娃崽的声音，便兴冲冲往碗里分浆，一揭盖子才发现，罐里已经空了。他急得眼睛发黑。刚才一罐包谷浆到哪里去了？莫非是自己不知不觉之间已经一口口吃光了？

他不相信，慌慌地在屋里找了一遍，到处都没有浆，所有的碗里、盆里、锅里都是空的。在这个年头，也不会有狗和猫来偷食，甚至地上的蚯蚓和蝗虫也早被人们吃光了。

娃崽的脚步声越来越近，是从来没有这么可怕的声音。

他觉得自己无脸面见人，更无法向婆娘交代，慌慌跑到屋后的坡上，躲进了草丛里。他隐隐听到了家里的哭泣，听到婆娘四处喊他的名字。他不敢回答，不敢哭出自己的声音。他再也没有进自己的家门。他说，他现在赣南的一个峒里砍树，挖药，烧炭，当然……现在十多年已经过去啦，他在那里有了新的一窝娃崽。

他原来的婆娘也已经改嫁，而且不怪罪他，这次还接他去家里吃了一顿肉饭。只是两个娃崽认生，在岭上耍，天黑了还没有回来。

我问他还打不打算回迁。

我说完以后就知道自己问得很蠢。

他浅笑了一下，摇摇头。

他说一样的，在那边过日子也是一样的。他说在那边可望转为林场的正式工。他还说他和另外几个从马桥去的人，在那边结伙而居，村名也叫"马桥"。那边的人把湖南人也叫做"老表"。

过了两天，他回江西去了。走那天下着小雨，他走在前面，他原来的婆娘跟在后面，相隔约十来步，大概是送他一程。他们只有一把伞，拿在女人手里，却没有撑开。过一条沟的时候，他拉了女人一把，很快又分隔十来步远，一前一后冒着霏霏雨雾往前走。

我再没有见过他。

△ 【甜】马桥人对味道的表达很简单,凡是好吃的味道可一言以蔽之:"甜。"吃糖是"甜",吃鱼吃肉也是"甜",吃米饭吃辣椒吃苦瓜统统还是"甜"。

这样,外人很难了解,是他们味觉的粗糙,造成了味觉词汇的缺乏,还是味觉词汇的缺乏,反过来使他们的舌头丧失了区分辨别能力?在饮食文化颇为发达的中国,在味觉词汇特别丰富的中国,这种情况殊为少见。

与此相联系的是,他们对一切点心的称呼,差不多只有一个"糖"字。糖果是"糖",饼干也是"糖",蛋糕酥饼面包奶油一类统统还是"糖"。他们在长乐街第一次见到冰棒的时候,还是叫"糖"。例外的情况当然也有,本地土产还是各有其名的,比如"糍粑"和"米糕"。"糖"的笼统,只限于一切西式的、现代的、至少是遥远地方来的食物。知青们从街上买回的明明是饼干,被他们叫做"糖",总让人觉得有些不顺耳,不习惯。

也许,马桥人以前的吃仅仅要在果腹,还来不及对食味给予充分的体会和分析。很多年以后,我接触到一些讲英语的外国人,发现他们的味觉词汇同样贫乏,比如对一切有刺激性的味道,胡椒味也好,辣椒味也好,芥末味也好,大蒜味也好,一律满头大汗,"hot(热味)"一下完事。我窃窃地想,他们是否也如马桥人,曾经有过饥不择食饥不辨味的历史?我不会笑话他们,因为我知道饥饿是什么滋味。我曾经在天黑的时候摸回村,顾不上洗手洗脸(满身全是泥巴),顾不上拍打蚊子(它们正在密密地扑向我),只是一口气吞下了五钵饭(每一钵据说是半斤米),吞完了还不知道刚才吃了些什么,是什么味道。在这个时候,我什么也没看见,什么也没听见,唯一感觉是腹中肠胃在剧烈蠕动,一切上等人关于味觉的词,那些精细的、丰繁的、准确的废话,对于我有什么意义?

一个"甜"字，暴露了马桥人饮食方面的盲感，标定了他们在这个方面的知识边界。只要细心体察一下，每个人其实都有各种各样的盲感区位。人们的意识覆盖面并非彼此吻合。人们微弱的意识之灯，也远远没有照亮世界的一切。直到今天为止，对于绝大多数的中国人来说，辨别西欧人、北欧人以及东欧人的人种和脸型，辨别英国人、法国人、西班牙人、挪威人、波兰人等民族的文化差异，还是一件极为困难的事。关于欧洲各个民族的命名，只是一些来自教科书的空洞符号，很多中国人还不能将其与相应的脸型、服装、语言、风俗特征随时联系起来。这在欧洲人看来有点不可思议，就像中国人觉得欧洲人分不清上海人、广东人以及东北人一样不可思议。因此，中国人更爱用"西方人"甚至"老外"的笼统概念，就像马桥人爱用"甜"字。在一个拒绝认同德国的英国人或者拒绝认同美国的法国人看来，这种笼统当然十分可笑。

同样，直到今天为止，对于绝大多数中国人乃至相当多数的经济学者来说，美国的资本主义，西欧的资本主义，瑞典等几个北欧国家的资本主义，日本的资本主义，似乎也没有什么重要的差别。十八世纪的资本主义，十九世纪的资本主义，二十世纪战前的资本主义，二十世纪六十年代的资本主义以及二十世纪九十年代的资本主义，还是没有什么重要的区别。在很多中国人那里，一个"资本主义"的概念就足够用了，就足够支撑自己的爱意或者敌意了。

我在美国时读到过一本反共的政治刊物。我很奇怪，刊物编辑的政治味觉，同样停留在马桥人"甜"的水平。比方说，他们时而谴责某共产党是假马克思主义，背叛了马克思主义，时而又谴责马克思主义（那么假和背叛岂不是很好？）；一方面揭露共党分子也有婚外恋和私生子，一方面又嘲笑共党分子的自我禁欲太压抑人性（那么婚外恋和私生子岂不是很符合人性？）。他们不觉得自己有什么逻辑的矛盾和混乱，只觉得凡是反共的就值得喝彩，就很好，就是甜。也就是在这本刊物上，我读到一条消息：一个刚从海南岛跑到香港的女子，姓陈，宣称自己是反共义士，被西方一个国家的政府热情地当作政治难民给予收留和保护。几个月后，我遇到了这个国家一个大使馆官员，很为他们的政府感到委屈和气愤。在餐桌上，我告诉他，我认识这个陈小姐。她在海南岛从未参加过任何政治活动，只是组织过一个"热岛文学大赛"，骗取了全国文学青年近二十万元的参赛费，然后把一大堆参赛稿件丢在宾馆里，一拍屁股卷款逃港。她没有能够说服我当她的大赛顾问，但这不要紧，在她的登在报纸上的征稿广告上，十几个她能够想到的世界当红的作家，马尔克斯、昆德拉、略萨等等，居然都成了她的顾问——她差不多想在海南岛评出一次超级诺贝尔文学奖。

我的这一番介绍似乎让大使馆官员感到困惑。他皱着眉头说，她也许骗了钱，也许骗得很笨，但这是不是可以看作是一种特殊的政治反抗方式？

他费力地打着手势。

我没法把谈话继续下去。我并不想改变餐桌对面这位外交官的政治立场。任何一种严肃而恪守和平的政治立场，你可以拥护，可以反对，但不能没有尊重。我只不过是感到一种困难。就像我没法让当年的马桥人从语言上区别各种各样的"糖"，现在，我也没法让外交官区别中国各种各样的"反抗"。在他眼中陌生而模糊的这个国家，骗钱也是一块可口的"糖"。如此而已。

【碘酊】

中国人对工业制品多用俗称。我出生在城市，自以为足够新派，一直到下乡前，却只知道有碘酒而不知道有碘酊。就像我习惯于把红汞叫做"红药水"，把甲紫溶液叫做"紫药水"，把蓄电池叫做"电药"，把安培表叫做"火表"，把搪瓷杯叫做"洋瓷缸"，把空袭警报叫做"拉喂子"，把口哨叫做"叫嘴子"。

我到了马桥之后，常常更正乡下人一些更土气的称名。比方说，城里的广场就是广场，不是什么"地坪"，更不可叫"晒坪"。

我完全没有料到，这里的男女老幼都使用一个极为正规的学名：碘酊。他们反而不知道什么是碘酒，很奇怪我用这种古怪的字眼。即使是一个目昏耳聩的老太婆，也比我说得更有学院味。他们用马桥腔说到碘酊的时候，像无意间说出了一个秘密暗号，他们平时深藏不露的暗号，只是到必要的时候才说出来，与遥远的现代科学接头。

我打听这个词的来历。我的猜想一个个落空。这里从没有来过外国传教士（洋人是可能开医院和用药品学名的），也没有来过大规模的军队（新军是可能负伤也可能用药品新名的），教师们也大多曾经就读于县城，更远的也只是去过岳阳或长沙，不可能带回来比那里的用语更现代的东西。最后，我才知道这个词语与一个神秘的人有关。

下村的老村长罗伯，巴着竹烟管说，一个叫希大杆子的人，在这里最早使用碘酊。

△ 【乡气】 我对希大杆子知之甚少。无法知道这个人来自何方，是何种身份，为何移居此地，甚至无法知道他的姓名——"希"字不大像是一个姓。有人提到他下巴塌，双眼皮，与其他人长得不一样。关于这些特征的重要性，我直到很久以后才明白。

综合我听到的各种传说，他大约是在三十年代进村的，在这里住了十多年，或者二十多年，或更长的一些时间。他带来了一位老人，帮他煮煮饭，洗洗衣，还照看几只鸟笼。他讲话"打乡气"，就是有外地口音，不大让人听得懂。比如"碘酊"。又比如"看"，可代替"视"；"玩"，可代替"耍"；还有"碱"，意指肥皂，也一直在这里流行，后来影响到周围方圆很广的地方。

从这些词来推测，他是一个当时读了新学的人，至少有一定的化学知识。据说他喜欢吃蛇，那么把他想象成一个爱吃蛇的广东人，不是完全没有道理。

他给马桥人留下的印象很复杂。有人说他好，说他刚来时，出示一些洋药洋布洋火，换谷米吃，价钱比较公道，尤其是碰到有人拿蛇来换，更是喜笑颜开，价钱上好打商量。他还可以诊病，甚至可以给妇女接生。本地郎中们曾经对他大举声讨，说他不过是妖术惑人，连阴阳八卦都不通的，连脉也不会摸的，还拿什么诊病？连棋盘蛇那样毒的东西都敢吃，心肝岂有不毒之理？不过，这些话后来不攻自破。张家坊的一个妇人难产，痛得在地上打滚，牛喊马叫，叫得郎中没了主意，村里人也慌了手脚，结果是她的舅舅出面做主，取来一把菜刀在阶石上磨了磨，要给她破肚子。

菜刀已经架在肚子上了，幸好希大杆子赶到，大喝一声，吓得操刀的住了手。他不慌不忙，喝了茶，洗了手，把闲人全部喝出屋外。一个多时辰以后，屋里有啼哭声了，他又不慌不忙地出来喝茶。众人进去一看,娃崽已经接生出来,产妇居然平安。

问他是怎么搞的,他的话太打乡气,没有什么人能听懂。

娃崽后来长得很好,能说话能满地乱跑的时候,还被父母逼着,上门给希大杆子叩了几个响头。希大杆子似乎也比较喜欢娃崽,常常同他说话,同一起来玩耍的其他娃崽说话。渐渐的,娃崽们讲话也有些打乡气,还说蛇肉好吃,吵着要父母给他们抓蛇。

马桥人从不吃蛇。在他们看来,蛇是天下最毒之虫,蛇肉必定损失人的忠厚,对希大杆子可以生喝蛇血、生吞蛇胆,更是惊惧无比,三五成群窃窃私语,总觉得是村子里的不祥之兆。他们纷纷禁止娃崽再去希家玩耍,主要是怕希大杆子用蛇肉把他们教坏。他们威胁娃崽,看见姓希的了吗?他是卖娃崽的,说不定哪天就把你们装在麻袋里背到街上去卖了——你没看见他房里有好多麻袋吗?

娃崽们想了一想,没有什么麻袋的印象,但看到大人们认真的脸色,也不大敢往希家去了,最多只是邀成一伙,远远地看一看。看见姓希的热情招手,谁也不敢上前去。

因为姓希的接生有术,村里人终究没有一把火烧了他的房子,把他家老少两个赶出村。但他们对希家一直好感不起来。人们都看不起他的懒,他腿上一层密密的汗毛,就是懒的证明。也不能容忍他的奢侈:居然给笼子里的一些鸟喂鸡蛋,喂肉片。更不可接受他的一脸阴青:冷淡而且傲慢,对长辈也是没有一点恭敬的,从来不懂得让座,更不敬烟敬茶。动不动就要呵责来客,要是对方听不懂他的话,他就冷笑一声,咕咕哝哝做自己的事去了。从他那凶凶的脸色来看,他莫不是在打乡气咒人?他以为别人听不懂就可以口臭?他使"乡气"这个词有了确切的体现——不仅仅是言语的问题，确实是一股气，一种冷冽生硬之气，一种搅得生活惶惶不安的戾气。他使"乡气"这个本就有些刺耳的词，更加有了贬义的沉重，常常从咬牙切齿的一些嘴里迸出。至于是否殃及后来的外来者，是否暗暗影响到马桥人对一切外来者的态度，并非不成为问题。

　　土改反霸工作组进村的时候，打听这里是否有地主恶霸。老百姓当时有些害怕，吞吞吐吐，东拉西扯，甚至一见到工作组的人就关门。最后，工作组杀了龙家滩一个最大的恶霸，提着他的脑袋游乡，到处当当当地敲锣让人们来看，群众见了血，这才把门都打开了，一个个摩拳擦掌。很多男人找到工作组，首先提到了希大杆子。

　　"他有什么罪行？"

　　"剥削，就是你们说的剥削。"

　　"怎么个剥削法？"

　　"好吃懒做，从不自己育菜。"

　　"还有呢？"

　　"他戴着洋锁，滴答滴答叫的。"

　　"是怀表吧？怀表是浮财。还有呢？"

　　"他吃毒蛇，你看无聊不无聊？"

　　"吃蛇不说明什么问题。最重要的是看他有没有山，有没有田，我们要把住这个政策界限。"

　　"他有田呵，有，怎么没有？"

　　"在哪里？"

　　男人们就含糊了，说你们去查吧，肯定会查出来的。

　　"什么地方？"

　　男人们有的指东边，有的指西南边。

　　工作组去查了，发现希大杆子其实并没有田，也没有山，除了几笼鸟,家里空空荡荡的,怀表也没有了,据说送了龙家坪一个相好。这样的人是不能划成地主恶霸的,不可当敌人对待。工作组的结论,使本地的男人们都急了,说什么也不依。他们眼睛红红地憋了半天,说彭世恩(龙家湾的一个大恶霸)杀得,为什么他就杀不得?他比彭世恩拐得多,拐到哪里去了!彭世恩哪有他那样拐?把自己的老子当孙子!

说到老子做孙子的事,工作组还是没有听明白。调查了好几天,才摸出一个事情的大致轮廓:有一段时间,一个惊人的消息在马桥暗暗流传,说姓希的其实已经活了一百多岁,吃了西洋长生药丹,所以至今身强体壮满面红光。跟着他来的那个老人,根本不是他爹,而是他孙子,不服家教,顽劣成性,不肯服食西洋宝丹,才成了现在这一条老丝瓜。有些人听说这事,惊讶之余对姓希的刮目相看,怯怯地上门去打听。希家老头一口乡气更重,没有一句话让人听得清楚。希大杆子也不愿意多谈,碰到追问不舍的人,对方恭维够了,纠缠够了,才勉勉强强地含糊一下,说他也记不得自己到底活过有多久,反正朝中皇帝换了几个,他是见多不怪了。说着,他要老人去睡觉。旁人听得真真切切,他没对老人叫爹,而是叫"狗仔",完全是差遣晚辈的口气。

马桥人对长生药丹不可能都不动心。有人带上银钱,带上酒肉,到姓希的面前求宝。他们有时还得送上婆娘,因为姓希的说人的体质不一样,丹药也就不能一样,有的男人元阳太虚,得取女人的"三峰"——也就是口液、乳汁以及阴精入丹,才可以集阴补阳,取得药效。当然,做这种事是很复杂的,很有讲究的,他最不愿意做这种事。有时候是求药者三番五次还是做不好,送来的三峰根本作不得用,他却不过人家的苦苦央求,才勉为其难,救苦救难,上门代劳,带着人家的女人关紧房门放下帐子，搞得床板吱吱嘎嘎的很不平静。他做这样的事很费精神，一般来说要收取更多的银钱。

这种事越来越多了之后，当事人互相通风透底，首先是当事的女人们红着脸渐生疑心，接着男人们也铁青着脸，只是不好发作。就是在工作组进山前不久，有一个娃崽在母亲的派遣下，去希某那里探明秘密。娃崽回来报告，只要外人不在场，姓希的就把那个老人叫做爹！

这就是说，姓希的一直让他老爹在众人面前装孙子，他根本没有活一百多岁，也根本没有什么长生药！

"骗子。"工作组组长听明白了，点点头。

另一位干部说："他骗了你们多少钱，多少谷，多少妇女，欢迎你们揭发，我们要同他算账。"

汉子们怒不可遏，但支支吾吾，不愿意把事情说得太详细。工作组理解他们的难处，考虑来考虑去，最后想了个办法，让一个读书人摇摇笔杆子，总结出希大杆子道德品质败坏勾结地主恶霸资助土匪武装反对土地改革非法经商等十来条罪状，终于将他定为反动地痞，一索子捆了起来。

"你说，你到底有没有长生药？"

"没有，没有。"希大杆子在工作组面前一身哆嗦，傲气一扫而光，鼻涕都骇得流出来了。

"你卖给他们的是什么？"

"阿……阿司匹林。"

"你为什么这样不老实？"

"我……我……站在反动的立场上，道德品质败坏，勾结地主恶霸……"他把工作组定的罪行一一背诵，一个字也不错。

"你明白呵？"

"我读书过目不忘，雕虫小技，雕虫小技。"

"胡说！这是你自己的罪行，你必须老老实实承认。"

"我承认，我承认。"

工作组把他押送县里。一个民兵负责押解，走到路上不知吃了什么东西，先是呕吐黄水，最后呕吐绿水黑水，吐得两眼翻白，不省人事。希大杆子跪在地上为他做人工呼吸，又找来一桶清水为他灌洗肠胃，待他稳定了一些，把他一口气背到了县城，连人带枪一起交给了政府。当然也把自己交了上去。据说事后有人问他，为什么不抓住这个机会逃跑？他说跑不得跑不得，我要脱胎换骨，跳出粪坑，为人民服务。

他在押解路上的守法表现受到了注意，政府判刑时，给他少判了两年，然后送某农场劳改。也有人说，上述说法有误，他根本没有服刑，被县里一个首长看中，保他出狱，让他发挥一技之长，去某矿山行医。有人在县城里的茶馆里还曾看见他喝茶。他已去了长发，剪一个平头，说话竟然一点也不打乡气了。他谈天说地到了得意的时候，忍不住私下向人吹嘘，自己当年为了争取进步，在押解路上把一个民兵先毒翻，再救活，一举给自己减了两年刑，云云。

不知道这种说法是否属实。

他的老爹很快就死了。他们在马桥的乡气也消失了，只留下了"碘酊""碱"这样几个孤零零的词，让多年后的我感到惊讶。当然，他在马桥至少还留下了三个儿子，三只他特有的那种塌下巴，将成为我以后一些词条里的人物，承担马桥以后的故事。

△ 【同锅】马桥人没有同宗、同族、同胞一类的说法。同胞兄弟，在他们的嘴里成了"同锅兄弟"。男人再娶，把前妻叫做"前锅婆娘"，把续弦和填房叫做"后锅婆娘"。可以看出，他们对血缘的重视，比不上他们对锅的重视，也就是对吃饭的重视。

知青刚下到马桥，七个人合为一户，同锅吃饭。七个姓氏七种血缘在当地人看来已经不太重要，唯有一锅是他们决定很多大事的依据。比如每月逢五到长乐街赶场，碰到田里或者岭上的功夫紧，队上决定每锅顶多可以派一个人去赶场，其余的都要留在村里出工。在这个时候，都想上街逛逛的知青们说破了嘴皮，强调他们并不是一家人，强调他们各有各的赶场权，都是没有用的。他们身后那口共有的锅，无异于他们强辩无效的定案铁证。

有一段时间，一对知青谈爱谈得如火如荼，兴致勃勃地开始他们幸福的小日子，便与尚在情网之外的知青分锅吃饭。这倒给他们带来过一次意外的好处。队上分菜油，因为油太少，所以既不按劳动工分来分，也不按人头来分，最终采取一锅一斤的方案，让大家都有点油润一润锅，颇有点有福同享的义道。保管员到知青的灶房里看了看，确证他们有两口锅，便分发了两斤油——比他们预期的多了整整一倍。

他们挥霍无度地饱吃一顿油炒饭，幸福地抹着油嘴，计划再去买几口锅，等下次分油时拖保管员来看。

△ 【放锅】女子出嫁,婚礼上最重要的一个仪式,是新娘把一口新锅放到夫家的灶上,打水淘米,劈柴烧火,煮上一锅饭,表示她已经是夫家的人了。这叫做"放锅",是结婚的同义词。放锅一般都选择在冬天,不光是要避开农忙的紧张,也不光是秋后才有收成可供花费。人们告诉我,新娘只有在冬天才好多穿几层棉袄,防止一些后生在婚礼上打闹取乐,动手动脚。这是更重要的原因。

我曾经被复查拉着,去参加过一次婚礼。昏黄的油灯和烛光下,酒味刺鼻,人影绰约,笑语喧哗,我正挤坐在墙角的人缝里剥瓜子,突然一声惊呼,一个黑影向我迅速放大,把我重重地拍向墙壁,压得我差点透不过气来。我从黑影后面挣扎着探出脑袋,才发现黑影是个人,是身着花袄子的新娘,一张蒙在混乱头发里的脸,挂着几乎要哭的表情。我惊恐万分,还没来得及躲开她似乎是腿又似乎是背的重压,她又被周围的几只手抓住,一声吆喝中,踉踉跄跄朝另一个男客的怀抱里窜去。她的尖叫,淹没在人们哈哈大笑里。

第二天,我听说新娘尽管束了四层棉袄,紧紧扎了六根裤带,身上一些地方还是留下了一道青一道紫的抓痕。可见后生们的厚颜和狂热。

夫家对此不得有任何意见。

恰恰相反,如果人们不来厚颜和狂热,倒是夫家一件很没有面子的事情,很让人家看不起。村里有一个叫兆青的,有一次给大儿子收亲,小里小气的,往喜酒里兑了水,上席的肉块也切得太小,让客人们颇为不满。大家串通起来报复,整整一个婚礼之夜里没人对新娘动一个指头,见她有意蹭上来也装作没看见,或者闪避而去。第二天新娘大哭大闹,说没想到这么被人看不起,以后还让她如何做人?陪她来放锅的两个小舅子也大为光火，不管新娘同不同意，撬出灶台上的一口新锅，背着就出门回家去。新娘本来还没打算闹到退婚的地步，看见锅没有了，也没有办法，只好哭哭泣泣跟着那口锅回了娘家。

一桩婚事居然给搅散了。

△ **【小哥】**（以及其他）

"小哥"意指姐姐。显然是出于同一原则,"小弟"是指妹妹,"小叔"和"小伯"是指姑姑,"小舅"是指姨妈,如此等等。

我很早就注意到,马桥以及附近的地方较为缺少关于女人的亲系称谓,大多只是在男性称谓的前面冠以一个"小"字,以稍作区分。女人与"小"字永远连在一起。女人几乎就是小人。这种规则与孔子"唯女子与小人为难养也"之类的古训是否有关,不得而知。

语言看来并不是绝对客观的、中性的、价值缺位的。语言空间在某种观念的引力之下,总是要发生扭曲。女人无名化的现象,让人不难了解到这里女人们的地位和处境,不难理解她们为何总是把胸束得平平的,把腿夹得紧紧的,目光总是怯怯低垂落向檐阶或小草,对女人的身份深感恐慌或惭愧。

至尊者无名,比如帝王总是享受着"名讳"特权。作为这种禁忌语现象的另一面,至贱者也无名。人们对家养宠物,对一切珍爱之物,总是给它们命名,叫"小咪"或"露露"或"比尔"。只有对罪囚,人们才常常忽略他们的姓名,只叫他们数字化的编号,就像清点货物。只有对我们极其厌恶的人,我们才会无视他们的名谓,称之为"那个东西""你这个家伙"等等,剥夺他们在语言中的地位。所谓无名鼠辈,就是他们的名字在公共生活中毫无用处,纯属多余,使用频率太低以至可以完全取消。这正像在"文化大革命"当中,"教授""工程师""博士""艺术家"一类的名字也曾经被没收了。当局并不是要废除这些行业和职位,也无意消灭这样的人。事实上,当局是渴望各项事业以革命的名义高速发展的。当局只是有一种强烈的心理冲动,要削弱乃至完全扫荡这些人的名谓权——因为任何一种名谓,都可能成为一种思维和一整套观念体系的发动。

中国古代以"名理学"统纳一切哲学。任何理都以"名"为支点，为出发点，为所有论证的焦聚和凝结。

马桥的女人的无名化，实际上是男名化。这当然不是特别稀罕的一种现象。即使历经人性启蒙浪潮洗礼几百年的英语，也只把男人（man）看作人（man）。"主席（chairman）""部长（minister）"一类显赫的词也都男性化，至今仍被女权主义者诟病。但英语只是表现了一些中性词或共性词在男性霸权下逐一陷落，还没有男性化到马桥语言的这种程度——女性词全面取消。这种语言的篡改是否影响到马桥女人们的性心理甚至性生理，是否在一定程度上变更了现实，我很难进一步深究。从表面上看，她们大多数习惯于粗门大嗓，甚至学会了打架骂娘。一旦在男人面前占了上风，就有点沾沾自喜。她们很少有干净的脸和手，很少有鲜艳的色彩，一旦梳妆打扮被人发现，就觉得羞愧万分。她们总是藏在男性化的着装里，用肥大的统裤或者僵硬的棉袄，掩盖自己女性的线条。她们也耻于谈到月经，总是说"那号事"。"那号事"——同样没有名谓。我在水田里劳动，极少看见女人请例假离开水田。她们可以为赶场、送猪、帮工等等事情请假，但不会把假期留给自己的身体。我猜想她们为了确证自己"小哥"一类的男性角色，必须消灭自己的例假。

【神仙府】

（以及烂杆子）

马桥上弓有一段麻石路面，两旁的几栋农舍，当路的一面是通常的木板墙，东偏西倒，但还保留着高高的一堵砖石方台。只有留心细看，才会发觉这些台子是很多年以前的柜台，才会发现这些老房子依稀流露出铺面的风采。柜台是商业的残骸。《平绥厅志》称这个地方在清朝乾隆年间昌盛一时，这些残缺剥落而且蒙受着鸡粪鸭粪的柜台，大概不失为物证。

另一件可疑的旧物，是一口大铁锅，已经有了缺口和长长裂纹，丢在公家的谷仓后面的林子里没人理会，锅底积满了腐叶和雨水。锅大得惊人，一锅足足可以煮上两箩筐饭，搅饭的勺子至少也要大如钯头。没有人说得清：这口锅以前是谁的？为什么需要这么大的锅？锅的主人后来又为什么丢弃了它？如果用这口锅给长工做饭，主人一定是大庄主。如果用这口锅给兵丁做饭，主人一定是不小的将军。这些猜想都足以使我心惊。

最后，《平绥厅志》描述的繁荣，在马桥上弓的一幢老屋上还残存了一角。那是青砖大瓦屋，大门已经没有了，据说大门前的石头狮子也在革命的时候被人砸了，但差不多高至人们膝盖的石头门槛，还显示出当年的威风。屋里偶有一扇没有被人拆走的窗户，上面的龙飞凤舞，精雕细刻，还有一股富贵气隐隐逼人。本地人把这幢无主的楼房叫做"神仙府"，有一种戏谑的味道。我后来才知道，神仙是指几个从不老实做田的烂杆子，又名马桥的"四大金刚"——他们很长一段时间里就住在这里。

我到神仙府去过一次，是受干部的派遣用红黄两色油漆到处刷写毛主席语录牌，不能漏下这一个角落。我去的时候，知道神仙府的金刚们或是谢世或是出走，现在只留下一个马鸣。他不在家，我在大门口咳了几声未见回音，只好怯怯地被几级残破的石阶诱入这一洞尘封的黑暗，在一团漆黑中有灭顶者的恐惧。幸好，侧身探进右厢以后，屋角缺了几片瓦，漏下一柱光线，让我的双目绝处逢生，最终有所依附。我慢慢才看清，这里有一片砖墙不知为什么向外隆胀，形如佛肚。这里的木板壁全是虫眼，遍地是草须和喳喳作响的碎瓦渣。靠墙有一口大棺木，也用草须覆盖，还加上一块破塑料布。我看见了主人的床，是墙角草窝中一块破席，上面有一堆黑如烟尘的棉絮，大概是暖脚的那一头，用一根草绳紧紧地捆成一束，显示出主人御寒的机智。草窝的旁边，有两节旧电池，有一个酒瓶和几个彩色的纸烟盒，算是神仙府对门外世界的零星捕获。

我的鼻尖碰到了一团硬硬的酸臭，偏过去一点，又没有了。偏过来一点，又有了。我不能不觉得，臭味在这里已经不是气体，而是无形的固体，久久地堆积，已凝结定型，甚至有了沉沉的重量。这里的主人肯定蹑手蹑脚，是从来不去搅动这一堆堆酸臭的。

我也小心避开固体的酸臭，找到一个鼻子较为轻松的地方，做了一块语录牌，即"忙时吃干，闲时吃稀，平时半干半稀"一句，希望对这里的主人有所教育。

我听得身后有人感叹："时乱，必乱时矣。"

我身后有一个人，走路没有脚步声，不知何时冒了出来。他瘦得太阳穴深陷，过早地戴起了棉帽，套上了棉袄，笼着袖子冲着我微笑，想必就是主人了。他的帽檐如这里的其他男人们一样，总是旋歪了一个很大的角度。

问起来，他点点头，说他正是马鸣。

我问他刚才说什么。

他再次微笑，说这简笔字好没道理。汉字六书，形声法最为通适。繁体的时字，意符为"日"，音符为"寺"，意日而音寺，好端端的，改什么改？改成一个"寸"旁，读之无所依循，视之不堪入目，完全乱了汉字的肌理，实为逆乱之举。时既已乱，乱时便不远了呵。

文绉绉的一番话让我吓了一跳，也在我的知识范围之外。我赶忙岔开话题，问他刚才到哪里去了。

他说钓鱼。

"鱼呢？"我见他两手空空。

"你也钓鱼吗？你不可不知，钓翁之意不在鱼，在乎道。大鱼小鱼，有鱼无鱼，钓之各有其道，各有其乐，是不计较结果的。只有悍夫刁妇才利欲熏心，下毒藤，放炸药，网打棒杀，实在是乌烟瘴气，恶俗不可容忍，不可容忍！"他说到这里，竟激动地红了脸，咳了起来。

"你吃了饭没有？"

他捂着嘴摇了摇头。

我很怕他下一句就找我借粮，没等他咳完就抢占话头："还是钓了鱼好。好煮鱼吃。"

"鱼有什么好吃？"他轻蔑地哼了一声，"食粪之类，浊！"

"那你……吃肉？"

"唉，猪最蠢，猪肉伤才思。牛最笨，牛肉折灵机。羊呢，最怯懦，羊肉易损胆魄。都不是什么好东西。"

这种说法我真是闻所未闻。

他看出我的疑惑，干干地笑了。"天地之大，还怕没什么可吃？你看看，蝴蝶有美色，蝉蛾有清声，螳螂有飞墙之功，蚂蟥有分身之法，凡此百虫，采天地精华，集古今灵气，是最为难得的佳肴。佳肴。啧啧啧……"他滋味无穷地搭嘴搭舌，突然想起什么，转身去他的窝边取来一个瓦钵，向我展示里面一条条黑色的东西。"你尝尝，这是我留着的酱腌金龙，可惜就这一点点了，味道实在是鲜。"

我一看，金龙原来就是蚯蚓，差点翻动了我的五脏六腑。

"你尝呵，尝呵。"他热情地咧开大嘴，里面亮出一颗金牙。一口黄酱色的馊气扑面而来。

我赶快夺路而逃。

以后我很长一段时间没有看见他，几乎没有机会碰到他。他是从不出门做功夫的，他们四大金刚几十年来是从不沾锄头扁担一类俗物的。据说不论哪一级的干部去劝说，去训骂，甚至去用绳索捆绑，统统无济于事。如果威胁要送他们去坐班房，他们就表示求之不得，到了班房里还省得自己做饭吃哩。其实他们已经很少做饭了，对班房的向往，不过是他们图谋把懒推到一种绝对、纯粹、极致的境界。

他们并不打伙，也从无饮食的定时，谁饿了，就不见了，回来时抹着嘴，可能已吃了什么野果野虫，或者已在人家的地上偷了一个萝卜或者包谷，生生地嚼下肚而已。若是烧上一把火煨熟来吃，已经算是辛苦万分劳累不堪的俗举，要被其他金刚耻笑一番。他们一无所有，对神仙府的产权当然也是糊糊涂涂。但他们又无所不有，用马鸣的话来说，"山水无常属，闲者是主人"，他们整日逍遥快活，下棋，哼戏，观风景，登高远望，胸纳山川，腹吞今古，有遗世而独立羽化而登仙的飘逸之姿。在地里做功夫的人当初看见他们"站山"，免不了笑。他们不以为然，反过来笑村里的人终日碌碌，吃是为了做，做是为了吃，老子为儿子做，儿子为孙子做，一辈子苦若牛马，岂不可怜？纵然积得万贯家财，但一个人也身穿不过五尺，口入不过三餐，怎比得上他们邀日月为友，居天地为宅，尽赏美景畅享良辰大福大贵！

到后来，人们再看见他们白日里这里站一站，那里瞅一瞅，也就见多不怪，不去管它。

四大金刚中的尹道师，有时候还去远乡做点道场。胡二则去过县城讨饭，一去就个多月不回村。县里发下话来，说马桥的人进城讨饭影响太坏，村里应该严加管束，实在有困难的就应该扶助救济，搞社会主义不能饿死人。老村长罗伯无法，只好叫会计马复查从仓里出了一箩谷，给神仙府送去。

马鸣是很硬气的人，瞪大眼睛说："非也，人民群众血汗，你们拿来送人情，岂有此理！"

他反倒有了道理。

复查只好把一箩谷又扛了回来。

马鸣不吃嗟来之食，甚至不用他人的水。他没有为村里的井打过石头，挑过泥巴，就决不去井边取水。他总是提着他的木桶，去两三里路以下的溪边去，常常累得额上青筋突暴，大口喘气，一桶水压得全身几根骨头胡乱扭成一把，走两步就要歇三步，鼻子不是鼻子嘴不是嘴地哎哎哟哟。有人见此情形有点同情，说全村人的井，就少了你的一口水？他咬紧牙恨恨地说："多劳多得，少劳少得。"

或者标榜他的臭讲究："溪里的水甜。"

有人敬过他一碗姜盐芝麻茶，定局要他喝下去。他喝后还没走出十步，就哇哇哇地呕吐起来，吐得悬涎悠悠两眼翻白。他说不是他不领情，实在是他的肠胃沾不得这等俗食了，这井里的水一股鸭屎味，如何入得了口呵？当然，他也不是完全没有受过他人之惠，比方他身上那件无论冬夏都裹着的棉袄，就是村里给他的救济。他开始坚辞不受，直到老村长改了口，说这不是救济，算是请他给村里帮个忙，不要再穿得破破烂烂到外面去坏了马桥的脸面，他这才成人之美，助人为乐，勉勉强强把新袄子收了下来。而且以后每提起这件事，就像吃了天大的亏，说不看他老村长上了年纪，他断断不会给这个面子——这袄子烧骨头，无病也会穿出病来。

他确实不怕冷，时常在外面露宿，走到什么地方不想走了，一个哈欠，和衣倒下，盘成一个饼，有时盘在檐下，有时盘在井边，也没见他盘出什么病来。用他的话来说，睡在屋外上可以通天气，下可以接地气，子时纳阴中之阳，午时采阳中之阴，是最补身子的。他又说人生就是一梦，人生最要紧的就是梦。睡在蚁穴边可做帝王梦，睡在花丛里可做风流梦，睡在流沙前可做黄金梦，睡在坟墓上可做鬼神梦。他一辈子什么都可以少，就是梦少不得。他一辈子什么都可以不讲究，就是睡的地方不可不讲究。他最可怜世人只活了个醒，没有活个觉，觉醒觉醒嘛，觉还在前。不会做梦的人等于只活了一半，实在是冤天枉地。

他的这些话，都被人们当作疯话，当作笑话。这使他对村人的敌意日益加深，在公众面前更多地出现沉默和怒目。

确切地说，他是一个与公众没有关系的人，与马桥的法律、道德以及政治变化都没有任何关系的人。土改、清匪反霸、互助组、合作社、人民公社、社教四清、"文化大革命"，这一切都对他无效，都不是他的历史，都只是他远远观赏的某种把戏，不能影响他丝毫。办食堂的那一年，有一个外来的干部居然不谙事，把他一绳子捆到工地去劳改，结果无论如何棒打鞭抽，他还是翻着白眼，宁死不劳，宁死不立——硬是赖在泥浆里打滚不站起来。而且既然来了就不那么容易回去，他口口声声要死在那个干部面前，干部不论走到哪里他就爬到哪里，最后还是被别人七手八脚抬回神仙府去。他不打算做人，就比任何权威更强大。他轻易挫败了社会对他的最后一次侵扰，从此更加成为马桥的一个无，一块空白，一片飘飘忽忽的影子，以致后来的成分复查、口粮分配、生育计划乃至人口统计——我协助村里做过这样一些工作——谁也没有想起还有一个马鸣,不觉得应该考虑到他。

全国的人口统计里,肯定不包括他。

全世界的人口统计里,肯定不包括他。

显然,他已经不成其为人。

如果他不是人,那么他是什么呢?社会是人的大写。他拒绝了社会,也就被社会取消了人的资格——他终于做到了这一点,因为在我的猜想中,他从来就想成仙。

我略感惊讶的是,在马桥以及附近一带,像马鸣这样自愿退出了人境的活物还不少。在马桥就有过四大金刚,据说远近的大多数村寨依旧有这样的杆子,只是不大为外人所知。如果不是外人偶然地发现,好奇地打听,人们是不会谈到这些活物,也差不多忘了这么回事。他们是这个世界里已经坍缩和消失了的另外一个世界。

复查说过,他们根本不醒(参见词条"醒"),父母大多数也并不贫寒,而且聪明得不和气(参见词条"不和气")。他们小的时候不过是调皮一点,不好好读书,算是最初的迹象。比如马鸣,他从不做作业,做对联倒是出口成章,其中有一副是"看国旗五心不定,扭秧歌进退两难"。反动虽反动,对仗倒是天衣无缝。是不是?批斗他的时候,谁都赞叹这个娃崽的文才了得。这样的人一旦失其怙恃就烂起来了,就科学(参见词条"科学")起来了,不晓得是中了什么魔。

【科学】

马桥人在岭上打柴,担回来摊在地坪里晒干了再烧。湿柴很重,担在肩上十分咬肩。我们知青后来想出一个主意,砍了柴以后就摊在岭上晒,晒干了,下次砍柴时再来担。每次都是担上一次砍的柴,也就是干柴,担子就轻一些。罗伯听说这个办法好,换了我的担子试一试,眼睛瞪大,说确实轻好多么。

我说这是因为一大半的水分都蒸发了。

他放了我的担子,还是担着他刚砍下的湿柴往岭下走。我有些奇怪,追上去问他,为何不试试我们的办法?

"柴都不想担了,这人横看直看都没有什么活头了。"

"不是不担,是要担得科学一点。"

"什么科学?还不就是学懒?你看你们城里的汽车、火车、飞机,哪一样不是懒人想出来的?不是图懒,如何会想出那样鬼名堂?"

一句话把我堵得好一阵没吐过气来。

他又说:"科学来科学去,看吧,大家都要变马鸣。"

他是指神仙府里的主人。马鸣住在那里从来没有出过工,自己的事情都不想做,有时候找回来一点瓜菜,懒得烧火,就生着吃。这样生吃惯了,以后找回来的米,也嘎咻嘎咻放在嘴里嚼,嚼得嘴角上全是粉渣。人家笑他,他还有一套一套的讲究,说煮熟了的东西不营养,山上的老虎豹子从来都是生吃,劲比人大,病比人少,有什么不好?他也从来不担尿桶,在自己的脚当头戳了一个墙洞,一根竹槽从屋里接出去,有尿就往槽里射。他认为这样也比担尿桶科学,水势就低,所谓堵塞不如开导。

他一到冬天就不洗脸。脸上结成壳了,就用手去干搓一把,或者掰几下,刮几下,掉下一块一块的壳皮。他不说自己怕冷水,反而说人洗多了脸不科学,把一点好油气都洗光了,伤皮。

更可笑的是,他从溪里挑一担水回家要半个时辰,尤其是上坡的时候,走着"之"字路,扭过来拐过去好半天还在半途中。站在坡上的闲人奇怪,说你放了一担水再唱戏不好吗?马鸣说:"你们晓得什么?这样走才省力。詹天佑当年在八达岭修铁路,就是修的'之'字路。"

旁人不懂詹天佑何许人也。

"你们如何会晓得?"他一脸清高和傲慢,不屑与众人白费口舌的样子,担着他那两桶水,依旧扭过来拐过去,把宝贵的气力省到神仙府去了。

这以后,人们说神仙府里的杆子,一个比一个科学,那里都要成为科学院了。可以想象,当马桥人从马鸣身上体会"科学"一词的含义时,不会对这个词有太多的好感。我怀疑,他们后来对上面发来的一些科学种田小册子看也不看,撕成纸片卷烟丝;他们对上面一遍一遍关于科学喂猪的广播无动于衷,甚至割了广播线当铁丝,用来箍尿桶,都是出于一种心理惯性。

也就是说,他们对金刚们的嘲笑连坐了科学。有一次,马桥的一伙汉子去长乐街挑石灰,在公路上遇到一辆正在停车修理的大客车,觉得十分新奇。他们围上去,情不自禁地用手中扁担把客车壳子敲得咚咚咚震响,眼看着把好端端的车壳捶瘪了两块。躺在车底下修车的司机气得钻出来大骂,操着扳手要打人,才把马桥人轰开。但马桥汉子们抑制不住一种莫名的冲动,逃远了,还回头大喊大叫,捡起石块朝大客车使劲扔过去。

他们与司机无冤无仇。他们也从无破坏的恶习,比方走过任何一户人家时决不会把扁担往墙上或门上敲打。他们为什么一到汽车面前就忍不住要动手呢?我只能怀疑,他们嬉嬉笑笑的下面,隐藏着一种他们自己也没有意识到的嫌恶——嫌恶一切新玩意儿，一切科学的成果，一切来自现代都市的机械怪兽。

在他们看来，所谓现代都市不是别的什么，不过是罗伯说的那一大群科学人，亦即懒惰的人。

把这场挑衅汽车的事件归罪于马鸣，当然有些牵强，也不大公正。但一个词的理解过程不光是理智过程，也是一个感觉过程，离不开这个词在使用环境里与之相关联的具体形象、具体氛围、具体事实。这些东西常常在很大程度上决定了人们对这个词的理解方向。"样板戏"是一个糟糕的词，但一个在样板戏曲声中获得了爱情或青春记忆的人，一听到这个词可能会激动不已豪情澎湃。"批判""立场""专案"等并不是什么坏词，但领教过"文化大革命"红色恐怖的人，一听到这些词可能会不寒而栗深恶痛绝。对这些词实际理解的定型，可能长远影响一个人或一个民族今后的心理状态和生存选择，却不是这些词的字面意思所能负责的。

那么，"科学"这个词，既不能对罗伯等人猖狂诋毁科学的言论负责，也不能对马桥汉子们在公路上抄起扁担对科学成果群起而攻的偶发事件负责。

谁来负责呢？是谁使"科学"成为马桥人唯恐避之不及的邪恶？

我只能说，应该负责的，可能不仅仅是马鸣。

△ 【醒】 在汉语的众多辞书里,"醒"字都没有贬义。如《辞源》(商务印书馆一九八九年)释以"醉解""梦觉""觉悟",等等,醒都是与昏乱迷惑相对立,只可延伸出理智、清明和聪慧的含义。

屈原的《渔父》诗中有"举世皆浊我独清,众人皆醉我独醒"的名句,对"醒"字注入了明亮的光彩。

马桥人不是这样看的。恰恰相反,马桥人已经习惯了用缩鼻子歪嘴巴的鄙弃表情,来使用这个字,指示一切愚行。"醒"是蠢的意思。"醒子"当然就是指蠢货。这种习惯是不是从他们的先人遭遇屈原的时候开始?

约在公元前二七八年,醒的屈原,自认为醒的屈原,不堪无边无际的举世昏醉,决意以身殉道,以死抗恶,投水自毙于汨罗江,也就是罗江的下游——现在那里叫作楚塘乡。他是受贬放逐而来的。他所忠诚报效的楚国,当时"群臣相妒以功,谄谀用事,良臣斥疏,百姓心离"(引自《战国策》),是容不下他的。他回望郢都,长歌当哭,壮志难酬,悲慨问天。如果他不能救助这个世界的话,他至少可以拒绝这个世界。如果他不能容忍四周的叛卖和虚伪,他至少可以闭上眼睛。于是他最终选择了江底的暗寂,在那里安顿自己苦楚的心。

值得注意的是,他的流放路线经辰阳、溆浦等地,最后沿湘江绕达罗地。其实,这是一个楚国贬臣最不应该到达的地方。罗人曾经被强大的楚国无情驱杀,先一步流落到这里。当楚人被更强大的秦国所驱杀时,屈原几乎循着同样的路线,随后也漂泊而至。历史在重演,只是已经换了角色。同泊异乡,相继沦落,恩怨复何言?

屈原当过楚国的左徒,主持朝廷的文案,当然熟知楚国的历史,熟知楚国对罗国的驱杀。我不知道他凄然登上罗江之岸时，见到似曾相识的面容，听到似曾相识的语音，身历似曾相识的民风乡俗——这侥幸逃脱了楚人刀斧的一切，心里有何感想？我更难想象，当屈辱而贫弱的罗人面对侵略国的前任大臣，默默无言地迎上来，默默地按住了刀柄，终于援以一箪一瓢之时，大臣的双手是否有过颤抖？

历史没有记载这一切，疏漏了这一切。

我突然觉得，屈原选择这里作为长眠之地，很可能有我们尚未知晓的复杂原因。罗地是一面镜子，可以让他透看兴衰分合的荒诞。罗地是一剂猛药，可以让他大泻朝臣内心的矜持。江上冷冷的涛声，抽打着他的记忆，不仅仅是在拷问他对楚国的怨，也在拷问他对楚国的忠贞，拷问他一直自我珍视并且毕生为之奋斗的信念。此时的他，并非第一次受贬，应该具有对付落难的足够经验和心理承受能力。他已经长旅蛮地日久，对流放途中的饥寒劳顿也应该习以为常不难担当。他终于在汨罗江边消逝，留下空空的江岸，一定是他的精神发生了某种根本性的动摇，使他对生命之外更大的生命感到惊惧，对历史之外更大的历史感到无可解脱的迷惘，只能一脚踩空。

他还能在别的什么地方得到更为明亮刺目的——醒？

他还能在别的什么地方更能理解自己一直珍视的——醒？

这是一种揣测。

屈原在罗地的时候，散发赤足，披花戴草，饮露餐菊，呼风唤雨，与日月对话，与虫鸟同眠，想必是已经神智失常。他是醒了（他自己以及后来《辞源》之类的看法），也确确实实是醒了（马桥人的看法）。

他以自己的临江一跃，沟通了"醒"字的两种含义：愚昧和明智，地狱和天堂，形而下的此刻和形而上的恒久。

罗人不大可能理解楚臣的忠贞，但他们谅解了已经败落的敌手，对屈原同样给予了悲怜——这就是后来每年五月初五划龙船的传统。他们抛下粽子，希望鱼虾不要吃屈原的尸骨。他们大锣大鼓地喧闹，希望唤醒沉睡江底的诗人。他们一遍遍声嘶力竭地招魂，喊得男女老幼青筋直暴，眼球圆睁，嗓门嘶哑，大汗淋漓。他们接天的声浪完全淹没了对楚营的万世深仇，只为了救活一个人，一个陌生的诗人。

这种习俗，最早见于南朝时梁人宗懔所著的《荆楚岁时记》。这以前并无端午纪念屈原的说法。事实上，划龙船是南方早就常见的祀神仪式，与屈原并没有可以确证的关系。把两者联系起来，很可能是文人对历史的杜撰和幻想，为了屈原，也是为了自己。越来越隆重的追祭意味着：如果终究有一种永久的辉煌可以作为回报，作为许诺，那么文明的殉道者是否多一点安全和欣慰？

屈原没有看到辉煌，也不是任何一位屈原都能收入辉煌。相反，马桥人对"醒"字的理解和运用，隐藏着另一种视角，隐藏着先人们对强国政治和异质文化的冷眼，隐藏着不同历史定位之间的必然歧义。以"醒"字代用"愚"字和"蠢"字，是罗地人独特历史和思维的一脉化石。

△【觉】

"觉"在马桥发音 qo，阳平声，意指聪明，与"醒"对义，比如"觉悟"。

其实，"觉"的另一含义恰好是指不聪明，指一种昏聩、糊涂、迷乱的状态，比如"睡觉"。

"醒"和"觉"是一对反义词。与普通话思维的一般理解刚好相反，这对反义词在意义延伸时换了个位置：在马桥人看来，苏醒就是愚蠢，睡觉倒是聪明。外人初来乍到的时候，对这种倒置总感到有些不顺耳。

我们得承认，对聪明与愚蠢的判断，在不同的人那里，会有不同的角度和尺度。我们似乎也得容许，马桥人完全有权利从自己的经验出发，在语言中独具一格地运用苏醒和睡觉的隐喻。就拿马鸣来说吧，人们可以叹息他的潦倒和低贱，嘲笑他又臭又硬又痴又蠢最后简直活得像一条狗。但是从另一个角度来看呢？从马鸣的角度来看呢，他也许活得并不缺乏快活，并不缺乏自由和潇洒，甚至可以常常自比神仙。尤其是人间一幕幕辛辛苦苦的闹剧终结之后：大跃进，反右倾，"文化大革命"……人们太多太多的才智成了荒唐，太多太多的勤奋成了过错，太多太多的热情成了罪孽，马鸣这个远远的旁观者，至少还有一身的清白，至少两手上没有血迹。他餐风宿露，甚至比大多数的人都更为身体健康。

那么他是愚蠢还是聪明呢？

他到底是"醒"着还是"觉"着？

其实，每一个对义的词，都是不同理解的聚合，是不同人生实践路线的交叉点，通向悖论的两极。这样的交叉点隐藏在密密语言里，不时给远行的人们增添一些犹疑。

△ 【发歌】 如果看见马桥的男人三两相聚，蹲在地头墙角，或者坐在火塘边，习惯性地一手托腮或者掩嘴，就可以知道他们正在唱歌。他们唱歌有一种密谋的模样，不仅声音小，而且大多避开外人耳目，在僻静的地方进行。对于他们来说，唱歌与其说是一种当众表演，不如说更像小圈子里的博弈。我原来以为这是害怕来自政府的禁止和政治批判，后来才知道，他们即使在"文革"以前很多年，也有这种鬼鬼祟祟的歌风。不知是什么原因。

马桥人唱歌，也叫盘歌，也叫发歌，与开会的"发言"、牌桌上的"发牌"，大概有类似的性质。汉代诗人枚乘做过很有名的《七发》，发是指诗赋的一种，多为问答体。马桥发歌也是一问一答的对抗，是否就是汉代的"发"，不得而知。

年轻后生喜欢听发歌，对每一句歌词给予及时的评点或喝彩。如果他们中间有一位较为大方，可能掏出钱去买一碗酒，或者凭着面子去赊一碗酒，犒赏歌手。歌手发完一轮就呷一口酒，借着酒力当然能发出更加杀劲、更加刁钻、更加难以对付的歌词，把对手往死角里逼，直斗得难解难分天昏地暗，决不轻易把托腮或掩嘴的手撤下来。

他们的歌总是从国家大事发起。比方盘问对方国家总理是谁，还有国家主席是谁？国家军委主席是谁？国家军委副主席是谁？国家军委某副主席的哥哥是谁？国家军委某副主席的哥哥最近得的是什么病而且吃的是什么药？如此等等。这些难题真是让我大吃一惊。我就是天天看报纸，恐怕也无法像他们那样对远方大人物如数家珍，对他们的肺癌或糖尿病记得如此精确。我猜想这些浑身牛粪臭的汉子，奇特的记忆力，一定出自他们的某种特别训练。处江湖之远不忘其君，他们的先人也一定习惯于关注朝中的动静。

唱完了国事，接下来唱家事，就是发孝歌。歌手们往往要互相揭短，指责对方没有给高堂大人弹棉絮，或者没有给逢生干爹买寿木，或者没有在正月十五给伯伯或小伯送腊肉，或者那腊肉的膘不够两寸，肉里面还有蛆虫，如此等等。他们总是义正词严，质问对方是不是嫌贫爱富？是不是忘恩负义？是不是天天吃的猪狗食长的猪狗心？当然，对方要急中生智，要及时用天气或脚痛之类缘由来开脱自己的劣迹，并且迅速发起反攻，找出对方新的不孝之举——即便夸大事实也在所不惜。他们一定要经受得起这场歌声的相互审讯，这种民间道德严格验收。

以上是必要的开局之争，一忠二孝，体现着歌手的立场。

发完了这些，就可以放心了，就可以放心发一点觉觉歌了。"觉"的引申义是玩笑，比如"觉觉话"就是指俏皮话。进一步的引申义是不正经，比如"觉觉歌"多指调情的歌。觉觉歌活跃肉身的感官，是年轻后生最为兴奋的节目，仍可采取对抗的方式进行，只是一方要做男角，另一方做女角；一方要爱，一方要拒爱。

我曾经留心录下过一些：

想姐呆来想姐呆，
行路不晓脚踩岩，
吃饭不晓扶筷子，
蹲了不晓站起来。

另一首更有呆气：想姐想得气不服，

天天吃饭未着肉，
不信脱开衣服看，

皮是皮来骨是骨。

也有歌颂女呆子杀夫图谋的，能让人吓一跳：

人家丈夫乖又乖，
我的丈夫像筒柴，
三斧两斧劈死了，
各位朋友烤火来。

也有的唱得凄楚：

一难舍来二难离，
画个影子贴上墙，
十天半月未见面，
抱着影子哭一场。

也有的对爱情表示绝望：

你我相爱空费力，
好比借磨（米？）养人鸡，
姐的儿女长大了，
不喊老子喊伙计！

这些只算情歌。情歌发到一定的时候，歌手们就会引出"下歌"：

我看你女子二十零，

> 不要关起门装正经,
> 我看你脸上桃花色,
> 裤裆早已经湿津津。

> 你家的狗崽叫不停,
> 门前的流水白沉沉。
> 你家的床脚千斤力,
> 一天钻出个土坑坑。
> ……

每到这个时候,听众中如有女人,必会红着脸诅咒着快步离去,后生们则目送她们不同寻常的背影,像一只只欲斗的叫鸡,伸长颈根,眼睛发红,摩拳擦掌,躁动不安地一会儿站起,一会儿蹲下,脸上烂出一片火烧烧的痴笑。他们故意把笑声夸张得很响亮,让远处的女人们听到。

也有唱女人苦处的歌,比如下村的万玉发过一首,内容是一个妇人目送私生子躺在木盆里顺罗江漂下去时的情景:

> 你慢慢行来慢慢走,
> 莫让岩石碰破头,
> 不是为娘不要你,
> 你没有爹佬娘怕羞。
> 你慢慢走来慢慢行,
> 莫让风浪打湿身,
> 不是为娘舍得你,
> 夜半醒来喊三声。
> ……

木盆在万玉的嘴里遇到了一个旋涡，转了一圈又往回漂，似乎依依不舍，还想回到娘的怀抱呵呵呵。唱到这里，旁边的女人莫不眼圈发红，开始用衣角擦眼睛，鼻涕的声音此起彼伏。本仁的婆娘嘴角一落，丢了手里的一箕猪菜，扑到另一个妇人的肩上哇哇哇地哭了起来。

【撞红】

据说马桥人以前收亲忌处女，洞房之夜谓之"撞红"，是很不吉利的事情。相反，女方未婚先孕，挺着大肚子，倒能使夫家感到满意。湖南省侗族民俗学家李鸣高告诉我，这没什么奇怪，在生产水平落后的地方和时代，人是最重要的生产力，生育是妇女最重要的职责，比贞洁的道德操守重要得多。男人们择偶时喜欢大肚子，是南方很多地方较为普遍的现象。

似乎是一种说得通的解释，权且录下备考。

与这一习俗有关，马桥男人对第一胎心怀敌意，视之为来历不明的野种，不是自己的骨血，或是塞进尿桶，或是将其闷死褥中，总是除之而后快。这种风俗叫做"宜弟"，也就是杀长子，是马桥很长一段时间以来人们心照不宣的做法。做母亲的于心不忍，常常在丈夫动手之前，把婴孩用棉袄裹束，放在大路边，或者放到木盆里顺水下漂，把亲子命运托付于天，也就成了常有的故事。

共产党来了以后，禁止这种野蛮行为，有关说法也就很少听到了。有些人是否还在偷偷地做，不得而知。当万玉唱起《江边十送子》一类歌谣的时候，歌声牵动女人们一些往日的辛酸，泣声四起，当然是不难理解的。

【觉觉佬】

马桥最会发歌的是万玉,但我到马桥很久以后才认识他。村里奉命组织过一个文艺宣传队,宣传毛泽东思想。就是把上面来的一些文件或社论编成快板演唱,敲锣打鼓送到其他村寨,其他村寨也照此办理。演出结束总要喊一些口号。七嘴八舌喊口号,很难喊得整齐,于是常常把长口号分成几句来喊,不免喊出些问题。毛主席有条语录,一分开就变成了三句:(一)打击贫农!(二)就是!(三)打击革命!……一前一后都成了反动口号。但大家依旧逐一振臂高呼,没觉出有什么不顺耳。

还要奉命演出革命样板戏。乡下条件有限,只能因陋就简,在道具服装等方面不可能太讲究。白毛女上台,头顶一挂长麻,吓得小把戏一脸僵硬。英雄杨子荣没有斗篷,只好让他穿上蓑衣打虎上山。有一次深秋的风大,把台上木制的景片刮倒了,也就是把贴满棉花的一块门板刮倒了,可怜杨子荣同志刚刚壮志豪情地打完虎,就被倒下来的这座雪山咚地一砸,两眼翻白,东偏西倒,最后栽倒在台上。好在台上的几盏油灯昏昏的,观众没怎么看清,还以为英雄卧倒是设计中的战斗动作,给了一些掌声。

农民说,还是老戏好看,不过新戏也还热闹,也出味。

杨子荣虽然负伤,但还是演得比较成功。他脑子昏昏然,忘了台词,情急生智,见到锣鼓唱锣鼓,见到桌椅唱桌椅,最后一气把土改合作社人民公社修水利种油菜全唱了,唱得全场喝彩。公社干部也没听清,连声说好,决定让马桥的宣传队代表全公社到县里参加汇演。

进县城是一件很稀罕的事,而且排练节目总比挑塘泥要松活得多。有些男女还可利用这个难得的机会自由交际,互相化化妆,互相收拾收拾衣物什么的。大家都很高兴。村党支部书记马本义也觉得脸上有光,兴冲冲地交代我,要编一出四个女崽的戏,编什么他不管,就是要四个女崽。

我问为什么。

"你们旧年不是连了四件红裙子吗?那些裙子费了大队上两担谷,锁在箱子里作惜了。"

原来他是不想埋没了两担谷。

大家也觉得这个建议是对的。

为了改进节目,县里来了两个文化馆的人,建议还要加一个山歌,体现马桥的民间文化特点。本义想了想,说这有何难,万玉的喉咙尖,发丧歌发喜歌都是好角色,要他来发!

村里的人都笑,尤其妇女们笑得前翻后仰,让我有点奇怪。我打听这个人是谁,她们略加描述,我才隐约想到一个似乎见过的人,没有胡子,弯弯眉毛也极淡,加上他总是刨出一个光头,看上去颇似一颗光溜溜的油萝卜。我记得他总是挑着一个担子出村,不知是去干什么。也记得他曾旁观别人唱歌,当时有人劝他出场,他就拖着一种尖细的娘娘腔讲官话:"莫唱的,莫唱的,同志们莫要拿小弟调笑。"说着还红了脸。

他住下村两间茅屋,离了婚,带着一个小伢。据说他有点下流,尖尖嗓门总是出现在女人多的地方,总是激发出女人的大笑,或者被女人们用石头追打。他原是一个推匠,就是上门推砻碾谷的人,多与主妇们交道。日子久了,"推"字由于他又有下流的意味。常有人问他,到底推过多少女人?他不好意思地笑:"莫要我,新社会要讲文明你晓不晓?"

复查说过这样一件事。有一次,万玉到龙家湾推米,一个小孩问他叫什么号?他说他叫野老倌。小孩问你来做什么?他说打你妈妈的粑粑呵。小孩兴冲冲跑回屋,如实传达。这家聚着一伙女人在喝姜茶,一听皆笑骂。娃崽的姐姐气不过,放出狗来咬，骇得他抱头鼠窜，最后失足掉在粪凼里。

他一身粪水爬上田埂，留下凼里一个大坑，像一头牛睡过的。路上有人惊问："万推匠，你如何今天往粪凼里跳？"

"我看……看这粪凼到底有好深吗。"

"你也来检查生产吗？"

他支支吾吾急步走了。

一些娃崽在他身后拍手大笑，他捡一块石头威胁，腰子扭了好几下，憋出吃奶的劲也不过投了一竹竿远。娃崽便笑得更加放心。

从此，"检查生产"就成了马桥的一个典故，指万玉式的狼狈，以及对狼狈的掩饰。比方有人摔了一跤，马桥人就会笑问：你又检查生产吗？

万玉是本义书记的同锅堂弟，有一段，本义家来了一个模样子漂亮的女客，他就三天两头笼着袖子到本义家闲坐，娘娘腔尖锐到深夜。一天晚上，火塘边已经围了一圈人，他大咧咧抽一张椅子挤入。本义没好气地问他："你来做么事？"

"嫂子的姜茶好香，好香。"他理直气壮。

"这里在开会。"

"开会？好呵，我也来开一个。"

"这是开党员会。你晓不晓？"

"党员会就党员会，我个把月没有开会了，今天硬是有瘾，不开它一家伙还不行。"

罗伯问："哎哎哎，你什么时候入了党？"

万玉看看旁人，又看看罗伯："我没有入党吗？"

"你入了裤裆吧？"

罗伯这一说，众人大笑。

万玉这才有羞愧之色。"罢罢罢，奴妾误入金銮殿，去也去也。"

他刚跨出房门就怒火冲天,对一个正要进门的党员威胁:"好吧,老子想开会的时候,偏不让我开。老子不想开的时候,你们又偏要开!好吧,以后你们开会再莫喊老子来!"

他后来果然不再参加任何会,每次都拒绝得振振有词:"我想开会的时候如何不让我开?好,你们把好会都开完了,剩几个烂会就想起我来了,就挂牵起我来了,告诉你,休想!"

出于对干部们将他逐出党员会的怨恨,他牢骚渐多,有一次帮几个妇人染布,忙得满头大汗,也忙得愉快。说着说着就得意起来,不免说走了嘴。他说毛主席也没有胡子,你们看像不像张家坊的王三婆婆?见妇人们笑了,他又说,他有两张领袖的宝像,一张贴在米桶前,一张贴在尿桶前。他要是米桶里没有米舀了,就要给宝像甩一个耳光。要是尿桶里没有尿担了,也要朝宝像甩一个耳光。

他看见妇人们笑得合不拢嘴,更加得意,说他来年要到京城去一趟,要找毛主席说个理,为什么叉子湾里的冷浸田也要插双季稻?

话传到干部们的耳朵里,干部当即就要民兵操起步枪,把万玉一索子捆了送往公社。几天之后他回来了,哼哼哟哟,脸上青了几块。

"怎么样呵?公社请你去检查生产?"有人问他。

他摸着脸苦笑:"搭伴干部们看得起,罚得不重,不重。"

他的意思是指公社念他是贫农,只罚了他一百斤谷。

从此,"看得起"或者"干部看得起"也成了马桥的典故,是自我解嘲的意思,或者是罚谷的意思。要是有人犯事被罚,别人就会说他:"今天干部看得起你呵?"

万玉初到宣传队来的时候,显得十分破落潦倒,一根草绳捆着破棉袄，歪戴一顶呢子帽，悬吊得过高的裤脚下没有袜子，露出一截冻得红红的脚杆。还提着一杆牛鞭，是刚从地上回来。他很不耐烦的样子，说搞什么鬼呢，一下子不准他发歌，一下子又要他发歌，还要发到县里去，好像他是床脚下的夜壶，要用就拖出来，不用就塞进去。何部长从不做好事！

其实这根本与公社的何部长无关。

他神秘地问："如今可以发觉觉歌了吗？共产党……"他做了个表示翻边的手势。

"你胡说些什么？"我塞给他一张纸，是关于大抓春耕生产的歌词。"今天记熟，明天就连排，后天公社里要检查。"

他看了好半天，一把抓住我的手："就发这个？锄头？钯头？扁担？积凼粪？浸禾种？"

我不明白他的意思。

"同志，下了田天天都是做这号鬼事，还拿上台来当歌发？不瞒你说，我一想起锄头扁担就出汗，心里翻。还发什么发？"

"你以为请你来唱什么？要你唱，你就唱，你不唱就出工去！"

"呵哟哟同志，如何这么大的脾气！"

他没将歌词还给我。

他的歌声未必像村里人说的那样好听，虽然还算脆亮，但显得过于爆，过于干，也过于直，一板唱上去，完全是女人的尖啸，是刀刀刮在瓷片上的那种刺激。我觉得听者的鼻窦都在哆哆嗦嗦地紧缩，大家不是用耳朵听歌，是用鼻窦、额头、后脑勺接受一次次刀割。

马桥不能没有这种刀割。除了知青，本地人对他的歌声一致好评。

知青更不同意他自我得意的化装，不让他穿他的那双旧皮鞋。他还要穿出他的灯芯绒裤子，甚至还要戴上一副眼镜。县文化馆来的辅导老师也说，大闹春耕怎么可以是个相公样？不行不行。他们想了想，要他打赤脚，卷裤腿，头上戴一个斗笠，肩上还要扛一把锄头。

他大为不解："肩锄头？那不像个看水老倌？丑绝了，丑绝了！"

文化馆的说："你懂什么？这是艺术。"

"那我挑担粪桶来，就更加艺术吗？"

如果不是本义在场督练，争论不可能结束。其实本义也觉得锄头不大悦目，但既然县里来的同志说锄头好，他只能拥护。"要你肩你就肩着，"他对万玉大骂，"你这个家伙怎么醒得猪一样？总要肩个东西吧？不然在台上呆呆的像个什么？发起歌来如何有个势？"

万玉眨眨眼，还是呆着。

本义急起来，上去给万玉做了几个示范动作，撑着锄头，或者是扛着锄头，一会儿扛在左边，一会儿扛在右边，让他看清楚。

以后几天的排练中，万玉打不起精神，支着他那把锄头站在一旁，形单影只。他比其他演员都年长一截，似乎也搭不上话。有些过路的妇女来看热闹，万玉到这个时候总有羞惭万分的表情，五官纠聚出一团苦笑："大妹子莫看，丑绝了。"

他最终没有跟我们到县里去。在公社上拖拉机的那天，左等右等，就是没看见他的影子。好容易看见他来了，又发现他没有带锄头。问他的锄头到哪里去了，他支支吾吾，说不碍事的，不碍事的，到县里再借。领队的说，街上不像乡下，家家都有锄头，万一没有借到合适的如何办？快回去拿！万玉还是笼着袖子支支吾吾没有动。我们看出来了，他硬是同那把锄头过不去，不想把它肩上台。

　　领队的只好自己就近去借。等他借来时，发现万玉不见了，溜了。

　　其实他从来没有去过县里，一直是很想去的。他早就在洗鞋子洗衣服，做进城的准备。他还偷偷地请求我，到时候一定要领着他过城里的马路——他最怕汽车。要是街痞子打他，他是肯定打不赢的。城里的女子好看，他东看西看也可能走失。他希望我随时挽救他。但他终于没有跟着我们去县城，决心与那把锄头对抗到底。他后来还解释，他对那些积肥、铲草皮、散牛粪、浸禾种的歌词无论如何记不住，心里慌慌的，恼恼的，唱着唱着就想骂人，真到县城去唱肯定要出大事。他不是没有努力，甚至吃了猪脑子、狗脑子、牛脑子，还是记不上几句，一走神就滑到男女事上去了。他只得狠狠心临阵开溜。

　　因为他的不辞而别，本义后来罚了他五十斤谷。

　　这样看来，万玉在很多事情上不认真，在唱歌的问题上却相当认真。他在很多时候不坚定，对觉觉歌的倾心却无比坚定。他简直有艺术殉道者的劲头，情愿放弃逛县城的美差，情愿放弃工分并遭受干部臭骂和处罚，也不愿接受关于锄头的艺术，没有女人的艺什么术。

【哩咯啷】

有一天，万玉看见岩匠志煌打老婆，打得女人喊救命，便上去劝解，说看在他的面上，手莫下狠了。岩匠一看见他无毛无须的脑袋，鼻子眼里都是火，说你是哪个裤裆里拱出的货，我打死这个贼婆子与你何干？万玉说新社会讲文明，妇女都是女同志，不能随便打的你晓不晓？

争了一阵，最后岩匠冷笑着说，那好，你心疼女同志，老子成全你。你受得住我三拳，我就给你这个面子。

万玉平时是相公身子，最怕痛，在田里被蚂蟥叮一口也喊爹喊娘，一听这话就脸色发白。他结结巴巴，大概想当着旁人的面把好事做到底，紧紧闭上眼，硬着头皮大喊一声好。

他太自不量力了，眼睛闭得再紧也没用。志煌还只给他第一巴掌，他就大叫大喊栽倒在水沟里，半天没有爬起来。

岩匠冷笑一声，弃他而去。

万玉好容易站稳脚跟，冲着面前一个黑影说："你再打呵，你再打！"没看见黑影动，倒听到了周围有人笑。他揉揉眼睛定神一看，总算看清了，黑影不是岩匠，是一架车谷的风车。

他恼怒冲着志煌家的大门吼叫："煌宝我儿你跑什么？你有种的来打呵，你狼心狗肺，你说话不上算，你欠我两拳你你你不是个人！"他晕头转向，豪气还是发错了地方：岩匠没有在那里，到岭上去了。

他跟跟跄跄地回家。路上很多人笑他一身的泥水："推匠，又检查生产来呵？"

他只是苦笑。"我要告状，告状！人民政府当家，还怕他煌宝伢子翻天不成？"

他又说："我舍得一身剐，不怕他何部长偏听偏信！"

他凡事都往何部长那里想，都认定是何部长的阴谋，旁人对这种莫名的仇恨总是不明不白，真要问他，他也说不出个所以然。

　　对于他来说，替女人挨打是寻常事。他一次次不由自主卷入到人家夫妻打架的事件中，无一例外地为女人打抱不平，于是陆续付出皮肉之苦的代价，甚至付出头发和牙齿。有些受到他偏袒的女人，嫌他多事，一气之下也配合丈夫朝他脑袋上抡抡拳头，使他颇为委屈。一般来说，他不会与这些女人计较。人们说他是这些女人的哩咯啷，他也很乐意听人们说他是这些女人的哩咯啷。

　　什么是哩咯啷呢？它是个象声词，描述五音阶小调时常用，在马桥词汇里也代指情人以及谈情说爱的活动。更准确地说，它表示不那么正规、认真、专心的情爱，较多游戏色彩，一股胡琴小调的味，是介乎情爱和友善之间的一种状态，不大说得清楚。正因为如此，它也只能用哩咯啷这种含混不清若定若移的符号来给以敷衍，引导一种边界模糊的想象。草丛里的野合是哩咯啷。男女之间随意打闹调笑一下，也可以被称之为哩咯啷。可以断定，如果马桥人看见了城里的交谊舞或男女同行，一定也会将其纳入哩咯啷的范围——一个婚姻之外缺乏明确分析和表述的广阔范围。

　　马桥人有很多语焉不详的混沌意识区，哩咯啷是其中之一。

△【龙】 "龙"是粗痞之词,指男人的阳具。在马桥,可以经常听到这样的咒骂:

你这条死龙!

你看他那简岩(呆)龙!

龙哎,你踩了我的脚都不晓得吗?

……

万玉口里也不干不净,但容不得别人把他骂作龙。一旦蒙受这种侮辱,他一脸涨红,摸到石头就是石头,摸到锄头就是锄头,要跟对方拼命,不知是什么原因。

我最后一次看见万玉,是从县城里回马桥去,带去了他托我买的肥皂和女式袜子。我在他的茅屋前看见他的儿子,被他警觉地挡在门外,朝我吐口水。

我说我是来看他爹爹的。我的话肯定被床上的万玉听到了。他等我走到床前,突然撩起酱黑色的破蚊帐,一张脸闯上来。"看什么看什么,就这个样!"

这一点也不好笑。他的脸蜡黄,瘦若干柴,让我暗暗吃惊。

"好想念你,都要得相思病了。"

这同样没什么好笑。

问过病情,我可惜他没有到城里去唱歌,可惜没有吃到县招待所的肉包子。他连连摇手:"做好事,你做好事。搞农业的歌?那锄头尿桶戳里戳气的东西也叫歌?"

他叹了口气,说最有意思的是从前,从正月到三月八,什么事也不做,天天都是耍,都是发歌。这村发到那村,这山发到那山,好耍得很。他说伢崽女崽发堂歌,对面坐着发,发出意思来了,发完一首就把凳子往前挪一寸,挪到最后,两张凳子合成排,两人相搂相偎,面颊厮磨,你在我耳边发,我在你耳边发,声音小得像蚊子叫,只有对方一人听得清楚。这叫"耳边歌"。他眉飞色舞两眼发亮："啧啧啧，那些妹崽都是豆腐肉，一掐就掐得出水来的！"

这一天我也无聊，对下流歌有些好奇，央求他唱一点给我听听。他忸怩一阵，半推半就地约定："这是你要我犯错误的？"

"我给你买肥皂袜子，你就不感谢一下？"

他精神大振，跳下床来，在屋里走了一圈又一圈，才算是润好了嗓子，运好了气。我突然发现，他如此矫健，如此雄武，病色一扫而光，眼里射出两柱电光。

他唱了几句，我还没来得及理解，他连连摇手，猛烈地咳嗽，说不出话来，手慢慢地伸向床沿。

"我怕是发不得歌了。"他紧紧抓住我的手，手很凉。

"不，你唱得蛮好听。"

"真的好听？"

"当然，当然。"

"你莫哄我。"

"不哄你。"

"你说我往后还唱得？"

"当然，当然。"

"你凭什么晓得我还唱得？"

我喝水。

他目光暗了，长叹一声，头向床里面偏过去："我唱不得了，唱不得了，这只怪何部长太毒辣了呵。"

他又开始了对何部长莫名其妙的仇恨。我不知说什么好，只能把一碗冷水喝得足够的长久。

几个月后的一天，远处来者不善地鞭炮炸响。我出门一打听，是万玉散发了，也就是死了（参见词条"散发"）。据说他死的时候床边根本没有人，硬了一天多才被隔壁的兆青发现。据说他落气时口袋里只剩下三颗蚕豆,家无隔夜粮。他留下一个十来岁的伢崽,早被他一个远方舅舅领走。他家徒四壁我是看到了的,到处是蛛网和鸭粪,空荡荡的屋里连一个柜子都没有,衣物永远堆放在一个破摇篮里,邻家的小鸡在上面跳来跳去。人们说,他一辈子就是吃了女人的亏,如果不是这样,他婆娘恐怕也不会同他打离婚的,总还要搞一口热饭给他吃吧。

他连下葬的棺木也没有,最后还是本义出了一箩谷,队上另外补助了一箩谷,为他换来两根杉树,做了个阴宅。

按照当地风俗,人们在他的棺木里枕了一小袋米,在他嘴里塞了一枚铜钱。给他换衣的时候,兆青突然发现:"他没有龙呵——"

众人一愣。

"真的!"

"真真是没有龙!"

一个又一个去尸体边看了一眼,发现这个男人真是没有龙,也就是没有阳物,无不惊讶万分。

到了傍晚,消息传遍整个村子,女人们也在乍惊乍疑地交头接耳。只有罗伯有点不以为然,显得胸有成竹地说,不用猜也应该看得出来,万玉若不是个阉官子,为什么连胡子眉毛都没有?他还说,他早就听人说了,万玉二十多年前在长乐街调戏一大户人家的婆娘,被当场捉拿。那东家是长乐街一霸,又是伪政府的团防头目,不管万玉如何求饶,一刀割了他的龙根。

人们听完这些话,唏嘘不已。联想到万玉一直忠心耿耿地在女人面前讨好,给她们干活,替她们挨打,这是何苦来着?打了几十年的雷,没下一滴雨;喂了几十年猪,没吃一块肉,疯了吗?作践呵?到头来,连唯一的娃崽都不是自己的骨肉——人们想起来了,那个娃崽确实长得完全不像万玉。

没有了万玉，村子里安静多了，少了很多歌声。有时候好像听到了隐隐的尖啸，仔细一听，不是万玉，是风声。

万玉就埋在天子岭下。我后来上山砍柴，几次从他身边走过。清明节的时候，我看见那一片坟地里，他的坟最为热闹，坟头的杂草都被拔去了，有很多纸灰，有残烛和残香，还有一碗碗饭作为祭品。我还看见一些面熟和面生的妇人，村里的和远处来的，去那里哭哭泣泣，有的还红了眼睛。她们哭得一点也不躲闪，一点也不忸怩，其中张家坊一位胖妇甚至一屁股坐在地上猛拍大腿，把万玉号啕成她的肝她的肺，痛惜她的肝和肺穷了一辈子，死的时候自己只有三颗蚕豆。这几乎是一次女界自发集会。我奇怪她们的丈夫都不来干涉这种眼泪。

复查说，他们都欠了万推匠的工钱，不会说什么的。我想，也许还有另一个原因吧？他们觉得万玉不是一个真正的男人，同自己的女人不会有什么可疑关系，不再值得提防，不必同他计较。

△【龙】（续） 马桥人的龙有鹿角、鹰爪、蛇身、牛头、虾须、虎牙、马脸、鱼鳞，等等，一样都不能少。这些龙画在墙上、镜上、柱上、梁上，或者雕花床上，还得配上波涛和云彩，海陆空一应俱全。这样看来，龙根本不是一个什么动物，与远古时代的恐龙也完全没有关系。龙是一种中国式统合和融汇，是所有动物的集大成，是世上所有生命的概括抽象。

龙只是一种观念。一个面面俱到无所不能的象征。有史学家认为它是远古各个部落图腾的融合之物，似乎言之成理。

把船做成龙形，就成了龙舟。我在马桥当知青的时候，因为"文化大革命"，五月端午赛龙舟作为旧风俗也受到批判和禁止。我只听村里的人说，以前赛龙舟十分热闹，罗江两岸的人总要争个高下，输了的一方上岸以后，每个人都要以裤子包住脑袋，受尽人们的百般嘲笑和羞辱。我还听说，当时的龙舟都是用桐油刷上七七四十九遍，动手造船之前烧香拜神种种繁文缛节不说，造好之后不能雨淋，不可日晒，也不得轻易下水，到了比赛的日子，鼓乐大作，由年轻后生抬往比赛的起点。即便就是沿着江边走，也是船坐人，不能人坐船的。

我问为什么要这样颠倒。

他们说，要让龙舟歇气，养足精神，不能累着了。

在这个时候，龙又成了一种动物，而且是个气力有限的家伙。

【枫鬼】

动笔写这本书之前,我野心勃勃地企图给马桥的每一件东西立传。我写了十多年的小说,但越来越不爱读小说,不爱编写小说——当然是指那种情节性很强的传统小说。那种小说里,主导性人物,主导性情节,主导性情绪,一手遮天地独霸了作者和读者的视野,让人们无法旁顾。即便有一些偶作的闲笔,也只不过是对主线的零星点缀,是专制下的一点点君恩。必须承认,这种小说充当了接近真实的一个视角,没有什么不可以。但只要稍微想一想,在更多的时候,实际生活不是这样,不符合这种主线因果导控的模式。一个人常常处在两个、三个、四个乃至更多更多的因果线索交叉之中,每一线因果之外还有大量其他的物事和物相呈现,成为我们生活不可缺少的一部分。在这样万端纷纭的因果网络里,小说的主线霸权(人物的、情节的、情绪的)有什么合法性呢?

不能进入传统小说的东西,通常是"没有意义"的东西。但是,在神权独大的时候,科学是没有意义的;在人类独大的时候,自然是没有意义的;在政治独大的时候,爱情是没有意义的;在金钱独大的时候,唯美也是没有意义的。我怀疑世上的万物其实在意义上具有完全同格的地位,之所以有时候一部分事物显得"没有意义",只不过是被作者的意义观所筛弃,也被读者的意义观所抵制,不能进入人们趣味的兴奋区。显然,意义观不是与生俱来一成不变的本能,恰恰相反,它们只是一时的时尚、习惯以及文化倾向——常常体现为小说本身对我们的定型塑造。也就是说,隐藏在小说传统中的意识形态,正在通过我们才不断完成着它的自我复制。

我的记忆和想象,不是专门为传统准备的。

于是,我经常希望从主线因果中跳出来,旁顾一些似乎毫无意义的事物，比方说，关注一块石头，强调一颗星星，研究一个乏善可陈的雨天，端详一个微不足道而且我似乎从不认识也永远不会认识的背影。起码，我应该写一棵树。在我的想象里，马桥不应该没有一棵大树，我必须让一棵树，不，两棵树吧——让两棵大枫树在我的稿纸上生长，并立在马桥下村罗伯家的后坡上。我想象这两棵树大的高过七八丈，小的也有五六丈，凡是到马桥来的人，都远远看见它们的树冠，被它们的树尖撑开了视野。

我觉得这样很好：为两棵树立传。

没有大树的村寨就像一个家没有家长，或者一个脑袋没有眼睛，让人怎么也看不顺眼，总觉得少了一种中心。马桥的中心就是两棵枫树。没有哪个娃崽不曾呼吸过它们的树荫，吸吮过它们的蝉鸣，被它们古怪的树瘤激发出离奇恐怖的各种想象。它们是不需要特别照看的，人们有好事的时候尽可能离它们而去，尽可以把它们忘得一干二净。但它们随时愿意接纳和陪伴孤独的人，用沙沙沙的树叶声轻洗孤独人的苦闷，用树叶筛下的一地碎银，圈圈点点，溶溶叠叠，时敛时泼，泻出空明的梦境。

种下这两棵树的人已不可考，老班子都语焉不详。称之为枫鬼，据说是很多年前一场山火，坡上的树都烧死了，唯这两棵树安然无恙，连枝叶都不损分毫，让人越看越有目光虚虚的敬畏。关于它们的传说从此就多起来了。有人说，那些树瘤多是人形，一遇狂风大雨，便暗长数尺，见人来了才收缩如旧。马鸣说得更神，说有一次他不经意睡在树下，把斗笠挂在小枫鬼的一枝断桠上，半夜被雷声惊醒，借着电光一看，斗笠已经挂在树头上，岂不是咄咄怪事？

马鸣吹嘘他年少时习过丹青。他说他画过这两棵树，但是画过之后，右臂剧痛三日红肿发烧，再也不敢造次。

画都画不得，自然更不敢砍伐。两棵树于是越长越高，成了远近几十里内注目之物。曾经有人锯取树枝，挂一块红布插于门上辟邪，或者取树木雕成木鱼，用来祈神祛灾，据说都十分灵验。我曾经参加过一次水利建设设计，到公社里描制规划图。中学范老师也派来参与此事。我们一起到县水利局，复制这个公社的地图。在那个积尘呛鼻的资料室里，我才知道一九四九年以后政府还没有测绘过任何完整的地图，一切设计还是根据日本军队侵华时留下的军用图，一种诸葛亮用过似的黑白线图，一比五千的大比例，一个公社就可占上一大张。此图不以海平面为标高基点，而是以长沙市小吴门城墙的基石为参照。据说这些都是日军入侵前，买通汉奸偷偷绘制的，不能不让人惊叹他们当年的准备周密和高效。

就在这张图上，我看见了马桥的两棵枫树也赫然入目，被日本人用红笔特意圈上。范老师很有经验地说，这是日本人的导航标志。

我于是想起，马桥人确实见过日本飞机。本义说，第一次看见这种怪物的时候，本义的大房伯伯还以为是来了一只大鸟，叫喊着要后生往地坪里撒谷，诱它下来，又要大家赶快拿索子来准备捉拿。

飞机不下来，大房伯伯很有信心地对着天骂：

我看你不下来！我看你不下来！

当时只有希大杆子猜出这是日本人的飞机，是来丢炸弹的。可惜这个外来人讲话打乡气不好懂，大家没听明白。本义的大房伯伯说，都说日本人矮小，怎么日本鸟长得这么大呢？

村里人白白等了一天，没见飞机下来吃谷。到它们第二次来的时候，就屙下炸弹了，炸得地动山摇。大房伯伯当场毙命，一张嘴飞到了树上,像要把树上的鸟窝啃一口。本义直到现在还有点耳朵背,不知是那次爆炸声震的,还是被飞向树干的那张嘴吓的。

村里炸死三人,如果加上一颗炸弹在二十多年以后延时爆炸,炸死了小孩雄狮(参见词条"贵生"),那么亡命者应该是四人。

事情可以这样想一想,如果没有这两棵树,日本飞机会临空吗?会丢下炸弹吗?——日本人毕竟对一个小山村不必太感兴趣。如果他们不以枫鬼为导航标志,是不必飞经这里的,也不大可能看见下面的人群吆吆喝喝,就可能把炸弹丢到他们认为更重要的地方去。

有了这两棵树,一切就发生了,包括四个人的死亡以及其他后来发生的故事。

从那以后,马桥的这两棵树上就总是停栖鸦群,在人们的目光中不时炸开呼啦啦一把破碎的黑色。曾经有人想赶走它们,用火烧,还捣了鸦窝,但这些不祥之物还是乘人不备又飞回来,顽强地驻守树梢。

乌鸦声一年年叫着。据说先后还有三个女人在这棵树下吊死。我不知道她们的身世,只知道其中一个是同丈夫大吵了一架,毒死了丈夫以后才自己上吊的。那是很久以前的事。

我路经这两棵树的时候,就像路经其他的某一棵树,某一根草,某一块石子,不会太在意它们。我不会想到,正是它们潜藏在日子深处的它们,隐含着无可占测的可能,叶子和枝杆都在蓄聚着危险,将在预定的时刻轰隆爆发,判决了某一个人或某一些人的命运。

我有时候想,树与树是很不一样的,就像人与人很不一样。希特勒也是一个人。如果一个外星人来读解他,根据他的五官、四肢、直立行走以及经常对同类发出一些有规律的声音，外星人翻翻他们可能有的辞典，会把他定义为人。这没有错。出土的汉简《楚辞》是一本书。如果一个不懂中文的希伯来学者来读解它，根据它的字形、书写工具以及出土现场，希伯来人可能以足够的聪明和博识，断定这是中文。这同样没有错。但这些"没有错"有多大的意义？

就像我们说枫鬼是一棵树，一棵枫树，这种正确有多大意义？

一棵树没有人的意志和自由，但在生活复杂的因果网络里，它常常悄然占据了一个重要的位置。在这个意义上来说，一棵树与另一棵树的差别，有时候就像希特勒与甘地的差别，就像《楚辞》和电动剃须刀说明书的区别，比我们想象的要大得多。我们即便熟读了车载斗量的植物学，面对任何一棵不显眼的树，我们的认识还只是刚刚开始。

两棵枫树最终消失于一九七二年初夏，当时我不在村里。我回来的时候，远远没有看见树冠，顿时觉得前景的轮廓有点不对，差点以为自己走错了路。进村后发现房屋敞露多了，明亮多了，白花花的一片有些刺眼。原来是树荫没有了。我见到遍地脂汁味浓烈的木渣木屑，成堆的枝叶夹着鸟巢和蛛网也无人搬回家去当柴禾，泥土翻浮成浪，暗示出前不久一场倒树的恶战。我嗅到一种类似辣椒的气味，但不知道来自哪里。

双脚踩出枝叶嚓嚓嚓，是催人苍老的声音。

树是公社下令砍的，据说是给新建的公社礼堂打排椅，也是为了破除枫鬼的迷信。当时谁都不愿意下锄，不愿意掌锯，没有办法，公社干部最后只得勒令一个受管制的地主来干，又加上两个困难户，许诺给他们免除十块钱的债，才迫使他们犹犹豫豫地动手。我后来在公社看见了那一排排新崭崭的枫木排椅，承受过党员会、计划生育会、管水或养猪的会等等，留下一些污污的脚印，还有聚餐留下的油汤。大概就是从这个时候起，附近的几十个村寨都开始流行一种瘙痒症，男男女女的患者见面时也总是欲哭欲笑地浑身乱抓，搅动过的衣袄糟糟不整，有的人忍不住背靠着墙角做上下或左右的运动，或者一边谈着县里来的指示一边把手伸到裤子里去。他们吃过郎中的药，都不见效。据说县里来的医疗队也说不出个所以然，很觉得奇怪。

有一种流言，说这是发"枫癣"，就是马桥的枫鬼闹的——它们要乱掉人们一本正经的样子，报复砍伐它的凶手。

【肯】

"肯"是情愿动词,表示意愿,许可。比方"首肯""肯干""肯动脑筋",等等,用来描述人的心理趋向。

马桥的人把"肯"字用得广泛得多,不但可用来描述人,描述动物,也可以用来描述其他的天下万物。

有这样一些例句:

□这块田肯长禾。

□真是怪,我屋里的柴不肯起火。

□这条船肯走些。

□这天一个多月来不肯下雨。

□本义的锄头蛮不肯入土。

……

听到这些话,我不能不体会出一种感觉:一切都是有意志的,是有生命的。田、柴、船、天、锄头等,所有这些都和人一样,甚至应该有它们各自的姓名和故事。事实上,马桥的人特别习惯对它们讲话,哄劝或者咒骂,夸奖或者许诺,比如把犁头狠狠地骂一骂,它在地里就走得快多了。比如把柴刀放在酒坛口上用酒气熏一熏,它砍柴时烈劲就足多了。也许,如果不是屈从于一种外来的强加,不是科学的宣传,马桥的人不会承认这些东西是没有情感和思维的死物。

只有在这个前提下,一棵树死了,我们才有理由感到悲戚,甚至长久地怀念。在那些林木一片片倒下而没有悲戚的地方,树从来没有活过,从来都不过是冷冰冰的成本和资源。那里的人,不会这样来运用"肯"字。

小的时候,我也有过很多拟人化或者泛灵论的奇想。比如,我会把满树的鲜花看作树根的梦,把崎岖山路看作森林的阴谋,这当然是幼稚。在我变得强大以后,我会用物理或化学的知识来解释鲜花和山路，或者说，因为我能用物理或化学的知识来解释鲜花和山路，我开始变得强大。问题在于，强者的思想就是正确的思想吗？在相当长的岁月里，男人比女人强大，男人的思想是否就正确？帝国比殖民地强大，帝国的思想是否就正确？如果在外星空间存在着一个比人类高级得多也强大得多的生类，它们的思想是否就应该用来消灭和替代人类的思想？

这是一个问题。

一个我不能回答的问题，犹疑两难的问题。因为我既希望自己强大，也希望自己一次又一次回到弱小的童年，回到树根的梦和森林的阴谋。

【贵生】

冬日的一天，志煌的儿子雄狮挂着鼻涕，同几个放牛娃崽玩到北坡上，挖一个蛇洞，想挖出一条冬眠的蛇烧了吃。他们挖出一个沉甸甸的锈铁疙瘩，不知道是什么东西。雄狮拿一把镰刀把它使劲地敲，说要把铁疙瘩后面的两片尾巴打出几把菜刀，给他娘拿到街上去卖钱。

他敲出轰然一声巨响，把远处几个正在寻找蛇洞的娃崽震得离地尺多高，手脚在空中无所抓拿。他们摔痛了，回过头来，奇怪雄狮不知为什么不见了，只有纷纷扬扬的草叶和泥土，还有一些冰凉的雨点，从空中飘落下来。娃崽们发现那些雨点居然是红色的，怎么有点像血？

他们不能明白发生了什么，还以为雄狮藏起来了，使劲地喊了一阵，没听见回答。其中有一个捡到了一根血糊糊的肉指头，有点害怕，捡回去交给大人。

后来，公社里来了人，忙了一阵。县里也来人了，忙了一阵，才得出结论：那是日本飞机在一九四二年丢下的一颗炸弹，推迟了三十年的爆炸。也就是说，中日战争在马桥一直延续到了这一年，要了雄狮的命。

志煌家两夫妇痛不欲生。尤其是志煌，以前总以为老婆与万玉有一手，雄狮很可能是个野种，对这个儿子不大亲得起来。万玉死了以后，他发现万玉其实不是个什么男人，才凝结渐解，对雄狮多了些父亲的笑目。从岭上的岩场里回来，常常给儿子掏出一些野板栗什么的。他没有想到，从这一天起，没有一双小手来接过这些板栗了。雄狮不在家里，不在田里，不在溪边，不在岭上，不在岭那边的什么地方，不在世界上的一切地方。儿子变成了轰隆一声巨响，然后消散在永远的寂静之中。

雄狮脑袋特别大也特别圆，长出一身憨肉，眨巴眨巴的眼睛同他娘的一样明亮和漂亮，一瞟就瞟出女子的妩媚，让人联想到他母亲水水从前在戏台上的经历。人们见到他都忍不住要把他屁股或脸蛋抓捏一把，把妩媚争相搓揉。他讨厌这种干扰，除非给他好吃的，总是有点六亲不认，把外人敌意地打量。他眼珠一转，就能判断出你口袋里是否真有食物，你的笑脸是否值得他信任，或者是否需要暂时不动声色地等等看。他最痛恶长辈们的口头慈爱，把他烦急了，便一骂二踢三吐痰，最后一招就是冷不防的口咬。他一张狮口从咬奶头开始，咬遍天下。他在小学里的同桌，无论男女没有一个逃脱了他的牙齿。最后，连老师也不能幸免。

他用刀子割坏了桌沿，不愿向校长作检讨。"动不动就要检讨，真是惯死你们了！"

校长揪着他的耳朵去老师的住房，他反咬了校长一口，搂着裤子跳出老远，破口大骂。

"你这个畜生，老子打死你！"校长大怒。

"你现在打得赢我。等你老了撑着棍子走我屋门前过，我就要把你推到坎下去！"

他预告到很多年以后的胜利。

校长舞着扁担追出老远。

校长当然追不上，不一刻，雄狮这个肉球已经滚到对门岭上，在那里叉着腰继续骂："李孝堂你这个死猪，你的毛鸟鸟出来了呵……"

他指名道姓骂校长，也不知道什么时候摸清了这个名字。

当然，他不可能再读书了。旁人都说，志煌从来不管教他，才养出来这样一个祸害。哪是个学生？一条狗也要比他听话得多！

他后来经常到学校去看一看，远远地看同学们齐声朗读、做操或者扔球。要是原来的同学看见他,他就做骑马的样子,"冲呵——嗒嗒嘀——"一跃一跃地跑远,好像自己正玩得高兴,对学校里的一切不以为然。

一天,他在岭上与另外几个娃崽玩沙子,因为霸占了一个装沙子的烂套鞋,被其他伙伴忌恨。几个娃崽决心报复,便在村子的水井里拉了一堆屎,然后一齐栽赃,说是雄狮拉的,叫叫喊喊地到大人们出工的地方报告。大人们一听都很生气,水水的脸上也挂不住,红一块白一块,冲着雄狮大骂:"你一天不闯几个祸就皮发烧是不是?"

"我……没有。"

"你还犟嘴!人家这么多人都看见了,人家不是瞎子,眼睛夹的不是豆豉。"

"我没有。"

"没有水吃了,你去挑?各家各户的水都由你去挑,到江里去挑!"

"我没有!"

"你还不老实?"水水甩出响亮的一耳光。雄狮晃了晃,脸上顿时出现红红的几个手指印。

眼看着水水还要动手,周围的几个妇人出来劝说,算啦算啦,娃崽们不懂事,总是这样的,打是要打几下,也莫打太狠了……这些劝说反而激发了水水的恼怒,反而成了一种压力,水水不更加义愤不更加凶狠些就没法与大家区别了,就不值得大家规劝了,事情就没有个像样的结局了。她必须挽起袖子才能对得起这种压力。啪,啪,又是两记耳光声爆出来,不像是从人脸上发出来的声音,倒像是从破木桶上发出的声音。

雄狮咬紧嘴唇,盯住母亲。眼里有泪光浮动,终于没有流出来,停了停,反而渐渐地消退。

这一天,他晚上没有回家,接下去的第二天,第三天……他还是没有回家。志煌和水水两口子到岭上满处找,村里的人也帮着找,直到大家都差不多绝望了,张家坊一个采药的老人才在岭上一个洞里找到雄狮。他睡在一个茅草窝里,已经形同野人,脸上除了两只间或一闪的眼睛,全是泥污,身上的衣服破碎成一条条的烂布。整整十一天,他就是靠野果子、草叶以及树皮为生,以致后来他被人们接回家里,水水给他煮了两个鸡蛋,他只吃了一口就做出龇牙咧嘴的奇怪模样,不再吃了,跑到外面坐在树下,直愣愣地看着大家,顺手揪下旁边的草叶往嘴里塞。周围的人大惊,放着煮鸡蛋不吃反而吃草,这不变了个畜生吗?

大概是因为有过这一段经历,雄狮在轰隆一声巨响中消失之后,水水神思恍惚,好一段时间里不能相信儿子已经没有了。她还是往山上跑,在岭上声嘶力竭喊儿子的名字——以为他还藏在哪一个山洞里。直到人们实在没有办法了,把一直没有给她看的一个指头,小半只脚,还有两碗碎骨肉屑向她展示,她才眼球可怕地暴突,晕了过去。

等她醒过来,有妇人对她说:"你要往宽处想,到了这个地步,只能往宽处想了。你雄狮走得早一点也好,不是活了个贵生吗?不愁吃不愁穿的日子,天天都是耍,刚刚耍得差不多了就走了,一无病二不痛,是他的福气咧。你还想以后他造孽呵?"

"贵生"是指男子十八岁以前的生活,或者女子十六岁以前的生活。与此相关的概念是"满生",指男子三十六岁和女子三十二岁以前的生活。活过了这一段就是活满了,再往后就是"贱生"了,不值价了。从这个道理来看,当然是死得早一点好,死得早一点才贵。

雄狮的父母没有理由悲痛。

村里的妇人们围在水水的床头，一个比一个更声情并茂。水水呵，你雄狮活一世也没饿过饭，几多好哩。你雄狮活一世也没有受过冻，几多好哩。你雄狮没看见爹死，没看见娘死，没走在兄弟姊妹的后面，不伤心不伤意，几多好哩。老天要是让他再活，也就要收婆娘了，要单门独户过日子了，今天同兄弟争个坛子，明天同姊妹争个碗，有时候还要同爹娘红起颈根吵一场，有什么意思？伏天里打禾，你不是没有看见过，上面日头烤，下面热水蒸，一天两头都是走黑路，一早上下到田里，是禾是草还要靠手摸。腊月里修水利，你也不是没有看见过，肩上磨得皮肉翻，打起赤脚往冰渣子上踩，冻得尿都屙在裤裆里。有什么好呢？你雄狮这一走，一点苦都没轮上，甘蔗咬了一头甜的，骨头啃了一头有肉的，一声喊去了，面前还有爹疼，有娘疼，有这么多叔子伯子热热闹闹送，真真是值得——你要往宽处想呵。

她们又说起上村的一个老倌子，五保户，儿女都在前头走了，现在一个人活得同狗一样，跛着个腿，连口水都不得进屋，造尽了孽。水姑娘你想想看，要是你雄狮命长，活个贱生，你不是害了他？

她们一致认为，人都应该早死，她们现在死不了，实在是没有办法。只有雄狮死了个好时候，只有他有这份福气。

水水总算不再哭了。

【贱】

老人家互相见了，总要问候一句："你老人家还贱不贱？"意思是你的身体还好不好。打听老人的情况也常用这个词，比如："盐早的娘还贱得很，一餐吃得两碗饭。"

在马桥的语言里，老年是贱生，越长寿就是越贱。尽管这样，有些人还是希望活得长久一点，活得眼瞎了，耳聋了，牙光了，神没了，下不了床了，认不出人了，活着总还是活着。

大概是出于一些好心人的意愿，"贱"的这种用法很少见诸文字。记录方言的时候，"贱"多是转换成了谐音的"健"。健不健，倒也文通字顺，成了一句平常问语，淡去了人生的严厉色彩。

照这种说法，马桥最贱的是一个五保户，跛子，叫梓生爹。到底活过多少岁了，他自己也不知道。反正活得儿子死了，孙子死了，曾孙子都夭折了，他还一跛一跛地活着。他活得有些着急，下定决心去上吊，绳子断了；下定决心去投塘，跳下去才发现塘里的水不够深。有一天晚上，他去志煌家借个碗，水水举着油灯开门，首先看见老人一张脸，细一看，还发现老人身后有两只发亮的圆球，像两盏灯。她有些奇怪，把油灯举得更高一些，这才一身发软：哪里是两盏灯？原来是一个毛茸茸的大脑袋在梓生爹身后呼呼呼地喘气，耸起的背脊在黑暗中隐隐游动。

是一只老虫！——两盏灯呵呵呀是老虫的眼睛！

水水不记得自己叫喊了没有，只记得一把将老人拉进门，然后紧紧地把门堵住，插上木栓，加上两把锄头顶住。

她吐匀气之后，从窗子里偷偷朝外看时，地坪里已经空空的了，只有淡淡的月光在悬浮。两盏灯已经走了。

后来的日子里，老虫再也没有出现过，大概只是在马桥偶尔过一下路而已。梓生爹对此事没有丝毫庆幸，倒有满心的悲哀。他说："你们看我活得贱不贱？连老虫都嫌我没有肉，跟了一路都懒得下嘴。你说说这号人还活着做什么呢？"

【梦婆】

水水是平江县人,远嫁到罗江这边的马桥。她的妹妹据说是平江有名的花旦,戏唱得好,一脚莲花步走得人们啧啧啧。据说水水当年比妹妹还要貌艺双全,只是一生了雄狮,就落下了腰疾,嗓子也破了塌了,一开口就有气流割着喉管的嘶嘶声,任何话都是散散泼泼从喉管里漏出来。她从此衣衫不整,蓬头垢面,脸上黑花花的,大襟扣没什么时候扣好过,总是塌下半边,一个匆忙起床的样子。她常常与一些年纪比她大得多的老婆子织布,找猪菜,筛糠米,听她们咳浓痰揪鼻涕,大概也不必怎么注意扮相,不必在暗淡的日子里来一点特别。

女人一落了夫家,尤其是生了娃崽,就成了妇人,成了婆娘,不怎么爱惜自己了。不过,水水烂烂垮垮的样子有点过分,似乎有一种存心要虐待自己的劲头,一种要扣住自己作为人质,刻意报复什么人的劲头。好几次,她出门捞猪食,胯骨两边甩,踏一双男人的破套鞋,沙哑着嗓子"呵嗬呵嗬"地赶菜园里的鸡,裤裆里红红的月水印渍都被路人看见。这很难说是一般的大意。

雄狮死后,水水成了梦婆,也就是普通话里的精神病人,脸上常有飘忽不定的笑,而且见不得薯藤,一见就要把它连根拔,似乎她相信儿子就躲在地下,只要她揪住薯藤一拔,就可以把儿子从地里拔出来。一般来说,她上午比下午好一些,晴天比雨天好一些。在这些时候,她目光清澈,待人接物,忙里忙外,与常人差不多没什么两样,充其量也就是比较沉默寡言。她最紧张是在雨天的黄昏。越来越阴暗的云雾,越来越滞重的呼吸,檐水滴滴答答的声音,飞入窗子的一片枯叶,潮湿得透水的墙基和床脚,邻人渐渐模糊了的面影,还有屋里不知何处突然传来鸡鸭们的闷闷声响,这一切都可能让她进入梦态。她更不能承受月光,一看到窗外的月光,就浑身发抖,把一条花头巾戴上，撤下来，再戴上，如此反复无数次。

如果不是志煌用绳子捆住她的双手，她可以如此反复整整一个通宵。她总说这条头巾不是她的，把头巾扯下来。她又说她的头冷，不戴头巾是不行的，再把头巾戴上去。

水水与志煌终于离婚，娘家人把她接回平江去了。很多年以后我重访马桥的时候，问起了水水。人们很惊讶我不知道水水的情况，几乎就像惊讶我不知道毛主席一样。你没听说过她？你真的没有听说过她？……他们不能容忍我的孤陋寡闻，也很为我可惜。他们说，水水现在的名气可大啦，她娘家常常被小汽车、摩托车、脚踏车包围，小摊小贩都借她的人气做生意。老远老远的人都来找她，请她猜彩票的中奖号码。那一段，乡下买福利彩票，买运动会彩票，买疯了，镇街一片萧条，百货无人问津，茶楼酒馆也顾客寥落，人们的钱全都拿去变成了彩票。乡干部们一个个急得大骂，说再这样下去连农药化肥都没人买了，生产还如何搞？生意还做不做？

预测中奖号码成了人们最揪心的话题。在这个时候，最受公众注目的人眼下不是官员，不是巨商，更不是知识分子，而是精神病人。人们突然四处打听和寻找这些疯子，向他们讨好逢迎，不惜贿以包上红纸的金钱，乞求他们指示彩票中奖号码，以便自己买彩票时下笔千金，一举获胜。人们纷纷传说，从事这种预测，小孩比大人灵，女人比男人灵，文盲比读书人灵，而更重要的是：精神病比正常人灵。

水水当然在精神病人中更为出类拔萃，据说几乎屡测屡中，无算不灵，已经让很多买彩票的人一夜暴富。她的名气当然也就广为传播。

我在县城里见到一个广播站的编辑，他惊讶我曾经认识水水，说他也去找过水水。他用读过四年大学本科的嘴巴滔滔不

绝,说他坐长途汽车跑到平江,等了将近五个小时,才得以见到水水一面。他根本不会得到具体的指示,梦婆从来不会这样轻易将天机示人的。水水看了他一眼,只是指了指墙上一幅太阳出山的图画。编辑当然是机灵人,心领神会,回来之后立即想到了东方红,立即按《东方红》歌曲的第一句简谱|5562|,填写了自己的彩票号码。他没有料到,几天之后,结果公布,他差点晕了过去:中奖号码一一六二!

财运与他擦肩而过!

他一点也不委屈,振振有词地说,这不能怪那个水水,只能怪他理解有误。他太愚蠢了,太愚蠢了!他居然忘了《东方红》第一句只是"东方红",第二句才是"太阳升"嘛——其简谱刚好是|1162|嘛!

他给我这样说的时候,黑着脸一个劲长吁短叹。

面对着这个对水水深信不疑的编辑,我看出来了,"梦婆"一词意味着:凡是远离知识和理智的人(小孩、女人、精神病人等),在很多人心目中虽是可怜的弱者,但在一些命运关头,他们突然又成了最接近真理的人,最可信赖和依靠的人。

我得承认,知识和理智确实不能解决人生的一切问题。我只是惊讶,拒绝知识和理智的力量,常常比我们估计的要强大得多。奥地利学者S·弗洛伊德,早就用他的精神分析学对此作出了精密而系统的理论表述。他怀疑理智,甚至不轻信意识,更强调潜意识的作用,认为潜意识的混乱、琐碎、隐秘,不是无意义的。恰恰相反,作为意识的源泉和动力,潜意识隐藏着更重要的真实,需要人们小心地去探察。

弗洛伊德认为,潜意识更容易呈现于小孩、女人、精神病人,更容易呈现于人们的梦里——即理智薄弱或崩溃的一切地方。这位精神病医生著《梦的释义》,成了一位释梦大师。在他看来，梦是潜意识的隐晦浮现，是研究精神病最重要的入口。他一定会惊喜马桥人称呼疯女人的用词：梦婆。他也一定能够理解马桥人对梦婆既可怜（在常理行之有效的时候）又崇拜（在天命秘不可测的时候）的矛盾态度。

"梦婆"一词精练而准确地概括了弗洛伊德式的发现：梦是正常人深藏的疯癫，而精神病是白日里清醒的梦。

"梦婆"在马桥的特别地位，似乎也支持了一切反智主义的重要观点：在最不科学的地方，常常潜藏着更为深邃的科学。

我不知道其他地方的语言，能不能做到这一点。英语中表示"疯子"的用词之一是 lunatic，源于词根 luna，即"月亮"。这么说疯人也就是月人。月亮只能出现在夜间，当然已经接近了梦。读者一定还记得，水水的精神病态，确实是每每发生在黄昏到夜晚这一段时间，常常有油灯或者月光的背景。也许知识和理智需要清晰，不大容易存活于朦胧夜色；也许月光是精神病（梦婆的第一义）和神明（梦婆的第二义）天然的诱因。一个特别喜欢月光的人，一个特别愿意凝视月光或者在月光下独行的人，行止如诗如梦，已经徘徊在凡间俗世的边缘，具有心智超常的趋向。

这样说来，一切精神病院，应以月光为最大的病毒。

同理，一切神学院，一切超越科学的绝对信仰，都应以月光为最高启示。

△【嬲】我找遍了手头的词典，包括江苏教育出版社一九九三年出版的《现代汉语方言大词典》，也没有找到我要说的字。我只找到这个"嬲"来勉强代用。"嬲"在词典里的意义是"戏弄、纠缠"，与我要说的意思比较接近。发音为niao，与我要说的nia，只是稍有些区别，希望读者能够记住。

嬲在很多时候用作脏词。也许正因为这一点，正人君子的字典，要进入校园、图书馆和大人物们会客室的精装词典，基于一种高尚的语言伦理，必须忽略它，至少也是轻轻带过，或者含糊笼统一下了事。但在实际生活中，在马桥人那里，嬲是一个使用频率极高的词。一个人一天下来，说几十个甚至几百个嬲字司空见惯——他们不是按照常用词典来生活的。

嬲字在马桥有多种用法：

（一）嬲，声发阳平，表示粘连的意思。比如把信封口粘好，他们就会说："把信封嬲好。"对糨糊、胶水的粘黏性质，他们就会说，这些东西"巴嬲的"或者"嬲巴的"。磁铁石，即"嬲铁石"。鼻涕虫，即"嬲泥婆"。

（二）嬲，声发阴平，表示亲近、亲热、纠缠、肌肤粘贴鬓发厮磨的状态。"放嬲"，意思是同别人亲近和亲热，是主动型的。"发嬲"，是以某种神态诱导别人来与自己亲近和亲热，多少有被动的意味。这些词多用于小孩与父母、女人与男人的关系中——一个少女在热恋中，对她的情人总是"嬲得很"。她的语气、目光、动作等，可以使人联想到糨糊和胶水的性能。

（三）嬲，发上声，意指戏弄、逗耍、理睬、干预等，与普通话中的"惹"字意义相近。比如"不要嬲祸""不要嬲是非"等等。马桥人还说"三莫嬲"，一是小的，二是老的，三是叫花子。

意思是这三种人很难缠，最好不要与他们发生交往，更不要与之冲突，即便有理也要让三分，远远躲开才对。

这也是人们对待糨糊和胶水的态度，害怕一粘上就不易解脱，落个狼狈不堪。可见"嬲"字虽然用法多变，但内在的意蕴还是一脉贯通，有引申传接的轨迹。

（四）嬲，发去声，意指两性行为。北方话中也有类似的词，比如"肏"，发音cao，后来在很多文字作品里多误用为"操"。一些在北方当过兵或混过生活的人，把这个词带到了南方，带到了马桥。

其实，北方来的"肏"，与"嬲"似乎有些不同。首先，"肏"的字形表示出这是男性的动作，辅以干脆、急促、暴烈的发音自然十分合适。"嬲"的发音则是柔软的、缠绵的、舒缓的，暗示一种温存的过程。从"嬲"的原意来看，或者至少说，从这个字上述各种所指的意义联系来看，"嬲"的状态，当然是指一种粘连、贴近、缠绕、亲热、戏弄的状态，即多少有点像糨糊和胶水的状态，没有暴力的进攻性。

迄今为止，几乎所有的生理学调查，证实女性的性亢奋比男性要来得慢，往往需要有足够的温存才能将其激发。这是一个嬲（阴平声）的过程，是一个嬲（阳平声）的过程，也是一个嬲（上声）的过程，需要男人们注意和配合。一个大胆的推测可以由此而产生："嬲"比"肏"更合乎女性的生理特点，更能得到女性的注重。如果世界上有一种女性语言的话，运用最多的性事用词肯定是前者而不是后者。

湖南省江永县曾经发现过一种女书，是一种只在妇女中流传和使用的文字，受到女权主义者们的极大关注。即便如此，女人能否有一种独立的语言，我仍然十分怀疑。但考虑到南方现在还残留着好些母系社会遗迹，考虑到南方在历史上比北方进入男权社会要晚一步，女性的生理和心理在南方语言里得到相对多一些的体现，倒是有可能的。我愿意把"嬲"字看作这个大胆揣测的证据之一。

△ **【下】**（以及穿山镜）

下流、下贱、下作的简称，词义源于不正当的性行为，甚至一般性行为。湘方言在八十年代以后有"稀下的"一词，指流氓无赖的习气，显然是"下"的延伸和扩展。

就人的体位来说，头脑在上，因此人的思维和精神从来就具有上的指向，享有"高尚""崇高""形而上"之类方位标志。而性器官在下，因此性行为从来属于"下流"。

由此看来，寺庙建在高山，罪犯囚于地狱，贵族居于殿堂，贱民伏拜阶下，胜者的旗帜升向高空，败者的旗帜践踏足底……这一切很难说是偶然的择位，一定是某种信念的外化和物化。我怀疑，这一切源于古代穴居人对自己身体的困惑和最初的认识，从那时候开始，寺庙、贵族、胜利的旗帜，成了穴居人脑袋的延伸，获得了上的方向。而相反的一切，则只能同耻感的下体一样永远屈居于下。

据说马桥以前特别的下，公社干部狠狠整过一下，才正经多了。公社何部长下到村里收缴超额的自留地、自留粪、自留鸡鸭等，还在大会上出示了一个奇怪的东西，是两个长长的镜筒："这是什么？穿山镜！有了这个东西，你们不管做什么下事，我都看得见！抓住一个，处分一个！抓住十个，处分十个！决不手软！"

其实是望远镜，是公社林业站的，用来观察山火的。

连本义听这话也面色紧张，对望远镜不安地看了一眼，又看一眼。人们以后果然不敢乱说乱动，万玉一连几个月口都要闭臭了，打死他也不唱觉觉歌。一到夜晚，大家早早睡了，村里安安静静，没有灯火。好多人还说，那一段他们连老婆都不敢碰。

万玉对穿山镜很不满意，曾经对我抱怨："不公平，太不公平。你们城里人有电影戏看,有动物园看,有汽车火车看,我们乡里人有什么?就是这一点文化生活,"他是指觉觉歌和男女之事,"也要用穿山镜照,什么世道?再说,共产党不准大家下,以后小共产党哪里来呢?"

万玉对何部长的抱怨是否合理,暂且不论。把望远镜所代表的性保守观念当作共产党的特产,却不是事实。国民党统治中国的时候,在广州、武汉等地都出现过军政府禁止交谊舞的事件,交谊舞被视为"有伤社会风化"的淫乱。更早一点,清王朝统治中国的时候,《西厢记》被列为禁演戏曲名录的榜首,爱情小说和诗词都是官方眼中的"秽恶之作",一批批被搜缴和焚烧。一个"下"字,不仅仅是马桥人现在的用词,几乎贯串了漫长历史,透出了汉语思维几千年来对性爱行为一脉相传的道德偏见。只要这个"下"的命名没有取消或改变,人们要真正、全面、彻底走出偏见的阴影都是相当困难的。何部长即便是一个十分开明的人,也不一定能够摆脱已经内化于他骨血中的心理定势。他只不过是一个传统词典的运用者,操着望远镜在词义的轨道上向前滑行,就像一只驴戴上了笼套,只能往前走。在这个意义上,到底是人说话,还是话说人?到底是何部长应该对他的刻板和僵硬负责,还是一个"下"字早已成了何部长的笼套——因此,包括马桥人在内的一切这样运用汉语的人应该对何部长负责?当然就成了一个问题。

【公地】（以及母田）

马桥人在地上除了说吃，最爱说下流话。各种下流话可以大胆得让你目瞪口呆魂飞魄散天旋地转日月无光。哪怕最普通的什么东西，萝卜、犁头、扁担、山洞、水井、山头、飞鸟、春臼、草地、火炉……无一不可以引起他们下的联想，成为他们下的借口或比拟，启动大同小异上过于重复的玩笑和故事，引爆炽热的笑闹。尤其是在地上下种的时候，他们七嘴八舌的口头流氓犯罪更为猖狂。

> 姐姐撵我快步走，
> 撵得我像滑泥鳅，
> 泥鳅最喜米汤水，
> 钻进米汤滑溜溜。
> ……

这样的歌在下种时节就算是相当文雅的了。在平时不能唱，政府禁止，但在下种时节则受到人们的鼓励，干部们也装着没听见。万玉说过，这叫"臊地"，因此越下作越好。没有臊过的地是死地、冷地，是不肯长苗和结籽的。

按照马桥人的看法，地与田不同，地是"公地"，田是"母田"。在地上下种，必须由女人动手；在田里下种，当然必须由男人动手。这都是保证丰收的重要措施。禾种是准备下田的，所以浸泡禾种的活一定由男人干，妇人靠近一下，看一下，都是大忌。

出于同一个道理，公地必须由女人来"臊"，女人在地上的临时性粗疵，不仅是合理的，正当的，可得允许的，还总是得到老农们的赞扬。与其说这是娱乐活动，倒不如说这是生产斗争,是必须尽职尽责完成的神圣使命。一些女知青不习惯,碰到这种情况免不了躲躲闪闪别别扭扭,皱眉头塞耳朵,搞得本地的妇人们扫了兴,也"臊"不起来,男人们就会很着急,让队干部把女知青调到其他地方去做事。

我亲眼看见过妇人们在地上的猖狂,比如把一个后生拉到地边,七手八脚扒了他的裤子,往他的裆下体甩两团牛屎以示教训,然后哄笑着散开去。她们当然不会这样来对待知青,但也时常有些小骚扰,比方拿你的草帽垫坐,然后发出一浪哄笑;或者把你叫过去,让你猜一个谜语,又发出一浪哄笑。你心神不定没有听清谜语是什么,但从她们疯野的大笑里,你已经知道这个谜语不必猜,也万万不可猜。

△ 【月口】田是母的，是雌性，于是田埂的流水缺口就叫做"月口"。人有月水，即普通话里的月经，那么田也就有月口，没有什么奇怪。

根据田里禾苗的需要，随时调节水流，把各个月口及时堵上或挖开，是看水人的任务。一般是老人充当这个角色，肩着一把锄头，独自在田垄里游转，有时在深夜也会播下断断续续的脚步声，每一声都特别的清晰和光洁精密，像一只一只闪亮的石块，留在不眠人的夜里。

月口处总有水流冲出的小水坑，沙底，清流，有时还有小鱼逆水乱窜，提供了收工时人们洗刷什么的方便。女人们如果不愿去远远的江里，路过这里时总要洗净锄头或镰刀，顺便洗净手脚，洗去脸上的泥点和汗渍，洗出了一张张鲜润的脸以及明亮的眼睛，朝有炊烟的傍晚走去。她们走过月口后就像变了个人。她们的容光在一整天的劳累中锈蚀了，只有在归家的途中，流水淙淙的月口才能把容光突然镀亮。

△ **【九袋】** 在我的印象里,乞丐只可能具有衣衫褴褛面容枯槁的形象。把乞丐与奢华的生活联系起来,是一种不可思议的荒谬。我到了马桥以后才知道自己错了,世界上其实有各种各样的乞丐。

本义的岳丈,就是一个吃香喝辣的乞丐,比好多地主的日子还过得好。但他没有一寸田土,不能划为地主。也没有铺子和工厂,算不上资本家。当初的土改工作组勉强把他定为"乞丐富农",是不得已的变通。历次复查阶级成分,工作组觉得这个名称不伦不类,但确实不能从政策条文中找到合适的帽子,不知如何结论,只得马虎带过。

这个人叫戴世清,原住长乐街。那里地处水陆要冲,历来是谷米、竹木、茶油、桐油、药材的集散地,当然也就人气旺盛,青楼烟馆当铺酒肆之类错综勾结,连阴沟里流出来的水都油气重,吃惯了包谷粥的乡下人,远远地只要吸一口过街的风,就要腻心。长乐街从此又有了"小南京"的别号,成为附近乡民们向外人的夸耀所在。人们提两皮烟叶,或者破几圈细篾,也跑上几十里上一趟街,说是做生意,其实完全没有什么商业意义,只是为了看个热闹,或者听人家发歌、说书。不知从何时起,街上有了日渐增多的乞丐,人瘦毛长,脸小眼大,穿着各色不合脚的鞋子,给街市上增添了一道道对锅灶有强大吞吸力的目光。

戴世清是从平江来的,成了这些叫花子的头。叫花子分等级,有一袋、三袋、五袋、七袋、九袋。他是九袋,属最高级别,就有了"九袋爷"的尊称,镇上无人不晓。他的讨米棍上总是挂着个鸟笼,里面一只八哥总是叫着"九袋爷到九袋爷到"。八哥叫到哪一家门前,他不用敲门,也不用说话,没有哪一家不笑脸相迎的。对付一般的叫花子,人们给一勺米就够了。对九袋爷，人们必须给足一筒，有时还贿以重礼，往他衣袋里塞钱，或者腊鸡爪——他最爱吃的东西。

有一次，一个新来的盐商不懂此地的规矩，只打发他一个铜钱。他气得把铜钱叮当一声甩在地上。

盐商没碰到过这种场面，差点跌了眼镜。

"岂有此理！"九袋爷怒目。

"你你你还嫌少？"

"我九袋爷也走过九州四十八县，没见过你这样无皮无血的主！"

"怪了，是你讨饭还是我讨饭？你要就要，不要就赶快走，莫耽误了我的生意。"

"你以为是我要讨饭吗？是我要讨饭吗？"九袋爷瞪大眼，觉得真应该好好地教育这个醒崽一番才对，"天有不测之风云，人有旦夕之祸福。流年不利，国难当前，北旱南涝，朝野同忧。我戴世清虽一介匹夫，也懂得忠孝为立身之本，仁义为治国之道。君子先国而后家，先家而后己。我戴某向政府伸手行不行？不行。向父母兄弟三亲六戚伸手行不行？也不行！我一双赤脚走四方，天行健君子自强不息，不抢不偷，不骗不诈，自重自尊，自救自助，岂容你这样的势利奸小来狗眼看人低！有了两个臭钱就为富不仁的家伙我见得多了……这个臭钱你拿走，快拿走！"

盐商没听过这么多道理，被他横飞唾沫刷得一退一退的，只好举手告饶："好好好，说不过你，我还要做生意，你走吧走吧。走呵。"

"走？今天非同你理论个明白不可。你给我说清楚，是我要讨饭吗？我今天是来找你讨饭吗？我什么时候开口说过这句话？……"

盐商苦着一张脸,多掏出了几枚铜板,往他怀里塞,有一种败局已定的绝望。"是的是的,今天不是你要讨饭,你也没找我讨饭。"

九袋爷不接钱,气呼呼地一屁股在门槛上坐下来。"臭钱,臭钱,我今天只是要讨个公道!你要是说在理上,我的钱都给你!"

他掏出一大把铜板,比盐商的铜板还多得多,闪闪发亮,引得很多小把戏围上来观看。

后来,要不是他突然产生上茅房的需要,盐商完全没有办法让他离开门槛。他返回时,盐铺已经紧紧关门了。他操着棍子使劲打门,打不开,里面有男声女声骂出来,嘴臭得很。

几天之后,盐铺正式开张,做了几桌酒肉宴请镇上的要人和街坊。鞭炮刚响过,突然来了一群破破烂烂的叫花子,黑压压的发出莫名的酸膻味,围着盐铺喊喊叫叫。给了他们馒头,他们说是馊的,一个个甩回来。给他们一桶饭,他们又说饭里面有沙子,把饭吐得满地满街。路人都没法下脚,吃酒席的客人也连连招架溅上鼻子或额头的饭粒。最后,四个叫花子敲锣打鼓,窜到席间要唱花鼓贺喜,但身上全抹着猪粪狗粪,吓得客人一个个捂住鼻子四散而逃。他们便乘机朝桌上的佳肴一一吐口水。

客人跑了一大半,盐商这才知道九袋爷的厉害,才知道自己闯了大祸。他托街坊去向九袋爷求情。九袋爷在河码头边一棵大树下睡觉,根本不理睬。盐商无奈,只好备了两个腊猪头两坛老酒,亲自去谢罪,还通过街坊拿钱买通了一个七袋,也就是级别仅次于九袋爷的丐头,从旁撮合。戴世清这才微微睁开眼皮,恨恨地说天气好热。

盐商赶快上前给他打扇。

戴世清一个哈欠喷出来，挥挥手，说我晓得了。

他意思很含糊。但盐商讨得这句话已经不易，回到家，竟然发现叫花子们已经散去，只剩下四个自称是五袋的小丐头，围一桌酒肉海吃，也算是留有余地，不过分。

盐商笑着说吃吧吃吧，亲自为他们斟酒。

流丐进退有序令行禁止，戴世清做到这一点当然也不是一件容易的事。据说原来的九袋是一个江西跛子，勇武过人，一根铁拐棍在丐帮里无可匹敌。但此人心黑，收取的袋金太重，划定丐田的时候好田尽归他侄儿，也就是说，油水足的地段从不公平分派。当时位居七袋的戴世清忍无可忍，终于在一个黑夜，率领两个弟兄将其乱砖砸死。他当了九袋之后主事比前朝公道，重划丐田，肥瘦搭配，定期轮换，让每个人都不吃亏，都有机会到大户"刷碗"。他还规定帮内人凡有病痛，不能下田的时候，可以吃公田，到他那里支取一定袋金，这更使帮内人无不感激。

九袋爷不仅有丐德，还有丐才。河边有一个五莲禅寺，有一颗从普陀山请回的舍利，香火很旺，几个和尚眼看越长越肥了。但从来没有人去那里讨回过一碗米，怕得罪菩萨，也不敢去那里强取。戴九袋爷不信邪，偏要刷刷这只"碗"。他独身前往，求见住持法师，说是疑心寺内所藏舍利的真假，想亲眼看一看。和尚没有提防，小心翼翼从玻璃瓶里取出舍利，放到他手中。他二话不说，一口就把那颗舍利吞下肚去，气得对方浑身发抖，揪住他的胸襟就打。

"一到你们这里就特别饿，不吃不行的。"他说。

"打死你这个泼皮！"和尚们急着操棍棒。

"你们打，你们打，闹得满街的人都来看，看你们几个秃卵丢了舍利子是不是？"他及时威胁。

和尚们果然不敢真下手,只是团团围住他,欲哭无泪。

"这样吧,你们给我三十块光洋,我就还舍利子。"

"你怎么还?"

"那你们就不要管了。"

对方不大相信他的话,但也没有别的办法,急忙忙取来光洋给他。戴世清一一清点,笑纳于怀,然后取出随身带着的巴豆——一种大泻药。

他吃下巴豆,片刻之后鼓着眼睛在佛堂后面泻了一大摊,臭气冲天。法师和几个手下人总算从泻物里找到舍利,用清水洗干净,谢天谢地地重新置于玻璃瓶。

这以后,他乞无不胜讨无不克,名气越来越大,势力也扩展到罗水那边的平江县一带。连武汉大码头上九袋一类的同行也远道来拜访过他,口口声声尊他为师。他烧一块龟壳,就能卜出什么时候行丐最好,去什么方向行丐最有利,别的人照他说的去做,没有不发的。街上人办红白喜事,席上总要给他留出上宾的位子。不见他来,就担心一餐饭吃不安稳,担心叫花子们前来吵棚。一位当过道台的朱先生,还曾经赠给他楹联匾额,黑底金字,花梨木的质地,重得要好几个人来抬。

两联是:"万户各炎凉流云眼底;一钵齐贵贱浩宇胸中。"

横匾是:"明心清世"——暗嵌了九袋爷的名字在其中。

九袋爷有了道台送的匾,还在长乐街买了一处四厢三进的青砖豪宅,放贷收息,收了四房老婆。他当然不用天天去讨饭了,只是每个月的初一和十五才亲躬,在街上走一轮,算是身体力行与手下打成一片。他这样做似乎有点多余,但知情人知道,他不讨还不行,据说十天半月不讨一讨饭,就脚肿,而且只要有三五天不打赤脚,脚上就发出一种红斑,痒得他日夜抓搔,皮破血流。

他最重视大年三十讨饭。在每年的这一天，他拒绝一切宴请，也不准家里生火，强令四个老婆都脱下绫罗丝棉，一律穿上破破烂烂的衣衫，每人一个袋子或一个碗，分头出去讨。讨回来什么就只能吃什么。铁香还只有三岁的时候，也在他打骂之下，哭哭泣泣地随他出门，在刺骨的风雪里学讨饭，敲开一家一家的门，见了人先叩头。

他说，娃崽不懂得苦中苦，以后还想成人？

他又说，世人只知山珍海味，不晓得讨来的东西最有味，可惜，实在可惜。

他后来被共产党定为"乞丐富农"，是因为他既有雇工剥削（剥削七袋以下的叫花子），又是货真价实的乞丐（哪怕在大年三十的晚上），只好这样不伦不类算了。他一方面拥有烟砖豪宅四个老婆，另一方面还是经常穿破衫打赤脚，人们得承认这个事实。

他对此很不服气。他说共产党过河拆桥，刚来时还把他当过依靠力量。那时候清匪反霸，一些散匪四处逃躲。戴世清配合工作队，派出叫花子当眼线，留意街上来往的可疑分子，还到一家家去"数碗"，也就是借口讨饭其实暗中注意各家洗碗之多少，从而判断这一家是否增加了食客，是否暗藏着可疑人员。不过这当然只是一个短暂的时期。戴世清完全没有料到，革命最终也革叫花子的命，竟把他当作长乐街的一霸，一索子捆起来，押往四乡游斗。

他最终病死在牢中。据他的难友们回忆，他临死前说："大丈夫就是这样，行时的时候，千人推我也推不倒；背运的时候，万人抬我也抬不起来。"

说这话的时候，他早已站不起来了。

他的病从两脚开始——先是肿大，鞋子袜子都穿不进去了，剪开了边也还是套不住,脚踝的曲线都没有了,两脚粗圆得如两袋米。然后,红斑照例出现,个把月后红斑又变成紫斑。再过一个月,又成了黑斑。他抓挠得脚上已经见不到一块好皮,前前后后都是血痂。监房里彻夜都听到他的喊叫。他也被送到医院里去诊过。但医生打的盘尼西林对于他没有一点作用。他跪在牢门前把铁门摇得咣当响,哀求看守的人:

"你们杀了我,快点拿刀来杀了我!"

"我们不杀你,要改造你。"

"不杀就让我去讨饭。"

"到了街上好跑是不是?"

"我喊你做菩萨,喊你做爷老子,快点让我去讨饭。你看这双脚要烂完了哇……"

看守冷笑:"你不要到我面前来耍诡计。"

"不是耍诡计。你们要是不放心我,拿枪在后面押着也行。"

"去去去,下午搬窑砖。"看守不想再啰嗦了。

"不行不行,我搬不得砖。"

"不搬也要搬,这叫劳动改造。你还想讨饭?还想不劳而获好逸恶劳?新社会了,就是要整直你这号人的骨头。"

看守人员最终没有同意他去讨饭。几天之后的一天早上,犯人们吃早饭的时候,发现戴世清还缩在被子里。有人去拍醒他,发现他已经硬了。他一只眼睛睁着一只眼睛闭着。枕边的窝草里飞出四五只吸血的蚊子。

△ 【散发】 人们向我说戴世清的故事时，用了一个词："散发"。他们说，铁香的老子不讨饭，就散发了。

显然，散发是死的意思。

这是马桥词典中我比较喜欢的几个词之一。比较起来，"死"、"死亡"、"完蛋"、"老了"、"去了"、"见阎王"、"翘辫子"、"蹬了腿"、"闭了眼"、"没气儿"、"万事皆休"，等等，作为"散发"的同义词，都显得简单而浮浅，远不如"散发"那样准确、生动、细腻地透示出一个过程。生命结束了，就是聚合成这个生命的各种元素分解和溃散了。比如血肉腐烂成泥土和流水，蒸腾为空气和云雾。或者被虫豸噬咬，成为它们的秋鸣；被根系吸收，成为阳光下的绿草地和五彩花瓣，直至为巨大辽阔的无形。我们凝视万物纷纭生生不息的野地时，我们触摸到各种细微的声音和各种稀薄的气味，在黄昏时略略有些清凉和潮湿的金色氤氲里浮游，在某棵老枫树下徘徊。我们知道这里寓含着生命，无数前人的生命——只是我们不知道他们的名字。

从他们停止脉跳的一刻起，他们的名字及其故事也顿时溃散为人们回忆和传说中的碎片，经历不算太久的若干年，就会最终完全湮灭于人海，再也不可能复原。

四季可以循环，钟表的指针一直在循环，只有一切物体的散发是不可逆返的直线，显示出时间的绝对。按照热力学第二定律，这是一个增熵的过程，即一个有序的组织，缓缓耗散为无序、匀散、互同、冷寂的状态——在那个状态里尸骨与坟泥已无从区别，戴世清的脚与牙齿已无从区别。

与散发相反的当然是敛结与聚合。聚合是存在的本质，生命的本质。精血聚合为人，云雾聚合为雨，泥沙聚合为石，语词聚合为思想，日子聚合为历史，人与人聚合为家族、政党或者帝国。聚合力一旦减弱，就是死亡的开始。有时候事物越是扩张和旺盛，越过生命力的支持限度，内在的聚合也就越困难。从这一点出发，我们也可以理解马桥人的"散发"不仅仅指示人的死亡，到了后来，也用来指示任何一种糟糕的情况，尤其是指隐藏着的盛中之衰。

多少年后我听他们评价电视，就听见有老人惊惧地说："天天看电视，看大一颗心，不散发了？"这样说无非是担心，人从电视里获取的越来越广泛的知识，人被电视激发出来越来越多的欲望，何以聚合？倘不能聚合，岂不完蛋？

我不能评价他们对电视的恐惧是否合理。我只是体会到他们说的"散发"，已经比二十多年前有了大为延展的内涵。我还体会到他们对任何散发式的状态，比如人在缤纷电视面前心神奔放的状态，与更大世界融合的状态，持有一种马桥人的顽固警觉。

【流逝】

很多词典里都收录了这个词。

《中国民间方言词典》(南海出版公司一九九四年)是这样解释的：流势，也作"流澌"。屈原《九歌·河伯》："与女游兮河之渚，流澌纷兮将来下。"原用于形容水流迅速。今作马上、立刻、飞快。如"他饭也不呷，撂下筷子流势就走了。"

《现代汉语方言大词典》(江苏教育出版社一九九三年)是这样解释的：流些＝流时，副词，连忙："听到咯个消息，他流些跑来了。"

有些南方小说家也各行其是地使用过这个词，如周立波在《山乡巨变》等作品中经常用到"流水"，比如："天下雨了，他流水喊人到场上去收谷。"

除了"流澌"已被古人注解为解冻冰块，应暂时排除不论以外，"流势""流些""流时""流水""流逝"，它们稍有差异，但都是表达同一个意思，即"马上"。这些词也应该产生于多水的南国，正如"马上"只可能产生于多马的北国，大概是没有疑问的。

流逝，表现了南国人对时间最早的感觉。"子在川上曰：逝者如斯夫。"他们发现无论是潺潺小溪，还是浩荡大河，都一去不复返，流逝之际青年变成了老翁而绿草转眼就枯黄，很自然有惜阴的紧迫感。流逝也许是缓慢的，但无论如何缓慢，对流逝的恐惧使人们必须用"流逝"这个词来时时警戒后人，必须急匆匆地行动，给这个词灌注一种紧张感。

【马疤子】

（以及一九四八年）

光复在县里当体育老师，是马桥少有的知识分子之一，也是马桥唯一在城里定居吃上国家粮的人。

他的父亲是马桥历史上唯一的大人物。但很长一段时间，马桥人不愿意提起这个人，对有关他的往事吞吞吐吐。我后来才知道，大人物叫马文杰，一九八二年才获得政府的甄别平反，去掉了"大土匪""反动官僚"的帽子，获得了起义功臣的身份。光复当上县政协常委，后来又当上政协副主席，同他爹的平反当然不无关系。我也正是在这个时候才访问光复，多少了解到一些马文杰一九四八年出任国民党县长的内情。

我已经说过，这是在一九八二年。这是一个阴沉多雨的傍晚，在一个河街上的小豆腐店里——光复连体育老师的饭碗都不牢靠的时候，开下了这个小店。我在小本子上记下他的话，满鼻子是酸酸的豆渣味。我突然有一种感觉：对于我来说，对于我所知道的马文杰来说，一九四八年并不是一九四八年。它向后延迟了，甚至发酵成酸味了。也就是说，它实际上延迟到这个多雨的傍晚才出现，嵌入了我的一九八二，就像炸死马桥雄狮的那颗炸弹，那颗中日战争的炸弹，在泥土中悄悄把时间凝固了三十多年，推迟到一个明媚的春天才在孩子的胸前发出一声古老的爆炸。

我们不知道的东西，不能说它是存在的，至少我们没有充足理由断定它存在。因此在一九八二年以前，马文杰的一九四八年对于我是空无。

同样的道理，马文杰的一九四八年，马桥人的一九四八年，也并不是很多历史教科书上的一九四八年。构成这一年的事件，使这一年得以被人们感受、确认、追忆的诸多人世运演和变化，包括国共北平和谈、辽沈战役和淮海战役，毛泽东愤怒拒绝苏共关于中国两党划江而治的建议，国民党内蒋介石集团与李宗仁桂系集团的激烈角逐等等，马文杰与手下人当时都一无所知。由于九连山脉的重重阻隔，加上战乱、大旱以及其他一些原因，马桥弓与外界的联系越来越少。马桥人当时对外界的了解，完全停留于一些回乡老兵零零星星的传说。

这些老兵，原来大多数跟着团长马文杰在四十二军吃粮，到过山东和安徽，后来又参加滨湖战役，接四十四军的防。他们看不起四十四军，那是川军，纪律最差，差不多人人抽大烟，日军化装成便衣打进去，一下就把他们的军部端了。马团长当然也吃过苦头，在沅江县有一次打伏击，埋的一百多颗地雷全不管用。那些从邵阳赶运来的土地雷，一炸成了两个瓢，爆得很响就是不死人，硝烟中的日本兵一个不少，照样哇哇哇地往上冲，很快把四十二军分割成几块。马团长见势不妙，只得命令手下人赶快把山炮什么的全丢到河里，分散打游击。日本人是来运粮食的，只要把他们拖到冬天，洞庭湖区的水干了，日本人的船就出不去，他们的牵制任务也就完成了。

他们回忆马文杰带着他们捉俘虏的情形。捉一个日本兵奖一万块钱。每个连每个月要捉四个俘虏，没完成任务连长就要记大过，而且下个月的任务就要加倍。再完不成，连长就撤职，打屁股，军法从事。三扁担下去，屁股肯定见血。有一个倒霉的连长，屁股上总是烂一个洞，没当过几天好人。

他们找地方维持会要便衣，要良民证，然后化装去敌占区偷袭。胆子大一点的人，还咬住日本人的队伍抓"尾巴"。有一个连全是湘西的苗人，都会泅水，也最勇敢，捉的俘虏最多，但不幸在华容县的一次遭遇战中竟然全连殉职。马团长手下的几个同乡运气似乎还好，脑袋都留下来了，只是每次捉俘虏，捉回来的不是蒙古人就是朝鲜人，不是真正的日本货，虽然可以勉强交差,但没有赏金。这几个马桥人后来回到家里之后还经常为此愤愤不平。他们说,马疤子不讲道理,蒙古鞑子的块头最大,塞在麻袋里三四个人使了吃奶的劲还抬不动。吃了这么大的亏,凭什么人家拿赏金我们就喝凉水?

马疤子是马文杰的外号。

他们的听众震惊之余也表示同情,是的,是的,马疤子就是个小气,当了那么大的官,也没见给他婆娘打个金镯子。有一次回老家请乡亲吃一顿饭,总共只砍了五斤肉,碗里净是萝卜。

他们的一九四八年就是充满着这样的一些话题。也就是说,他们此时心目中的外界,只有抽大烟的川军,炸不死人的邵阳地雷,还有日本军队中的蒙古鞑子,等等——充其量,他们还模模糊糊听说过第三次长沙会战的传闻。他们甚至根本不知道什么叫做"一九四八",也从来不用公元纪年。直到我与他们交往的时候,"一九四八"还是一个生疏的词。他们表示那个年头的用词有以下一些:

(一)长沙大会战那年。

这显然是一个错误的命名。他们的长沙会战是一段迟到了将近六年的新闻,被他们误以为是一九四八年的事。如果一个外来人并不了解第三次长沙会战,只是靠马桥人的嘴来把握时间,肯定要把历史的秩序打乱得一塌糊涂。

(二)茂公当维持会长那年。

这个命名可以说没错,也可以说错了。茂公是马桥上村人,那一年确实接了张家坊某人的差,轮到他来当了维持会会长,管辖远近十八个弓。拿这一件事来标志一九四八年,没有什么不可以。问题在于,马桥人不知道日本人早已投降了,日本人强制成立的维持会在绝大多数地方已经不存在了,良民证也不用了，只是他们消息闭塞，还是按老规矩办事，还用着"维持会"的名称，可能让后人听了以后还是一头雾水。

（三）张家坊竹子开花那年。

张家坊有一片好竹子，一九四八年碰上大旱，田里颗粒无收，倒是竹子全部开出一种白色的花，结出了籽。人们采下籽来，舂去籽壳，发现竹米粗，微红，煮成饭以后清香扑鼻，味道同红粳米差不多。竹子开花以后就死掉了，附近的人们靠着这一片竹子度了荒，感其恩德，就把这片竹子叫做"义竹"。这件事情给马桥人印象很深，用来记录年份，一般来说倒也不会错，只是外人一般不知道这一段。查户籍的时候，征兵的时候，报考学校的时候，"张家坊竹子开花的那年"出生的人以及他们的父母，得花很大的工夫，比比画画，才能向外来人士说清楚当事人的真正年龄。

（四）光复在龙家滩发蒙的那年。

发蒙就是开始读书识字。马文杰家的光复天资不算高，小时候也贪玩，光是一个初小就读了七年，一再留级，留得他很不好意思，长大以后也不愿承认这一段劣迹，便在履历表上把自己发蒙的时间向后推了三年，改为一九五一年。如果一个不知底细的人，仅仅根据光复的履历表或者光复的说法来推算时间，会使整个马桥的历史向后错位三个春秋。因此，这也是一个极有危险性的时间概念。

（五）马文杰招安那年。

马文杰招安是一件远近闻名的大事，众所周知，有目共睹，用这件事来定位时间，在马桥人来说当然很方便，最容易让外人明白。

当然，说到招安，在这里可以多说几句。

那一年本来气氛非常紧张。腊月里好多乡下人都在编草席往县城里送，准备裹死尸。据说平江那边来的杆子，归顺了省军，以"彭叫驴子"为大帅，号称有一万人，有三门大炮，要同马文杰以及罗江两岸的所有杆子决一死活。马文杰是不打算活了，把自己的家产分给了众人，准备了自己的棺材。他只向彭叫驴子提了一个要求：仗不要在城里打，免得老百姓吃亏，最好到罗水下游的白泥塘那边去打。彭叫驴子根本不听，把马文杰派去的信使割了头，挂在白沙镇东门外的桥头。那里的乡人上街不敢过桥，只好从桥下中蹚水过河。

消息传来，县城里的老百姓呼啦一声都跑光。过了一段，没听见炮响，也没见彭叫驴子省军压境，倒是马文杰发了布告，说不打了。而且他还有了新头衔：县长兼暂编十四师师长。他带着人在长乐街吃狗肉的时候，人们还看见他手下的人都穿了国军服，还有几支油亮亮的洋式连珠枪。

在后人看来，马文杰在国民党大失败的年头，居然靠上了国民党，是做了一件十分愚蠢的事。对此，光复向我反复解释，他爹本来是要投靠共产党的，阴差阳错才投错了门。他爹当兵吃粮在外面混过几年，模模糊糊知道一点共产党的事，听说共产党杀富济贫，能征善战，没有什么恶感。他被省军逼急了的时候，派他的结拜兄弟王老幺去找共产党。王老幺有一个姐夫在浏阳当木匠，跟共产党走得很熟。但事情偏偏不巧，王老幺刚刚上路就碰了鬼，背上发了个大疖子，贴上草药，痛得在客栈里多睡了两天。等他赶到浏阳时，姐夫刚刚去了江西。

"两天，就是两天。王老幺当时要是没生疖子，接了令箭流逝就去，我爹不也成了共产党？"

光复喝下一口酒，瞪大眼睛对我这样说。

光复当然有理由痛惜。正是那短短的两天，改变了马文杰以及手下一百多人的命运，也改变了他光复的命运。王老幺没找到共产党，后来在岳阳经一个戏班老板介绍，见了国民党B系军阀的一个副官。B系军阀招安马文杰，一切安排就是从那次见面开始。

这已经到了一九四八年的年底，正是国民党政权在大陆上开始全面溃败的时候——只是乡下人在冷寂的冬季里，不知道这一点。我猜想，也许B系军阀当时心知大势已去，四处招安四处发枪，只是想给即将南下的共军增加一点骚扰和破坏。或者，就像后来一些历史资料上披露的那样，当时的湖南省政府军属国民党H系，与B系有隙，双方明争暗斗摩擦不断。B系企图在H系的地盘上网罗散匪，扩充自己的势力，牵制H系。不管怎么样，B系的招安和慷慨支援使马疤子这个乡下人喜出望外，欣然接受了对方给他的一纸委任状，还有八十条枪，以及罗水两岸一时的平安。他完全不知道国民党内部的派系之争，也不知道B系长官的真实用心（我们现在也不一定完全知道），还以为只要穿制服的就是官军，都被他打怕了，不得不向他求和。

他和手下人喝酒庆祝的时候，不知道他走出的这一步，正在把自己引入地狱。

一九四八年在罗江干枯而暴露的沙洲上流逝而去，把一场历史上巨大的变化悄悄推移南方。但对于马疤子及其手下人来说，他们山窝子里的一九四八年与国民党B系或H系军阀们公文包里的一九四八年不是一回事。这正像几年之后，红色的县武装大队用机关枪对马疤子手下数十名"暴动未遂犯"进行突然袭击的时候，他们记忆中革命胜利排山倒海的一九四八年，与马疤子山窝子里的一九四八年同样不是一回事。

这是一种时间的错接。

【打醮】

罗江两岸的散匪各自为政。比较来说，马疤子在各路杆子中威望高一些，这不光是因为他的兵强马壮，也因为他有神功。他信青教，天天要打醮，设上香案敬观音菩萨，带着手下人盘腿坐在蒲团上，口中念念有词。据说久坐者心静，神清，道深，术高。他十多年咳痰的老毛病就是这样坐好的。他手下的队伍后来无论到何处坐有坐规，站有站相，渴上两天饿上两天，照样可以疾跑如飞上阵打仗。有些人说得更玄乎，说曾经亲眼看见他们打仗，刀砍在他们身上硬是不出血，枪打在他们的旗子上硬是打不穿，不用说，这都是蒲团上坐出来的结果。

马疤子的队伍还有个特点，行军打仗从不穿鞋，爬山跳沟却十分灵活，无论砾石还是铁钉，都伤不了他们的脚。老百姓把他们叫做"赤脚军"，说他们天天晚上要念十三太保的神行密咒，才练出了这等的功法。光复后来告诉我，这当然是夸大。打赤脚只是为了跑动快捷，用一种名叫楮汁和婴子桐的两种植物捣成膏，涂敷脚掌，等膏汁干了以后再涂敷，如此重复数遍，脚下就有了一层壳，比什么鞋底都坚硬——这是他父亲在外从军的时候，从湘西苗人那里学来的办法。

人们对这支赤脚军十分惊奇。他们走到哪里，一些娃崽、老太婆也要跟着他们打醮，坐蒲团。当然也有没坐好的，一旦走火入魔，就癫了。马疤子劝一般人不要跟着他学，不要随便打醮。

他说打醮最要紧的是清心寡欲，要积德行善。当时粮食紧缺，杆子们到处打劫。马文杰一进城就常常被一些男女老少拦着哭诉喊冤，有的钱被抢了，有的媳妇被抢了，盼着马老板行个公道。

马文杰在长乐街邀集各路杆子的头目，开过一次会，说浮财就算了，但人一定要放，禾种和牛一定要还。若误了农时，伤了农本,你们就不怕老天降罪?各路杆子看他独身一人踏着草鞋来开会,不带卫兵甚至不带一枪一弹,只觉得一股正气压人,还未开腔就先怯了三分。有人看着看着花了眼,看出他头上一圈白光,白光上面还有紫色云彩,于是更加诺诺。大家喝完一桌酒,抽刀劈下一个桌子角表示立誓,分头回去照办。

马疤子从此有了马大青天的名声。人们说,马疤子的队伍要粮不要钱,吃饱不带走。也就是说,手下人走到哪里,肚子饿了可以向老百姓要吃的,但只管一顿,除此以外的夺取都视为扰民,一经发现必须治罪。有一次,他手下的两个兵在脸上抹了把烟灰,让人家认不出,晚上冲进县中学校长的家,抢了校长老婆手上的两个金镯子。校长家的一个保姆,情急之下在门槛外泼了一盆柴灰,留下了他们出门时的脚印,第二天再请马疤子来看现场。马疤子回去查鞋底,很快就查出了两个劫匪,当下把他们站笼子。两个都用铁丝穿锁骨,关在木笼子里示众三日,穿铁丝的肉洞腐烂出一股臭味。然后一个烧死,烧得身上冒黄油,皮子炸炸地响。另一个不算首犯,从轻发落,就用刺刀捅死,留下一具尸——当时刺刀几进几出都别弯了,血从刀眼里喷出来,溅几尺高,把旁边一堵粉墙染红大片。

两个死囚一直不求饶,不喊叫,哼也没有哼一声。

值价!在场的汉子无不感慨佩服。

马疤子手下的兵,连贪财都贪得硬气,这一点没法不让其他杆子另眼相看。

从那以后,马疤子的兵不管到哪里借路,其他杆子都不会为难。他们若是给货商保镖,完全不用武装,空手随行足矣。这叫做"仁义镖"。碰到了其他的杆子,抱一个拳,报上马文杰的大名,对上两句江湖暗语,就可以逢凶化吉,一路畅通。有时对方还会好意留饭,送上一条牛腿或者两瓶好酒,攀个交情。

△【打起发】《现代汉语方言大词典》(江苏教育出版社一九九三年)已经收录了这个词,解释如下:

(一)小偷小摸:逃兵荒时,城里好多人跑光了,他乘机进城去打起发。

(二)占便宜:他蛮厉害,你莫想打他的起发(你休想占他的便宜)。又:打秋风是明的,打起发是暗的。

马桥人也使用这个词,用出一种津津有味乐不可支的味道。这个词特指那一年马疤子的队伍赶走国民党军队 H 系的彭叫驴子,打进了平江县城,罗地十几个乡足有上万的农民跟着进去,狠狠地发了一次财。有的抢了盐,有的抢了米,有的一身鼓胀胀地套上十层妇人的裯子,热得满头大汗。还有的运气不大好,什么也没捞着,就提一个桶或者背一张门板回家。最不可思议的是本义他爹,叫马梓元,担着上百皮瓦出城,累得大口喘气,走着走着就落在后面。同村的人笑他醒,何不担一担泥巴回去?你在家里连泥巴都没有见过吗?他满意地说,他家不缺盐米,也不缺衣,就是砌猪栏屋时少了几十皮瓦。他看中了这些长茅洲的好瓦,正合适!

他一点也不觉得自己吃了什么亏。

他更不明白什么电灯不电灯。当时有几个后生用砍刀割下了城里的灯泡,准备带回去挂在自家的屋梁上,说那家伙到了晚上就亮,风都吹不黑。马梓元觉得那完全是诳人,世上不可能有那样的宝贝。

打起发后来成了马文杰的"罪行"之一。他没料到有这么多人跟着他进了城,为了治理乱局,他曾经命令手下人弹压劫匪,其中受伤的就有本义他爹——他因为肩上的瓦太重,出城时落在最后面,被士兵追上了。

他还没有来得及回头，只觉一阵凉风嗖嗖而过，半边脑袋包括一只眼和一只耳朵，已经随着雪亮的刀刃而去，飞向了空中。剩下的另一半架在肩上，随着肩膀还冲冲地走了十多步。整个身子甩手撩脚的，担子一跃一跃，好一阵才颓然仆地。身后的杀手惊得好半天说不出话来。

　　马桥的老人们说，清点尸体的时候，幸好有人发现本义他爹的脚还能动弹，摸一摸，手还是温的，口里还有一丝活气。马文杰从这里路过，认出了本村的熟人，连忙找来郎中疗救，搅一盆止血的药泥糊住伤口，像严严实实封住了一个坛子口。郎中又往他口里灌了些米汤，等一等，见米汤居然咽下去了，就说："还不该死。"

　　本义他爹被人们送回马桥以后还活了五年多，虽然只剩了半个头，做不了田里的功夫，也说不了话，但在檐下打个草鞋，铡点猪食，还是可以的。

　　半头人从不到人多的地方去，免得惊吓大家，尤其是惊吓娃崽。他成天躲在屋里，有点耐不住闲，只好做事。这样下来，他比一般正常人做的事还要多。

　　我觉得这种说法难以让人相信，更无法想象一个只有半个脑袋的人忙里忙外的情景，但老人们都这样说，硬说他们都穿过本义那个半头老爹编出来的草鞋。我只好让他们说去。

【马疤子】(续)

一个雨夜,解放军的先遣人员凑在油灯前与马文杰县长接头,向他介绍了全国形势和共产党的政策,动员他投诚起义。马文杰表示同意,并且同意出任"规劝会"的副主任,开展对敌伪军政人员和各路杆子的劝降工作。

马疤子当了几个月县长,没坐过衙门,也不知衙门在哪里。没拿过薪水,也不知应该到哪里去拿薪水。他还是喜欢穿草鞋,粗通文墨但不大乐意写信,派人去给各路杆子传话,都是让他们持一块竹令箭,上面按有他的三个血红指印作为证明。他的指印杆子们一般都认得,都服。指印到了哪里,一般来说都能缴下枪来。白泥弓的白马团一次就交出大刀三十多把,叮叮当当挑到县城。

马文杰只是没有料到,被他劝降的白马团龙头大哥,两个月后还是进了班房,而且上了大镣。

他大为吃惊,找到县武装大队结结巴巴地查问,在对方出示的一桩桩审案铁证面前才无话可说,他发现白马团居然是假投诚,暗藏枪支弹药并且准备逃窜。被他劝降的另一个许某,则有重大血债,称霸乡里,奸污民女无数……最后,他自己的参谋长,也被新政权查出来是个国民党打进来的军统特务,有暗中控制马文杰的任务,还有什么密杀计划。这样的人还能任其逍遥法外随便放过?

马文杰一脑门子冷汗,只能连连称好。

街上贴出了很多坚决镇压反革命的标语。据说四乡农民在往县城送草绳,是准备用来捆人的。据说县狱里天天有人被拉出去枪毙,有的大号子关几十个人,竟然一夜之间就空了,不知是转到了别处还是杀了。真真假假的传闻最后指向了马文杰本人,说他那个"规劝会"是个假投诚的窝子,他是"规劝犯"的总头子。他等着上面派人来抓，等了几天没有动静，相反上面还是照常请他去开这个那个会，派人给他送来了解放军的草黄色制服。他穿着这套衣走到街上，认识他的人见到他都神色紧张，老远就往路边躲闪。

这是一个不大说得清楚的结局，因为当事人太少，因为当事人不太愿意说，更因为当事人好不容易说出来的话也疑点颇多，说法各各不一。有人说，马疤子的老对头彭叫驴子也投诚了，当的官比马疤子的官还大。姓彭的要在新政权面前表忠，多多揭发人家是假投诚，就是最好的办法。还有人说，国民党的 B 系和 H 系从来互不相容，以前日本鬼子在的时候，他们借日本鬼子的力量削弱对手；现在共产党来了，他们又借共产党的力量排挤对方。既然 B 系曾经利用马疤子牵制湘系，那么，好吧，H 系现在当然也可以利用共产党来收拾马疤子。谁都使着暗劲，用阴招，马疤子一个乡巴佬哪是他们的对手？

当然，也有人说事情不完全是这样。他们认为共产党本就不相信投诚人员，一直想剪除后患；或者认为很多杆子投诚本来就是半心半意，马疤子本人也匪性难改，几次暗中准备反水，准备暴动，罪大恶极。只是他后来既然已经死了，政府也就既往不咎。

我没法辨别这些解释的真假，只得绕开它们，仅仅交代一下结局本身。我甚至不一定能把结局本身说清楚，只能尽力而为地把零散材料作一些拼接。大约是两个月后的一天，马文杰从专署开会回来，还没有走进屋，就听见里面哭闹成一团。推开门，看见七八双女人泪光晶莹的眼睛齐刷刷投向他，嘴巴张得老大，哭声戛然而止。但只停了片刻，号啕又猛烈爆发。旁边几个娃崽，也跟着哇哇地哭烂了脸。

他大为惊讶。

马主任！马县长！老师长！三爷！他三叔……女人叫出各种称呼，纷纷抢上前来叩头，砸出嘣嘣嘣的巨响。

"不能活了呀……"

"你要给我们做主呵……"

"你给我们指条活路呀……"

"你还我家的天宝呀……"

"我们都是听了你的话，才投诚的呀。你如今怎么袖手旁观呵？"

"他爹说走就走，甩下这一家七八个都要吃要喝，我怎么办哇？"

……

有一个婆娘红了眼，冲上来抓住他的胸襟，叭叭扇来两耳光，疯了似的大喊："吃了你的亏呵。你这个骗子，两头蛇！你还我家的晋华呵——"

待马文杰的婆娘上前来劝开疯婆，马文杰的衣襟已经撕破，脸上和手上已被对方抓出了几道血痕。

马文杰慢慢才听明白。他去州里开会的这一阵，县里据说发生了"规劝犯"的暴动，先是杀了抱落乡的三个工作队员，又秘密喝了鸡血酒，往县政府的粮车还扔过炸弹，据说更大的暴动也在计划中。不料有一封密信被政府截获，政府只得先下手为强，把参与暴动的反革命头子从快处决——其中就有这些女人们的丈夫。她们见丈夫被叫去开会，好几天没有回来，最后只等到政府的通知，要她们去一个叫荆街的地方领取遗物。事情就这么简单。

马文杰听着听着，出了一身冷汗，背着手在屋里走来走去，抬头望天，眼流满面。他朝满屋的女人一一抱拳，一一下跪："兄弟对不起你们，对不起你们呵……"他一边哭一边急急打开箱笼，把所有的光洋找出来，总共才五十多块，往来人手里塞去。他的婆娘也擦着眼睛，把私房钱拿出来，包括几只镯子几只耳环，塞给了死者眷属们。马文杰平时把一些散钱随处乱丢，丢在枕边、桌上、抽屉中、马房里，由他婆娘跟在屁股头收捡。这些钱现在也派上了用场。

好容易才把哭哭泣泣的多数来客送回去。没有回去的曹家一母二子，就在马家住下了。

马文杰一夜未合眼，第二天起床，看见门口的公鸡拉长了颈根，却没有声音，不觉有点奇怪。自己无意中拍了一下桌子，发现还是没有声音，就更奇怪了。他此时借住在一个古旧道观里，堂前有一口古钟。他走到钟前，试着敲了敲钟，发现还是没有声音，不免有些着急，抡着钟锤使劲地敲，一直敲到附近的人都跑来了，齐刷刷向他瞪大惊恐的眼睛。他这才明白，不是钟没有声音，而是自己聋了。

他放下钟锤，没有说什么。

喝了一碗婆娘煮好的粥，他叹了口气，准备去看郎中。刚走出巷口，他碰到正街上拥挤的人流，那里正在进行镇压反革命分子的示威游行，还有纪念抱落乡三位革命烈士的追悼大会。武装民兵和小学生高呼口号往县狱那边而去。他不知道人们张开大嘴，在喊着些什么。

他停步了，扶着墙慢慢折回家里。

从他家走到巷子口，是五十一步，从巷子口走回来，不多不少还是五十一步，刚好是他的岁数。

"如何刚好是五十一步？"他有点吃惊。

婆娘给他一把伞，催他去看郎中。

"你说，如何刚好是五十一步？"

婆娘说了一句什么，他没有听见。

"你说什么？"

婆娘的嘴还是无声地有开有合。

他再一次记起了自己聋子的身份，不再问话，只是摇摇头："奇怪。奇怪。"

下午，一个做郎中的朋友来，看看他的耳疾。他向来客讨点烟土。朋友比画着问他，你天天打醮练功，不是不沾烟的吗？他拍拍自己的额头，意思是自己受了点凉，寒重，要烧点烟来驱寒解表。朋友便给了他一包。

这一天夜里有雨。他打完最后一次醮，吞烟土自杀。他换上了一身干干净净的衣服，刮了胡子，连指甲都细细剪过。

照一般人说来，他没有必要死。尽管有些罪行也牵连到他——比如决定投靠国民党，比如他的手下人杀了几个打起发的百姓，但他毕竟是一个头面人物，他的规劝游说毕竟为新政权立过大功。何况他与某位共产党大首长是学木匠时的师兄弟，他保护过那位大首长的家人，接济过米粮。就在他自杀后的第二天，一位科长专程从省里赶来，送来了那位大首长的亲笔信。信的最后，大首长约请他方便的时候去北京做客叙旧。

他已经睡在裹尸的草席里，来不及看这封信了。县政府向专署和省里作了请示以后，给他买了一口棺木，一对白烛和一挂鞭炮。

【荆界瓜】

说起荆街，很多马桥人不知道，马桥附近的很多人也不知道——尤其是年轻后生们。

荆街已经消失多年了。从县城出东门三华里路再渡罗水，见一片平畴，种棉花或红薯，靠北的一面地势略略升高，上面有一些乱石荒草，还搭了一两个守夜人的草棚子。再靠近看，很可能看到深草里的牛粪或者野鸡窝，或者一只破草鞋。这就是荆街，现在被人们写成"荆界""井界"，或者"荆界围子"。后生们很难知道这里原来也是"街"，居然有百多户人家的热热闹闹，有远近闻名的一大赫然孔庙。

荆街成了一个没有实际意义的名字，已经荒芜。

荆街只是在关于马文杰的故事里才得以沿用，才是一个必不可少的地名。即使如此，它也不过是在一部分人那里，将不可避免的荒芜向后推延几十年而已。当年的"规劝犯"暴动一案，就是发生在这里。五十多个"规劝会"的投诚杆匪头目，在集中学习的最后阶段，奉命参加劳动，挖一口水塘。他们挖的挖，担的担，大汗淋漓忙了三天，刚刚把水塘挖出个样子，隐在屋顶上的机枪突然咚咚咚地响了——一种乍听起来十分陌生的声音，十分遥远的声音。弹雨卷起一道旋风，呼啸而来。没有感觉到子弹穿过肉体，但身后的泥坡尘雾飞扬，沙粒四溅，明明是有什么东西在他们肉体的那一边爆响同时又在他们肉体的这一边绽开一连串尘雾的花朵。他们也许开始明白，金属是怎么回事，速度是怎么回事，金属的子弹穿过肉体是一个多么顺畅多么迅速以及多么难以察觉的瞬间。最后，他们陆续倒在自己刚刚挖好的土坑里。

直到一九八二年以后，直到"规劝会暴乱"被政府宣布为多种复杂原因造成的错案，人们才闪闪烁烁说起这一幕情形，才重新提到荆街这个陌生的名字。有些老人说,从那一阵枪声以后,荆街就闹鬼,一家一家的房子总是莫名其妙地着火,不到两年的工夫竟然烧了七家。那里的娃崽生下来也多呆子,不到两年的工夫竟然呆了三个。风水先生说,那里有官鬼发动,塘里的活鱼都无法挡煞了,当然不得不烧掉一些房子。至于"官"鬼是指官祸,还是谐音棺,指亡人阴魂不散,风水先生含糊了一句,在场人没听个确切。有人立即在屋里屋外到处开挖,掘地数尺,把地下一切可疑为腐烂棺木的木质残物全部清除干净。他们还挖出一口新塘,下了几千尾鱼苗,一心增强水势,以水克火。奇怪的是,鱼在这个塘里就是养不活,不到一个月全部翻了白。最后,街东头的一伞匠铺还是发了火灾,人们便渐渐失去了对消防工作的信心,只好陆续迁往别处,尤其是迁往黄湾一带。

到五十年代末,荆街完全散发了,成了一片荒地,连水井也塌了,孑孓丛生。

那里倒成了一片好地,据说很肥,特别肯长棉花和红薯,出产的一种香瓜也十分甜美,很快就有名气。县城里的小贩有时为了招揽顾客,就特别强调地吆喝:"买呵买呵,荆界围子的荆界瓜呵——"

有人把这种瓜写成"金界瓜",写在瓜果摊的招牌上。

【一九四八年】（续）

我曾经以为,时间在任何地方都是一种均量的、匀速的东西,就像平均分派而且方正整齐的一块块透明流体。不,其实这只是我们肉体感受到的时间,比方说是我们按部就班地诞生、发育、衰老直至死亡。但人不是树,更不是石头。也许,在某种物理的时间之外,对于人更有意义的是心理时间。

一个人的幼童期总是漫长的,一个人在动荡时期、危险时期、痛苦时期所感受的时间也总是漫长的。毫无疑问,漫长是一种感受,出于人们特别敏感的神经,特别明晰的记忆,特别丰富的新知。在一些日子过得舒适而单调的人那里,在一天被一百天重复而一年被十年重复的生活里,我们则可以看到相反的情况:时间不是拉长了,不是放大和增容了,而是越来越匆促,越来越缩短,最后几乎成了一个零,眨眼之际就无影无踪。某一天,人们突然发现镜中的老人就是自己,免不了瞪大恐惧的双眼。

同样的道理,我们知之甚少的时间,比方古人的时间,比方遥远国度的时间,总是模糊不清,几近消失,足以忽略,就像远方的一切,都在我们视野的尽头微缩如尘,与空无没有多少差别。我以前读美国小说,就发现我对那个国家的二十年代和四十年代,常常混同莫辨。而英国的十三世纪和十五世纪似乎更是一回事。我暗自吃惊,一本小说背后一代人或好几代人绝不可混同也绝不可忽略的生生死死,几十年甚至几百年的漫长,为什么可以在我这里悄悄漏失,为什么短促得只能供我翻翻书页甚至打出一个哈欠?

原因很简单:我太远,不能看清那里的一切。

时间只是感知力的猎物。

人的时间只存在于感知之中,感知力比较弱或者干脆完全丧失的人,比如病床上的植物人,并没有真正意义上的时间。时间这种透明流体从来就不是均量地和匀速地流淌,它随着不同的感知力悄悄变形,发生着人们难以觉察的延长或缩短,浓聚或流散,隆凸或坍塌。

问题在于,人的感知个个不同。就是一个人的感知,也会随着情境的变化而不断改变。在一大堆感知的破碎镜片里,我们还有时间可靠的恒定守一的形象吗?还有时间统一性吗?我们谈论一九四八年,我们是在谈论哪一种感知里的一九四八年?在这个阴雨的傍晚,在河街上一个小豆腐店里,光复为他老爹哭了一场后,还说到了藕。他说当年的藕好甜,煮起来特别粉,现在再也吃不到。他说现在的藕都是化肥藕,哪有当年的好吃呢?

我对这些说法暗暗疑惑。我知道眼下确实有些地方使用化肥太多,对作物的品质确有影响。但毕竟还有大多数的藕是天然食品,与光复老头以前的藕没有什么不同。我怀疑,不是这些藕的味道变了,而是光复对它的味觉变了——在他年龄越来越大以后,在他越来越远离饥饿的当年或者肝脏有了点毛病之后。这是一种常见的情况。我们常常会美化以前的一些事物,比如藕,比如一本书,比如某位邻居,因为我们已经忘记了当时产生好感的特定情境。我们甚至会觉得以前的某次痛苦经历美妙无比,因为我们已经成了远远的回顾者,不再身陷其中。我们不再痛苦而只是观赏痛苦。

这样说来,被感知猎取着的时间,反过来也会蚀变我们的感知。

光复给我谈的一九四八年,在多大程度上是未经蚀变真实可信的呢?在多大程度上有别于他对藕的可疑回味和可疑信念？

　　光复谈到近来对"规劝会"的平反甄别，说人民政府到头来还是不简单，自己的错自己纠，自己吐出去的痰自己舔，做到这一点真是不简单。说到这里，他发现烟盒子已经空了，叫儿子去买烟，顺便带两瓶汽水待客。他的儿子十二三岁，听说汽水便眼睛发亮，光着脚板跑出门去。不但买来了香烟和汽水，还急急地用筷子头来撬开汽水瓶盖。嘣——他愣了一下，前后左右找了一阵，爬到黑黑的床下搜寻，尖削的屁股翘得老高。大概是一只铁皮瓶盖刚才不知道飞到哪里去了。

　　他顶着一头蛛网出来，说没看见没看见，拍拍手，拿着另一瓶汽水到门外去喝，哼着不成调的流行歌。

　　光复恼怒地问："就这样算了？嗯？"

　　"找遍了，没看见嘛。"

　　"它长了翅膀？还能跑上天？"

　　我不知道光复为什么这样重视一个铁皮瓶盖。也许，那个小铁盖还可以换回钱？或者他只是恼怒娃崽这种马虎处事的态度？

　　他逼着少年再找，停下了与我的谈话，自己也帮着搬开了墙角一堆木炭，搬开木桶和锄头之类的工具，发出哗啦哗啦的声音，对可疑的暗处一一清查。他一次次对瓶盖恫吓："你娘的躲！你躲，老子看你往哪里跑？"

　　他当然少不了对少年的训斥："你这个畜生，寻呵，寻呵！你当少爷了是不是？告诉你，要不是共产党给你祖爷平反，你还想喝汽水？还想穿凉皮鞋？还想插起自来水笔上高中？你老子劳改的时候，差点连命都送了，饿得连牛粪里的稗子都拣出来吃的……"

　　少年噘着嘴，把一块木炭狠狠踢了一脚。

"猪矖的，你踢！"体育老师在儿子头上锄了一丁公。

少年举臂招架，可能用力大了一点，把父亲挡得倒退两步，差点跌倒。"你还敢回手？你这个畜生还敢回手？"父亲一把夺走少年手里的汽水瓶，"老子挖死你！"

少年气咻咻地跑到门外疯骂："老杂种！老土匪！你这个老反革命！动不动就打人，算什么教师？"他破口大骂，"你还以为这是旧社会？你还想作威作福涂炭生灵丧权辱国吧？"他用了两个很书本化的词，"你活该，你捡牛粪吃活该，你去坐牢我还好些。我将来要当总统，也要搞运动！老子根本不给你这号家伙平反我告诉你……"

"老子老子老子——"

光复一句话憋在喉头没骂出来，尽管是体育教师，还是没有追上儿子，气得浑身发抖，幸亏有我扶着，才回到家里稳稳地坐下。我很惊异少年对他的态度。少年的话当然是一时气头上的话，不必过于认真对待。但他这样来戳父亲的痛处，至少说明他对于往事没有切肤之痛，错案不错案，不会比他的一瓶汽水更为重要。在这个时候，我再一次感到时间的诡异。光复像很多人一样，以为他的苦难经历能够被任何人同情。时间所定型的一切，可以像博物馆的珍贵文物一样原貌长存，举世公认。正是基于这一点，他像我的很多前辈，教导后人的时候总是愿意回溯往事，谈坐牢、饥饿、战争、疾病或者一九四八。

他没有料到，时间不是文物，他与儿子也没有共享的统一时间。政府还他父亲清白的一九四八年，并没有同时配给他的儿子。这位少年刚才狠狠踢了木炭一脚，显示出他对包括一九四八年在内的往事毫无兴趣甚至反感。

这似乎没有道理。他没有亲历过去，但他对离奇往事至少可以好奇，如同孩子们津津有味于古代传说，没有必要愤愤地踢上一脚。在这里，合理的解释只可能是：他并非仇视过去，只是仇视现在的过去，即仇视这个阴暗傍晚父亲嘴里充满着训斥、苛责、自以为是气味的过去，那个夺走了他半瓶汽水的过去。

光复气得流出了泪水。这使我想起了一条以往的国家政策：一九四七年以后旧政权里科级和少校级以上人员，均属于历史反革命。这个适用于任何地方以及任何人的时间划界，隐含着的哲学意义是：人们都生活在统一时间里，不容例外。多少年后，人们终于认识到这一条过于简单，光复本人就因为这条政策的取消而苦尽甜来。但是在另一方面，光复己所不欲却施于人，力图使自己与儿子生活在共同履历里，同样不容例外。他无非是混淆了过去与现在的过去，混淆了自己的过去与别人的过去，认为他痛恨的过去，儿子也必须痛恨；他珍惜的今天，儿子也必须珍惜。他内心中深重的一九四八，在儿子内心中必须具有同样的规格与分量，不可微缩，不可流散，更不可虚无。他没有料到，对于儿子来说，一九四八几乎就是清代、唐代、汉代，遥远得一塌糊涂，与自己完全没有关系——小小的一个铁皮瓶盖，甚至可以使儿子得出另外的结论：

"你坐牢活该！"

"你坐在牢里我还好些！"

也许，从这个傍晚开始，在这个小小的豆腐店里，他们之间包括一九四八年在内的过去断然分裂，再也难以弥合。

【军头蚊】

一种很小的蚊子,特别黑,细看的话黑头上还有一个小白点。这种蚊子咬得出来的红斑不算大,却奇痒无比,可以持续三天左右。马桥人把它叫做"军头蚊"。

人们说,马桥以前没有这种蚊子,只有菜蚊子,就是那种体积肥大的灰色家伙,咬出来的红包虽然很大,但片刻工夫就消散了,也不是特别痒。

马桥人还说,军头蚊是省军带来的,那年彭叫驴子的省军打到了长乐街,驻了十来天,留下了一堆堆猪毛和鸡毛,还留下了这些好生毒辣的蚊种。

军头蚊的名字就是从那个时候开始。

我在乡下领教过蚊子的厉害。尤其是夏天收工很晚的时候,蚊子发出嗡嗡嗡的洪大音响,密密扑在人面和赤脚上,几乎可以把人抬起来。归家人太饿,双手只能照顾吃喝,管不了别的。因此我们一边端着碗狼吞虎咽一边必须跳动双脚,跳出惯有的餐时舞蹈,稍有停歇,就可能惨遭蚊群围食。偶尔腾出手来,往脚杆子上随意摸一摸,就能摸下几条蚊尸。人们已经习惯了摸蚊子而不是打蚊子,因为手脚毕竟是自己的皮肉,不堪重负无数的拍击。

夜深,蚊子似乎也累了,休息了,嗡嗡声会变得稀薄一些。

△ **【公家】**马桥的水田形状各别,犬牙交错,躺在两岭之间的一条谷地,一梯一梯缓缓地落向张家坊那边,落向那边浮游的炊烟或夜间的月光。这里叫大滂冲,外人一听就知道滂田多。所谓滂田,是山区一种水田,浸水多于流水,因此泥性冷,又有很多暗藏的深深滂眼,人一踩进去几可没顶。滂眼在表面上不大看得出来,只有经常下田的人,才会熟悉它们一一的位置。

马桥的牛也知道滂眼在哪里,走到什么地方突然不动了,掌犁的人就得十分注意。

这些田都有各自的名字,或是以形状命名:团鱼丘、蛇丘、丝瓜丘、鲢鱼丘、板凳丘、斗笠丘,等等;或是以所需禾种的重量命名:三斗丘、八斗丘,等等;还有的以政治口号命名:团结丘、跃进丘、四清红旗丘,等等。这样叫下来,名字还是不够用,不足应付那些太零碎的也就数目太多的田块,于是只好借用某些人名,或者在某些田名前面再加人名以示区分,比如"本义家的三斗丘"和"志煌家的三斗丘",就是分指两块田。

不难知道,这些田以前都是属于私人的,或是在土改时分给了私人,它们与田主的名字相联系是很自然的事情。

算起来,集体化已经十多年了,我奇怪他们对曾经是自家的田还是记得很牢。连稍微大一点的娃崽,也都知道原先自家的田在什么地方,那里肯不肯长禾。下肥料的时候,要是到了那里就愿意多下。憋了一泡尿,也愿意到那里再解裤头。一次,一个娃崽在田里踩到一块瓷片,差一点划破脚,恼怒地把它抠出来向另外一块田甩去。旁边的一位女子立即怒目:"往哪里甩往哪里甩?讨打呵?我两筷子插死你!"

那丘田原来是她家的——在很久很久以前。

这位女子惦记着她家的私田,证明土地公有化在马桥直到七十年代初还只是一种体制的存在，尚未浸润成一种情感，至少还不是人们全部的情感。体制与情感当然不是一回事，与体制之下涌动着的全部事实更不是一回事。婚姻的体制下，可能有夫妻双方的同床异梦移情别恋。（还能不能叫"婚姻"？）皇权的体制下，可能有大权旁落后党垂帘。（还能不能叫"皇权"？）同样的道理，当很多马桥人憋上一泡尿也要拉到自己以前的私田里的时候，他们的公有化，他们的"公家"概念，也许不能不打上一些折扣。

当然也不能说他们一心向往私有。事实上，马桥从来没有过够格的私有制。村里人告诉我，即使是在民国以前，他们的私权只能管住田里表面上的三寸"淖泥"，也就是三寸浮泥。三寸以下，从来都是皇帝的、国家的。普天之下，莫非王土，官家要怎么办就怎么办，田主没有权利阻拦。了解了这一点，外人也许可以明白，马桥后来实现推行合作社，虽然难免一些人私下的抱怨，但只要政府一声令下，众人倒也顺顺当当入了社，成了公家人，没有什么特别的想不通。

在另一方面，他们无论谈"公"还是谈"私"，都喜欢在后面带一个"家"字，这一点与西方语言不一样。西方的私，是指私人。夫妻之间，父子之间，一说到财产也有明确的私权界限。马桥人的"私家"，则是私中有公：一家之内，不分彼此和你我。西方的公，是指公共社会，所谓英语中的 public，平等私有体的横向组合，通常只具有政治和经济的意义，决不越权干预隐私。马桥人的公家，则是公中有私和以公为"家"：夫妻吵架，青年恋爱，老人入土，娃崽读书，女人穿衣，男人吹牛，母鸡下蛋，老鼠钻墙，所有的私事都由公家管着，也由公家承担全部责任。公家成了一个大私。

正因为这种集体的家族感（公——家），人们一般都把干部叫做"父母官"。马桥的马本义，还只有三十来岁的时候，还刚刚娶回婆娘，凭着他当书记的身份，很多人就尊称他为"本义爹爹"或者"本义公"。

这倒接近了汉语"公"字的原意。中国最初的"公"字并不是指 public，而是指部落首领或国家帝王，是"君"的同义词。用"公"字来翻译西方人的 public，严格地说来，并不合适。把"私有制""公有制"一类西方名词简单地搬用于马桥，似乎也伏下一种名实相离的危险。

本义是马桥的"公（在古汉语的意义上）"，同时代表着马桥的"公（在英语以及西方一些语言的意义上）"。

【台湾】

大溠冲有一块田叫"台湾丘",我以前不大注意。车水抗旱的时节,我与复查合为一班,走进月光深处,哈欠连天地爬上龙骨水车,吱吱呀呀踩起来。缓缓旋转的木头踏锤,已经被无数赤脚踏得油光发亮,极为光滑,我稍不留神,就一脚踩溜,两手紧急扣住手架,哇哇大叫,狗一样地被吊起来。在这个时候,脚下那个由复查踏转的水车令人胆寒,一个个踏锤旋上来防不胜防,砸得我的腿上不是见青,就是皮破血流。复查嘱我不要看脚,说这样反而容易踩空,但我不相信他的话,也没法照他的话去做。

他一次次引诱我说话,说闲话,意在使我放松。

他尤其愿意听我讲一点城里的事情,讲一点科学如火星或天王星的事情。他是初中毕业生,有科学头脑,比方说明白鳚(磁)铁石的原理,说以后要是又有敌人的飞机来丢炸弹,我们也许可以做一块大鳚铁石,把敌人的飞机鳚下来,那样不比高射炮和导弹什么更管用吗?

他对我的异议总是冷静地思索,对我吹嘘的各种科学见闻也很少表示惊讶,正像他平日里大悲不悲,大喜不喜,一张娃娃脸上永远是老成持重。他的各种感情在这张脸上滤成了单一的温和,单一的腼腆,还有永远清澈的目光,从人们不大注意的某个角落潜游出来。一碰到这种目光,你就感到它无所不在,自己任何举动都被它网捕和渗透。他的眼睛后面有眼睛,目光后面有目光,你不可能在他面前掩藏什么。

他不见了,不知何时又冒出来,手里抱着一个菜瓜,要我吃,大概是从附近哪一家的园子里偷来的。待我们吃完,他手挖一个土坑细心地把瓜皮瓜子埋起来。"三更了,我们睡一觉吧。"

蚊子多,我叭叭地拍打着双脚。

他不知从何处找来一些叶子,在我腿上、手上和额上搽了搽,居然很见效,蚊虫的嗡嗡声明显减少。

我看着刚刚冒出山岭的月亮,听着冲里此起彼伏的蛙鸣,有点担心:"我们就这样……睡?"

"做要做的,歇也是要歇的。"

"本义公说今天晚上要车满这一丘水。"

"管他哩。"

"他会来看吗?"

"他不会来。"

"你怎么晓得?"

"用不着晓得,他肯定不会来。"

我有些奇怪。

他知道我接下去会问为什么。"迷信,乡下人的迷信,你们莫听。"然后在我身边倒下,背对着我,夹紧双腿准备睡觉了。

我不能像他那样,想睡就睡,想不睡就不睡,一切都安排得井井有条按部就班。真要我睡,反而眼睛光光地来了精神,便要他再讲点白话,讲迷信也好。他拗不过我,只好说,他也是听来的——他每次说及重大的事情,都先交代说法的来源,把自己开脱。

他说,他听某某说,这一丘田的主人叫茂公,与本义结过冤家对头。还是办初级社的那年,茂公犟着不入社,周围的田都入社了,只有这丘田还是单干田。本义是社长,不准茂公从上面的几丘田过水。茂公还是犟,宁可自己到江里去挑水,硬着头皮不来讨水。到最后,本义带着一伙人,趁着茂公发了哮喘的时机,抬着禾桶一个吆喝到这丘田打禾,说是"解放台湾"。

茂公以前当过维持会会长,又有很多田地,是个地主汉奸。他的田当然就是"台湾"。说起来,他的汉奸帽子戴得有点冤枉。

以前这里是日伪政权下的十四区,有一个维持会,管辖马桥以及周围十八弓,由各弓的有钱人或者体面的人轮流当会长,三个月一轮,轮到谁了,一面锣就送到谁家。当这种会长的没有什么薪金,但凭一面锣吆喝点公事,无论走到哪里可以收"草鞋钱",也就是借公差的机会刮点油水。茂公排在十八弓的最后面,轮到他的时候,日伪军早投降了,他本来可以不当差了,只是本地人还不知道外面的形势,一面锣还在轮着。

茂公是个好出风头的种,锣一到手,立刻穿上白绸长衫,摇着文明棍,无论走到谁家的地坪里,咳嗽咳得特别响。他的草鞋钱收得太狠,至少比前几任要多收一倍,处处吃个夹份。他的办法无奇不有。有一次到万玉家吃饭,把万玉他爹丢在灶下的一个鸡食袋子偷偷捡起来,藏入袖口,上桌时乘主人没注意,放入鸡肉碗里。他举起筷子,"发现"鸡食袋子,硬说主人戏弄他,要罚五块光洋。闹得主人苦苦求他,借了两块光洋给他才算完事。另一次,他在张家坊一户人家小坐,先去外面屙了一泡屎在自己的斗笠上,逗得狗来吃。他坐好了,估计狗已经把斗笠啃烂,再出门来大惊小怪,硬说主人故意与他这个会长作对,就是要同皇军作对,连他的斗笠也不放过,背着他放狗来咬。主人说尽了好话也没有用,最后只得忍气吞声地赔了他一口铁锅。

其实谁都知道,他那顶斗笠早就破了。

他种下了这么多苦瓜子,不难想象,到本义大喊"解放台湾"的时候,村民一呼百应,纷纷上阵,尤其是万玉他爹,不但跑到茂公的田里打禾,还顺便把茂公家种在田边的几根瓜藤扯个稀巴烂。有些后生故意齐声喊出"嗬嗬嗬——"的尖声,闹得村里鸡犬不宁,生怕茂公听不见。

茂公果然听见了,气喘吁吁赶来了。跺着一根棍子在坡上大骂:"本义你这个畜生,你光天化日抢老子的禾,不得好死咧——"

本义举臂高呼:"一定要解放台湾!"

入社积极分子们跟着喊:"一定要解放台湾!"

本义高声问:"有人对抗合作化,如何办?"

应答声同样震耳欲聋:"打他的禾,吃他的谷!哪个打了哪个要!打他的禾,吃他的谷,哪个打了哪个担!"

茂公气得眼睛冒血:"好,好,你们打,你们放势打,老子饿死了,变个饿死鬼也要掐死你们。"

他回头喊他的儿子盐早和盐午,要他们回去拖刀来。两兄弟还只是嫩娃崽,早被这场景吓呆了,站在坡上不敢动。茂公唾沫横飞把娃崽骂了一通,自己扶着拐棍回去,不一会,拿来一束柴,在田边放火。他的田早已断水,禾枯得很,一股风鼓过去,火就喳喳喳地燃成了大势。他看着火哈哈大笑,跺着脚又骂:"杂种哎,老子吃不成,你们去吃,你们去吃呵,哈哈哈——"

眼看到手的粮顷刻之间化为烟灰。

几天之后,茂公一口气没接上来,就死了。

人们说,茂公的阴魂不散。腊月的一天,本义家打了一副磨子,从石场里抬回家时路过茂公家的门口。本义放下担子去岭上找野鸡窝,刚走出几步,忽听身后有咣当咣当的巨响,不觉吓了一跳。下村的人也差不多都听到了这种异样声音,先是一些娃崽,然后有汉子们,也赶来看个究竟。他们一到现场无不惊得呆若木鸡,完全不敢相信自己的眼睛:本义的两扇新磨子,正在同茂公家门口的一个石臼发生大战——

说到这里,复查问我知不知道石臼。我说我看见过,是舂米或者舂粑粑的一种器具,样子有点像盆。我还知道,舂分为手舂和脚舂两种。手舂是人持舂杵上下捣击。脚舂则稍稍省力一些,有点像跷跷板,人站上翘板这一头,踩得那一头的舂杵高扬,一旦松脚,舂头就重重砸到石臼里。

复查说,他也不相信石臼怎么可以打架,但老班子硬说亲眼所见,说得有鼻子有眼。一个石臼敌两扇磨子,上下跳跃,左冲右突,碰撞得一把把金星四泻声震如雷,很快把地上砸出一个又一个深坑,密密麻麻像夯地。在那一刻,似乎远近所有的鸟也全飞到这里来了,黑压压地挂满了一棵棵树,哇哇哇地叫。

有两三个力气大一点的汉子上前去制止,用杠棒隔开恶战的双方,累得满头大汗,还是隔不开。咔嗒一声,压着石臼的一条杠棒居然拗断了,石臼愤愤地再次跳起来,疯了一般朝石磨滚去,碾得闲人往两边闪。它们你退我进,我扑你挡,白花花地斗成一团,最后离开了地坪,打到沟边,打过了桥,打到岭上去了,闹腾得一片茅草哗哗响。人们更为惊讶的是,这几个石头居然都流出一种黄黄的血,留在地上和草叶上。它们在岭上尸分数块的时候,有些碎石有气无力地勃动挣扎,有的碎石发出呜呜的声音,所有石块的断面都黄血如涌,汇集成流,从岭上汩汩往下曲折延绵足有半里路,最后黄了整整一个藕塘。

人们把石臼和石磨的碎尸收捡起来,远远地分开,用来填了水田里的滂眼。石磨填了本义家的三斗丘,石臼填了茂公丘,这才了难(参见词条"泡皮")。

老班子后来说,这是主家结了仇,他们的石头怨气贯彻,也会结仇。往后冤家们最好小心点,没事的时候莫把自己的东西随处乱放。要是柴刀与柴刀打起来,扁担与扁担打起来,犁头与犁头打起来,损坏了农具倒是小事,谁知道又会流出什么样的血?会不会打到毁墙拆屋的程度?

自那次以后，本义虽然时不时还是粗门大嗓骂茂公，但再不走茂公家门前过了，也不来茂公丘了。茂公的婆娘和两个儿子最终入了社，但他们家入社的一头牛，本义说什么也不要，拉到街上卖了。还有一张犁和一张耙，本义也不敢留下，派人把它们挑到铁铺里回炉。

　　我听了哈哈大笑，不相信真有这样的事情。

　　"我也不相信，他们神讲。没有文化。"复查笑了笑，翻过身去，"不过，你放心落意睡吧。"

　　他给我一条背脊，没有任何动静，不知是睡了，还是没有睡着——抑或是睡着了但还在暗暗地耳听八方。我也张着耳朵，听自己的呼吸，听茂公丘里小水泡冒出泥浆的声音。

△【浆】 发音 gang,指稀粥。马桥是个缺粮的穷山村,"吃浆"是个经常用到的词。

《诗经·小雅》言:"或以其酒,不以其浆。"浆用来泛指比酒低一等的饮料,比如浸泡粟米以后的水液。《汉书·鲍宣传》载"浆酒霍肉"一语,意思是生活的豪奢,把酒当作浆,把肉当作霍(豆叶)了。可见浆从来就是专属于穷人的食饮之物。

初到马桥的知青,容易把"吃gang"吃听成"吃干",误解成相反的意思。其实,这里凡j的发音总是用g代替,比如"讲"发音为gang,"江"也是发音为gang,吃浆有时候听起来也像"吃江"。青黄不接的时候,家家的锅里都是水多而粮少,附会成"吃江",其实也未尝不可。

【汉奸】

茂公的大儿子叫盐早,总是在队里做一些重功夫,挑牛栏粪,打石头,烧炭等等。起屋的时候他就抛土砖,出丧的时候他就抬棺材,累得下巴总是耷拉着,合不上去,腿杆上的青筋暴成球,很是吓人。因了这个缘故,他再热的天也要套上补丁叠补丁的长裤,盖住难看的腿。

我第一次见到他,是他老祖娘还在的时候。他老祖娘是个蛊婆,就是传说中的乡野毒妇,把蛇蝎做成的剧毒药粉,藏在指甲缝中,暗投仇人或陌路人的饮食中以谋取他人性命。这些人投蛊,一般是为了复仇,也有折他人性命以增一己阳寿的说法。人们说,盐早的祖娘是合作化以后才当上蛊婆的,想必是对贫下中农有阶级仇恨,一条老命也不肯与共产党善罢甘休。本义的娘多年前死了,本义一直怀疑是这个老妖婆下的蛊,怀恨直到如今。

那一天,盐早家的茅屋被风吹塌了,央求村里人去帮着修整。我也去帮着和泥。我看见那位名声赫赫的老妇慈眉善目,在灶下烧火,并无人们传说的恶毒气象,完全在我的意料之外。

一上午就把茅屋修整好了。人们带着各自的工具回家。盐早追在后面大声说:"如何不吃饭呢?如何不吃饭就走呢?哪有这样的道理?"

我早就闻到了灶房里飘出的肉香,也觉得众人走散没道理。后来听复查说,人们岂止是不愿在他家吃饭,连他家的茶碗也不敢碰的。谁都记得他家有一个老蛊婆。

我伸伸舌头,快步溜回家。

一会儿,盐早挨门挨户再次来央求大家去吃饭,也推开了我们的房门。他气呼呼地抢先扑通跪下,先砸下咚咚咚三个清脆的响头。"你们是要我投河吗?是要我吊颈吗?三皇五帝到如今，没有白做事不吃饭的规矩。你们踩我盐早一屋人的脸，我今天就不活了，就死在这里。"

我们吓得连忙把他拉扯起来，说我们家里做了饭，本就没打算去吃。再说我们也没出多少力，吃起来不好意思云云。

他急得满头大汗，忙了半天没有拉动一个人，差点要哭了。"我晓得，我晓得，你们是不放心，不放心那个老不死的……"

"没有的事，没有的事，你乱猜什么？"

"你们信不过那个老不死的，未必也信不过我？要我拿刀子来剜出脔心肝肺给你们看看？好，你们不放心，就莫吃。我小哥正在刷锅重做。你们哪个不放心，去看着她做。这一次我不让那个老不死的拢边……"

"盐早，你这是何苦？"

"你们大人大量，给我留条活路呵。"他说着又扑通跪下去，脑袋往地上捣蒜似的猛砸。

他把帮了工的人一一求遍，最后砸得自己额头流血，还是没有把人们请回去。如他所说，他果真把原来准备的三桌饭菜全部掀掉了，倒进水沟里，让他姐姐重新淘米重新割肉做了三桌——这已是下午出工的时分。他的祖娘早已被他一绳子捆起来，远远地离开了锅灶，缚在村口的一棵大枫树下示众。我好奇地去看过一眼。那个老太婆只穿了一只鞋，似睡非睡，眼睛斜斜地看着右上方的某一个点，没有牙齿的嘴巴张合着，有气无力地发出一些含混不清的声音。她已经湿了裤子，散发出臭味。一些娃崽不无恐惧地远远看着她。

他家的地坪里重新摆上了几桌饭菜，还是空空的没有什么人影。我看见盐早的姐姐坐在桌边抹眼泪。

最后，我们知青忍不住嘴馋，也不大信邪。有人带头，几个男的去那里各自享用了几块牛肉。其中一位满嘴流油偷偷地说，都差点不记得肉是什么模样了，管他蛊不蛊，做个饱死鬼也好。

　　大概就因为这一次的赏脸，盐早后来对我们特别感激。我们几乎没有自己打过柴，都是他按时挑来的。他特别能负重。在我的印象中，他肩上差不多没有空着的时候，不是有一担牛栏粪，就是有一担柴，或者整整一架拖泥带水的打谷机。他的肩冬天不能空着，夏天不能空着。晴天不能空着，雨天不能空着。他的肩上如果没有扛着什么东西，就是一种反常和别扭，是没有壳子的蜗牛，让人看不顺眼；更是一种残疾，让他重心不稳，一开步就会摔跟头——他没扛东西的时候确实跟跟跄跄，经常踢得脚指头血翻翻的。

　　假如他是担棉花，棉花多得遮住了人影，远看就像两堆雪山自动地在路上跳跃前行，十分奇异。

　　有一次我和他去送粮谷，回来的路上他居然在两只空筐里各放一大块石头。他说不这样压一压，走起路来没有个势。果然，他一旦肩上的扁担压弯了，担子就与身子紧密融为一体，刷刷刷的全身肌肉都有了舞蹈的节奏，脚步有了弹性，一跃一跃地很快就在前面的路上消失，全然不似他刚才担着空筐时的模样：脸色灰白，脚步又碎又乱。

　　他也是个"汉奸"。我后来才知道，在马桥人的语言里，如果他父亲是汉奸，那么他也逃不掉"汉奸"的身份。连他自己也是这样看的。知青刚来的时候，见他牛栏粪挑得多，劳动干劲大，曾理所当然地推举他当劳动模范，他一愣，急急地摇手："醒呵，我是个汉奸，如何当得了那个？"

　　知青吓了一跳。

　　马桥人觉得，上面来的政策要求区分敌人与敌人的子弟，实在是多此一举。大概出于同样的逻辑，本义当了党支部书记，他的婆娘去供销社买肉,其他妇人就嫉妒地说:"她是个书记,人家还敢短她的秤?"本义的娃崽在学校里不好好读书,老师居然也这样来训斥:"你是个书记,还在课堂里讲小话,屙尿!"

盐早后来成了"牛哑哑",就是马桥人说的哑巴。他以前并不哑,只是不大说话而已。作为一个汉奸,加上家里还有一个蛊婆,他脑门上生出皱纹了,还没有找到婆娘。据说他姐姐曾瞒着他,给他说了一个瞎眼女子,到圆房的时候,他黑着一张脸硬是不进房,在外面整整担了一晚的塘泥。第二天、第三天……还是如此。可怜的盲女在空空的新房里哭了三个夜晚。最后,姐姐只得把盲女送回家,还赔上一百斤谷,算是退婚。姐姐咒他心狠,他就说,他是个汉奸,莫害了人家。

他姐姐远嫁平江县以后,每次回娘家看看,见盐早衣服没一件像样的,锅里总是半锅冷浆,没有一丝热气。从队上分来几十斤包谷,还得省下来留给正在读书的小弟盐午(参见词条"怪器"),让他带到学校去搭餐。姐姐见到这番情景,眼睛红红的没有干过。他们也穷得从来没有更多的被子,姐姐每次回娘家总是与弟弟合挤一床。有一个夜晚下着大雨,姐姐半夜醒来,发现脚那头已经空了,盐早弓着身子坐在床头,根本没有睡,黑暗里发出猫叫一样的轻轻抽泣。姐姐问他为什么。盐早不答话,走到灶房里去搓草绳。

姐姐也抽泣了,走到灶房里,哆嗦的手伸出去,总算拉住了弟弟的手,说你要是忍不住,就莫把我当家里人,就当作你不认得的人,好歹……也让你尝一尝女人的滋味。

她的头发散乱,内衣已经解开,白白乳房朝弟弟惊愕的目光迎上去。"你就在我身上来吧,我不怪你。"

他猛地把手抽回,吓得退了一步。

"我不怪你。"姐姐的手伸向自己的裤带,"我们反正已经不是人。"

他逃命似的蹿出门，脚步声在风雨里消失。

他跑到父母的坟前大哭了一场。第二天早上回家，姐姐已经走了，留下了煮熟的一碗红薯，还有几件褂子洗好也补好了，放在床上。

她后来再没有回过娘家。

大概就是从这个时候开始，盐早更加不愿意开口说话了，似乎已经割掉了舌头。人家叫他干什么，他就干什么。人家不叫他干了，他就去一旁蹲着，直到没有人向他发出命令了，才默默地回家。日久天长，他几乎真成了一个哑巴。一次，全公社的分子们都被叫去修路，他也照例参加。他在工地上发现自己的耙头不见了，急得满脸通红地到处寻找。看押他们的民兵警惕地问他，窜来窜去搞什么鬼？他只是嗷嗷地叫。

民兵以为他支吾其词耍花招，觉得有必要查个清楚，把步枪哗啦一声对准了他的胸口："说，老实说，搞什么鬼？"

他额头冒汗，脸一直红到耳根和颈口，僵硬的面部肌肉扯歪了半边，一次次抖动如簧，每抖动一次，眼睛就随着睁大一次，嘴巴——那只被旁人焦心期待着的嘴巴，空空地扩张许久，竟没有一个字吐出来。

"你讲呵！"旁边有人急得也出了汗。

他气喘吁吁，再一次作出努力，五官互相狠狠地扭杀着折磨着，总算爆出了一个音："哇——耙！"

"耙什么？"

他两眼发直，没有说出第二个字。

"你哑巴了吗？"民兵更加恼火。

他腮旁的肌肉一阵阵地余跳。

"他是个哑巴，"旁边有人为他说情，"他是金口玉牙，前一世都把话讲完了。"

"不说话？"民兵回头眼一瞪，"说毛主席万岁！"

盐早急得更加嗷嗷叫，举起一个大拇指，又做振臂高呼的动作，以示万岁的意思。但民兵不放过，定要他说出来。这一天，他脸上挨了几巴掌，身上挨了几脚，还是没有完整地说出这句话。憋到最后，总算喊出了一个"毛"字。

民兵见他真哑，罚他多担五担土，权且算了。

盐早的哑巴身份就是从这次正式确定的。当哑巴当然没什么不好，话多伤元气，祸从口出，不说话就少了很多是非，至少本义不再怀疑他背地里说坏话，说反动话，就少了些戒心。队上需要一个人打农药的时候，本义甚至还想到他，说这个蛊婆养的兴许不怕毒，变了个牛哑哑也不要找人讲话，不好热闹，让他一个人去单打鼓独行船。

大滂冲的田泥性冷，以前不大生虫子的。照当地人的说法，虫子都是柴油机闹出来的，机子一闹，岭上的茅草花就都变成虫子了。有虫子当然得打药。复查开始试新鲜，打了一天，不料口吐白沫，脸青腿肿躺了三天，说是中了毒，以后就再也没人敢去动喷雾器。派地主富农去当这种苦差吧，又怕他们拿农药毒集体的牛或者猪，毒干部。想来想去，本义想到只有盐早还算个比较老实守法，合适。

盐早打农药，开始也中毒，脑袋肿如一个大南瓜，因此天气再热，他也得成天用一块布包着头，只露出两只眼睛在外面不时眨一眨，像个蒙面大盗。日子长了，大概是对毒性慢慢适应了，头上的布可以撤掉，知青给他的口鼻罩也不必戴，甚至回家吃饭也用不着先到水边洗手。最毒的药，像一〇五九、一六〇五什么的，他全然不当回事。刚打过药的毒手，转眼就可以抹嘴巴，搔耳朵，抓着红薯往嘴里塞，捧着凉水往嘴里吸，让旁人大为惊奇。他有一个瓦钵子，糊满药垢，是专门用来调配药水的。有一次他在田里抓了几只泥鳅，丢进钵子里，片刻之间泥鳅就在里面直挺挺地翻了白眼。他在地边烧一把火，把泥鳅烧了一条条吃下肚去，竟然一点事也没有。

村里人对此事议论纷纷，认定他已经成了一个毒人，浑身的血管里流的肯定不是人血。

人们还说，他从此睡觉不用蚊帐，所有的蚊子都远远躲开他，只要被他的手指触及，便立即毙命。他朝面前飞过的蚊子吹一口气，甚至都可让那小杂种立即晕头晕脑栽下地来。

他的嘴巴比喷雾器还灵。

【冤头】

有些词一旦进入实际运用，就会出现奇异的变化：它们的反义在自身内部生长和繁殖，浮现和泛滥，最后把自己消灭，完成对自己的否定。从这个意义上来说，这些词从一开始就是自己潜在的反义词，只是人们不大容易察觉。

它们有自己很难看到的背影。

比如"揭示"的隐义其实是遮蔽。一部春宫片对性的揭示，刚开始还可能使观众心惊肉跳，目瞪口呆，但被观众司空见惯以后，揭示成了车载斗量和汹涌而来的重复，事情就不会有别的结果，只可能使观众一步步麻木，熟视无睹，无动于衷，面对无限春色也会连连哈欠。性的过分刺激，最终只能使性感觉衰竭乃至完全消失。

"赞扬"的隐义则是诋毁。对某一个人的诋毁，很可能使那个人获得更多同情。对一部影片的诋毁，很可能使观众在观看前降低期待值，观看时反而获得意外的好感。于是，一个有足够生活经验的人，不会不明白毁誉相成的道理，不会不体会到鲁迅先生所言"捧杀"的可怕。赞扬可以给敌手加上过分的荣耀和褒奖，引起旁人的嫉妒，引来公众本来不一定有的故意挑剔，大大增加普遍招怨的可能。赞扬也可能使敌手脑子发热，骄纵懈怠，在往后的日子自己铸成大错，不待他人指责就落入名声扫地的下场。对敌人最好的办法，更多时候其实是赞扬而不是诋毁。

那么"爱"呢？那么盐早对他祖娘的爱呢？是不是也有一种词义的背影隐藏其后？爱的情感流过去以后，是不是有令人惊讶的东西沉淀下来？

盐早的祖娘是个性子很古怪的人。白天要睡觉，到晚上反而要爬下床来，又是劈柴又是烧茶，有时候还哼哼地唱歌。盐早把她扶上了茅房,她偏不解手,盐早刚把她扶上床,她就屎尿交加臭气冲天。她呼天喊地地要吃酸蒜头,盐早好容易借来了,她又呼天喊地要吃锅巴,把酸蒜头拨出碗外,满地都是。等到她把锅巴吃完了,她宣称自己什么也没吃,肚子饿得贴了背,诅咒盐早一心要把她饿死,诅咒盐早是个不忠不孝的家伙。好几年了,盐早就这样手足无措地照看着这位老人,一个把他们兄弟俩抚养大的老人。

盐早嗷嗷嗷地叫着,对祖娘有一种特别的心疼。一看见她赌气绝食什么的,就会急得团团转,额上青筋暴突,张开一排龅牙,叫得上村的人家都听得到。他家里一张小饭桌已经整修过几次了,据说每次都是他心急如焚时一掌拍垮的。我当然明白,这样号叫和拍桌出自他的心疼。可惜的是,我同样明白,这种心疼正在使祖娘对他的心疼越来越习以为常,习以为贱,最后到了既不珍惜也无察觉的地步。她常常翻着白眼咕咕哝哝,念着盐早的弟弟盐午。明明是盐早给她做的棉鞋,她硬说是盐午给她做的。明明是盐早背着她去卫生院看病,事后她硬说是盐午背着她去的。没有人可以纠正她这些奇怪的记忆。

盐午在远处读书,在外面学油漆匠和学中医,从来没有在家里照看过她,甚至在她病重住院的时候也没有去过卫生院。但他偶尔回家一转,老人就要拉着他数落盐早的不是,有时候还满脸是笑,摸出一个在口袋里温了好些天的糍粑,或者两瓣已经干瘪瘪的柚子,偷偷塞给对方,奖赏她的贤孙。

盐午最擅长的是指导和指责,比方说,对哥哥的嗷嗷叫大为不满:"她是个老,老小老小,你只能把她当娃崽,跟她生什么气呢?"

盐早理亏的样子,不吭声。

"她要闹的时候,你就让她闹。她精神足,阳气旺,闹一闹可以释放能量,恢复生理平衡,晚上倒可能会睡得安。"

他是个有知识的人,说起话来文绉绉的不大容易懂。

盐早还是不吭声。

"我晓得她磨人。没有办法。再吵事,再磨人,也没有办法,她总是个人吧?就算是条狗,也不能随便把她杀了吧?你怎么打得下手?"

他是指盐早前不久狠狠抽打祖娘的手——当时那只手捡起鸡屎往她自己的嘴里塞。盐早事后也不明白,他当时为何那样暴躁,手为何那么重,居然两下就把老人的手打肿了,几天后还白翻翻地脱了一层皮。人们说,盐早与农药交道太多,一身是毒,打在什么人的身上,都要烧脱对方一层皮的。

"她的被子要洗了,有股尿臊气。听见没有?"读书人说完就走了。他每次回来都是这样,吃一顿饭,抹抹嘴,作出一些安排就走了。当然,他尽可能留下一点钱。他有钱。

我不能说,盐午的训斥和钱不是一种仁厚,即便是一种局外和事后的反应,仁厚还是仁厚。但这种仁厚的前提恰恰是因为他以前很少住在家里,很少受到祖娘的折磨。我也不能说,盐早的动武不是一种冷漠,即便是面对一种不可理喻的自虐者,冷漠还是冷漠。这种冷漠来自他任何办法统统失效以后的绝望,来自他失败的爱。在这里,爱和恨换了个位置,就像底片在成像过程中黑滤下了白,而白滤下了黑。在马桥的这个老蛊婆面前,人的仁厚滤下了冷漠,而人的冷漠滤下了仁厚。

马桥人有一个特殊的词:"冤头"。这个词有点像"怨",包含了爱与恨两种含义。冤头常常处在这样一种处境:对方已经毫无可爱之处,因此惯性的爱不再是情感,只是一种理智的坚守和苦熬。人们可以想象,一种爱耗尽之后,烧光之后,榨干之后,被对方挥霍和践踏得一干二净之后,只剩下爱的残骸和渣滓，充满着苦涩，充满着日复一日的折磨。这就是"冤"。爱者可以有回报，在付出爱以后，至少可以给自己留下了某种动人的回忆。而冤者没有任何回报，什么也留不下，一直到自己一无所有和全部输光的地步，包括一步步输掉了爱的全部含义和全部特征。到了这个时候，在道德舆论面前，冤者也输掉了问心无愧的权利。

盐早就是他祖娘的冤头。

祖娘后来终于死了。下葬的时候，盐午赶回来哭得最为伤心，跪在棺木前，别人拉也拉不起来。从他晶莹的泪光里，任何人都可以看出他悲痛的真实。盐早却木木的，人家要他做什么，他才会做什么，目光很空洞，表情很呆板。也许他这些天来给老人洗身子，换寿衣，买棺木，已经忙得没有工夫流眼泪了，也没有眼泪了。

因为盐早家的阶级成分，来给老蛊婆吊丧的人不多，也没有请人唱孝歌，做道场。丧事办得极为冷清。祖娘的娘家来了几个后人，免不了把怨气一股脑朝盐早发过去，说盐午还有点孝心，眼睛都哭红了，也舍得跪，只有盐早那个家伙不成体统——据说这家伙以前对老人就不怎么样，三天两头吵架，到现在也没个交代，眼眶都没怎么湿。死了条狗也要难过的嘛。这个没良心的货，以后不遭雷打？

对于这些七嘴八舌，盐早还是不吭声。

【红娘子】

山里多蛇。尤其是天热的夜晚，蛇钻出草丛来乘凉，一条条横躺在路面，蠕动着浑身绚丽的图案，向路人投来绿莹莹的目光，信子的弹射和抖动闪烁如花。它们在这个时候倒不一定有攻击性。有一次我夜晚回家实在有些困倦，恍恍惚惚东偏西倒，一不小心，赤脚踩了清凉柔软并且突然活动的东西，来不及想清楚这是什么，我已本能地魂飞魄散，连连大跳，恨不得把双脚跳到脑袋上去。我一口气跑出几丈远，脑子里好容易才冒出一个字：蛇！

我鼓足勇气看了看双脚，倒没见到什么伤口。回头看，也没有蛇尾随而来。

山里人说这里有"棋盘蛇"，盘起来的全身刚好是一盘棋的形象。有"煽头风"，也就是眼镜蛇，扑过来比风还快，发出叫声的时候，连山猪都会吓得变成石头。

山里人还相信，蛇好色。因此捕蛇者总是在木头上描出妇人形象，抹上胭脂，最好还让妇人在上面吐一口唾沫，留下一些口舌的气味。他们把这种木偶插在路边或岭上，过了一夜去看，很可能有蛇缠在木偶上，一动不动，醉死了一般。捕蛇者可以从容地把猎物捕入蛇篓。也是出于同一逻辑，他们说，怕蛇的人夜行，最好带一竹棍或竹片。据说竹子是蛇的情姐，有竹在手，蛇一般来说不敢前来造次。

如果在路上遇到毒蛇来袭，山里人还有一个办法，就是大呼"红娘子"三个字。据说只要这样一喊，蛇就发呆，人们有足够的时间夺路逃跑。至于为什么要喊这三个字而不是别的字，三个字有何来历？他们语焉不详。

一次，盐早打药打到北坡，被一条蛇咬了一口，哇哇叫着往回跑。他以为自己死到临头，跑了一段路，发现自己的脚不肿也不痛，身上既不抽筋也不发凉。他坐了一阵，自己还好好地活着，还能喝水还能看天还能揪鼻涕。他疑疑惑惑地回头去找喷雾器，走到原地反而惊呆了：足有三尺多长的土皮蛇，就是刚才咬他的那一条，在棉花地里死得硬邦邦的。

原来，他已经活得比蛇还毒。

他好奇地跑到茶园，往茶树蔸里翻找——那里总是藏着很多土皮蛇。他伸出手让蛇咬，看那些蛇在他脚下一条条扭动着，抽搐着，翻腾着，最后奇迹般不再动弹。

黄昏时分，他用一条死蛇捆住其他蛇，搭在背后回家。远远的人看了，不知道那是蛇，还以为他顺手割了一把草回家。

△ 【渠】 直到现在，我说到盐早或其他人的时候，都是用"他"。在马桥，与"他"近义的词还有"渠"。区别仅仅在于，"他"是远处的人，相当于（那个）他；"渠"是眼前的人，近处的人，相当于（这个）他。马桥人对于外来人说普通话"渠"与"他"不分，觉得不可思议委实可笑。

他们还有些笑话与"渠"相关：比如"他的爷渠的崽"，是描述人前卑下人后狂妄的可笑表现——在这个时候，"他"和"渠"虽是同指，但性质决然二致，切切不能混同。

古人也曾用"渠"指代人。《三国志》中有"女婿昨来，必是渠所窃"语。古人写诗也常用到这个词："问渠哪得清如许，为有源头活水来"（朱熹）；"蚊子咬铁牛，渠无下嘴处"（古乐府）……但从这些诗文里，基本上看不出"渠"的近指限义。我一直暗暗觉得，在语言中着意而顽固地区分他人的空间位置，可能纯属马桥人的多事，没什么必要。

至今为止，人们觉得完全够用的中文普通话，还有英文、法文、俄文等等，都不做这种区分。

多少年后，我再到马桥，又听到了满耳的"渠"字，又见到了一个个面容熟悉或陌生的——渠。我没有见到作为"渠"的盐早。我想起当年他经常帮我们挑柴，也曾屡屡被我们逗耍，比如常常乘他不备，偷了他的农药，拌了谷子去毒老鼠，毒鸡鸭，毒鱼虾，或者干脆拿到供销社退钱换面条，让他背了不少黑锅，挨村干部的骂。

我特别记得他着急时的样子，一脸涨红，额上青筋极为茂盛地暴出，见到谁都怒气冲冲，对我们更是恶狠狠地嗷嗷嗷直叫，表示对我们涉嫌作案的怀疑。但这种恼怒，并不妨碍他后来还是为我们挑柴或担别的什么。只要我们见到他的肩空着，笑一笑，打个手势，他还是咕咕哝哝朝重物而去。

我没有找到他。村里人说，龙家滩的什么人喊他去帮工了。至于他家里，是不必要去的，也是万万不能去的。他的婆娘醒得很，连饭都不会做，在田里薅禾，薅着薅着就一大屁股坐到泥巴里去了，就这么个人！

我还是去了，在人们嘻嘻窃笑之下走向了那张黑洞洞的门。我看见墙上挂着几个装种子的葫芦，还有很多狰狞的干蛇皮，像五颜六色的壁毯。我看见主妇果然蓬头垢面，脑袋奇大，吃下去的饭都长了这只头似的，额头上亮着一处显眼的疤花，不知是如何留下来的。她该笑的时候不笑，不该笑的时候突然哈哈大笑，老熟人似的亲热让我有点怪异。她端来一碗茶，莫说喝，就是看一眼，碗边上腻腻的一圈黑污也让我好恶心半天。有这样的主妇，家里的地肯定平不了，比外面的地还坎坷崎岖，行走时一不小心就可能扭伤脚踝。各种颜色的衣物，其实都成了一种颜色，一种糊糊涂涂的灰暗，乱糟糟地堆在床上。主妇突然从那里面拖出一件东西，吓了我一跳。那件东西居然有鼻子眼睛，居然不哼一声，在刚才的哈哈哈大笑下也不曾惊醒，任凭三两只苍蝇爬在他紧闭双眼的脸上。

我差一点疑心他是个死婴——主妇只是拿来做做样子而已？

我匆匆给了她二十块钱。

这当然有些吝啬，也有些虚伪。我本来可以拿出三十块、四十块、五十块或者更多的钱，但我没有这样做。打发二十块就够，是我没有明言的权衡和算计。二十块做什么呢？与其说是对盐早的同情，不如说是支付我的某种思念，赎回我的某种歉疚，买来心里的平静和满足，也买回自己的高尚感。我想到二十块钱就可以做到这一切，其实很便宜。我想到二十块钱就可以使自己迅速地哼起歌来，就可以使自己迅速地摆弄起照相机，就可以马上离开这个恶心的破房子然后逃入阳光和鸟语，实在是很便宜。我想到二十块钱就可以使自己今后的回忆充满诗情充满玫瑰色的光辉，实在是很便宜。

我原封不动地放下茶碗，走了。

晚上，我住在乡政府的客房里。有人敲我的门，打开来，黑洞洞的外面没有人影，只有一根圆木直愣愣捅进房来。我终于看清了，随后进来的是盐早，比以前更加瘦了，身上每一块骨节都很尖锐，整个身子是很多个锐角的奇怪组合。尤其是一轮喉骨尖尖地挺出来，似乎眼看就要把颈脖割破。他笑的时候，嘴里红多白少，一张嘴就暴露出全部肥厚的牙龈。

他的肩还是没有闲着，竟把一筒圆木又背了这十多里路。

他显然是追着来看我的。从他的手势来看，他要把这筒木头送给我，回报我对他的同情和惦记。他家里也许找不出比这更值钱的东西。

他还是不习惯说话，偶尔说出几个短短的音节，也有点含混不清。更多的时候，他只是对我的问话报以点头或摇头，使谈话得以进行。我后来知道，这还不是我们谈话的主要障碍，即便他不是一个牛哑哑，我们也找不到什么话题。除了敷衍一下天气和今年的收成，除了谢绝这一筒我根本没法带走的木头，我不知道该说什么，不知道该说什么才能点燃他的目光，才能使他比点头或摇头有更多的表示。他沉默着，使我越来越感到话的多余。我没话找话，说你今天到龙家滩去了，说我今天已经到过你家，说我今天还看见了复查和仲琪，如此等等。我用这些毫无意义的废话，把一块块沉默勉强连接成谈话的样子。

幸好客房里有一台黑白电视机，正在播一部老掉牙的武打片。我拿出兴致勃勃的样子，一次次把目光投向武士、小姐、老僧们的花拳绣腿，以示我的沉默情有可原。

幸亏还有个挂着鼻涕的陌生娃崽几次推门进来，使我有些事情可做，问问他的名字，给他搬凳子，同他身后的一位妇人谈谈小孩的年龄，还有乡下的计划生育。

差不多半个钟头到了。也就是说，一次重逢和叙旧起码应该有的时间指标已经达到了，可以分手了。半个钟头不是十分钟，不是五分钟。半个钟头不算太仓促，不算太敷衍，有了它，我们的回忆中就有了朋友，不会显得太空洞和太冷漠。我总算忍住了盐早身上莫名的草腥味——某种新竹破开时冒出来的那种气味，熬过了这艰难而漫长的时光，眼看就要成功。

他起身告辞，在我的强烈要求下重新背上那沉沉的木头，一个劲地冲我发出"呵呵"的声音，像要呕吐。我相信他有很多话要说，但所有的话都有这种呕吐的味道。

他出门了，眼角里突然闪耀出一滴泪。

黑夜里的脚步声渐渐远去。

我看见了那一颗泪珠。不管当时光线多么暗，那颗泪珠深深钉入了我的记忆，使我没法一次闭眼把它抹掉。那是一颗金色的亮点。我偷偷松下一口气的时候，我卸下了脸上僵硬笑容的时候，没法把它忘记。我毫无解脱之感。我没法在看着电视里的武打片时把它忘记。我没法在打来一盆热水洗脚的时候把它忘记。我没法在挤上长途汽车并且对前面一个大胖子大叫大喊的时候把它忘记。我没法在买报纸的时候把它忘记。我没法在打着雨伞去菜市场呼吸鱼腥气的时候把它忘记。我没法在两位知识界精英软磨硬缠压着我一道参与编写交通法规教材并且到公安局买通局长取得强制发行权的时候把它忘记。我没法在起床的时候忘记。

黑夜里已经没有脚步声。

我知道这颗泪珠只属于远方。远方的人，被时间与空间相隔，常常在记忆的滤洗下变得亲切、动人、美丽，成为我们梦魂牵绕的五彩幻影。一旦他们逼近，一旦他们成为眼前的"渠"，情况就很不一样了。他们很可能成为一种暗淡而乏味的陌生，被完全不同的经历，完全不同的兴趣和话语，密不透风坚不可破地层层包藏，与我无话可说——正像我可能也在他们的目光里面目全非，与他们的记忆绝缘。

我想找到的是他，但只能找到渠。

我不能不逃离渠，又没有办法忘记他。

马桥语言明智地区分"他"与"渠"，指示了远在与近在的巨大差别，指示了事实与描述的巨大差别，局外事实与现场事实的巨大差别。我在那一个夜晚看得很清楚，在这两个词之间，在那位多个锐角的奇怪组合扛着木头一步从"渠"跨入"他"的时候，亮着一颗无言的泪珠。

【道学】

我给了盐早的婆娘二十块钱。她乐滋滋地收下,嘴里当然有很多客气话:

"盐早经常说起你们的。"

"你如何这样道学呢?"

……

道学,在马桥语汇中是讲礼性,讲德性,讲大道理,一本正经而且有点啰啰嗦嗦的意思。一般来说,这个词没有什么贬义。

如果考虑到儒家道统多少年来所夹杂的伪善,那么这个词在外人听来,又不能说是一个让人舒服的词。似乎人的善举——比方说刚才这二十块钱吧,不是出于内心的诚恳,不是出于性情的自然,而只是一种文化训练和文化约束的结果。这不能不让人有些沮丧。"道学"之外,人与人之间还可能有真心实意的同情和亲近吗?马桥人用"道学"一词取代"善良""好心""热心肠"等等相近的词语,是不是因为无法摆脱对人性的深深怀疑?而这种怀疑能够使多少施舍者惊惧与汗颜?

【黄皮】

"黄皮"是一条狗,极普通的黄狗,没有更多的特征成为我们取名的依据。它不知是从哪里来的,似乎没有主人。因为知青的粮食多一些,父母还多少有些贴补,知青户的锅里就多一些好闻的气味。这些人还没有完全改掉大手大脚的习气,脏了的饭,馊了的菜,随手就拨到了地上或倒进沟里。日子一久,黄皮在这里吃油了嘴,几乎就在这里生了根,满怀希望的目光总是盯着我们的碗。

它也熟悉了知青的语音。要把它从远远的地方叫来,要它对什么目标发动攻击,非用城里的长沙话不可。若是用马桥话,它就东张西望地看一看再说。马桥人发现这一点以后,十分生气,觉得它是个忘本的家伙。

它甚至熟悉了我们的呼吸和脚步声。我们有时候晚上外出,到邻近的村寨串人家,到公社里打电话,回村时已是深夜。我们爬上天子岭,马桥在我们的脚下,沉没在缓缓流动的淡蓝色月光里,离我们至少还有五六里路。在这个时候,无须说话,更无须打口哨,远远的马桥就有了动静,一线急促的碎蹄声从月光深处潜游而出,沿着曲折小道越来越近,越来越快,最后化作一个无声的黑影,扑向我们的袖口或衣襟以示欢迎,呼哧呼哧喘着气的大嘴,差一点要舔到你的脸上来。

每次都是这样。它对五六里开外任何声响的捕捉和识别,它不惜辛劳的狂奔式接应,总是成为我们夜归者的温暖,成为提前拥抱上来的家。

我不知道我们离开马桥以后,它是如何活下来的。我只记得,在罗伯遭疯狗咬了以后,公社发动了一次广泛的打狗运动。本义说黄皮最没良心,最应该打,操着步枪亲自动手,连发三枪却没打到要害。黄皮勾着一条流血的后腿,哀嚎着窜上岭去了。

夜里，我们听到了房子附近的坡上有狗吠，是它熟悉的叫声，叫了整整几个晚上。也许它十分奇怪：它可以听到我们远在天边的脚步，而我们为什么听不到它如此近切的呼救？为什么本义朝它举枪的时候，我们没有上前制止？

我们当时忙着要招工离开马桥，顾不上它了。甚至没有注意它的叫声是什么时候停止的。

我多少年后重访马桥时总算认出了它，认出了它只有三条腿的一跛一跛。它看了我一眼，没有任何表情，重新靠着墙脚闭上双眼睡觉。它又老又瘦了，胸脯排骨突出，尾巴上的毛差不多掉光，目光也十分黯淡。它大多时候只能卧着，也听不懂长沙话。当我伸手摸一摸它的头，它抽搐了一下猛醒过来，毫不客气地反过头来大咬一口，当然并没有真咬，只是用牙齿把我的手重重地夹了一下，表示威胁和厌恶。

"黄皮，你不认识我了？"

它呆呆地看着我。

"我是你的主人，不记得了？"

这条没什么说头的老狗，再次看我一眼，夹着尾巴掉头而去。

【晕街】

普通话里有"晕船""晕车""晕机"之类的词，但没有马桥人的"晕街"。晕街是一种与晕船症状相仿的病，只在街市里发生，伴有面色发青、耳目昏花、食欲不振、失眠多梦、乏力、气虚、胸闷、发烧、脉乱、呕泻等，妇女患此病，更有月经不调和产后缺奶的情况。马桥一带的郎中都有专门治疗晕街的汤头，包括枸杞、天麻、核桃什么的。

因此，马桥人即使到最近的长乐街，也很少在那里过夜，更不会长住。上村的光复当年到县城里读书，去了一个多月就严重晕街，整整瘦了一圈，要死要活地回山里来了。他说苦哎苦哎，城里哪是人去的地方！他后来好歹读了个文凭，好歹在城里谋了个教书的饭碗，在马桥人看来已经是奇迹。他对付晕街的经验是：多吃腌菜。他就是靠两大坛子好腌菜，外加多打赤脚，才在街上坚持了十多年。

晕街是一个我与马桥人经常争论的问题。我怀疑这不是一种真正的病，至少是一种被大大误解的病。城市没有车船飞机的动荡，充其量只比乡下多一点煤烟味、汽油味、自来水里的漂白粉以及嘈杂声响，不大可能致病。事实上千万城市人也没有得过这种病。我离开马桥之后，读了些杂书，更加怀疑晕街不过是某种特殊的心理暗示，就像催眠术。只要你有了接受的心理趋势，听到说睡觉，就可能真睡了；听到说鬼魅，就可能真见鬼了。同样的道理，一个长期接受阶级斗争敌情观念教育的人，确实可能在生活中处处发现敌人——一旦他预设的敌意招致他人的反感、厌恶甚至反弹性报复，那么，事实上的敌对状态，反过来会更加印证他的预想，使他的敌意更加理由充分。

这一类例子揭示了另一类事实，不，严格地说不是事实，只是语言新造出来的第二级事实，或者说再生性事实。

狗没有语言，因此狗从不晕街。人类一旦成为语言生类，就有了其他动物完全不具备的可能，就可以用语言的魔力，一语成谶，众口铄金，无中生有，造出一个又一个事实奇迹。想到这一点以后，我在女儿身上作过试验。我带她坐汽车，事先断定她不会晕车，一路上她果然活蹦乱跳没有任何不适。待下一次坐汽车，我预告她会晕车，结果，她情绪十分紧张，坐立不安，终于脸色发白紧锁眉头倒在我的怀里，车还没动就先晕了一半。这一类试验，我不能说我屡试不爽，但这已经足够证明语言是一种不可小视的东西，是必须小心提防和恭敬以待的危险品。语言差不多就是神咒，一本词典差不多就是可能放出十万神魔的盒子。就像"晕街"一词的发明者，一个我不知道的人，竟造就了马桥一代代人特殊的生理，造就了他们对城市长久的远避。

那么"革命"呢，"知识"呢，"故乡"呢，"局长"呢，"劳改犯"呢，"上帝"呢，"代沟"呢……在相关的条件下，这些词已经造就过什么？还会造就什么？

我没法说服马桥人。

我后来知道，本义若不是因为晕街，也差一点吃上国家粮。他从朝鲜战场回来，在专署当马夫，以后很可能当干部，前途一片阳光。他像其他马桥人一样，总觉得街上的日子闷。那里少见姜盐豆子茶，没有夏夜星空之下的水流声，没有火塘边烤得热乎乎的膝盖和胯裆……他的马桥话不大容易让人听懂。他也没法像街上人起床那么早。他忘记扣好裤子的前裆总是遭同事的嘲笑。他不习惯把茅房叫做什么厕所，也不习惯茅房分男女。

他也学习一些同事的习惯，比方说用牙刷，用水笔，甚至跟着耍耍篮球。第一次上场他忙得满头大汗，到下场时还没有摸到球。第二次上场,对方抢了球刚要攻篮,他突然大叫一声:"停——"人们不知发生了什么事,目光一齐投来。他不慌不忙走出场,揪了一把鼻涕,又回到场内,对球员们若无其事地挥挥手:"太急火了,太急火了,慢点来。"

他不知道场上的人们为什么发笑。他听出了笑声中有恶意。他揪鼻涕有什么不妥吗?

伏天,街上比乡下要燥热得多,热得好没良心。他晚上在街上游荡,看见一些女学生从面前跑过,穿得真是下,短裤下露出了大腿和脚。他还看见树荫下一排排竹床,上面有陌生的女人正在摇扇睡觉。一种类似熟肉的气味来自她们的下巴、赤足、腋下的须毛或者领口偶然泄露出来的一轮雪白。他觉得全身燥热,呼吸急促,脑袋周围一圈痛得难受——肯定是晕街了。他抹了半盒万金油也没有用,请人在他背上刮出几道红红的痧,还是脑袋炸,嘴巴也烧出了一圈泡。他挽着袖口恶狠狠地在街上转了几个来回,一脚把草料筐踢出丈多远:

"老子走!"

几天之后,他从乡下回来了,火气尽泄,笑眯眯地拿出山里的粑粑,分给同事们尝新。

那时他的一个哩咯啷在张家坊,一个比他大十二岁的寡妇,身肥如桶,消除他的火气绰绰有余。

专署离马桥足有两天多的旱路,他不可能经常回去泻火。

他向首长报告,他有晕街的病,马桥人都有这种病,享不得富贵的。他希望能够回山里去做他的两亩滂田。首长还以为他不安心养马,给他换了个工作,到公安处当保管员。在同事们看来,他有点不识抬举,就在到任的第二天,居然对处长老婆非礼——当时那婆娘正在研究床上的一件毛衣,两手撑着床沿,屁股翘得老高。本义有点高兴,朝触目抢眼的屁股拍了一巴掌:"看什么看什么?"

婆娘大吃一惊,红着脸开骂:"你这个臭王八蛋,你是哪里拱出来的货?你想做什么?"

"你怎么开口就骂人呢?"他对旁边一位秘书说:"她如何嘴巴这么臭?"

"你手脚往哪里放?"

"什么手脚?我只是拍了一下……"

"不要脸的你还敢说?"

"我说什么了?"

本义一急,就说起了马桥话,说得嘴巴抽筋也没有什么人能听懂。但他看见那个臭婆娘远远地躲到了墙角,也听懂了她嘴里真真切切三个字:

"乡巴佬!"

领导后来找本义谈话。本义一点也不明白领导有什么可谈的。好笑,他这也算犯错误?也算是调戏妇女?他不过是拍了一巴掌,拍在哪里也是拍,他在村子里的时候谁的屁股拍不得?他忍着性子,没同领导斗嘴。

领导定要他检查自己犯错误的思想根源。

"没什么根源,我就是晕街。一到这街上,火就重,脑壳就痛,每天早上起来,都像是被别个打了一顿。"

"你说什么?"

"我说我晕街。"

"晕什么街?"

领导不是马桥人,不懂得什么叫晕街,也不相信本义的解释,一口咬定本义是拿胡言乱语来搪塞。本义感到高兴的是,因祸得福,一巴掌倒是把他的处分拍下来了,他的差事丢了,可以回家了,以后又可以天天吃姜盐豆子茶,还可以每天早上睡懒觉了。他拿到回乡通知的时候，高高兴兴地骂了一通娘，一个人进馆子狠狠地吃了一碗肉丝面，喝了三两酒。

多少年后，他有一次到县里开一个干部会，碰到自己在专署的老同事胡某，以前的一个小通讯员。胡某现在当官了，在会上说的"三个关键""四个环节""五个落实"，本义完全听不懂了。胡某轻轻顿着纸烟的动作，向右上方理一理头发的动作，吃饭以后还要漱漱口而且用把小刀削苹果的动作，本义也感到十分陌生，十分惊讶和羡慕。他在老同事下榻的招待所客房里手足无措，对着明亮的电灯也睁不开眼。

"你呀你，当初是亏了一点，也就是一件小事嘛，不该处分得那么重。"胡某抚今追昔，给了他一个已经削了皮的苹果。

"不碍事的，不碍事的。"

老同事叹了口气："你现在是不行了，文化太低，归队也不合适了。你有娃崽没有？"

"有，一男一女。"

"好呵，好呵，年成还好？"

"搭伴你，锅里还有煮的。"

"好呵，好呵，家里还有老的？"

"都调到黄土公社阎家大队去了。"

"你还很会开玩笑。你婆娘是哪里的？"

"就是长乐街的，人还好，就是脾气大一点。"

"好呵，好呵，有脾气好呵……"

本义不知道对方的"好呵好呵"是什么意思，以为对方这样详细了解他的情况，会为他作出什么安排，给他什么好处，但终究没有听到。不过，这个晚上还是很令人愉快。他感激老同事没有忘记他，对他仍然客气，还接济他十斤粮票。他还回想到多年前处长婆娘的那一个圆圆臀部，有片刻幸福的神往。散会的那一天，老同事还要留他多住一晚。本义说什么也不同意。他说年纪大了，现在更晕街了，还是回去好。老同事要用他的吉普车送本义一程，本义也连连摇手。他说他怕汽油味，平时路过加油站都要远远地绕道，根本不能坐车的。他旁边的一位干部证明，这不是客气话，马桥一带的很多人都怕汽油，情愿走路也不坐车。县汽车运输公司不久前把长途线路延伸到龙家湾，意在方便群众，没料到一个月下来没有几个乘客，严重亏损之下，只好又取消那一班车。

　　老胡这才相信了，挥挥手，目送本义的身影上了路。

【颜茶】

本义在专署养马的时候，最不习惯城里的茶。

一般来说，马桥人喝姜茶，也叫"擂茶"。用小小的齿面擂钵，擂刮下一些姜末，加盐，与吊壶里的沸水反复冲兑几手而成。家境较好的人家，不用瓦壶而用铜壶，铜壶总是擦得铮亮照人，气势非凡。主妇们把豆子、芝麻一类的香料，放入铁罐子里，塞进柴火中爆炒。她们都不怕烫，一边在灶下烧着柴，不时用指头捉住铁罐子摇几下，免得里面的香料烧焦。哗啦啦的摇滚之声和叭叭叭的豆子芝麻爆炸声，不一会就开放出热烘烘的香气，引得客人们眉开眼笑。

更隆重一些的茶式，便是茶中再加红枣、鸡蛋了。

本义完全不能理解，城里人有的是钱，为什么偏偏要喝颜茶，也就是没有香料的茶，是茶类中最低级的一种。颜茶不是临时烧的，一般都用大锅烧好，大罐囤积，一放就是两三天，仅有解渴的作用。颜茶也常常不用茶叶，用一些茶树杆子烧成，颜色深如酱。"颜"茶之名，可能由此而来。

城里人只喝这样的茶而不知道喝擂茶，岂不可笑？岂不可怜？

△ 【夷边】 十里有三音。对远处任何地方,长乐人一律称为"开边",双龙人一律称"口边",铜锣峒人一律称"西(发上声)边",马桥人则称"夷(发去声)边"——无论是指平江县、长沙、武汉还是美国,没有什么区别。弹棉花的,收皮子的,下放崽和下放干部,都是"夷边"来的人。"文化大革命",印度支那打仗,还有本义在专署养了两年马,都是"夷边"的事。我怀疑他们从来有一种位居中心的感觉,有一种深藏于内心的自大和自信。他们凭什么把这些穷村寨以外的地方看作"夷"?

夷是中原古人对周边弱小民族的描述。从字面上看,弓人为"夷"。马桥人凭什么还以为地平线以外那些繁华而发达的都市还在靠打猎为生?还是一些没有学会农业生产的落后部落?

一位人类文化学教授告诉我,在中国古代,百家争鸣,只有一个小小的学派否认中国处于世界的中心,即春秋时期的名家,以至后来有些人对名家不大看得顺眼,对他们的国籍问题都产生了疑问:"公孙龙子"一类的名字,古里古怪的,莫不是一些外国留学生或访问学者的雅号?郭沫若先生破译甲骨,认为中国的天干地支说受到过巴比伦文化的影响。凌纯声先生也猜测中国古史记载中的"西王母"部族,不过是巴比伦文Siwan(月神)的译音,推论早在丝绸之路出现以前,就有外来文化流入,华夏古文化的来源可能十分复杂。这些都加强了人们对名家来历的狐疑。

当然,对于中国文化这样一个庞然大物来说,即便公孙龙子们真是一批外国学人,他们的声音还是十分微弱,至少从没有撼动华夏民族关于自居"中央之国"的观念,也很难削弱中国人的文化自大感。马桥人的一个"夷"字,流露出明显的华夏血统，暗藏着他们对任何远方事物的轻蔑和不以为然。马桥人的先辈从来没有考虑过公孙龙子们的忠告，这种固执竟然在语言中一直延续到了今天。

【话份】

本义说过，省城里的人不喝擂茶，也不懂得纺纱织布，可怜他们家家都没有布做裤子，一条短裤只有巴掌大，像婆娘们的骑马带子，勒得胯裆痛死人。马桥人由此十分同情省城里的人，每次看见我们知青要回城，总是要我们多买点乡下的土布带回去，给爹妈多做两条裤子。

我们觉得十分好笑，说城里并不缺布，短裤做得小一点，是为了贴身、好看，或者运动的方便。

马桥人眨眨眼，不大相信。

日子长了，我们发现无论我们如何解释，也没法消除本义的讹传——因为我们没有话份。

"话份"在普通话中几乎找不到近义词，却是马桥词汇中特别紧要的词之一，意指语言权利，或者说在语言总量中占有份额的权利。有话份的人，没有特殊的标志和身份，但作为语言的主导者，谁都可以感觉得到他们的存在，感觉得到来自他们隐隐威权的压力。他们一开口，或者咳一声，或者甩一个眼色，旁人便住嘴，便洗耳恭听，即使反对也不敢随便打断话头。这种安静，是话份最通常的显示，也是人们对语言集权最为默契最为协同的甘心屈从。相反，一个没有话份的人，所谓人微言轻，说什么都是白说，人们不会在乎他说什么，甚至不会在乎他是否有机会把话说出来。他的言语总是消散在冷漠的荒原，永远得不到回应。

这种难堪的事多了，一个人要保持开口的信心，甚至要保持自己正常的发声功能，是不无困难的。盐早最后几乎成了一个真正的牛哑哑，就是话份丧失的极端一例。

握有话份的人，他们操纵的话题被众人追随，他们的词语、句式、语气等等被众人习用，权利正是在这种语言的繁殖中得以形成，在这种语言的扩张和辐射过程中得以确证和实现。"话份"一词，道破了权利的语言品格。一个成熟的政权，一个强大的集团，总是拥有自己强大的语言体系，总是伴随着一系列文牍、会议、礼仪、演说家、典籍、纪念碑、新概念、宣传口号、艺术作品，甚至新的地名或新的年号等，以此取得和确立自己在全社会的话份。不能取得话份的强权，不过是一些徒有财力或武力的乌合之众，像一支又一支杀退过官军甚至占领过京城的草寇，即便一时得手，也必然短命。

正是体会到了这一点，执政者总是重视文件和会议的。文件和会议是保证权力运行的一个个枢纽，也是强化话份的最佳方式。文山会海几乎是官僚们不可或缺并且激情真正所在的生存方式。即便是空话连篇的会议，即便是没有丝毫实际效用的会议，也往往会得到他们本能的欢喜。道理很简单，只有在这种时候，才会设置主席台和听众席，明确区分等级，使人们清醒意识到自己话份的多寡有无。权势者的话语才可以通过众多耳朵、记录本、扩音器等，得到强制性的传播扩散。也只有在这种氛围里，权势者可以沉浸在自己所熟悉的语言里，感受到权利正在得到这种语言的滋润、哺育、充实和安全保护。

这一切，往往比会议的具体目的更为重要。

也正是从这一点出发，权势者对自己不习惯和不熟悉的语言，充满着天然的警觉和敌意。"文化大革命"中，马克思和鲁迅在中国受到了最高程度的尊崇，是空荡荡书店里最终得以保留的几位伟人中的两位。即便在这个时候，读马克思和鲁迅仍然是十分危险的。我在乡下的一本马克思的书，就差一点成为我"反动"的罪证——公社干部说："那个下放崽，不读毛主席的书，读马克思的书，什么思想？什么感情？"

我体会，公社干部是无意也不敢反对马克思的，也并不知道那本马克思《路易·波拿巴的雾月十八》说了些什么,是否有害于他们的禁山育林或计划生育或者打平伙吃狗肉。不,他们对此一无所知,也不大在乎。他们瞪大眼睛,只是对一切听不太懂的语言恼怒,感到他们的话份正在受到潜在的威胁和挑战。

第二次世界大战以后,现代主义艺术声势浩大,抽象画、荒诞剧、意识流小说和超现实主义诗歌惊世骇俗,嬉皮运动、女权运动,还有摇滚乐等异生的文化现象也随之而来。有意思的是,这些新现象出现时差不多一一都被视之为邪恶的政治阴谋。资产阶级的报纸攻击毕加索的抽象画是"苏联企图颠覆西方民主社会的罪恶伎俩""布尔什维克的意识形态宣传",而摇滚歌手"猫王"爱尔维斯和"披头士"代表人物列农,被教会和国会议员们疑为"共产党的地下特工",目的是"要败坏青年一代,使他们在对共产主义的斗争中未战先败"——他们的音乐在美军驻欧基地一直是禁品。在另一方面,任何红色政权也做着差不多同样的事情,现代艺术无论雅俗,几十年来也一律遭到官方的批判,官方文件和大学教科书将其定性为"和平演变的先锋""西方国家资产阶级腐朽没落的意识形态""毒害青少年的精神毒品",等等。

这些反应显然是一种防卫过度。无论哪一方后来都逐渐认识到这一点,也或多或少地放宽了管制尺度,甚至愿意利用各种新异的文化语汇来为我所用,比如,用摇滚乐来歌颂延安或南泥湾,用抽象画来促进服装出口业。

当然,如果把这些反应完全看成防卫过度,也是大大的天真。事实上,一种不熟悉的语言,就是一种不可控的语言,差不多也就是一种不可控的权力。不论它表面上的政治标志如何,它都具有实际上的离心力,造成信息通道的阻抗和中断,形成对执政者话份不同程度的削弱和瓦解。

马桥人似乎具有一切执政者的洞明,早就看穿了这一点,因此把权力归结为话份,归结为说。

我们可以看一看,在马桥哪一些人有话份?

(一)一般来说,女人没有话份。男人说话的时候,她们习惯于不插嘴,只是在一旁奶娃崽或者纳鞋底。干部从不要求她们参加村民大会,只当她们没有耳朵和嘴巴。

(二)年轻人没有话份。他们从小就听熟了"大人说话娃崽听"一类古训,总是优先让老人们说。对老人们的说法,即便反感也多是背地里咕咕哝哝,不可大逆不道地当面顶嘴。

(三)贫困户没有话份。财大才会气粗,家贫自然气短,穷人一般都觉得自己不够体面,不愿去人多的地方露脸,自然失去了很多向别人说话的机会。马桥还有习俗:凡欠了债的人,哪怕只欠了半升包谷,也不得在村里的红白喜事中担任司仪、主祭、伴娘之类的重要角色,免得给主家带来晦气。各家火塘边最靠近茶柜的位置,是最显眼的位置,叫主位,债主之外的任何客人不得随便就座,否则就有辱主之意。这些规矩都保证了人们的话语权向手握债权的富人们那里集中。

……

这样看来,话份被性别、年龄、财富等因素综合决定。当然还有更重要的政治因素,比如本义作为党支部书记,作为马桥的最高执政者,无论何时说话,都落地有声,一言九鼎,说一不二,令行禁止。日子久了,他习惯了粗门大嗓,一条嗓子经常伤痕累累的气多声音少,还是哇哇哇地到处送气。哪怕一个人背着手走路,也关不住一张嘴,有时候禁不住自言自语,自问自答。"这个地上种得豆子吗?""嬲龙谈,种命呵,水浸浸的沤烂根。""掺些黄泥巴来恐怕要得。""你到哪里担?你到哪里担?有工夫担泥巴,还不如多到坡上种几只苞谷。""醒娘养的……"

其实都是他一个人说的话。有时候跟在他背后走一路，可以发现他嘴巴从不消停，不惜找自己抬杠，一张嘴可以开一台辩论会。

人们叫他"义大锣"，知道他走到哪里都热闹。公社干部也对这位"义大锣"让三分。有一次公社开会，本义熟门熟道地到了那里，照例先去伙房里耸耸鼻子，检查一下伙房的气味。他从灶口里找个火点烟，看见脚盆里只切了一大盆萝卜，灶角下肉骨头都没见到一根，立即沉下脸："岂有此理，对贫下中农这样没有感情！嗯？"他怒冲冲拂袖而去，会也不开了，一直冲到供销社的屠房，问还有肉没有。屠夫说，肉刚卖完了。他操起一把板刀，说赶快捉猪来，捉猪来！屠夫说，公社规定每天只准杀一头猪。本义说，公社里说以后可以吃饭不要钱，你也信？

万玉刚好也坐在这里，笑嘻嘻地说："好，好，今天我也搞碗肉汤喝一下。"本义眼睛一瞪："你如何坐在这里？"

万玉眨眨眼："也是，我如何坐在这里？"

本义本来就有无名火，把板刀一拍："你看你这个懒样子，不过年不过节你跑到这里来做什么？还不快点跟老子回去！你今天不锄完北坡上那几亩地上的油菜，我发动群众斗死你。"

万玉被板刀声吓得屁滚尿流，赶快溜出门，只是隔了一阵，怯怯地把油光光的脑袋探进来："你你……你刚才要我做什么？"

"你聋了呵？要你锄油菜！"

"晓得了晓得了。你莫发气。"

油光光的脑袋缩回去了。本义总算吐匀气，卷上一撮烟丝，发现身后有什么动静，回头一看，居然还是万玉脸上的苦笑。"对不起，我刚才又听急了，你是要我锄……锄……"

想必他已经骇得跑了魂，什么话也听不清了。

本义把"油菜"两个字狠狠灌进他的耳朵，才把他打发走。

屋后有了一串猪叫，本义的气色才算活了几分。他最喜欢杀猪，杀得也内行。又一阵猪叫之后，他脸上尽是泥点，手上血污污的，回到灶边抽烟。刚才只一刀，干净利落把猪放倒。他搭嘴搭舌一直守在屠房里，最后邀几个供销社的伙计凑在热气腾腾的锅灶边，吃了猪肉，喝了猪血汤，才满意地抹了抹油嘴，打了个饱嗝。

他没有开会，公社干部也不敢批评他。待他满面通红地重返会场，干部还要请他上台发言，足见他的话份十分了得。

他说："我今天不多讲了，只讲两点。"

这是他每次发言前例行的公告。他无论实际上讲的是两点，还是三点、四点、五点乃至更多，也无论是讲三言两语还是长篇大论，都要事先申明，他只讲两点。

他讲着讲着，一股肉汤味涌上来，便讲到他以前在朝鲜的经历，用当年他打美国兵的武功，来证明现在修水利、种禾谷、养猪、计划生育之类的任务是完全可以完成的，也是一定要完成的。他总是把美国的坦克说成是拖拉机。他说在三八线，美国的拖拉机来了，地都发抖，把人的尿都骇得出来。但志愿军英雄好汉，一百丈，不打，五十丈，还不打，三十丈，还不打，最后，等美国拖拉机到了面前，一炮就把它娘的打掉了！

他得意地踌躇四顾。

公社何部长曾经纠正他的说法："不是拖拉机，那叫坦克。"

他眨眨眼："不叫拖拉机？我没读多少书，是个流氓。"

他的意思是，他是个文盲，分不清坦克和拖拉机没有什么奇怪。他也认真地学习过"坦克"这个词，但是到了下次开会，他照例一百丈五十丈三十丈地紧张了一通后，还是一溜嘴说成拖拉机。

　　他的这一类用语错误,丝毫不影响他的话一句顶一句。"人只有病死的,没有做死的""大灾大丰收,小灾小丰收""人人都要搞思想搞进步搞世界"等这些话没有多少道理,但因为出自他本义,就慢慢通用了,流传下来了。他耳朵有些背。有一次从公社干部那里,把毛主席语录"路线是个纲,纲举目张",听成了"路线是个桩,桩上钉桩",有明显的错误,但因为"桩"字出于他的口,马桥人后来一直深信不疑,反而嘲笑我们知青把路线说成是"纲",纲是什么?

【满天红】

从六十年代到七十年代,是盛产"满天红"的年代。满天红是一种大灯壶,两只长长的壶嘴伸出去,吐出小指头粗细的灯芯,燃着棉油或柴油,冒出滚滚的黑烟。用一根长长的竹竿挑一盏这样的灯,捅破沉重的黑暗,给人们送来光亮。上岭开荒,下田收禾,聚众开会,列队游行,是这个年代常有的事情。这是一个白天不够用的年代,夜晚也必须充满着激动。白铁匠们做出了一批批的满天红,销路特别好。干部们介绍哪个公社或哪个队的革命形势,常常用这样的话:"你们去看看人家,人家满天红一上阵就是十几盏!"

我落户到马桥时,赶上了当地"表忠心"的热潮。向领袖表忠心,每天不可少的活动就是晚上到复查的堂屋里去。只有他家的堂屋大一些,容得下全生产队的劳动力。一盏昏昏的满天红挂得太高,灯下的人还是模模糊糊的黑影子,看不清楚。撞了一个人,不知是男是女。

大家对着领袖的像站好了,干部一声令下,劳动力们突然发出震耳欲聋的声音,一口气背下毛主席五六条语录,把我们这些下放崽吓了一跳。我们没有想到马桥人能记下这么多,不免在他们革命的理论里晕头转向。

过了一段,发现他们每次背诵的都一样,就是那么几条,才放了心。

下放崽读过书的,有城里文凭的,很快记熟了更多领袖语录,也可以滚瓜烂熟地一口气吼出来,狠狠打击他们的猖狂气焰。他们败下阵去,以后就老实一些了,掏出烟丝来首先问下放崽要不要,背语录的声音也有些疲软不振。

吼过之后,由一个干部,一般来说是本义或者是罗伯,向墙上的毛主席简要汇报当天的农事,然后怯怯地说:"你老人家好生睡觉呵。"

或者说:"今天下雪了,你老人家多烧盆炭火呵?"

墙上的毛主席似乎是默许了。大家这才笼着袖子散去,一个个撞入门外的嗖嗖寒风。

有一次兆青躲在人后打瞌睡,其他人都走光了,他还蹲在角落里。复查一家人也没有注意,关了门就睡觉。到了半夜才听到有人大喊大叫,是兆青的声音:你们好毒辣,想冻死我呵?

复查哭笑不得,只好怪满天红没油了,晚上看不清。

可以想见,经过每天这样的学习,大家嘴里都有很多革命理论。不大相同的是,马桥人有时候说出一些比较特别的毛主席语录,比如:"毛主席说,今年的油茶长得很好""毛主席说,要节约粮食但也不能天天吃浆""毛主席说,地主分子不老实,就把他们吊起来""毛主席说,兆矮子不搞计划生育,生娃崽只讲数量不讲质量""毛主席说,哪个往猪粪里掺水,查出来就扣他的口粮谷!"诸如此类。我打听了很久,没有人知道这些最高指示的出处,也没有人知道谁是这些话的最初传播者。但人们十分认真地对待这些话,一次次在言谈中引用。

当然也没有什么奇怪。我后来读中国文学史,发现马桥人没有历史上一些儒学大师们干得更糟。那些人动不动就"征圣",其实也经常假托孔子,假托老子,假托荀子或孟子,编造圣言以唬人。汉朝大学者扬雄曾引用过大量孔子语录,经后人查实,没有几条是真的。

△【格】"格"是一个常用词，跟"品格""资格"一类概念近义，但又不仅仅局限于此。有没有格，失（音she）不失格，是马桥人对他人的基本评价尺度。一个人的资历、学历、出身、地位、信誉、威望、胆识、才干、财产、善行或者劣迹，甚至生殖能力，等等，都会使当事人的格发生变化。格又跟话份互为表里和互为因果，有格的人自然有话份，有话份的人肯定有格。

复查的同锅叔叔明启，人称"明启叔"，曾经在长乐街学会了做白案。公社开大会，常常要他去做馒头，这就给了他很大的格。每当有了这类机会，明启叔的称呼就变成了明启爹，不止明启自己脸上有了光，全马桥的村民都觉得脸上有了光，碰到有外乡人路过村里，也不管人家认不认得他，马桥人总要有意无意地隆重推出此人。要是听的人一脸茫然，或者不表示特别的兴趣，马桥人的脸就会立时拉下来，满眼透出鄙夷：你连明启爹都不晓得？如果他正打算烧茶款待你，你的待遇就可能因为你的茫然或不屑变成了一碗冷冷的颜茶。

明启做完馒头回村，喜欢背着手在村里走一圈，对看不顺眼的事情指指点点。再调皮的后生子对他一身的馒头味也敬畏三分，老老实实耷拉着脑壳不吭声。有一次，明启轻轻几句话就吓得一个叫"三耳朵"的后生不敢捉泥鳅，提了桶子往回溜，让我们知青颇为吃惊。三耳朵平时是个天不怕地不怕的角色。我凑到他耳边问："今天你何事这样老实？"他一副自认倒霉的样子，心服口不服地嘟哝："算他有格吧，老子今天不吃眼前亏。"

我这才开始注意起，同是马桥人，有没有格活得很不一样。

罗伯有个干崽从夷边给他寄钱，等于寄了格给他。不然，光靠他的一把年纪，格大不到连本义也让他三分的地步。

兆青不会做馒头也没有干崽寄钱，但一口气生了六个儿子，也使他的格略略高升。村里分红薯或豆子，到了他这一份，干部手中的秤杆子总要挑高些，以示对他的尊重。

当然，有些临时性的格就不无滑稽效果。比如，外号"黑相公"的一个知青从城里回来，带来一瓶龙牌酱油，同仲琪换了一只山鸡。这种酱油是名牌，据说在眼下还是贡品，年年都要送到北京为毛主席烧红烧肉的，地方上起码要县级干部才沾得上边。消息传开，仲琪就享受了半个月的格，半个月内咳嗽的底气都足了许多。尽管他一滴半滴地用着酱油，终也架不住左右邻舍三天两头来求，架不住公社干部和本义一次次来访，眼看瓶子一天天空了，他的格也水落船低，恢复了原先的水准。他央求黑相公再给他换一瓶龙牌酱油，他情愿付出两只山鸡。黑相公满口答应，只是一直交不出货，大约城里的贡酱油也开始紧俏了。

仲琪还想找明启爹帮忙，另辟蹊径寻找龙牌酱油，寻找他的格。但明启爹的格大，仲琪吞吞吐吐，几次都没有找到靠近他的机会，没有找到说上话的机会。

明启这一段忙着去公社做馒头，做干部们吃的馒头，因此俨然成了半个干部，如同皇帝骑过的马匹和蹲过的厕所都身价不凡。他忙着指导村里各项工作。队干部们也高看他一眼，开会时见他一进门，就不明不白地让出个座。他听本义部署生产，一边听一边点头或者摇头，表示赞同或者反对，有时还前言不搭后语地插上一段，大部分同马桥公务无关，只关系到现在的天气太凉面不好发，以及碱厂偷工减料、碱粉不起作用等与馒头相干的事。队干部们也老老实实听着，偶尔参与一下关于白案技术的讨论。假使他这一天说得兴起，耽误干部们的正事，那也无所谓，没人敢对他下逐客令。

有点可惜的是，人一有了格，就容易昏头，尤其是像明启这种因某种机遇升格的人，更容易得志猖狂。他的馒头名气远播，这没错，连县里有时开大会也会叫他去做白案。但他不知是第几次进城的时候，认识了县招待所扫地的李寡妇，一来二去，两个人勾搭上了。寡妇毕竟是城里人，见识不少，懂得床上如何温存，还让明启乖乖交出了大批馒头。到最后，明启干脆一不做二不休，把一整袋特批给县府首长的高级面粉扛到了李家，顺手还捎去一个猪脑壳。

东窗事发，李寡妇丢了差事。明启（爹的称呼已经取消）则灰溜溜回了马桥，从此再没有给干部做馒头的机会。这还不说，他在村里的地位一落千丈，人变得日渐猥琐，休说是干部们开会，就算开全体社员大会，也轮不到他发言。如果有什么事非要人人都表个态，他慌慌地伸出个脑袋，说话声若蚊蝇，恼得本义一次次呵斥："大点讲，大点声讲！又不是没吃饭。"

他常常被派去干最苦的活，工分也比别人低。

马桥人恨铁不成钢，恨明启贪财好色，把全村好端端的一份光荣轻易断送，好像全村人都偷过面粉和猪脑壳。于是他们时不时要把"失格"二字劈面摔给他一次，摔得他终日郁郁寡欢，不等我们离开马桥回城，竟然积郁成疾，命归黄泉。在这个不无残忍的过程中，我明白格也可以集体化的。正因为明启是马桥不可多得的人物，他的格已经成了马桥全村人的共同资本，才变得如此重要。他随便放弃了这个格，就是对全村人的犯罪。

好多年以后，我回到马桥，走在田埂上，听见一群娃崽在树下唱一首歌谣：

明启偷野鸡，
当场被抓起，
抓到裤裆县，

脱裤又剐衣，
警察打屁股，
看你吹牛皮，
牛皮一声叫，
屁股彤红的。
……

我的心头一震。没想到事隔多年，明启还活在马桥，活在下一辈人的歌谣里，以他的一袋面粉，以他的失格立下了一块不朽口碑。这块碑说不定将在马桥世世代代相传，直到这个世界上没有了本义，没有了复查或其他人，也没有了我，甚至没有了树下这些唱歌的娃崽。

只要还有语言，他就可能一直活下去，活入深深的未来。

△【煞】马桥女人的格一般来自男人。对于已婚女子来说,夫家有格即自己有格,夫家失格即自己失格;对于未婚女子来说,格主要取决于父亲,没有父亲以后,格就随其兄长。

当然也有例外情况。那一次在修公路的工地上,各村来的民工赶任务,抢工具、抢土方、抢饭抢菜,兵荒马乱的。呼呼的寒风卷起一浪浪尘土,天上地下浊黄一片。担土的夯地的拉车的,全被风刮得绰绰约约,活像光照不足的皮影子戏,不辨老少。

工地上没有女人,民工都是随地大小便。我刚刚抖完最后两滴尿,看见干部模样的人来丈量土方和打灰线,其中一个穿着旧军装,棉帽包住头,围巾蒙住了大半个脸,正操一根竹竿,指挥另外两个人跑来跑去地拉线。那人在风声和高音喇叭干扰下,用力喊了些什么,见对方没听见,就放下竹竿自己跑过去,把横在灰线上的一块大石头掀下坡去。我当时对这人的力气颇为佩服:要是换上我,起码也得再喊个人来帮帮手吧。

复查一见那人,就有点紧张,搓着手说:"你看我们的质量还……可以吧?"

那人拿竹竿朝填土的地方用力地插了几下,抽出竹竿,量一量入土的深度。"骗谁呢?去,再夯两轮。"

复查睁大眼,"我们都夯过五轮了。"

"那你们还是人?来挠痒的是吧?来捉蚊子的是吧?"

一句话呛得我们没脾气。

我们跟着这个人去指挥所取铁丝,一路上听到别人叫他"万部长"。一般来说,这人并不回答,顶多只是点点头,或者笑一笑。"这个老货,格还摆得好大。"同行的知青向我咕哝一句,没想到竟让几米开外的万部长听到了。对方回过头来,停住步子,用逼人的目光扫了我们一眼,算是一个无声警告。

我们没有料到此人的耳朵这么灵,回击是如此快捷和凌厉。一种不祥之兆袭来:碰到这号阎王爷可得小心点。

当天下午,我们才发现——哇,这姓万的原是女流!事情是这样:我那同伴去厕所,恰逢姓万的从厕所出来,发现她摘了棉帽,一头黑长发从帽子里滚落出来。我那同伴惊讶得发呆,憋着一泡尿跑回来报告。我也惊讶地去看,只见万某正挤在一桌男人中间吃饭,不仅话音粗,喝酒也抡大杯,巾帼不让须眉。照本地人的规矩,女人吃饭不上桌。一旦发现一张女人脸坐到饭桌前,不论她如何像男人,你的眼里还是扎了沙子一般。

我后来才知道,她是张家坊人,本名万山红,当过民办教师,也当过公社团委书记,下田可犁田,上山可砍树,还在农机厂驾过拖拉机。应该承认,她摘下棉帽子以后还是很有几分姿色的,鲜明的轮廓,明快的眼风,下颌的线条特别有力。在男人堆里走来走去,如同一把利刃在草料中砍来砍去。但她似乎不爱说话,同我们整个冬天一起修公路,也只用她稍稍沙哑的嗓音对我发出过"可以""不行""吃饭吧"一类的指示,而且说话的时候,脸板得木瓜一样。

说来也奇怪,她的话越简短,就越显出威力,众人越难以违抗。用马桥人的话来说,这叫有"煞",或者有"煞路"。"煞"是威严的意思,通"杀";又有结束的意思,比如,通常说文章或节目"煞尾"。有煞的人,也可以理解为最后说话的人,一锤子定音的人。煞与女人的面孔联系起来,万大姐是我在乡下见到的唯一。

在这样一股煞气之下,交往几乎不是交往,同她怎么熟也还相隔着十万八千里。她碰到我就像碰到空气,眼光从我头顶上方越去,不知落到了远处的什么地方。开始我们不习惯,尴尴尴尬尬地喊她不是，不喊也不是，时间一长，见她对谁都是一样，也就习以为常，不往心里去。张家坊的人说起她来，也只是笑一笑：莫说你们马桥弓的人，我们同村的也没一个同她有交情，谁都说不透她。她住在我们那里，就像没有这个人一样。

这么说，她同任何人都熟不起来。

她只代表一种公务，因此在很多人那里缺乏真实性，闭眼一想，只能把她当作似有似无的幻影。有人说她来历复杂，是当年一个土改工作队长留下的种，所以当年有人偷偷拿钱供她读高中。这种说法不知是真是假。又有人说，她在"文革"中是县城里有名的学生头，到过北京到过上海，挎过盒子炮也蹲过大牢，还同中央什么大首长一起照过相。这种说法也不知是真是假。还有人说，万山红快三十了还没谈婚论嫁，是因为她的对象是空军军官，可惜入了林彪的政变"小舰队"，一旦受挫，下了大牢，好几年没有音讯。这种说法仍然不知是真是假。

对于我来说，她永远只是传闻。她在传闻中流失青春，渐渐有了中年人的肤色暗淡。有一次我看见她带着几个人来搞测量，为溪水改道做准备。我看见她走路的时候，背都有些驼了。

几个不正经的后生见她在路上走，唱一些歌来挑逗她。见她充耳不闻，便以污言秽语报复：

"哼，摆什么格呢？也没见攀上什么高枝呵。"

"你以为还是什么红花女？肯定早就成了军用品。要不奶子何事有这样大？"

"莫看她装正经，我就不信她一点都不想男人。你看她走路的样子，屁股翘翘的，那还不是母狗起草？"

一阵浪笑。

她装作没听见。

马桥的兆青也在地上锄棉花，取笑那几个后生，说你们发了花癫呵,搞到万姑娘头上去了,也不看看人家是什么人。人家是书记,是部长,好高的格,未必还嬲得进?未必还生得崽?

言下之意,格只是男人用物,一旦套到女人头上,这个女人就算不得女人了,至少算不得纯粹女人了,不宜后生们去下流。进一步说,格是一种消灭性别的祸害,太高的格对传宗接代大都可能大有威胁。

不能说兆青的这些话有什么道理。但万山红确实一直守身未嫁,到我离开马桥的时候,她还是天马行空独来独往。听说一年多以后,她的亲生父亲从五七干校回来官复原职,把她接到城里去,让她进了甘肃省一个国营大工厂,大家都不知后事如何。

△ **【豺猛子】** 天子岭的层层折皱里，藏着一个小小村寨，叫岔子弓。去那里要经过一条小溪。水很冷，却不深，上面有一些冒头的石块，可供过溪的行人落脚，三步两跳，就过去了。这些石头通常披挂青苔，卧在水草丛里，没有什么特别。

我好几次经过那里，去岔子弓刷写毛主席语录或者去挑禾种。有一次，同行的人问我，过溪的时候发现什么情况没有。我想了想，说没有。他说，你再想想。我再想了想，还是说没有。他问，你记不记得水里面有一块长长的大岩头？我记不起来了，在他的一再提醒下，才依稀有一点印象。是的，上一次过溪，大概在水流中部靠柳丛那边，好像是有一块长形岩石——我在上面落过脚，还蹲在上面洗过脸。也许。

同行人笑了。他说那根本不是岩头。上次发大水，几个放牛娃崽在岭上看见，那块长形岩石突然翻身打挺，在溪里搅起一团浑水，顺着大水游到下面去了——原来那是一活物：豺猛子。

豺猛子就是豺鱼，也叫豺聋子，豺呆子。马桥人说，这种鱼吃鱼，不吃草，性子最凶，有时候也最憨实，让人踩了个把月动也不动。

这以后，我看见一些大岩石或者大木头，都有一丝紧张和警惕。我担心它们会突然扭动起来，化作什么活物倏然逃去。任何爬满青苔的地方，也许会突然裂开一只黑洞洞的眼睛，冲着我漫不经心地眨一眨。

【宝气】

本义还有一个外号"滴水佬"。取这个外号的是志煌。当时他在工地上吃饭,看见本义的筷子在碗边敲得脆响,目光从眼珠子里勾勾地伸出来,在肉碗里与其他人的筷子死死地纠缠厮打。志煌突然惊奇地说:"你如何口水洒洒地滴?"

本义发现大家的目光盯着他,把自己的嘴抹了两下:"滴水吗?"他抹去了一缕涎水,没有抹去胡楂子上的饭粒和油珠。

志煌指着他大笑:"又滴了!"

大家也笑。

本义扯上袖口再抹一把,还没有抹干净,咕哝了一句,样子有点狼狈。等他重新操起碗筷的时候,发现眨眼之间,肉碗里已经空了。他忍不住朝周围的嘴巴一一看去,好像要用目光一路追踪那些肥肉坨子去了什么地方,落入了哪些可恶的肠胃。

他后来对志煌颇有怨色。"吃饭就吃饭,你喊什么?害得我今天吃一顿卫生饭,肠子枯得要起火!"

一般来说,本义并不是一个受不得取笑的人,公务之外,并不善于维护自己的威严。碰到别人没大没小的一些话,有时只能装装耳聋——也确实有些聋。但他的听觉在这一天特别好,面子特别要紧,因为工地上还有外村人,有公社何部长和姚部长。志煌在这种场合强调他的口水,就是志煌的宝气了。他好歹是个书记,是个一队之长吧?

"宝"是傻的意思,"宝气"就是傻气。志煌的宝气在马桥出了名。比如,他不懂得要给干部让座,不懂得夯地如何做假,也不懂得女人每个月都有月经。他以前打自己的婆娘下手太狠,显得很宝气。后来婆娘离婚了,回娘家了,他时不时给那个梦婆送吃的和穿的,更显得宝气。天子岭上的三个石场,是他一钎一钎咬出来的。他打出来的岩头可以堆成山,都被人们买走和拉走,用到不知道什么地方去了,但是他什么时候一走神,还把这些岩头看成是他的,走到哪里一看到眼熟的石料,就有些恋恋不舍,临走还要朝它屙泡尿,搞得臊气冲天。就因为这一点,很多客户同他横竖说不通道理,对他屙尿的宝气无可奈何。只好恨恨地骂他——"煌宝"的名字就是这么骂出来的。

他给一户人家洗磨子,就是把旧磨子翻新。闲谈时谈起唱戏,同主家看法不大一样,竟争吵得红了脸。东家说,你走你走,我的磨子不洗了。志煌收拾工具起身,走出门想起什么事,回来补上一句:"你不洗了不碍事,只是这副磨子不是你的。你刚才说错了话,明白不?"

东家想了半天还是不明白。

志煌走出几步,还恨恨地回头:"晓得吗?这磨子不是你的!"

"未必是你的?"

"也不是我的,是我爹的。"

他的意思是:磨子是他爹打的,就是他爹的。

还有一次,有个双龙弓的人到石场来哭哭泣泣,说他死了个舅舅,没有钱下葬,只怕死不成了,求志煌赊他一块坟碑。志煌看他哭得可怜,说算了算了,赊什么?你拿去就是,保证你舅舅死得成。说完挑一块上好的青花石,给他錾了块碑,还搭上一副绳子,帮他抬下岭,送了一程。这个时候的石场早已收归集体。复查是生产队会计,发现他把石碑白白送人,一定要他追回钱来,说他根本没有权利做这样的人情。两人大吵了一架。志煌黑着一张脸说:"岩头是老子炸的,老子破的,老子裁的,老子錾的,如何变成了队上的?岂有此理!"

复查只好扣他的工分了事。

志煌倒不在乎工分,任凭队干部去扣。他不在乎岩头以外的一切，那些东西不是出自他的手，就与他没有太大的关系，他想不出什么要在乎的道理。当年他同水水打离婚的时候，水水娘家来的人差不多把他家的东西搬光了，他也毫不在乎，看着人家搬，还给人家烧茶。他住在上村，不远处的坡上有一片好竹子。到了春天，竹根在地下乱窜，到处跑笋，有时冷不防在什么人的菜园子里，或者床下，或者猪栏里，冒出粗大的笋尖来。照一般的规矩，笋子跑到哪一家，就是哪一家的。志煌明白这一点，只是一做起来就有些记不住。他去菜园子里搭瓜棚的时候，看见园子里有一个陌生的人，大概是个过路客，一看见他就慌慌地跑。那人不熟路，放着大路不走偏往沟那边跳，志煌怎么喊也喊不住，眼睁睁地看着那人一脚踩空，落到深深的水沟里，半个身子陷入淤泥。一声大叫，那人的怀里滚出一个肥肥的笋子。

　　显然是挖了志煌园子里的笋。志煌视若无睹，急急地赶上去，从腰后抽出柴刀，顺手砍断一根小树，把树干的一端放下沟，让沟下的人抓住，慢慢地爬上沟来。

　　过路客脸色惨白，看着志煌手里的刀，一身哆哆嗦嗦。见他没有什么动作，试探着往大路那边移动碎步。

　　"喂，你的笋——"志煌大喝一声。

　　那人差点摔了一跤。

　　"你的笋子不要了？"

　　他把笋子甩过去。

　　那人从地上捡了笋子，呆呆地看着志煌，实在没有看出什么圈套和什么危险，这才疯也似的飞跑，一会儿就不见了。志煌看着那人的背影有些好笑，好一阵以后才有疑疑惑惑的表情。

　　事后，村里人都笑志煌，笑他没捉到贼也就算了，还砍一棵树把贼救出沟来。更可笑的是，怕贼走了一趟空路，送都要把自家的东西送上前去。志煌对这些话眨眨眼，只是抽他的烟。

【宝气】（续）

我得再说一说志煌的"宝气"。

我曾经看见他带着几个人去供销社做工,砌两间屋。待最后一片瓦落位,本义不知从哪里拱出来,检查功夫质量,踢一踢这里,拍一拍那里,突然沉下脸,硬说岩墙没砌平整,灰浆也吃少了,要剐去所有人的工分。

志煌找他理论,说你怎么捏古造今？你懂个卵,我是岩匠,我还不晓得要吃好多灰浆才合适？

本义冷笑一声："是你当书记还是我当书记？是你煌醒子说话算数,还是我书记说话算数？"

看来是存心跟志煌过不去了。

旁人出来打圆场,扯开了志煌,对本义说好话。兆青还跟着书记的屁股转,一个劲地递烟丝,见他进茅房,就在茅房外面等。看他去了屠房,又在屠房外面等。总算看见他抽着一支烟从屠房里出来,总算陪着他把路边的黄瓜和辣椒视察了一番,还是没法让他的目光回转来,正眼看兆青一下。

供销社敲钟吃饭了。本义兴冲冲地摩拳擦掌："好,到黄主任屋里吃团鱼去。"

简直掩饰不住扬眉吐气的快感。

他还没走,刚落成的仓房那边突然发出咚的一声,响得有点不规不矩。有人匆匆来报信,说不得了,不得了哇,煌宝在那里拆屋啦。本义一怔,急忙打点精神赶过去,发现志煌那家伙确实发横,口里不干不净,一个人抄起流星锤朝墙基猛砸。

新墙如豆腐。一块岩头已经翘出一头,另一块正在松动,粉渣稀稀拉拉往下泻。墙基要是空了,墙体还不全倒下来？旁边是供销社的老黄,怎么也拉不住他的手。老黄看见了本义："这是何苦呢？这是何苦呢？砌得好好的拆什么？你们不心疼你们的劳力,我还心疼我的砖哩。四分钱一口砖你晓不晓呵？"

本义咳了一声，宣告他的到场。

煌宝不明白咳嗽的意思，或者是不愿明白咳嗽的意思。

"煌拐子！"

志煌看了他一眼，没有搭理。

"你发什么宝气！"本义的脸红到了颈根，"拆不拆，也要等干部研究了再说。这里哪有你的话份？回去，你们通通跟我回去！"

志煌朝手心吐了一口唾液，又操起了岩锤。"岩头是我在岭上打的，是我车子推来的，是我砌上墙的。我拆我的岩头，碍你什么事了？"

一说到岩头，谁也不可能同志煌把道理说清了，也不可能阻挡他瞪眼睛了。仲琪上前给书记帮腔："煌伢子，话不能这样说，岩头不是供销社的，也不是你的。你是队上的人，你打的岩头就是队上的。"

"这是哪来的道理？他滴水佬倌也是队上的，他的婆娘也成了队上的，是人都睡得，是不是？"

大家偷偷笑。

本义更加气得没话好说，滑出位置的下巴好一阵才拉了回原处。"好，你砸，砸得好，砸得好！老子，今天不光要扣你们的工分，还要罚得你们喊痛。不跟你们一二一，你们不晓得钉子是铁打的，猪婆是地上跑的。"

听说要罚，形势开始逆转，好几个民工都变了脸色，上前去把志煌拖的拖，拦的拦。有的则往他手里塞烟丝。

"何必呢？有话好说，有话好说。"

"你莫害了别个。"

"剐工分就剐工分，你拆什么屋呵？"

"这墙我也有一份，你说砸就砸吗？"

……

志煌气力大，肩膀左右一摆，把两旁的人都甩开了。"放心，我只要我的岩头，你们的我碰都不碰。"

这实际上是废话。他今天砌的是岩石，统统充当墙基。要是把下面都掏了，上面的墙还可以悬在空中不成？

本义一扬手往远处走了。不过，跟着他屁股后头而去的兆青很快就跑来，笑眯眯地说，本义已经转了弯，说工分一分不剐，暂时不剐，以后再算账。大家一脸的紧张才松弛下来。见煌宝停了锤，七手八脚把他刚砸下来的岩头补回去。

回村的路上，好多人争着帮志煌提工具篮子，说今天要不是煌宝在场，大家不都被滴水老倌活活地收拾了？不成了砧板上的肉？他们前呼后拥地拍志煌的马屁，"煌宝"前"煌宝"后地叫个不停。在我看来，此刻的"宝"字已没有贬义，已回复了它的本来面目：宝贵。

【双狮滚绣球】

志煌以前在旧戏班子里当过掌鼓佬,也就是司鼓。他打出的一套"凤点头""龙门跳""十还愿""双狮滚绣球"之类的锣鼓点子,是一股让人热血奔放豪气贯顶的旋风,是一串劈头而来的惊雷。有很多切分和附点音节,有各种危险而奇特的突然休止。若断若接,徐疾相救,在绝境起死回生,在巅峰急转直下。如果有一种东西可以使你每一根骨头都松散,使你的每一块肌肉都错位,使你的视觉跑向鼻子而味觉跑向耳朵脑子里的零件全部稀里哗啦,那么这种东西不会是别的,就是志煌的"双狮滚绣球"。

一套"双狮滚绣球",要打完的话,足足需要半个钟头。好多鼓都破在这霹雳双狮的足下——他打岩锤的手太重了。

村里好些后生想跟他学这一手,但没有人学得会。

他差一点参加了我们的毛泽东思想文艺宣传队。他兴冲冲地应邀而来,一来就修油灯,就做锣锤,就用歪歪斜斜的字在红纸上写什么宣传队制度,事事都很投入。对什么人都笑一笑,因为太瘦,脸盘子小,笑的时候下半张脸都是两排光洁白牙。但他只参加了一天,就没有再来了,第二天还是去岭上打岩头。复查去喊他,许给他比别人高两成的工分,也没法让他回转。

主要原因,据说是他觉得新戏没有味道,他的锣鼓也没有施展天地。什么对口词、三句半、小演唱、丰收舞,这些都用不上双狮来凑兴。好容易碰上一出革命样板戏,是新四军在老百姓家里养病,才让他的双狮露个头,导演一挥手就宰了。

"我还没打完!"他不满地大叫。

"光听你打,人家还唱不唱呵?"导演是个县文化馆派来的,"这是一段文场戏,完了的时候你配一个收板就行了。"

志煌阴沉着脸,只得再等。

等到日本鬼子登场，场上热闹了，武场戏开始了，可以让志煌好好露一手了吧？没料到导演更可恶，只准他敲流水点子，最后响几下小锣。他不懂，导演就抢过锤子，敲两下给他看。"就这样，晓得不？"

"什么牌子？"

"牌子？"

"打锣鼓也没个牌子？"

"没有牌子。"

"娃崽屙屎一样，想丢一坨就丢一坨？"

"你呀你，只晓得老一套，动不动就滚绣球滚绣球。日本鬼子上场了，滚什么绣球呢？只能让他们屁滚尿流！"

志煌无话可说，只得屈就。整整一天排练下来，他的锣鼓打得七零八落，不成体统，当然让他极端失望，只得告退。他压根上看不起导演，除了薛仁贵、杨四郎、程咬金、张飞一类，他也根本不相信世界上还有什么好戏，不相信世界上还有很多他应该惊奇的事物。给他讲一讲电影戏特技，讲世界上最大的轮船，讲地球是圆的因此人一直往前走就可以回到原地，讲太空中没有重力一个娃崽的小指头也举得起十万八千斤，如此等等，他统统十分冷静地用两个字总结：

"诳人。"

他并不争辩，也不生气，甚至有时候还有一丝微笑，但他舔舔嘴巴，总是自信地总结："诳人。"

他对下放崽一般来说多两分客气，对知识颇为尊敬。他不是不好奇，不好问，恰恰相反，只要有机会，他喜欢接近我们这些读过中学的人，问出一些他百思不得其解的问题。他只是对包括马克思著作在内的各种新事物疑心太深，对有关答案判断太快，太干脆，常常一口否决没有商量余地：

"又诳人。"

比方,他是看过电影的,但决不相信革命样板电影里的武打功夫是练得出来的。"练?拿什么练?人家是从小就抽了骨头的,只剩下皮肉。莫看他们在台子上拳打脚踢,打得你眼花,一下了台,连担空水桶都挑不起。"

在这个时候,你要说服他,让他相信那些武打演员的骨头还在,挑水肯定没有问题,比登天还要难。

【洪老板】

收工的时候,我看见路边有一只小牛崽,没有长角,鼻头圆满,大眼黑亮,毛茸茸地伏在桑树下吃草。我想扯一扯它的尾巴,刚伸出手,它长了后眼一般,头一偏就溜了。我正想追赶,远处一声平地生风的牛叫,一头大牛瞪着双眼,把牛角指向我,地动山摇地猛冲过来,吓得我丢了锄头就跑。

过了好一阵,才心有余悸地来捡走锄头。

趁着捡锄头,我讨好地给小牛喂点草,刚把草束摇到它嘴边,远处的大牛又号叫着向我冲来,真是好歹都不吃,蠢得让人气炸。

大牛一定是小牛的母亲,所以要同我拼命。我后来才知道,这只牛婆子叫"洪老板",因生下来耳朵上就有一个缺口,人们就认定是罗江那边某某人的转世。那个当年叫洪老板的人左耳上也有个缺口,是个大土豪,光老婆就有七八房。人们说他上辈子作恶太多,老天就判他这一辈子做牛,给人们拉犁拖耙,还要挨鞭子,是还前世孽债。

人们又说,洪老板投胎到马桥来,真是老天有眼,办事公道。当年红军发动农民打土豪,马桥的人开始不敢动,见龙家滩的人把土豪戴高帽了,还砍了人家的脑壳,并没有什么事,这才跃跃欲试。可惜的是,等到他们拉起了农会,喝了鸡血酒,做了红旗子,才发现时机已经错过:附近像样一点的土豪全部打光了,粮仓里的只剩几只老鼠。他们不大甘心,打听来打听去,最后操着梭镖火铳过了罗江,到洪老板所在的村子去革命。他们没有料到那里的农民也革命了,同样喝了鸡血酒,同样做了红旗子,只是说洪老板是他们的土豪,只能由他们来革,不能由外乡的人来革。同样的道理,洪家的粮只能由他们来分,不能由外乡的人来分。肥水不流外人田嘛。两个村子的农会谈判,没谈拢,最后动起武来。马桥(不仅仅是马桥)这边的人认为那边的人保护土豪,是假农会搞假革命,架起松树炮就朝村子里轰。那边也不示弱,锣声敲得震天响,下了全村人的门板,抬来几架脱粒去糠的风车,堵住了入村路口,还粉枪齐发,竹箭纷飞,射得林子里的树叶刷刷响,碎叶纷纷下落。

一仗打下来,马桥这边伤了两个后生,还丢了一面好铜锣,全班人马黑汗水流整整饿了一天。他们无法相信那边农民兄弟的革命觉悟竟然这样低,想来想去,一口咬定是洪老板在那边搞阴谋。对洪老板的深仇大恨就是这样结下来的。

他们现在很满意,事情公平合理,老天爷让当年的洪老板来给马桥人背犁,累死在马桥,算是合理补偿。这年夏天,上面抽调一些牛力去开茶场,队上只剩下两头牛,牛也就特别累。犁完最后一丘晚稻田,洪老板呼哧呼哧倒在滚烫的泥水里,再也没有爬起来。人们摸摸它的鼻子,发现它没气了。把它抬回牛场宰了,发现它的肺已经全部充血,差不多每一个肺泡都炸破,像是一堆血色烂瓜瓤,被屠夫丢在木盆里。

【三毛】

我还要说一头牛。

这头牛叫"三毛",性子最烈,全马桥只有煌宝治得住它。人们说它不是牛婆生下来的,是从岩石里蹦出来的,就像《西游记》里的孙猴子,不是什么牛,其实是一块岩头。煌宝是岩匠,管住这块岩头是顺理成章的事。这种说法被人们普遍地接受。

与这种说法有关,志煌喝牛的声音确实与众不同。一般人赶牛都是发出"嗤——嗤——嗤"的声音,独有志煌赶三毛是"溜——溜溜"。"溜"是岩匠常用语。溜天子就是打铁锤。岩头岂有不怕"溜"之理?倘若三毛与别的牛斗架,不论人们如何泼凉水,这种通常的办法不可能使三毛善罢甘休。唯有志煌大喝一声"溜",它才会惊慌地掉头而去,老实得棉花条一样。

在我的印象里,志煌的牛功夫确实好,鞭子从不着牛身,一天犁田下来,身上也可以干干净净,泥巴点子都没有一个,不像是从田里上来的,倒像是衣冠楚楚走亲戚回来。他犁过的田里,翻卷的黑泥就如一页页的书,光滑发亮,细腻柔润,均匀整齐,温气蒸腾,给人一气呵成行云流水收放自如神形兼备的感觉,不忍触动不忍破坏的感觉。如果细看,可发现他的犁路几乎没有任何败笔,无论水田的形状如何不规则,让犁者有布局犁路的为难,他仍然走得既不跳垠,也极少犁路的交叉或重复,简直是一位丹青高手惜墨如金,决不留下赘墨。有一次我看见他犁到最后一圈了,前面仍有一个小小的死角,眼看只能遗憾地舍弃。我没料到他突然柳鞭爆甩,大喝一声,手抄犁把偏斜着一抖,死角眨眼之间居然乖乖地也翻了过来。

让人难以置信。

我可以作证,那个死角不是犁翻的。我只能相信,他已经具备了一种神力,一种无形的气势通过他的手掌贯注整个铁犁,从雪亮的犁尖向前迸发,在深深的泥土里跃跃勃动和扩散。在某些特殊的时刻,他可以犁不到力到,力不到气到,气不到意到,任何遥远的死角要它翻它就翻。

在我的印象里,他不大信赖贪玩的看牛崽,总是要亲自放牛,到远远的地方,寻找干净水和合口味的草,安顿了牛以后再来打发自己。因此他常常收工最晚,成为山坡上一个孤独的黑点,在熊熊燃烧着绛紫色的天幕上有时移动,有时静止,在满天飞腾着的火云里播下似有似无的牛铃铛声。这时候,一颗颗疏星开始醒过来了。

没有牛铃铛的声音,马桥是不可想象的,黄昏是不可想象的。缺少了这种喑哑铃声的黄昏,就像没有水流的河,没有花草的春天,只是一种辉煌的荒漠。

他身边的那头牛,就是三毛。

问题是,志煌有时候要去石场,尤其是秋后,石场里的活比较忙。他走了,就没有人敢用三毛了。有一次我不大信邪,想学着志煌"溜"它一把。那天下着零星雨点,闪电在低暗的云层里抽打,两条充当广播线的赤裸铁丝在风中摇摆,受到雷电的感应,一阵阵地泻下大把大把的火星。裸线刚好横跨我正在犁着的一块田,凌驾在我必须来回经过的地方,使我提心吊胆。一旦接近它,走到它的下面,忍不住腿软,一次次屏住呼吸扭着颈根朝上方警戒,看空中摇来荡去的命运之线泼下一把把火花,担心它引来劈头盖脸的震天一击。

看到其他人还在别的田里顶着雨挖沟,我不好意思擅自进屋,不想显得自己太怕死。

三毛抓住机会捉弄我。越是远离电线的时候,它越跑得欢,让我拉也拉不住。越是走到电线下面,它倒越走得慢,又是屙尿,又是吃田边的草,一个幸灾乐祸的样子。最后,它干脆不走了,无论你如何"溜",如何鞭抽,甚至上前推它的屁股,它身体后倾地顶着,四蹄在地上生了根。

它刚好停在电线下面。火花还在倾泻,噼噼啪啪地炸裂,一连串沿着电线向远处响过去。我的柳鞭抽毛了,断得越来越短。我没有料到它突然大吼一声,拉得犁头一道银光飞出泥土,朝岸上狂奔。在远处人们一片惊呼声里,它拉得我一个趔趄,差点扑倒在泥水里。犁把从我手里飞出,锋利的犁头向前荡过去,直插三毛的一条后腿,无异在那里狠狠劈了一刀。它可能还没有感觉到痛,跃上一个一米多高的土埂,晃了一下,踩得大块的泥土哗啦啦塌落,总算没有跌下来,但身后的犁头插入了岩石缝里,发出剧烈的嘎嘎声。

不知是谁在远处大叫,但我根本不知道叫的是什么。直到事后很久,才回忆起那人是叫我赶快拔出犁头。

已经晚了。插在石缝里的犁头咣的一声别断,整个犁架扭得散了架。鼻绳也拉断了。三毛有一种获得解放的激动,以势不可挡的万钧之力向岭上呼啸而去,不时出现步法混乱的扭摆和跳跃,折腾着从来未有过的快活。

这一天,它鼻子拉破,差点砍断了自己的腿。除了折了一张犁,它还撞倒了一根广播电线杆,撞翻一堵矮墙,踩烂了一个箩筐,顶翻了村里正在修建的一个粪棚——两个搭棚的人不是躲闪得快,能否留下小命还是一个问题。

我后来再也不敢用这头牛。队上决定把它卖掉时,我也极力赞成。

志煌不同意卖牛。他的道理还是有些怪,说这头牛是他喂的草,他喂的水,病了是他请郎中灌的药,他没说卖,哪个敢卖?干部们说,你用牛,不能说牛就是你的,公私要分清楚。牛是队上花钱买来的。志煌说,地主的田也都是花了钱买的,一土改，还不是把地主的田都分了？哪个种田，田就归哪个，未必不是这个理？

大家觉得他这个道理也没什么不对。

"人也难免有个闪失。关云长还大意失荆州，诸葛亮是杀了他，还是卖了他？"等到人家都不说了，也走散了，志煌一边走还能一边对自己说出一些新词。

三毛没有卖掉，只是最后居然死在志煌手里，让人没有想到。他拿脑壳保下了三毛，说这畜生要是往后还伤人，他亲手劈了它。他说出了的话，不能不做到。春上的一天，世间万物都在萌动，暖暖的阳光下流动着声音和色彩，分泌出空气中隐隐的不安。志煌赶着三毛下田，三毛突然全身颤抖了一下，眼光发直，拖着犁头向前狂跑，踩得泥水哗哗哗溅起一片此起彼伏的水帘。

志煌措手不及。他总算看清楚了，三毛的目标是路上一个红点。事后才知道，那是邻村的一个婆娘路过，穿一件红花袄子。

牛对红色最敏感，常常表现出攻击性，没有什么奇怪。奇怪的是，从来在志煌手里服服帖帖的三毛，这一天疯了一般，不管主人如何叫骂，统统充耳不闻。不一会，那边传来女人薄薄的尖叫。

傍晚的时分，确切的消息从公社卫生院传回马桥，那婆娘的八字还大，保住了命，但三毛把她挑起来甩向空中，摔断了她右腿一根骨头，脑袋栽地时又造成了什么脑震荡。

志煌没有到卫生院去，一个人捏着半截牛绳，坐在路边发呆。三毛在不远处怯怯地吃着草。

他从落霞里走回村，把三毛系在村口的枫树下，从家里找来半盆黄豆塞到三毛的嘴边。三毛大概明白了什么，朝着他跪了下来,眼里流出了混浊的眼泪。他已经取来了粗粗的麻索,挽成圈,分别套住了畜生的四只脚。又有一杆长长的斧头握在手里。

村里的牛群纷纷发出了不安的叫声,与一浪一浪的回音融会在一起,在山谷里激荡。夕阳突然之间暗淡下去。

他守在三毛的前面,一直等着它把黄豆吃完。几个妇人围了上来,有复查的娘、兆青的娘、仲琪婆娘,她们揪着鼻子,眼圈有些发红。她们对志煌说,造孽造孽,你就饶过它这一回算了。她们又对三毛说,事到如今,你也怪不得别人。某年某月,你斗伤了张家坊的一斗牛,你有没有错?某年某月,你斗死了龙家滩的一头牛,你知不知罪?有一回,你差点一脚踢死了万玉他的娃崽,早就该杀你的。最气人的是另一回,你黄豆也吃了,鸡蛋也吃了,还是懒,不肯背犁套,就算背上了,四五个人打你你也不走半步,只差没拿轿子来抬你,招人嫌嘛。

她们一一历数三毛的历史污点,最后说,你苦也苦到头了,安心地去吧,也莫怪我们马桥的人手狠,也是没办法的事情呵。

复查的娘还眼泪汪汪地说,早走也是走,晚走也是走,你没看见洪老板比你苦得多,死的时候犁套都没有解哩。

三毛还是流着眼泪。

志煌脸上没有任何表情,终于提着斧子走近了它——

沉闷的声音。

牛的脑袋炸开了一条血沟,接着是第二条,第三条……当血雾喷得尺多高的时候,牛还是没有反抗,甚至没有叫喊,仍然是跪着的姿态。最后,它晃了一下,向一侧偏倒,终于沉沉地垮下去,如泥墙委地。它的脚尽力地伸了几下,整个身子直挺挺地横躺在地,比平时显得拉长了许多。平时不大容易看到的浅灰色肚皮完全暴露。血红的脑袋一阵阵剧烈地抽搐,黑亮亮的眼睛一直睁大着盯住人们，盯着一身鲜血的志煌。

复查他娘对志煌说："造孽呵，你喊一喊它吧。"

志煌喊了一声："三毛。"

牛的目光一颤。

志煌又喊了一声："三毛。"

牛眼中有幸福的一闪，然后宽大的眼皮终于落下，身子也慢慢停止了抽搐。

整整一个夜晚，志煌捧着头，一言不发，就坐在这双不再打开的眼睛面前，直到第二天早上鸡鸣。

△ **【挂栏】** 马桥的牛都有各自的名字。人们对牛还有很多说法,比如,牛中间有"懂"牛,是指悟性好的牛;有"挂栏"的牛,是指养得亲的牛,不大容易被盗牛贼拐走。三毛虽然脾气丑一点,倒是一条挂栏的牛。

它死的两个多月前,两天没有见影子,队上派人四处寻找也一无所获,都以为它是找不回来了,被盗牛贼杀了或卖了。没料到第三天晚上,我正在志煌的屋里下棋,志煌解了手回头,说他的牛鞭在墙上跳,肯定是有事了,有事了。兴许是三毛回来了。我们还刚刚出门,就听见有三毛的叫声,看见牛栏房前有一团熟悉的黑影。

它正在用头角嘎嘎嘎地顶着栏木,想进栏里去。它鼻子上吊着半截牛绳,尾巴不知为何断了大半,浑身有很多血痕,须毛乱糟糟的,明显地瘦了下去。它想必是从盗牛贼那里逃出来以后在岭上钻来钻去,走了很远很远的路。

【清明雨】

我无话可说,看见山谷里的雨雾一浪一浪地横扫而至,扑湿了牛栏房的土墙,扑皱了水田里一扇扇顺风展开的波纹,一轮轮相继消逝在对岸的芦草丛里。于是草丛里惊飞出两三只无声的野鸭。溪流的和声越来越洪大了,但也越来越细碎了,以致无法细辨它们各自本来的声音,也不知道它们来自何处,只有天地间轰轰轰的一片,激荡得地面隐隐颤抖。我看见门口有一条湿淋淋的狗,对着满目大雨惊恐地叫唤。

每一屋檐下都有一排滴滴答答的积水窝,盛满了避雨者们无处安放的目光,盛满了清明时节的苦苦等待。

满山树叶都发出淅淅沥沥的碎响。

春天的雨是热情的,自信的,是浩荡和酣畅,是来自岁月深处蓄势既久的喷发。比较来说,夏天的雨显得是一次次心不在焉的敷衍,秋天的雨是一次次蓦然回首的恍惚,冬天的雨则是冷漠。恐怕很难有人会像知青这样盼望着雨,这样熟悉每一场雨的声音和气味,还有在肌肤上留下的温度。因为只有在雨天,我们才有可能拖着酸乏的身体回家,喘一口气,伸展酸麻的手足,享受弥足珍贵的休息机会。

我的女儿从不喜欢雨。春天的雨对于她来说,意味着雨具的累赘,路上的滑倒,雷电的可怕,还有运动会或者郊游的改期。她永远不会明白我在雨声中情不自禁的振奋,不会明白我一个个关于乡下日子的梦境里,为什么总有倾盆大雨。她永远错过了一个思念雨声的年代。

也许,我应该为此庆幸?

现在,又下雨了。雨声总是给我一种感觉:在雨的那边,在雨的那边的那边,还长留着一行我在雨中的泥泞足迹,在每一个雨天里浮现,在雨浪飘摇的山道上变得模糊。

△【不和气】我最初听到这个词是在罗江过渡的时候，碰上发大水，江面比平时宽了几倍。同船有两个面生的女子，大约是远道而来的，一上船就用斗笠遮住了自己的脸，只露出两只眼睛。船家对她们打量了一下，扬扬手要她们下去。两个女子没办法，下船各自用河泥在脸上抹了两下，抹出一个花脸，相互对视笑得直不起腰，才捂住肚子咯咯咯地上了船。

我对这件事十分惊异：为什么要画出一张鬼脸？

船家说："十个毛主席也管不了龙六爹发大水。一船人的命，出了事我担待不起呵。"

船上立即有人附和，是的是的，水火无情，还是小心点好。他们说起以前的某月某日，某位女子也是好不和气，害得船翻了，人落到水里，怎么游也到不了岸，硬是碰了鬼。

我后来才知道，"不和气"就是漂亮。这个渡有个特别的规矩，碰到风大水急的时候，不丑的婆娘不可过渡，漂亮的姑娘甚至不可靠近河岸。这种规定的理由是：很久以前这里有个丑女，怎么也嫁不出去，最后就在这个渡口投江而亡。自那以后，丑女阴魂不散，只要见到船上有标致女人，就要妒忌得兴风作浪，屡屡造成船毁人亡的事故。故过渡女人稍有姿色的，只有污了面，才可保自己的平安，也使一船人免遭灾祸。

我不大在意和相信这一类传说，也没有去具体研究美色与灾祸之间的关系，比方美色是否确实较为容易引起人们走神、乱意、发痴发狂？是否较为容易成为放弃职责、大意操作之类的诱因？使我感兴趣的是"不和气"这个词。它隐含着一种让人有点不寒而栗的结论：美是一种邪恶，好是一种危险，美好之物总是会带来不团结、不安定、不圆满，也就是一定会带来纷争和仇恨，带来不和气。一块美玉和氏璧曾引起赵国与秦国大动干戈，一个美女海伦曾引发了希腊远征特洛伊长达十年的战争，大概都可以作为这个词的注解。依此逻辑，世人只有随波逐流，和光同尘，不当出头的椽子，往自己的脸上抹泥水，才有天下的太平。

马桥语言中的"不和气"也泛指好、杰出、优秀、卓尔不群、出类拔萃、超凡出众，等等。以这个词来描述本义的年轻婆娘铁香，外人没有理由不为她的前景捏一把汗。

△ **【神】** 马桥人认为漂亮女人有一种气味,一种芬芳但是有害的气味。本义的婆娘铁香从长乐街嫁到马桥来,就带来了这种气味。刚来两个多月,马桥的黄花就全死了。看着一枝枝金光灿烂的黄花,摘到篮子里还没提到家,就化成了一泡黑水,拈都拈不起来。老人们说,马桥人后来再也不种黄花,只能种一些模样丑陋的瓜果,茄子、苦瓜、南瓜、核桃什么的,就是这个原因。

铁香的气味也使六畜躁动不安。复查家的一条狗,自从看见铁香以后就变了一条疯狗,只得用枪打死。仲琪原来有一头脚猪,也就是种猪,自从铁香来了以后就怎么也不上架了,只得阉了它以后杀肉。还有一些人家的鸡瘟了,鸭瘟了,主人都怪铁香没有做好事。最后,连志煌手里叫三毛的那头牛,也朝铁香发过野,吓得她哇哇哇大叫。要不是煌宝眼明手快把畜生的鼻绳拉住,她就可能被顶到坡下去了。

妇人们对铁香一直有些不以为然,只是碍着本义当书记的面子,不好怎么发作。其中也有些人不大甘休,看见铁香来了,有心没心找一些话头来刺她。她们大谈自己来马桥夫家拜堂放锅时的排场和讲究,历历如数家珍。无非是大舅子抬嫁妆,二舅子吹喇叭,三舅子放手铳,四舅子举红伞,诸如此类的夸张。杭州的丝绸有好多,东洋的裱子有好多,手腕上的镯子如何大,耳朵上的环子又如何亮,她们说得不厌其烦。

铁香一听到这些,脸色发白。

有一次,一个婆娘故作惊讶地说:"哎呀呀,你们都是这样的好命,这样体面,那我只有死路一条了。我当初放到这个鬼地方来,只夹了一把伞,除了裱子就是一坨肉!"

众人笑。

这个婆娘显然是揭铁香当初的穷。铁香忍不住,匆匆跑回家去捶枕头捶被子哭了一场。

铁香其实是在大户人家里长大的，家里曾经有保姆和仆人，做菜离不开酱油、茴香和香油，也能区分什么是饼干，什么是蛋糕，不像其他马桥人那样，统统称之为"糖"。只是她到马桥的时候，父亲作为"乞丐富农"（参见词条"乞丐富农"）死在牢里，家道已经败落。她确实是只夹了一把伞，匆匆跨进了本义家的门槛。

当时她十六岁，抹了点胭脂，挺着一个大肚子，大汗淋淋地独身闯到马桥，问这里谁是党。人们很奇怪地打量着她，在她一再追问之下，才说了两个名字。她又问这些党中间谁还是单身。人们就说出了本义。她问清了本义的住处，一直走到那间茅屋里，粗粗打量了一下房子和人：

"你就是马本义？"

"呵。"

"你是共产党？"

"呵。"

"你要收亲吗？"

"么事？"本义正在铡猪食，没听清。

"我是问，你要不要婆娘？"

"婆娘？"

她长长出了一口气，放下了随身带来的伞。"我还不算丑吧？也能生娃崽，这你看见了。你要是还满意，我就……"

"呵？"

"我就那样了。"

"你是说哪样了？"本义还没听懂。

铁香脚一跺："就给你了。"

"给我什么？"

铁香扭头望着门上："跟你睡觉！"

本义吓了一跳，舌头僵直得搅不出一句话来。"你你你你是哪里来的神婆子……娘哎娘，我的箩筐呢？"

他逃进里屋。铁香追上去问："你有什么不满意呢？你看我这脸，你看我这手、这脚，样样都是全的。跟你说实话吧，我还有点私房钱。你放心，这肚子里是个读书人的种，你要，就要。不要，就做下来。我只是想让你看看，我生得娃崽，我身子好……"

还没说完，听见有人溜出后门的声音。

"你找到我这样的，算是你前世积了阴德呢——"铁香气得脚一跺，不一会哭出了号啕的劲头。

后来，本义拜托同锅兄弟本仁，打发这个神婆子走路。本仁上门时，发现女子已经在铡猪草了，擦擦手起身让座，找吊壶烧茶，倒也看得顺眼。看见女子屁股圆大腿粗确实是个能下崽的模样，嘴里含含糊糊，送客的话始终没有说出口。他后来对本义说："神是神一点，身体还好。你不要，我就要了。"

这一天，铁香就住在本义家，没有回去。

事情就这么简单，本义没请媒人没费聘礼，捡了个便宜。铁香也了一心愿，用她后来的话来说，她当时受不了政府的管制和四个母亲成天的哭哭泣泣，受不了邻居一个小染匠天天的威胁纠缠，一横心，只打了一把伞出门，发誓要找个共产党做靠山。她居然一举获胜，几天之后果真领了个复员革命军人兼党支部书记回娘家，让左邻右舍刮目相看，干部们看看本义胸前抗美援朝的纪念章，对她家也客气了几分。

他们双双到政府登记。政府说她年龄太小，过两年再来。她好说歹说不管用，杏眼一瞪发了横，对管公章的秘书说："你不登，我就不走，把娃崽生在你这里，说是你的种。还怕你不养我!"秘书吓了一跳,满头大汗手忙脚乱地办手续。看她和新郎的背影远了,还惊魂未定地说,好神的婆子,不会来二回了吧?

旁边的人也啧啧摇头,说到底是九袋爷的千金,吃过百家饭,脸皮比鞋底还厚。这以后如何得了?

本义后来也慢慢明白,这一桩婚事对于他很难说是一件美事。铁香比他小了十多岁,就有了在家里发脾气使性子的权利,有时候神得没有边,一碰到不顺心的事,动不动就咒马桥弓这个鬼地方,是人过日子的地方吗?她咒马桥的路不平,咒马桥的山太瘦,咒这里的滂眼淹得死人,咒这里的米饭里沙子多,咒这里的柴湿因此烟子特别呛,咒这里的买根针买个酱油也要跑七八里路。咒来咒去,免不了要咒到本义。她咒一咒也就算了,有一次居然咒一声就狠狠切下一颗血淋淋的鳝鱼脑壳。天下还有王法吗?他本义好歹也是她老倌,好歹是个书记,如何与鳝鱼脑壳搅在一起?

本义老母还在的时候,对媳妇也无可奈何。一旦惹得她发了毛,连老人也不放过:"老不死的家伙,我不怕你几十岁几十斤,河里没有盖盖子,塘里也没有盖盖子,你去死呵!你何事不去死呢?"

一般来说,本义对这些话装耳聋,也确实有点聋。即便有时忍不住了大喝一声"老子锄死你",只要婆娘暂时闭了嘴,他也不会真动手。他最威风的一次,是一巴掌打得铁香滚到一群惊飞四散的鸭子里面去了。用他的话来说,那次是正气压倒邪气,东风压倒西风。铁香爬起来就去投塘,被村里人拦住了,只好跑回娘家去,三个月没有音信。最后还是本仁备了两斤薯粉两斤粑粑,代表同锅老弟去与铁香讲和,用土车子把她推了回来。

在上面的叙述中，读者可能注意到，我笔下已经几次出现了"神"字。可以看出，马桥人的"神"用来形容一切违反常规和常理的行为。在这里，人们最要紧的是确认人的庸常性质，确认人只能在成规中度日。任何违反成规的行为，从本质上说都不是人的行为，只可能来自冥冥中的莫测之物，来自人力之外的天机和天命。不是神经质（神的第一义），就是神明（神的第二义）。马桥人用一个"神"字统括这两种意义，大概认为两者的差别并不重要。一切神话都是从神经质式的想入非非开始。一切神坛前都有神经质式的胡言乱语手舞足蹈。也许，神经质就是神的世俗形态和低级品种。而一切"神速""神勇""神效""神奇""神妙""神通"，作为对常人能力限度的一时僭越，往往伴随着人们在近乎神经质状态下的痴迷和狂放，是无意识或非意识得到良性运用的结果，也是人对神的接近。

铁香神到了这种地步，人们都说她有神魔附体。

△ **【不和气】**（续）铁香不大乐意同女人打交道，出工也要往男人堆里挤，在男人堆里疯疯癫癫。本义对此没有什么好脸色，但也无可奈何。上山倒木本来是男人的事，她也要去赶热闹。到了岭上，两手捉斧子像捉鸡一样。咬着牙砍了好一阵，连个牙齿印也没有砍出来，最后斧子不知弹到什么地方去了，自己却笑得一屁股坐在地上，笑出一身肉浪。

她一摔倒，男人们的事就多起来了。她支使这个给她拍灰，要求那个给她挑指头上的刺，命令这个去给她寻找遗落的斧子，指示那个帮她提着刚刚不小心踩湿了的鞋子。她目光顾盼之下，男人们都乐呵呵地围着她转。她哎哎哟哟地尖叫着，身体扭出一些动人的线条，不经意之际，亮出领口里或袖口里更多白花花暧昧不清的各种可能，搅得有些人的眼光游移不定。男人们也就干得更加卖力。

她摔得并不太重，但脚步跛了两下，硬说痛得不行，要本义背她回家去，完全不管本义正在岭上同林业站来的两个干部打交道。

"神呵？搞个人扶你一下不就行了？"本义有点不耐烦。

"不，就要你背！"她小脚一跺。

"你走，走得的。"

"走得也要你背！"

"背你娘的尸呵，你一没出血，二没脱骨头。"

"我腰痛。"

本义只好再次屈从这位少妻，甩下林业站官员，在众目睽睽之下把她背下岭去。他知道，再不把她背走，她就可能要宣布自己来月经，可能还要控诉本义晚上在床上的罪恶，让他根本没脸面做人。她皮厚，口无遮拦，动不动就会公开女人的秘密，使自己的身体被所有的男人了解和关心，成为所有男人们共有的话题，共有的精神财产。她的例假简直是马桥集体性的隆重节日和伟大事业。她当然不会说得很直露，但她一会儿说自己腰痛，一会儿强调自己近日下不得冷水，一会儿拜托哪个男人去为她买当归，甚至在田间吆吆喝喝地喊本义回家去给她煮当归加鸡蛋。这一切当然足够强调她的性别，让人们重视她身体正在出现的事态，也足够引导男人们的想象和对她笑嘻嘻地讨好。

她乍惊乍喜的叹词特别多。明明是对一条毛虫的惊恐，她一声哎哟却可以无限柔媚，迫使男人们感受到这种声音另外的出处和背景，遐想她在那个出处和背景中的姿态，还有种种其他。她当然不会对这些胡思乱想负责，只对毛虫负责。但她一条毛虫，可以打败其他女人的姜盐豆子茶以及其他款待，把男人们从那些款待之下夺过来，乖乖地跟着她去卖力，去做她要求男人们做的任何体力活。每当这个时候，她在其他女人们的目光里挺胸昂首地走过，有一种掩饰不住的胜利快感。

我后来听马桥人窃窃私语，说这个狐眉花眼的婆娘的哎哟真是不和气，至少哎哟出了三个男人的故事。

首先是县上一位文化馆长，有一次来检查农村文化工作，就住在她家里，带来的另一个干事，则交给了复查。从那以后，馆长对马桥特别有兴趣，一脸肥肉笑眯眯地经常出现在这里，出现在她家灶房里，就像在那里生了根，长在那里了。据说他带来免费支农的图书，还有免费的化肥指标和救灾款，都是铁香开口要的，一张嘴就灵。喊馆长做事比支使崽女还便当，包括差使馆长帮她挑尿桶，别别扭扭到菜园子里上粪。

后来的男人则是一张小白脸，一个小后生，据说是铁香的侄儿，在平江县城里的照相馆做事，下乡来为贫下中农上门服务。铁香带着他走遍附近的村寨,向人们介绍他的相照得如何好,说得人们心痒痒的,都来争着看小后生手里已有的照片,当然有铁香千姿百态的十几张。这是马桥人第一次看到照相机,当然好奇。同时感到好奇的还有小后生的一块旧手表,在铁香的腕子上戴了个把月。有人说,岭上砍柴的人看见了,他们两人同去街上的时候,在岭上居然手拉着手。这是姑妈与侄儿做的勾当吗?算什么事?

最后,人们还谈到铁香勾引过煌宝,说煌宝一肩把她家定做的岩头食槽扛上门,一口气喝了五端子凉水,浑身的肉疙瘩起伏滚动,铁香羡慕得不得了,硬要煌宝帮她剪指甲——她的右手实在剪不好。事后,她还偷偷地做过一双鞋,送到煌宝那里去。无奈煌宝太宝气,不懂得女人的心,拿着鞋还给了本义,说这双鞋小了一点,夹脚,看来还是本义穿合适。本义当下就黑了脸,硬着脖子朝侧边一扭,半天没有扭出一句话。

以后的几天,没看见铁香的人影。她再次出现在众人面前的时候,颈上有一道血口子。人家问起来,她说是猫爪子抓出来的。

她没有实说,那是老倌打出来的。

颈根上有血口子的铁香,不再在男人堆里笑闹了,平静了一段。她倒是突然对三耳朵亲热起来。

三耳朵很难说是一个男人,在任何女人眼里都不具有男人的意义,当然不会使铁香的这种亲热具有什么危险性。三耳朵是兆青的二崽,从小吃里爬外,忤逆不孝,被兆青一杆锄头赶出了家门,一度同神仙府里的马鸣、尹道师、胡二结了伴,也成了烂杆子,马桥的四大金刚之一。"三耳朵"的外号,来自他左腋下多出的一个耳朵,一块形似耳朵的赘肉。有人说他前世太顽劣,阎王老子这次多给他一个耳朵,让他多听听老人言,多听听政府的话。他奇货可居,宝贵的第三只耳不轻易示人。哪个想看一看,得交一支纸烟。如果想摸一摸,价钱就得再翻一倍。他还能够把左手从下面反过去,越过背脊抓住自己的右耳,人们要想看到这种奇迹,至少也得给他到供销社买碗酒。

他免费让铁香看他的三耳朵,见铁香高兴,自己也特别高兴。他对自己多余的耳朵很自豪,对自己的鼻子、眼睛、嘴巴也很有信心。早在几年之前,多次照过镜子之后,他认定自己不是兆青的亲生儿子,坚决要求母亲说出他的亲爹现在何处。为这事,他闹得母亲哭哭泣泣,也同父亲大打出手,两人都见了血。这当然更加证实了他的结论:哪有这样毒的父亲呢?居然扛着耙头挖出门来?他三耳朵再醒,会相信这个狗杂种的话吗?

他去找了本义,敬上了纸烟,清了清嗓子,沉着一张脸,让人觉得他将要同书记讨论国计民生一类的大事。"本义叔,你是晓得的,现在全国革命的形势都一派大好,在党中央的领导下,一切牛鬼蛇神都现了原形,假的就是假的,真的就是真的,革命的真理越辩越明,革命群众的眼睛越擦越亮。上个月,我们公社也召开了党代会,下一步就如何落实水利的问题……"

本义有点不耐烦:"话莫讲散了,有什么屁赶快放。"

三耳朵结结巴巴,绕到了他亲生父亲的事。

"你也不屙泡尿自己照一照,你这个莴笋样范,还想配么样的爹?有一个兆矮子把你做爹,已经是抬举你了。照我说,你就不该有个爹。"本义咬牙切齿。

"本义叔你不要这样说。我今天不想麻烦你,我只要你说一句话。"

"说什么?"

"我到底是如何生出来的?"

"去问你娘！如何问我？"

"你作为一个党的干部，肯定了解真实的情况。"

"你这是什么话？你娘生出来你这个烂货，我如何会了解？你娘的眉毛是横的是直的我都没看清过。"

"我不是这个意思，我是说……"

"老子还有公事。"

"你定局是不肯说了？"

"说什么呵？你要我说什么？呵，癞蛤蟆也想坐龙床，这个事情也好办，你是要个当团长的爹呢，还是要个当局长的爹？你说，我就带你去找来。如何？"

三耳朵咬了咬嘴唇，不再说话了。不管本义如何指着鼻子骂他，他坚挺着脸上的平静和某种高傲，胸有成竹地看书记如何表演。他彬彬有礼地等待着，等书记骂完了，闷闷地扭头就走。

他走到村口，镇定地看两个娃崽玩蚂蚁，看了一阵，才回到自己的住处。他的一切工作还是要按部就班，不会因为一个本义就心慌意乱。

他还找过罗伯，找过复查和煌宝，甚至找过公社领导。最后，他还跑到县里去打听希大杆子劳改的地方，因为他很怀疑自己是希大杆子（参见词条"乡气"）的种，他要亲眼看一看希大杆子的模样，拉着希大杆子去验血。如果希大杆子是他的生父而又不认他的话，他就要一头撞死在希大杆子的面前。他一生没有什么所求，只有一条，就是要揭开自己的出生之谜，要孝敬他真正的父亲，哪怕只孝敬一天，孝敬一刻，他也心满意足。

他到县里去过两次，没有找到希大杆子。他不灰心。他知道这不是一件容易的事情，可能是他毕其一生的使命，他对此有充分的准备。他不像神仙府其他金刚,成天躺着睡觉,或者游山玩水。他一天到晚忙得很,忙着寻找和调查,也顺便忙一忙世界上的很多忙不完的事。他内懒外不懒,供销社、卫生院、粮库、林业站、学校一类,都是他常去的地方,好像天天去那里上班。他帮郎中碾药,帮屠夫吹猪尿泡,帮老师挑水,帮粮库里的伙房打豆腐。只要是朋友的急难之事,他都愿意两肋插刀。村里的盐午因家里成分太大,从长乐街的学校里开除回来了,想进公社的中学也被拒之门外。三耳朵对此十分打抱不平,气呼呼地拉着他跑中学,把自己积攒下来的纸烟,统统献给校长,请校长给他一个面子,收下盐午。

校长说,不是他不肯收,问题是县属中学开除的学生,又有点政治上的那个那个,他不大好说话。

三耳朵不吭气,把一只袖子挽起来,另一只手抽出一把镰刀,在赤裸的皮肉上一划,一道血线立刻滚滚壮大。

校长大惊。

"你收不收?"

"你你你这不是威胁吗?"

三耳朵横刀一勒,又一道血口子裂开。

盐午和校长都吓白了脸,扑上来夺他的刀。三人扭打成一团,每个人的衣上都沾了血,校长的蚊帐也染红了一块。三耳朵高举镰刀,嘶哑着嗓门说:"唐校长,你说,要不要我死在这里?"

"有话好说,有话好说。"校长以哭腔相求,跑出去找来了另外两位老师,商量了一下,让盐午马上去办入学手续。

三耳朵两只手臂上已经有了密密刀痕,也有了很多朋友。只是有一条,就是不回马桥出工。他情愿在外面流血,也不愿意回到马桥流一滴汗。他穿上一套不知从哪里搞来的旧军衣,更多了面色的严峻。他说他正在卖血,等卖血卖够了钱,他就要到县城里买一些零件来,还要买来皮带和电线,买来螺丝刀和扳手,造一台挖山器,在天子岭上开铜矿。他的铜矿是要让马桥人享福,以后都不做田了,不种包谷棉花红薯了,天天吃了就是要。

人们没有料到,三耳朵尖嘴猴腮的模样,居然还敢骑在本义头上屙屎,闹出后来的那件大事。那一天,本义从八晶洞水库工地回到马桥,操着一支日本造的三八大盖步枪,把五花大绑的三耳朵押到晒谷坪里,闹得村里鸡飞狗跳。本义红着眼,说三耳朵好大的狗胆,竟然想强奸干部家属,恐怕是活腻了呵?他要不是考虑到党的俘虏政策,早就一刀割了他的龙根。他在朝鲜战场上连美帝国主义都不怕,还怕他一个烂杆子?

他这样说的时候,人们注意到三耳朵鼻子在流血,衣服扯破了,下身只剩一条短裤,腿上青一块紫一块。他脑袋已经无力支起来,软软地耷向一边,也无力说话,眼睛眯缝里露一线灰白。

"他落气了吧?"有人看着看着害怕。

"死了就好,社会主义少一个孽种。"本义没好气地说。

"他如何敢起这样的歹心?"

"对他亲爹老子都敢操钯头挖,还有什么事做不出来?"

他喊仲琪帮忙,把他吊在树上。又舀来一瓢大粪,举在他头上。"认不认罪?你说,认不认?"

三耳朵横了本义一眼,鼻孔吹出一个血泡,不吭声。

一瓢大粪淋了下去。

人们没有看见铁香的影子。有人说她早就吓晕了,又有人说她正躲在屋里哭嚎,口口声声饶不了强奸犯,口口声声她的大腿和腰都被抓破了,非得把那小流氓剐皮抽筋不可——一个个身体部位都说得很具体。男人们在地坪里交头接耳，再一次投入了对她身体的关心。如果说她很长一段时间没有引导过这种关心了，那么三耳朵是不是荣任了她又一次引导的工具？她是不是担心人们已经淡忘了她的大腿和腰身？

男女老少围观三耳朵，把他笑骂了好一阵。直到深夜，才有人把三耳朵从树下放下来。他扶着墙或者树，一跛一跛，短短一节路竟走了足足两个钟头，一路上气喘吁吁，歇了好几次，浑身上下都痛。他吃力地叉开大腿，最重的伤在胯下，龙袋子被抠破了，一颗睾丸都差点掉了出来，痛得他天旋地转。但他不敢到卫生院去，怕被那里的熟人看见，怕人家大惊小怪添油加醋说三道四。他也不愿意回家，母亲虽然会收留他，但一到了这时候，兆青那个货的脸上肯定更不好看，他何必去讨没趣？他只好还是回神仙府，请同屋的马鸣找来针线，凑着油灯，自己给龙袋子缝了几针。缝到最后，胯下血糊糊的一片，自己手抖得稳不住针，浑身汗得水洗一般，还没收线就晕了过去。

村里的狗叫了整整一夜。

马鸣醒来时，三耳朵的草窝里已经没有了人影。

一连几个月没有看见他。

入秋后的一天，妇女在红薯地里翻藤。不知是谁惊叫了一声，大家感觉到什么，回头一看，发现路上立着一个人，马鬃般的长发下两只大眼睛朝这边盯着。有人总算看出来了，是满脸怒气的三耳朵。不知他是从哪里拱出来的，也不知他已经这样一声不吭地盯了多久。

马鬃走了过来，一直走到铁香的面前。

铁香连连后退，"你要干什么？你要干什么？……"

扑通——人们还没有来得及看清，一把柴刀对铁香脚下一甩，马鬃已经跪在铁香面前，颈根尽力伸长："姐姐，你杀了我！"

铁香朝其他女人大叫："来人呵，来人呵……"

"你杀不杀？"三耳朵跳起来追赶铁香，拦在对方面前，再次下跪。

"你这个疯子……"铁香脸色惨白，慌慌地想夺路而逃。

"臭婊子你敢跑——"三耳朵大喝一声，喊得铁香身子晃了晃，不敢再动。他横戳戳的脸上露出一丝冷笑："姐姐，你今天不杀我，你如何有安生的日子？你往我脑壳上扣了个屎盆子，你以为我忍得下这一口气？"还没等铁香明白是怎么回事，他突然从腰间解下一条粗粗的藤鞭，一声脆响，把铁香抽得一个趔趄。又一声脆响，铁香已经栽倒在地。她尖叫着举臂招架，但身旁女人看见三耳朵那横样子，谁也不敢上前拦阻，只是哇哇乱叫，或者赶快回村去报信喊人。

"你这个烂货，你这条草狗，你这个臭婊子，你不杀了我，这个事情如何有个了结？……"三耳朵骂一句就抽一鞭，抽得女人满地乱滚，远远看去，没看见人，只见尘沙飞扬，一堆绿色的薯叶翻来滚去，沙沙沙地响，间或有几片碎叶溅出。最后，叫声微弱了，叶子不再摇动了，三耳朵才住了手，丢了藤鞭。

他打开随身带来的布袋，拿出新的皮鞋，新的塑料凉鞋，新的头巾和袜子，丢到不再动弹的薯叶堆里。"你看好了，姐姐，我还是心痛你的！"

然后扬长而去。

走到路口，他还回头对女人们大喊："告诉本义那个老货，我马兴礼把他的婆娘嬲了二十五回，嬲得她顿顿地叫呵——哈哈哈——"

对于马桥人来说，马兴礼这个名字已经很陌生。

【背钉】

现场捉拿奸夫是本义的主意。他从工地上回来,听到仲琪告密,得知自己的老婆与三耳朵私通,气得想杀人。他毕竟还有点脑子,不会不明白,这件事太丢人现眼,真要闹起来,扯上一个烂杆子三耳朵,算一回什么事?想来想去,只好关起门来拿婆娘出气。他把一杆洗衣的擂杵都打断了,打得贼婆子屁股肿了一圈,满地乱滚,鬼哭狼嚎,最后哆哆嗦嗦地答应一切。

她后来还知趣,照本义的计策行事,果然把三耳朵引入了圈套。当时三耳朵刚脱裤子,本义从帐后跳将出来,操着扁担乱扑,打得三耳朵发出的声音不是人声。但三耳朵很快也红了眼,气力还不算小。两个男人纠扯一团的时候,本义眼看顶不住,大叫狗婆娘上来帮忙。铁香不敢不从,急中生智之下,从背后一把抠住三耳朵胯下那家伙,抠得对方差点昏了过去。

本义这才腾出手来,扇了奸夫十几个耳光,扇得对方翻了白眼。一条麻索也早已准备好了,本义把三耳朵扎扎实实捆成个粽子。

本义只是没有想到,这事并没有完:第二年春上贼婆子突然失踪。他根本没朝三耳朵那一方想,觉得自己的女人再无血,也不会往粪坑里跳吧?即使是条骚母狗,也得到文化馆长或照相师傅那里去骚吧?得给自己老公留点面子吧?

村里人也大多没想到三耳朵,根本无法想象铁香这么个情种,会丢下一对还在读书的娃崽,跟上那样一个烂杆子。她就算是同三耳朵有一腿,也只是玩玩后生伢,哪会真的托付终身呢?人们只是猜测县文化馆的动静,还派人到县城里去打听。

本义觉得没脸做人,一连几天不理公事,关紧大门,在额头上贴了两块膏药,钻到床上睡觉。他暗暗起了杀心,不管这次在哪里找到这个狗婆,他情愿不当这个书记,也要一刀结果了这个骚货。

到第二年秋天,一个消息从江西那边传来,让人们大为吃惊。这个消息证实,铁香确实是私奔,而且是跟着三耳朵私奔的。前不久,一群流窜犯结伙在江西省的公路上打劫粮车,被部队和民兵追剿,打死了一个,抓了十几个。最后的两个很顽固,跑到山上东躲西藏,一直没法抓到。后来靠当地农民提供消息,搜山的民兵总算缩小包围圈,把他们逼进一个山洞。民兵团团围住洞口,喊了一阵话,没有听到回音,往里面丢手榴弹,才把他们炸死了。民兵后来发现,死的是一男一女,瘦得都只有七八十来斤。女的挺着个大肚子,有几个月的身孕。人们在他们的衣包里发现了一颗公章,一个什么铜矿筹建委员会的。还有两份空白处方笺,几张备课专用纸,几只公函信封,信封上有这边的公社名。公安才通知这边派人去认尸。公社的何部长去了,从派出所留下的照片上认出了铁香和三耳朵血肉模糊的面孔。

何部长花了二十块钱,请当地两个农民把他们埋了。

按照马桥的老规矩,铁香不贞,三耳朵不义,两人犯了家规又犯了国法,再加上一条不忠,死后是必须"背钉"的。也就是说,他们死后必须在墓穴里伏面朝下,背上必须钉入铁钉九颗。伏面朝下,表示无脸见人的意思。背钉,则意味着他们将永远锁在阴间,不可能再转世投胎祸害他人。

马桥人没有得到这对男女的尸体,没法让他们背钉。一些老人们说起这事不免忧心忡忡,不知道他们还要闹出什么事来。

△ 【根】 三耳朵拐走铁香，引起了马桥人的义愤。尤其是妇人们，以前戳铁香的背脊，一次次探索她同文化馆长的关系，与照相馆小后生的关系，对她扭来扭去的背影缩鼻子撇嘴巴。现在，她们突然觉得那些关系都是可以容忍的，还可以马马虎虎带得过。她们甚至认为偷人也没什么，关键在于看偷什么人。铁香勾搭男人虽然有点那个，最不可接受的却是她勾搭三耳朵。

在这一点上，她们突然为铁香打抱不平，有一种包容铁香在内的团体感突然升腾起来，激动着她们，鼓舞着她们，温暖着她们，似乎铁香是她们推出的选手，在一场竞赛中不幸败北。她们不能不愤愤不平。三耳朵也太不体面了，太没个说头了，连一条颈根都没怎么洗干净过。虽说对乡亲还算义道，但要人品没人品，要家财没家财，也没读个像样的书，连爹娘都要拿扁担赶出门的人，笑人呵，铁香怎么可以跟上他？居然还怀上了——一胎？

她们几个月来分担着一种团体的羞辱。

对铁香也百思不得其解。

唯有一种说法可以解释这个结局：命。在马桥的语言中，人们不大说命，更多地说"根"，有一种自比植物的味道。他们看手纹，看脚纹，认为这些肉纹就是根的显现，形似根系也就不难理解。有一个过路的老人曾看过铁香手上的根，叹了口气，说她是门槛根，先人可能当过叫花子，低声下气跨过千家门槛。唉唉唉，这条根太长，到她的身上还没有断呵。

铁香咯咯咯地笑，不大相信。她父亲戴世清当过乞丐头子不假，但她现在已经成了书记的婆娘、书记的爱人，差不多就是书记，如何还扯上什么门槛？她没有料到，自己多年后的结局，居然应验了过路老人的话：她跟随了三耳朵，一个穷得差不多只能蹭门槛的男人,在遥远他乡流落终身。她像一棵树,拼命向上寻找阳光和雨水,寻找了三十多年,最终发现自己的枝叶无论如何疯长,也没法离根而去,没法飞向高空。

下贱的根镂刻在她的手心里。

与"根"相关的词是"归根",所指不是普通话里白发游子的"归乡",而相当于"宿命"。用他们的话说,泥看三寸,人看三支。年轻的时候怎么样是算不得数的,过了三个岁支,也就是三个十二年,就开始归根了,是贵是贱,是智是愚,是好是坏,到三十六岁以后见分晓。什么人就是什么人。各就其位。铁香正是在三十六岁这一年疯了,鬼使神差跟上一个烂杆子,也是逃不脱的劫数。他们对此深信不疑。

【打车子】

"打车子"是铁香的说法,指男女床上之事。这是仲琪偷听到的,传开以后让人们笑了好一些时日,后来也成了马桥的习语。

汉语中关于食欲的词并不缺乏。表示烹调方式方面,有蒸、煮、炸、炒、爆、溜、煎、炖、腌、酱、卤、焖等等,表示口舌动作方面,有吃、呷、吸、唆、吞、舔、嚼、咬、含、吮等等;表示味觉口感方面,有甘、辛、咸、苦、辣、酸、鲜、嫩、脆、滑、麻、清、醇、酥、粉,等等。比较说来,同是生理的一种需要,关于性事的词似乎就少得多,完全不成比例。孟子说"食色,性也",语言遗产把孟子这个观点抹掉了一半。

当然还有一些所谓下流话。这些话大多是一些劣质品、大路货,是随处可见的口腔排泄物,虽然数量并不算少,但毛病似乎太明显。一是彼此雷同,互相重复,了无新意;二是空洞无物,粗略笼统,大而无当,类似政客们的国事演讲,或是文士们的相互嘉许。更重要的是,这些话大多是借用词,文不及义,词不达意,全靠临时性默契来将就,给人张冠李戴指驴为马的荒唐感。"云雨""打炮""打豆腐""做白案"……全部类如黑帮暗语。人们不得已这样说的时候,差不多已经有了黑帮们心虚闪避的表情,已经在语言伦理中把性事视同黑帮罪恶——某种怯于明说也怯于细说的勾当。

这些语词无疑是人类性感粗糙化、公式化、虚伪化、鬼鬼祟祟化的结果。两性交流过程中的涌动和激荡,来自身体深处的细微颤动和闪烁,相互征服又相互救助的焦灼、顽强、同情以及惊喜,暗道上的艰难探索和巅峰上暴风骤雨似的寂灭之境迷醉之境飘滑之境……一切都隐匿在语言无能深入的盲区。

一块语言空白,就是人类认识自身的一次放弃,一个败绩,也标示出某种危险所在。语言是人与世界的联结,中断或者失去了这个联结，人就几乎失去了对世界的控制。在这个意义上，人们完全可以有理由说，语言就是控制力。一个化学实验室，对于化学专家来说，不过是一块熟悉的菜园子；对于毫无化学知识的人来说，则不啻危险无处不在的可怕雷区。一座繁华城市，对于本地市民来说，是无比方便和无比亲切的故土；但对于毫无城市经验的乡下人而言，无异于处处隐藏着敌意或障碍的荆天棘地，让他们总是摆脱不了莫名的惶恐。其中的原因十分简单：一个难以言说的世界，就是不可控制的世界。

　　社会学研究过一种"边际人"，大多指从某种文化进入另一种文化的人，比如进入城市的乡下人，远离母土进入他国的移民。语言是这些人遇到的首要问题。不管他们是否有钱，不管他们是否有权势，只要他们还没有完全掌握新的语言，还不能对新的环境获得一种得心应手的语言把握，他们就永远摆脱不了无根之感、无靠之感、无安全之感。阔绰的日本人到了法国，其中有一些会患上"巴黎综合征"。勇敢的中国人到了美国，其中也有一些会患上"纽约综合征"。他们有限的外语，不足以使他们融入异乡的冷土。他们的阔绰或勇敢，不足以让他们免除莫名的焦灼、紧张、惶乱、心悸、血压升高、多疑和被窥视幻想。任何一段邻居或路人不可懂的对话，任何一个他们无能命名的器物或景观，都可能暗暗加重他们的心理压力，成为重重包围他们的疾症诱因。在这种情况下，他们中的很多人常常把自己关闭在清冷寓所里，对外界作一次次临时性逃离，就像性交时要避人耳目。

　　人并不怕展示自己的身体。在洗澡堂、体检室、游泳场甚至西方某些国家的裸泳海滩，人们没有感到什么不自在。人只有在性交的时候才感到关闭窗帘和房门的必要，像一只只企图钻进地洞的老鼠。形成这种差别当然有很多原因。在我看来，其中一直被忽略的原因，是人们对洗澡、体检、游泳一类活动有充分的语言把握，也就有了对自己和他人的有效控制，足以运作自己的理智。只有当人们脱下裤子，面对性的无限语言盲区，不安全感才会在不由自主的迷惑和茫然中萌生，人才会下意识地躲入巢穴。他们在害怕什么。与其说他们害怕公共礼教，毋宁说他们在下意识里更害怕自己，害怕自己在性的无名化暗夜里迷失。他们一旦脱下裤子，就同样有焦灼、紧张、惶乱、心悸、血压升高、多疑和被窥视幻想，如同他们投入了一心向往的巴黎或纽约，但要把寓所门窗紧紧关闭。

统计表明，"边际人"的犯罪率高，精神病人多。语言把握之外的陌生世界对于边际人来说，是知识力所难及的混沌，最容易瓦解他们的意识和判断力。同样，性的语言盲区也最容易让人出现失常。这也许是性历险的强烈诱惑所在，当然也是色欲为祸的前提。美人计在很多时候可以动摇强大的政治决议、经济谋略、军事格局。一夜风流可以在很多时候消解理智，把当事人轻易抛入险境——就像在马桥人铁香身上发生的情况一样。

事情也许是这样的：

（一）铁香并非不惧卑微和贫贱，但自从发现三耳朵以后，她突然有了一种拯救欲，一种用自己身体创造奇迹的强烈兴趣。如果说她以前曾轻易征服了好几个体面男人，那么过程重复令她乏味。她天生胆大，渴望冒险，于是在三耳朵那里看见了新的战场，看见了更富有挑战性的使命。她此时不再害怕卑微和贫贱，恰恰相反，正是卑微和贫贱迷醉了她，再造一个男人的光荣感使她心潮难平。

（二）三耳朵做过很多人所不齿的恶行，比如向父母动武，同兄弟打架，从不在村里出工，偷过队上的化肥，还爬过女厕所的墙头等等，铁香以前也对这些事嗤之以鼻。但后来她更愿意把这一切归结于自己的魅力。马桥的瓜果都要因为她而腐烂，马桥的畜生都要因为她而癫狂，三耳朵难道不会因为她而胡作非为吗？三耳朵，不，她现在更愿意叫冤家，她的三冤家——其实不乏侠肝义胆。他为盐午上学的事两肋插刀就是一个证明。如果不是他一直为她发疯，如果他不是被单相思搞得心猿意马，他会闯下那些祸吗？想到这里，她有一种恍然大悟之感，既有洋洋得意，也有暖暖的感动侵入心田，身体不由自主地一阵颤抖。

（三）所谓"强奸"事件以后，铁香问心有愧，想对三耳朵有所补偿。因此，对方回村把她打得鼻青脸肿，她不但没有怨恨，反而有一种偷偷的释然——两下算是扯平了。特别奇怪的是，她甚至从伤痛里品尝到甜蜜，品尝到了对方一如既往的狂爱。她相信，一个男人只有爱得发狂，才会在绝望之余产生仇恨和暴力。本义以往对她再冒火，也很少动手，通常只是砸点家具以后就背着手出门。文化馆长和照相师傅也对她有过失望，但他们更不会打人，拍拍手就溜得无影无踪。这种宽松和不了了之简直让她愤怒，不能让她找到真正男人的诱惑力。相比之下，她是多么喜欢藤鞭和棍棒，多么迷恋男人用一道道伤痕在她身上留下的猛烈关注和疯狂欲望。好几次，她自己也难以置信，她的性高潮就是在挨打的时候轰隆隆涌上来了，烧得她两颊通红，两腿不停地扭动。

何况三耳朵对她痴心不变，不时送来女人用品。她把那些东西偷偷藏起来，不时翻出来看一眼，把情夫和老公在床上的天壤之别暗自思忖一番。

终于，她在一个夜晚走了，再一次投向马桥人"打车子"这个符号所代表的巨大语言空白。

△ 【呀哇嘴巴】这个词在《平绥厅志》里出现过。造反头子马三宝在他被捕后写下的供单里说:"……小的其实心里很害怕,全是马老瓜那个呀哇嘴巴哄骗小的,说官军不会来了。"我读到这一段时心想:一个没有在马桥生活过的人,可能会被"呀哇嘴巴"一词难住。

"呀哇嘴巴"至今流行于马桥,指多是非的人,热心通风报信的人,也指言多不实的人。这些人的言语里可能较多"呀""哇"一类叹词,大概是这个词的来历。

下村的仲琪,经常向本义报告村里的奸情及其他秘情,算是有名的呀哇嘴巴。村里没有什么秘密可瞒得过他的一对招风耳。他不管多么热的天,总是踏双套鞋。不论做什么事,也不会脱下那两只可疑的套鞋——哪怕这一天人人都赤脚,哪怕这一天穿鞋就根本没法做事,他只能守在田埂上无事可做白白地看着别人赚工分。谁都不知道,他的套鞋里有何见不得人的景象。他严守套鞋里的秘密,同时机警地打探村里其他人的一切秘密,脸上就有了一种占了便宜的暗暗得意。

或者应该这样说:他正因为自己有了套鞋里的秘密,所以必须侦察出别人的秘密何在,与自己的套鞋打平。

他曾经悄悄走到我面前,吸气呼气准备了好一阵,总算收拾出一张笑脸:"你昨天晚上的红薯粉好吃呵?"然后忸怩一阵,等待我辩白掩饰。见我没什么反应,便小心翼翼地笑着退回去,不再往深里说。我不明白他如何探明了昨天晚上的红薯粉,也不明白他为什么认为这件事情十分重要以至牢记在心并且向我机警提示。我更不明白,他明察秋毫的本领和成就使他的哪一根肠子快活?

有时候他精神有点反常的亢奋,在地上挖着挖着,就突然响亮地叹一口气，或者对远处一只狗威风凛凛地大喝几声，见我们没什么反应，最后才满脸忧愁地冒出一句："呀呀呀，不得了哇。"人们奇怪地问，什么不得了？他连连摇头，说没什么，没什么，嘴角挂着一丝得意，对大家的漠然和失望投来淡笑。

　　过一阵，他又忧愁了一番，不得了呵一番。在旁人追问之下，他口松了一点，说有人搞下的，有人出问题啦……他把旁人们的兴趣提起来之后又及时刹车，得意地反问："你们猜，是谁？你们猜，是谁？猜呀！"如此欲言又止，反复了五六轮，直到大家谁也不问了，直到大家对他的忧愁和得意无动于衷了甚至厌烦透了，他才满意地笑一笑，继续埋头挖他的地，什么事也没有。

【马同意】

仲琪一直是很拥护政府的,平时一个蛋大的领袖像章总是端端正正挂在他胸口,早已不时兴了的语录袋,一逢会议也总是挂在他肩上。一般来说,他讲话有政治水平,嘴巴也紧,也没有胡言乱语的恶习。

他胸口还老插着一支水笔。当然不会是买来的,看那红笔帽大黑笔杆小的别扭搭配,就知道那是七拼八凑的产物,来自一个艰苦的琢磨过程。在我的印象里,他从没有当过干部,连贫农协小组长一类角色也没当过。但他很喜欢使用这支笔,动不动就批写"同意,马仲琪"五个字。队上的发票、收条、工分簿、账本、报纸等差不多全都留下了他的五字真言。有一次,复查拿来一张买鱼苗的收据准备记账,一不留神,发现收据已到了仲琪手里,还没来得及喊,他已经批下了"同意"两个字,笔尖在嘴里蘸水,正要神色审慎地落款。

复查气恼地说:"写你的祭文呵?哪个要你同意?你有什么资格同意?你是队长还是书记?"

仲琪笑一笑:"写两个字割了你的肉呵?正正当当买的鱼苗,还怕人家同意?你说,你是不是偷的鱼苗?"

"我不要你写,就是不要你写。"

"写坏了?那我撕了它好不?"仲琪很幽默的样子。

"他这号人真是无血。"复查对旁人说。

"你是要我写'不同意'吧?"

"什么都不准写,这根本不是你写字的地方。你要写,再活两世人看看,活得像个人了再说。"

"好,不写了,不写了。看你这小气鬼的样范。"

仲琪既然已经得手,把水笔稳稳地插回衣袋。

复查又好气又好笑,从衣袋里掏出另外一张单据,当众抖了抖:"你们看,我还没有跟他算账。昨天窑棚里这一斤肉,根本不能报销的,他也来签字。"

仲琪红了脸,瞥了哗哗作响的单据一眼:"你不报就不报啰。"

"那你写同意做什么?你脚发痒?"

"我看都没有看……"

"签了字的就要负责。"

"那我改一下好不好?"他一边走回来,一边急急地抽笔。

"你写的字屙尿变呵?你看毛主席写字,一字千钧,全国照办,雷打不动。你是狗屙尿,走到哪里就把脚架起来撒一泡,作不得数的。"

仲琪颈根都红了,鼻尖上放出一小块亮光。"复查伢子,你才是狗。我就不相信这一斤肉未必报不得?事是要做的,肉也是要吃的。"

"你有钱,你拿去报。我今天非要你报不可!"

当着众人的面,仲琪没法下台了,脚一跺:"报就报,有什么了不起?"他套鞋呱嗒呱嗒响,摇摇摆摆走了。不一会气呼呼地从家里返回来,一个银镯子对桌上一砸。"一斤肉钱骇哪个?复查伢子,老子今天就是同意定了!你给我报!"

复查眨眨眼没说出话来,其他人也一时不知如何是好。我们刚才哄笑一番,只是故意急一急仲琪,没想到把他逼得认了真,批的字还非要管用不可,把银镯子都拍出来了。

这一次,人们没有难倒仲琪。他从此批字批得更加猖狂。碰到本义或公社干部拿出的一张什么纸页,也抢过去照批"同意"二字不误。他的同意已经成了习惯,没有哪一块纸片可以逃脱他的水笔,可以逃脱他并无约束力的审阅。复查比较爱整洁,讲规矩,后来只好拼命躲着他,一听到他呱嗒呱嗒的套鞋响,一看到他露脸，就把所有纸质物品收捡起来，不给他染指的机会。他只好装着没有看见，悻悻然游转到别处，另找可以同意的事情，比方抢先一步从邮递员手里接过我们知青的信件。于是，我的每一个信封上，都留下他对收信地址以及收信人姓名表示同意的手谕，有时候还有他鲜红的指印。

我也有了复查的深恶痛绝，决心找个机会整一整他。一天中午，趁他打瞌睡的机会，我们把他的水笔偷出来扔入水塘。

两天以后，他胸口又出现了一支圆珠笔，金属挂钩闪闪发亮，让众人无可奈何。

【走鬼亲】

很多年以后,据说马桥发生了这样一个故事:一个人认出了自己前世的亲人。我在马桥时就听说过这样一些传闻,回到城市以后听说其他地方也有类似的奇事。我不大相信。我的一位民俗学家朋友专门研究过这个题目,还把我拉到他调查过的地方,把他的人证一一指示给我,让他们述说各自的前生。我还是觉得没法理解。

当然,这样的故事落在我的熟人身上,更让我惊讶。

已经是八十年代了,马桥的一位后生在长乐街的豆腐店里打工,打牌赌钱,差点把短裤都输出去了,日子很艰难。他到熟人家里去,人家一见他就赶紧关门,连连挥手要他走。

他饿得两眼冒黑花。幸好还有好心人——金福酒店的一个女子,才十三岁,叫黑丹子。她乘老板不在的时候,偷偷塞给这个后生几个包子,还有两块钱。这个后生事后向他称兄道弟的一帮人吹嘘:"什么叫魅力?这就是胜哥的魅力!"

他叫胜求,是马桥村前支部书记本义的儿子。

不知什么时候,金福酒店的老板知道这件事,还知道黑丹子经常接济胜求,怀疑她吃里爬外,拿店里的东西送人情。老板仔仔细细盘查了一次,倒没有发现店里短款或者少货,但还是觉得奇怪:一个狗都嫌的无业游民,为何值得黑丹子如此关照?他是黑丹子的远房舅舅,觉得有必要盘问清楚,于是把黑丹子叫到面前问话。

黑丹子低下头哭泣。

"哭什么哭什么?"

"他……"

"他怎么呢?"

"他是我……"

"说呀，你们是不是在搞对象？"

"不是，他是我的……"

"你说不说？你不说，今天就跟老子走人！"

"他是我的儿……"

老板嘴巴张开，一杯滚茶差点烫了脚。

惊人的消息就这样传开了。人们说，黑丹子——就是金福酒店的黑丹子，认出了自己前世的儿子。就是说，她是马桥那个大名鼎鼎戴铁香的转世。不是老板逼一下，她还不敢说出来。好几天来，人们围着酒店指指点点。镇委会和派出所的干部觉得事情非同小可。现在什么世道？赌博出来了，娼妓出来了，拦路打劫出来了，好，封建迷信复活，鬼也出来了。真是热闹呵。

干部们奉命戳穿鬼话教育群众，把她叫到派出所盘问，吸引了一大批好奇的闲人围观，搞得派出所人头攒动汗臭逼人，什么案子也办不成，最后只得决定带她到马桥去再考。既然她认得出前世的儿子，不可能不认得前世的其他人吧？不可能不认得前世的家吧？如果认不出，再论她的胡言乱语蛊惑人心也不迟。

他们一行六人，除了黑丹子，还有两个警察，一个镇委会副主任以及两个好事的干部随同前往。离马桥还有好远，他们就下了车，让黑丹子在前面带路，看她是否真的记得前生的情景。女子说，前生的事，她只记得个模模糊糊的大概，可能要走错。但走一段看一看，她一直朝马桥而去，走得尾随于后的人心里发毛。

她路过岭上一个岩场时，突然停下来哭了一场。那个岩场已经废弃，满地的碎石碴上，有几块干枯的牛粪，蓬蓬勃勃的野草冒出来，也许过不了多久就要把石碴淹没。干部问她为什么哭,她说她前世的丈夫是个岩匠,在这里打过石头。预先摸了些情况的干部心中暗喜,知道她这一条完全不对。

她进入马桥后,稍微有些犹疑,说以前没有这么多房子的,她实在有点认不出来了。

副主任大喜。"穿泡了吧?把戏玩不下去了吧?小小年纪,也学会骗人,还编得一套一套的,哄白菜呵?你以为鬼是那么好当的?"

一个警察见她哭了,有些同情,也舍不得就此结案,说既然已经到了这里,何不让她再试试,反正今天是做不成什么事了。

副主任想了想,看看天,也就没有反对。

给我讲这个故事的人,说到这里神色飞扬,说事情奇就奇在这后面。他说黑丹子一走进本义的家。就神了,不仅熟门熟路,晓得吊壶、尿桶、米柜各自的位置,而且一眼就认出了躺在床上的老人就是本义。她泪水一涌而出,喊出了本义哥的名字,倒地就拜,抽抽泣泣。本义耳朵更背了,费力地睁大眼,见满屋子陌生人面,不知发生了什么事。直到他填房的婆娘从菜园子回来,向他吼了几句,他才明白了几分。他完全不能接受眼前这个乳臭未干的女崽,眼睛鼓得铜钱大:"要钱就要钱,讨饭就讨饭,做什么鬼?人还没有做成个样,如何就做起个鬼来了?"

黑丹子哭了,被人们劝到门外。

村里很多人都来看新奇,把黑丹子评头品足,联系当年的铁香,一个一个部位加以比较。多数人最后的结论是:这哪里是铁香呢?铁香狐眉花眼的,哪是这样一个酸菜团子?他们说着说着,不料蹲在阶檐上呜呜哭泣的黑丹子突然抬头,提出一个令人吃惊的问题:

"秀芹呢？"

马桥人觉得这个名字很耳生，面面相觑。

"秀芹呢？"

一个个都摇头，眼里透出茫然。

"秀芹死了吗？"

小女崽又要哭了。

有一个老人猛地想起来，说对对对，好像是有个秀什么芹，就是本义的同锅兄弟本仁家的。本仁好多年前跑到江西去了，再没有回来过。秀芹改嫁到多顺家，就是现在的三婆婆，在，还在的。

黑丹子眼睛一亮。

人们费了点气力才明白，眼前这个女崽既然是铁香，那么同三婆婆就是妯娌过一场的，难怪会问起她来。几个热心人立即领她去找。"三婆婆住在竹子坡，你跟我们来。"他们对黑丹子说。黑丹子点点头，跟着他们急急地翻上一个岭，穿过一片竹林，远远看见前面一角房屋从竹林里闪出。

好事人早就朝前面跑了，进了黄泥屋大喊大叫，把空空的几个房间溜了一遍，发现没有人。有人又去荷塘边，不一阵从那里发出叫喊："在这里，在这里咧。"

塘边确有一个正在洗衣的老婆婆。

黑丹子飞快地跑上去，扑到老人面前。"秀芹哥，秀芹哥，我是铁香呵……"

老人把她上下左右仔细看了一番。

"你认不出我了？"

"哪个铁香？"

"我那一次住院，是你送饭送水。我走的那天晚上，在你面前还叩过头呵！"

"你就是你就是你就是你就是……"老人想到了什么又没说出来,一句话哽着喉管,眼里开始闪耀泪光。

她们没再说话,只是抱头痛哭,哭得旁边的人不知所措,甚至不敢上前,只是远远地看着。一支洗衣的擂杵落在水里,缓缓地转着圈。一件扭成束的衣也滚下水,在水中散开,慢慢地沉没。

△ 【火焰】这个词抽象而且模糊,很难有什么确义。如果你说你不相信鬼,没有看见过鬼,马桥人就会一口咬定:那是你"火焰"太高的缘故。

什么是火焰呢?

如果这个问题不好回答,也可以换一种提问的方式:什么人的火焰高呢?马桥人会说:城里的人,读书人,发了财的人,男人,壮年人,没生病的人,公家人,在白天的人,无灾无难的人,靠近公路的人,在晴天的人,在平川地的人,亲友多的人,刚吃饱的人……当然还有不信鬼的人。

这里所涉及的,几乎是人生问题的全部。

揣测和推导他们的意思,火焰通常是指一种状态:在人生所有相对弱势的处境里,人的火焰便低微了,熄灭了,于是眼前就有鬼魅丛生。所谓"穷人多见鬼"的俗语,大概就是这个意思。我想起了我的母亲,她是读过新学的,当过教师,从来不相信鬼。一九八一年夏天她因为背上长了一个大毒疔,病得常常处于半昏迷状态,于是就看见了鬼。她半夜里惊恐地叫起来,哆哆嗦嗦退缩到床角,说门后有一个人,姓王的妇人,是要来谋害她的鬼,要我拿菜刀把她杀死——这样的情况一再出现。在那一刻,我想起了"火焰"这个词。我想,她现在肯定是火焰太低了,所以看见了我无法看见的东西,进入了我无法进入的幻觉。

她后来并不记得发生过的事。

知识力无疑是火焰的重要内容之一,是现实生活中强势者的标志,它推动了革命、科学与经济发展,所及之处,鬼影烟消,鬼话云散,前面一片阳光。问题在于,如果像马桥人理解的那样,火焰只是相对而言,强势在更强势面前也成了弱势,那么驱鬼就差不多是一个不可过于乐观期待的目标。知识力也有受挫的时候，不够用的时候，在强大现实面前分崩瓦解的时候。我的母亲是不信鬼的。当她的理智无法抵挡一个毒疗的时候，鬼就来了。现代人也是不大相信鬼的，当他们的理智能量无法解决战争、贫困、污染、冷漠之类难题的时候，无法消除内心中沉重的焦虑的时候，即便在二十世纪最科学最发达的都市里，也会有形形色色鬼的迷信复活。即便在较为彻底的某些无鬼论者那里，在完全知识化的现代人那里，也可能有鬼的形象（请想一想现代派的绘画），可能有鬼的声音（请想一想现代派的音乐），可能有鬼的逻辑（请想一想现代派的超现实诗歌或小说）……从某种意义上来说，现代主义文化是这个世纪暗生的最大鬼蜮之一，是闹神闹鬼的学院版本，源于现代社会里火焰低的人：乡下的人，读书少的人，贫穷的人，女人、儿童和老人，生病的人，遭灾遭难的人，非公家人，不靠公路的人，亲友少的人，在夜晚的人，在雨天的人，不在平川地的人，正在饿着的人……还包括相信鬼的人。

　　查一查每一位重要现代主义作家和艺术家的传记，不难发现，上述火焰低的人那里，常常有他们的身影和闪亮的眼睛。

　　我是无鬼论者。我常常说，马桥人发现的鬼，包括他们发现的外地来鬼，都只能说马桥话，不会说普通话，更不会说英语或法语，可见没有超出发现者的知识范围。这使我有理由相信，鬼是人们自己造出来的。也许它只是一种幻觉，一种心象，在人们肉体虚弱（如我的母亲）或精神虚弱（如绝望的现代派）的时候产生，同人们做梦、醉酒、吸毒以后发生的情况差不多。

　　面对鬼，其实就是面对我们自己的虚弱。

　　这是理解火焰的思路之一。

　　因此，我怀疑马桥人根本没有发生过一个所谓黑丹子的故事（参见词条"走鬼亲"），根本没有什么铁香的转世。在我重返马桥的时候，复查就断然否认这个故事的真实性，斥之为妖言惑众，无稽之谈。我相信复查的话。当然，我并不是怀疑那些声称亲眼看见了黑丹子的人是蓄意骗我，不，他们也许没有这个必要。我只是从他们七零八落而且互相矛盾的描述片段里，看出了这个故事的可疑。我曾追问故事的结局：黑丹子现在哪里？她还会来马桥吗？……他们都支支吾吾。有的说，黑丹子吃了红鲤鱼，吃了这种鱼的人就记不得前世的事情了，因此不会再来了。有的说，黑丹子跟着她舅舅到南边沿海城市赚钱去了，已没法找到了。还有人说，黑丹子怕本义——这种说法的意思是：她没有脸面也没有勇气再来。

没有一个确切的结局。

当然也不需要一个确切的结局，让我来一一地较真。我毫不怀疑，整个故事不过是他们火焰低迷时的产物，是他们一个共同的梦幻，就像我母亲在病重时看到的一切。

人们希望看见什么的时候，这个什么总有一天就会出现。人们可以用两种手段实现之：火焰高的时候，用革命、科学和经济发展；火焰低的时候，用梦幻。

人和人是不可能一样的。如果我不能提高多数马桥人的火焰，我想，我也没理由剥夺他们梦幻的权利，没理由妨碍他们想象的铁香重返马桥，与她嫂嫂越过生死之界在荷塘边抱头痛哭。

【红花爹爹】

罗伯是马桥的外来户,土改前一直当长工,后来当过几年村长,算是马桥的革命老干部。有人给他提过亲,被他一一拒绝。他一辈子单身,一个人吃饱,全家都不饿。一个人做事,全家出汗。人们有时叫他"红花爹爹",红花就是童身的意思。

人们后来发现,他不收亲不是因为没有钱,是因为他天生疏远女人,害怕女人,讨厌女人,碰到婆娘就尽量绕开走,凡是婆娘多的地方,绝不可能找到他的。他的鼻子灵,又古怪,总是闻到女人身上一股腥臭。他认为婆娘们打香粉,盖住身上的腥臭,就是唯一理由。尤其是春天里,尤其是三十多岁的妇人,身上散发出的腥臭总是汹涌弥漫,夹杂着一股烂丝瓜味,飘出百步之远,他鼻子一碰到这气味就晕头。要是在这种气味里待上一阵,那更是要他的命——他必定面色发黄,额冒冷汗,说不定还要哇哇哇呕吐不止。

他还认定,正是这种腥臭败坏了他的瓜果。他屋门后有两棵桃树,每年花开得很茂盛,只是不怎么挂果,即便挂上了也一片片地烂掉。有人说这树有病。他摇摇头,说那些贼婆娘一年总要来疯几轮,我都要病了,树还挡得住?

他是指两棵桃树靠近一片茶园,每年都有婆娘们去那里摘茶和笑闹,桃子不烂才是怪事。

有人不大相信他的话,想试一试他的鼻子是否真的与众不同,试一试他是否真的拒色如仇,有一次歇工时偷了他的蓑衣,献给妇女们垫坐,再归还原处,看他以后有何表现。

人们大为惊讶的是,他取蓑衣时鼻子缩了两下,立刻沉下脸:"搞下的,搞下的,哪个动了我的蓑衣?"

在场的男人们佯作不知,互相看了一眼。

"我得罪过你们吗?我哪点对不起你们?你们这些毒脔心要这样害我?"他哭丧着脸一跺脚,真来了气。

偷蓑衣者吓得赶快溜了。

罗伯丢下蓑衣,气咻咻回家去了。复查想和事,把蓑衣拿到塘边洗了洗,给老村长送去。但以后的日子里,老村长身上再也没有出现过这件蓑衣,据说是一把火把它烧了。

人们再也不敢同他开这一类玩笑。请他吃饭,桌上断断乎不能有女客,近处也断断乎不能晾晒女人的衣裤。安排他出工,也必须注意不把婆娘们派在他一起。有一次本义要他跟着公社里的拖拉机到县里买棉花种,他一去就是两天,回来说,他走到路上突然腿痛,没赶上拖拉机,只好步行,所以费了时日。村里人后来碰到公社里开拖拉机的师傅,才知道他其实赶上了拖拉机,只是因为车上有几个婆娘搭便车,他就硬不肯上去,情愿自己走路。这就怪不得别人了。

他走路很慢,从县里走回马桥,三十来里路竟走了整整一天。不仅如此,他做什么都慢,都不急火,似乎深知日子后面还有日子,日子后面的日子后面还有日子,无须抢火式的脚赶脚。后生都喜欢跟着他做功夫,日子可以过得比较轻松和悠闲。有一天,后生跟着他到天子岭修跨山渡槽。天太冷,地上都结了冰壳子,人人的脚上都缠了草绳,还是一步一滑,跌倒的哎呀声和笑声此起彼伏。大家缩头缩脑来到工地上,见干部们都没有来,在场的只有罗伯最有话份,就央求他同意大家等一等,至少等日头出来化了冰再开工。罗伯睡眼惺忪地抠着布袋里的烟丝:"谁说不是呢?这么冷的天,把大家从被窝里拖出来,是要埋爷还是埋娘呢?"他的话虽然没说得很明确,意思倒也明白了。大家高高兴兴一哄而散,各自找避风的角落暖身。罗伯还不知从哪里找来一些枯枝落叶,在胯裆下烧着了一堆烟火,引得好些后生到那里去拥挤。

"恐怕要搬两篓子炭来呵？恐怕要架几个炉子搬几床被窝来呵？"本义一声咳嗽，摔下阴阳怪气的两句开场白，吓得人们跳了起来。不知他提着一根丈量土方的竹竿，从哪里钻出来的。

罗伯的眼皮上还糊着眼屎，慢条斯理地说："路都走不稳，何事还担得担子？你没有看见吗？这号天狗都不上路。"

是呵是呵，人们也跟着附和。

"要得，"本义冷笑一声，"我就是来要你们睡觉的，党员带头睡，民兵带头睡，贫下中农克服困难睡，既要睡个现象出来，又要睡个本质出来。晓得何事睡吧？"

他把刚学会的现象本质一类哲学也用上了。说完脱下袜子，扎起袖口，朝手心吐了一口唾液，扛起一块岩砖就往渡槽那一头走去。他这一手倒也厉害，在场的人不好意思干干地看着，看看旁人也动了，恋恋不舍走出温和的角落，三三两两硬着头皮撞入寒风。

罗伯沉住气，抽完最后一口烟，也咕咕哝哝跟上了本义。想不到的事情就在这个时候发生了。他刚刚走上渡槽，前面的本义一声尖叫，身子晃了晃，两个脚板根本稳不住，在滑溜溜的槽面上平移，眼看就要滑出边沿，眼看就要落入水声哗哗寒气升腾的山谷。人们的心猛地提了上来。还没有看清楚形势的险恶，罗伯已经眼明手快，呼的一声甩掉了肩头担子，猛地扑上去，没抓住前面的身影，只抓住了一只脚。

幸好罗伯自己的脚钩住了渡槽上的一个钢筋头，压在冰上的身体被本义拖到渡槽边沿以后，停了下来。

根本听不清本义的声音——被山谷的气流搅得七零八落，好像从很远很远的谷底传来几声蚊子叫。

"你、说、什、么？"罗伯只看到另一只乱蹬乱踢的脚。

"快把我拉上去，快点……"

"莫急，"罗伯也气喘吁吁了，"你的哲学学得好，你说这号天气是现象呢，还是本质呢？"

"你快点呵……"

"莫太快了，这里凉快，好讲话。"

"娘哎……"

几个后生已经靠拢来，拉的拉绳子，伸的伸手，好容易小心翼翼把吊在渡槽下的书记救了上来。

本义上来以后，红着一张脸，再也不豪气了，再也不哲学了，走下渡槽还得有人扶着，小步小步碎碎地走。他回到村里砍了一斤肉，请罗伯吃酒，感谢救命之恩。

从这次以后，本义可以骂马桥的任何人，唯有罗伯除外。本义有了点好酒，也要提到罗伯的茅屋去，请罗伯喝上一口。有人说，铁香后来三天两头同本义吵架，本义老是泡在罗伯那里，也是原因之一。他们不光是喝酒，不光是讲白话，还做些让人费解的事，比方说一同洗澡，一同躲进蚊帐，不知在搞些什么鬼。就算是同锅兄弟，也不能睡一个被窝吧？

有人曾经去罗伯屋后的园子偷笋，顺便从窗纸洞朝里面看过一眼，大为惊奇：他们莫不是嬲屁股？

这是指男人之间不正经的事。

马桥人对这种事不大关心。张家坊也有人做这种事，邻近另外几个村寨也有些红花爹爹和红花大叔做这种事，算不得什么稀奇。再说，看见本义白天忙上忙下一脸的怒气，谁也不敢去深问，也就无从证实。

△ 【你老人家】（以及其他） 这个词的"老人"应连读为 len，即前一字声母拼读后一字韵母。

这个词没有什么实际含义，只是一种谦词，对老人、后生乃至娃崽都可以说。说多了，客套的意思渐渐流失，相当于言语间咳嗽或哈欠的插入，隐形于词句之间，耳熟的人不会放在心上，不会感觉到它们的存在。比方有人问，供销社杀了猪没有。答者说："杀了你老人家。"又问，你买了肉没有？答者说："买了你老人家。"在这里，"你老人家"是应该由听者听而不闻，随时给予删除的——否则怎么听也会刺耳。

罗伯曾经在路上遇到一个女知青担秧，笑嘻嘻地打招呼："担秧呵你老人家？"女知青是刚来的，模样不是太好看，不禁大为生气地扭头而去，事后对别人说："你们说那个老家伙的嘴巴臭不臭？我皮是黑一点，总不至于就成了老人家吧？未必比他还老？"

这就是外来人还没有习惯虚言的结果，也说明知青一时不明白马桥人贵老而贱少的传统：把你往老里夸，其实是奉承。

仔细的清查将会发现，语言的分布和生长并不均匀。有事无言，有言无事，如此无序失衡的情况一直存在。好比同一个世界里，旱的旱死，涝的涝死。涝得太厉害了，把好端端的词话泡得虚肿畸肥，即便大水退了也还是涝疾遍地。外人到了日本，不可不注意一些叫做"世辞"的废话。假如有日本人对你的产品颇为夸奖，对你的计划大加赞许，但并没有与你商谈具体合作步骤，你就千万不要当真，不必在家里傻等对方的订货单。外人到了法国巴黎同样需要警惕，假如有人邀请你到他家去做客，不管他热情洋溢到何种程度，不管他如何拍肩握手甚至同你拥抱贴脸，只要他没有给你他的具体地址，没有约定具体时间,你就大可付之一笑,将其看作交际礼仪中的虚套,看作某种通用规格的友情空头支票,不要放在心上。更不要把电话打过去问:"我什么时候来呵?"

不能说,日本人和法国人特别虚伪,中国人有言无事的本领也很高强。长期以来,马桥语言中类如"革命群众""全国形势大好,越来越好""在上级的英明领导和亲切关怀下""讲出了我们的心里话""进一步大大提高了思想境界""不获全胜决不收兵",等等,也是不可认真对待的。老村长罗伯死了。他是一个老贫农、老土改根子,还是一个略为有点模糊含混的老红军,当然得有一个像样的葬礼。本义在追悼大会上代表党支部沉痛地说:"金猴奋起千钧棒,玉宇澄清万里埃。四海翻腾云水怒,五洲震荡风雷激。在全县人民大学毛泽东哲学思想的热潮中,在全国革命生产一片大好形势下,在上级党组织的英明领导和亲切关怀下,在我们大队全面落实公社党代会一系列战略部署的热潮中,我们的罗玉兴同志被疯狗咬了……"县里民政局来的一个青年干部皱了皱眉头,捅了捅本义:"什么话?这同上级的英明领导有什么关系?"

本义眨眨眼,好生奇怪:"我说了领导吗?我刚才说疯狗子。"

民政局干部说:"你前面呢?前面还说了什么?"

本义说:"没说什么呵,都是一些好话,说不得吗?"

民政局干部一开头就把追悼会搅乱了,不仅本义有些气愤,在场的群众也十分扫兴。在我看来,他们都不明白,人和人的耳朵不是一样的,本义在"疯狗"前面的那些话,长期来可以套用在修水利、积肥、倒木、斗地主、学校开学一类任何事情上,用得太多,被人们充耳不闻,已经完全隐形——只有外人才会将其听入耳去。这位外人还太年轻,不明白言过其实、言不符实、言实分离的可能。

作为语言某种隐形的赘疣和残骸,包括很多谦词、敬词在内的不实之词并不是总能得到及时清除埋葬的。在一定情况下,它们还可能突然大量地繁殖扩张,作为人类美德的一种语言放大,作为掩盖人类严峻真相的一种语言整容。世故之人,对此都应该有充分的准备。

世故就是运用废话的能力,或者说,是世界上大量道德废话和政治废话培育出来的一种人体机能。

有一个外国作家曾盛赞粗痞话,说粗痞话是最有力量的语言,也是语言中最重要的瑰宝。这种说法当然夸大不实。如果说,我能够从某一特定角度同情这位作家的话,那只有一条原因:这位作家产生于最为优雅的国度。他如此惊世骇俗,想必是在世故化的人群交际中,被无比优雅无比友善无比堂皇的大量废话憋久了,一急眼,才生出骂人的歹意。他一定是在重重语言假面那里行将窒息,忍不住要口吐污秽,就像一把脱去大家的裤子,让大家看见语言的肛门。肛门同鼻子、耳朵、手一样,无所谓好看或者不好看,不是一开始就好看或者不好看的。只有在充斥虚假的世界里,肛门才成为通向真实的最后出路,成为集聚和存留生命活力的叛营。于是我们就不难理解,本义开完堂堂皇皇的追悼会以后,一走入夜色就情不自禁地大骂一句:

"我嬲起你老娘顿顿的呵——"

他被一块石头绊了脚,似乎是骂那块石头。

骂完以后,他觉得周身血脉通畅多了。

【茹饭】（春天的用法）

春天到了，没有人觉得这是一个语言变化的季节。罗伯的一个远方侄儿来山里挑炭，已经走到罗伯家门口，被主人顺口问了一句："茹饭了？"

"茹饭"就是吃饭，古人"茹毛饮血"就是在同一意义上使用"茹"字。见面问一问对方茹了没有，是马桥人一种习惯，也是一种嘴里的铺张浪费，一般来说，是一句不可当真的世故。

同样不可当真的回答应该是："茹了。"——尤其在眼下的春天，在青黄不接家家吃浆之际，在多数人都饿得成天脚跟发软膝盖发凉之际。

没料到侄儿有点呆气，硬邦邦回了一句"没茹"，使罗伯一时手足无措，吃了一惊。他问："真的没茹？"后生说："真的没茹。"罗伯眨眨眼："你这个人就是，茹了就茹了，没茹就没茹，到底茹了没有？"后生被逼出一脸苦相："真的没茹呵。"罗伯有点生气："我晓得你，从来不讲老实话。茹了说没茹，没茹呢说茹了，搞什么鬼！你要是真的没有茹，我就去煮，柴是现成的，米是现成的，一把火就成了。要不，到人家那里借一碗也便当得很，你讲什么客气呢？"后生被这一番话说得晕头转向，不明白自己刚才客气在何处，很惭愧地冒出了汗珠："我……我真的……"

罗伯气势汹汹地说："你呀你，都要收婆娘了，说句话还是琐琐碎碎，不别脱，不砍切，有什么不好说的？到了这里，到了家里一样。又不是外人。茹了就是茹了，没茹就是没茹。"

后生已无招架之功，被逼无奈，只好很不情愿地吞吞吐吐："我……茹……"

罗伯激动地一拍大腿："我晓得吧？我一眼就看出来了，还不是？你是诳我。我都快满花甲了，你在我面前还没有一句老实话。作孽呵。坐吧。"

他指了指门槛边的一张凳子。

侄儿低着头没敢坐,喝了一碗冷水,担着木炭走了。罗伯要他歇一阵再走,侄儿低声说再歇就晚了。

罗伯说你的草鞋烂了,换一双去。

侄儿说新草鞋打脚,不换了。

不久,侄儿过罗江时下河洗澡,不慎淹死。罗伯自己没有后代,与远方的一个兄弟共着这一线香火。大概是他兄弟夫妇怕他伤心,怕他责怪,对他也瞒着,只说是他侄儿招工到城里去了,走时太匆忙,来不及向他辞行。于是,很长一段时间内,罗伯还时不时笑眯眯提到他的侄儿。别人要找他借一根圆木,他就说,木头要留给侄儿打床铺收婆娘的,如今侄儿是吃国家粮的了,城里样样都讲究洋式,他这张新床还得请街上的木匠来打。人家卖给他一只山鸡,他笑眯眯地说,这个好,他要烧把烟子熏起来,留着等他侄儿来了再吃。

日子久了,耳风徐徐传遍马桥,人们都知道他的侄儿已经夭折,也怀疑罗伯是否真正还蒙在鼓里。听到他提起他侄儿,忍不住朝他多看一眼。他似乎也从人们的目光里觉到了什么,有不易察觉的短瞬一顿,想做什么却突然忘了般的惶惶。

人们越是等待着他改口,他反而越有坚持下去的顽强,甚至不能容忍旁人把他的侄儿当作忌讳,小心地回避。看到人家的娃崽,他有时会突然主动冒出一句:"有小不愁大。我那个侄,看着看着他玩鸡屎,一眨眼不就当国家工人去了呵?"

"是呵是呵……"旁人含糊其辞。

罗伯要求很高,不能容忍这种含糊,必须进一步强调他的侄儿:"猪𤲬的,也没有看见他写个信来。你们说养崽有什么用?未必就真的那样忙?鬼才信哩。城里我不是没去过,忙什么忙?

一天到晚就是耍。"

旁人还是不会接话，偷偷地交换一下眼色而已。

他抹一把脸："做好事，我也不要他回来看。看什么？有肉我一个人不晓得吃？有棉我一个人不晓得穿？"

他把侄儿谈够了，把伯父的架子摆够了，把伯父的幸福和烦恼体会够了，这才背着双手，低下头走向他的茅屋。他的背脊想必是难以承受人们太多怀疑的目光，一眨眼就驼了下去。

【模范】（晴天的用法）

公社里要各生产队推举一名学习哲学的模范，去公社开先进表彰会，据说可得到一张奖状，也许还能吃上豆腐。本义不在家，此事只能由罗伯做主。吃过早饭，他慢悠悠来到晒坪，不慌不忙地在坪里转悠一圈，把两只爬入晒坪的蜗牛送入草丛，怕大家踩着它。

做完这件事，他再给大家派工，没怎么打开眼皮，低头卷着烟草末，说志煌、五成以及兆青要使牛；复查去散牛栏粪；盐早呢，打农药；婆娘和下放崽都去锄油菜；模范嘛，万玉你去当。

我忍不住好笑："模范……不评选一下吗？"

罗伯有点奇怪："万玉不去哪个去？他一个娘娘腰，使牛使不好，散粪没得劲，昨天还说指头肿，锄油菜恐怕也是个龙弹琴。算来算去，没有人了呵。只有他合适。"

在场的人也觉得叫万玉当模范最合理。说总不能让复查去吧？要是落雨天，也就让复查去算了，他文化高，讲话不丢马桥人的脸。问题是今天一个好晴天，功夫得做出来。要是复查去了，牛栏粪哪个散？团鱼丘还不散粪，明日就要下犁了，何事搞得赢？

一双双疑惑不解的眼睛盯着我。我这才明白，"模范"这个词，在晴天和雨天里的含义是不一样的。我只得跟着拥护万玉，让他去公社挂红花领奖状。

【打玄讲】

万玉死了之后,学哲学模范的帽子轮过很多人,最后轮到罗伯的头上。据说这是公社领导指定的:一定要培养一个老农典型。

队上安排我给他写经验发言稿,写好后还要一句句读给他听,引导他背下来,再让他去公社或县里的大会上发言——那叫做"出哲学工"。干部们说,万玉以前到公社里没有讲好哲学,罗伯年纪大,资格老,有话份,在渡槽上还英勇救人,大家对他的先进事迹肯定会满意。

复查偷偷交代我,说罗伯是远近有名的老革命,只是脑子有些糊涂,一开口就有点十八扯,牛胯里扯到马胯里,事先不得不防。你一定要让他把发言稿背熟。

我后来才知道,要让罗伯作哲学报告时避免十八扯,实在是困难重重。他讲着讲着就脱离了讲稿,好容易背熟的东西忘了个精光,萝卜白菜桌子板凳一搅和,就不知讲到哪里去了。我有时候想等待他自己找到回路,后来才发现他总是越扯越远,越远越欢。他一辈子没有收过婆娘,甚至从来不近女色,但这并不妨碍他嘴里经常有些不干不净的歇后语:满妹子咳嗽——无谈(痰);满妹子看鸡巴——无心;逼着满妹子下崽——霸蛮……这么多的"满妹子"与哲学实在不大合拍。

他从我的眼神里看到了问题,眨眨眼:"猪𡟻的,我又讲错了吗?"

他越排练越紧张,到后来索性一开口就错:"首长们,同志们,我罗玉兴今年五十六岁……"

需要说明的是,这其实不算错,但根据党支部的安排,我把他的年龄从五十六提高到六十五,是为了更加突出他人老心红的优秀品质。六十五岁的人冒雨抢收集体的谷子,与五十六岁的人冒雨抢收集体的谷子，哲学意义当然不一样。

我提醒他六十五，记住，六字开头。

"你看我这张嘴。唉，人老了，活着还有个什么用？"他不顾我的暗笑，悲哀了一阵，望望天，定下心来，从头开始："首长们，同志们，我叫罗玉兴，今年五十……"

"还是错了！"

"我叫罗玉兴，今年……五……"

我几乎绝望。

他有点生气。"我就是五十六吗！哲学就哲学，改我的年龄做什么？我年龄碍哲学什么事？"

"不是要让你的事迹更加感人嘛。"我把已经讲过的道理仔仔细细又讲一遍，强调龙家滩的一个老人家七十岁讲养猪的哲学，上了广播；长乐镇一个老人家七十三岁讲养蜂的哲学，上了报纸。你五十六岁比起他们来，实在太少了一点，说不过去的。

"我早就晓得哲学不是什么正经事，呀哇嘴巴，捏古造今。共产党就是喜欢满妹子胯里夹萝卜——搞假家伙。"

这些反动话让我吓了一跳。

正好这时候有个公社干部来了，看见了我们。罗伯迎出门去，说起我们正在做的事，眼睛眨巴眨巴像没有睡醒："哲学嘛。学，要学的，不学还行？我昨日学到晚上三更，越学越有劲。伪政府时候你想学进不得学堂门，如今共产党请你学，还不是关心贫下中农吗？这哲学是明白学、道理学、劲势学，学得及时，学得好！"

干部听得满面笑容，说到底是老贫农，思想境界确实高，你看这总结得多好：明白学，道理学，劲势学。

我暗暗佩服，罗伯随机应变，出口成章，虽然总是睡眼惺忪之相，说起来却是一套一套的，一下就说到听者的痒处。我后来才知道，他就是个这样的人，从不同乡亲们红脸，一张嘴巴两张皮，见人说话，见鬼打卦，总是把人家爱听的话说得头头是道。碰到喂了猪的人，他就说喂猪好："自己养的猪，想吃哪里就吃哪里，想什么时候吃就什么时候吃，何必到屠房里去冷脸挨热脸？"碰到没有喂猪的人，他又说不喂猪的好："想吃肉，拿钱到屠房里去剁就是，几多别脱呵！何必喂猪劳那个神？天天三顿潲，自己都吃不饱，还要先喂饱它，你说气人不气人！"碰到生了伢崽的，他就说男好："做事还是要靠崽，挑得担子使得牛，这是你有福。"碰到生了女崽的，他就说女好："收了媳妇失个崽，嫁了妹崽得个郎。你看看几个猪蹶的后生伢子真有孝心？做好事。还是女的疼爷娘，以后你粑粑有得吃，鞋袜不愁穿，恭喜恭喜。"

他讲来又讲去，倒也不见得是讲假话，倒是句句见真心，讲得实在，雄辩有力，一脸的认真严肃。马桥人说他最会"打玄讲"。玄是玄学，阴阳之学。因是因非，即此即彼，圆融无碍——玄道本就不可执于一端，永远说得清，也永远说不清嘛。

他自己没有子嗣，只有个干崽，是平江县的。根据本地人的习俗，生了娃崽之后第一个撞进家门的客人，就是这个娃崽的"逢生干爷"或"逢生干娘"。罗伯很多年前有一次到平江去贩枞膏，去路边一户人家讨口水喝，刚好撞了弄璋之喜，也就干爷了一回，以后每次到平江，记得给干伢崽带一包红薯片。他没料到干伢崽后来入了红军，竟当上了将军，进了城以后还接他去南京城。他说他是个没福气的人，出了南京大码头，一进将军的小乌龟车，立刻感到天旋地转，忍不住大喊大叫，非下车不可。后来将军只好陪着他走路，汽车在身后慢慢随行。

他不习惯将军家里没有火塘，没有尿桶，没有锄头。屋后那一块空地，本可以好好育上一园子菜。他好容易把它挖翻了，平整了,就是找不到尿桶。拿水桶和搪瓷缸去上粪吧,又招来将军夫人和两个妹崽捂着鼻子尖叫,埋怨他不讲卫生,不文明。他一生气,整整一天不吃饭,硬是逼着将军买了张船票送他回马桥。

"懒!"他说起两个干孙女就摇头,"太科学了,长得一身肉坨坨的,喂不得猪,纺不得纱,以后如何到夫家放锅?"

听说将军逢年过节都给他寄钱,我不免羡慕地打听。

"哪有好多钱呢?抠,抠得很。"他挖着布袋里的烟丝,眼睛眨了好一阵,嘴里含含糊糊,"也就是……就是……三四块钱。"

"不止吧?"

"我这么大的年纪,还会讲假话?满妹子的耳屎——就这么多。"

"我又不找你土改。"

"要不你抄家,你抄家!"

我对他这一段故事颇感兴趣,觉得这故事正体现了老贫农朴素勤劳的阶级本色(不愿在城里享清福),又展示了光荣历史(比方说与红军有密切关系),希望能把它写到发言稿里去。我没料到,一往深里说,他的玄气又冒出来了,反而搞得我一头雾水。比方说吧,他是歌颂红军的,是一直在歌颂红军的,但说着说着就变了味,说红军好毒辣呵——有个排长拉老乡关系,结兄弟帮,拜把子,新来的连长就把他当反革命杀了。连长才十六岁,个头又矮,砍人家的脑壳还要跳起来砍,砍得血浆往天上喷,你说骇不骇人?说到阶级敌人,他甚至流出了反动的眼泪。"马疤子算什么坏人呵?正经做田的人,好刚烈的人,好耿直的人。可怜,好容易投了个诚,也是你们要他投的,投了又说他是假投,整得他吞烟土呵……"他用手掌向上推着鼻孔。

我不得不制止他:"你哭什么?你好糊涂,共产党清匪反霸是革命行动,你为马疤子鸣什么不平?"

"我……哭不得?"

"当然哭不得。哭不得的。你是贫农。你想想,你刚才是哭谁?"

"你看看,我这个脑壳不是个脑壳了。我说了不讲的,你硬要我讲。"

"那倒也不是,有些地方还是讲得好。"

他要去解手,一去就去了半个来钟头,让我觉得奇怪。等他回来,我引导他多回忆一些国民党反动派的罪恶,让他喝口水,定定神,重新开始。到这个时候,他才回到了老贫农的身份。他说起国民党剿共,好毒辣,好毒辣呵。连婆娘娃崽也一起杀,三岁的伢崽,抓起来往墙上一甩,哼都没有哼一声,就脑壳开了花。有的被丢到砖窑里烧,烧得皮肉臭,臭气三天三晚还散不尽。他说起陆大麻子,大概是一个国民党的头目,做事最阴险,取了红军的肝肺,偷偷地混在一大锅牛肉里,要大家吃。他罗玉兴开始不知情,吃了以后才听说,当时就呕得肠子都要翻出来了……

他也当过一个月的红军,掉了队,才回了家,被陆大麻子抓住以后,差一点也被取了肝肺,幸亏他老娘卖了一口棺材,办了三桌赔罪酒,又求了两个人作保,才留下他一条命。

"陆大麻子我捅他的祖宗!他是老虎和老猪嬲的种,又蠢又恶,要死七天七晚还不得落气!"说到老娘的棺材,他忍不住大吼大叫。鼻涕眼泪又来了,再次用手掌向上推鼻孔。

这次推得我比较放心。

"不是毛主席、共产党来了,哪有我罗玉兴的今天?"

"说得好,到了台上你也要这样说,一定要哭出来。"

"哭,当然要哭的。"

结果很遗憾：没有哭出来。不过还算好，他虽然紧张得有点结巴，基本上按照背熟的稿子讲下来，从历史到现实，从个人到社会，运用了"本质与现象"之类的哲学，既讲了自己的优秀事迹，又颂扬了社会主义。他十八扯不是太厉害，在我事先一再警告下，总算没有讲出给国民党当挑夫以及吃过美国面粉之类的蠢话。他顶多是批判修正主义哲学时加一点即兴，说修正主义确实坏，不但要谋害毛主席，还害得我们现在来开会，耽误生产。这虽然没有抓住要害，却也符合主题。

我和他三天时间的背诵排练，总算没有白费工夫。

他后来被公社里指名，到其他公社去讲过几回。那以后，我调到县文化馆写剧本，就与他接触不多了。只听说他有次从外面出哲学工回来，在路上遭一条疯狗袭击，腿上被咬了一口，没有及时诊治，卧床半年多。再后来，就散发（参见词条"散发"）了。

记得最后一次见到他时，他额上贴着膏药，瘦得只见两只眼睛眨巴眨巴，在田边看住一头牛。一只金黄色的蝴蝶叮在牛背上。

问起他的病，他睁大眼睛说："你说怪不怪，狗从不咬我的，只咬现地方。"

这话听来有些别扭。

他撩起一只脚给我看。他的意思是，这条脚上有一块疤，以前镰刀割在这里，摔跤碰破这里，到头来狗也咬在这里。他对这种重复受伤百思不得其解。

"快好了吧？"

"何事好得了？"

"打了针吧？"

"天下郎中者只治病，治不了命。"

"你老人家要有信心，会好的。"

"好有什么好？还不又要去出牛马力？打禾，挖山，有什么好事？还不如我现在看看牛。"

"你还不想好呵？"

"不好又有什么好？一步路都走得痛，茅厕都蹲不得。"

他什么话都可以说得顺溜。

他手里拿着一个粉红色的小收音机，大概是他干儿子将军最近捎给他的，在乡下人看来十分稀罕。

"这是个好家伙，"他是指收音机，"一天到晚讲个不停，唱个不停，不晓得哪里这么足的劲势。"

他把收音机拿到我的耳边。我听不太清楚，声音太小，大概是电池不够用了。

"北京下不下雨，我每天都晓得。"他笑着说。

我后来才知道，此时的他已病入膏肓，自己把寿鞋一类都放在床头了，怕到时候来不及穿。但他还平静如常地起床放了几天牛，给牛栏换了一轮新草，搓了两根牛绳，还笑着同我说起了北京的雨。

△ 【现】这个词流传于江南很多地方,也包括马桥。《现代汉语方言大词典》(江苏教育出版社一九九三年)收录了这个词,列举的例子至少有:

现话:重复的话。

现菜:剩菜。

现饭:剩饭,比如:"现饭炒三道,狗都不吃。"

……

因此,该词典总结"现"有两个意义:(一)表示保持原状;(二)表示剩余的东西。在我看来,"原状"也好,"剩余"也好,共通的意思是表示旧的、老的、原来的、以前的。比如罗伯说"狗咬现地方",就是指狗咬了以前(旧的、老的、原来的)的伤口。

马桥的"现",同时表达着一个相反的含义:非旧、非老、非原来、非以前,即汉语普通话中已经通用的"现在"。《词源》(商务印书馆一九八九年)认定这一含义源于佛教。佛教以过去、现在、未来为三世。《俱舍论》称:"一世法中就有三世……有作用时名为现在……若已生未已灭为现在。"

我与法国汉学家A·居里安讨论中国人的时间观念时,就说到了这个"现"。我还说到了"前":既表过去之事,如"前述""前缘""前夜""前因",等等,又表将来之事,如"前途""前景""前瞻",等等。中国人是最有时间观念的,世界上恐怕没有哪个民族有如此庞大和浩繁的史学,对史实的记载可以精确和详细到每一年、每一个月、甚至每一天。但在另一方面,中国人又最没有时间观念。中文没有时态语法,没有过去时、现在时、将来时的表达差别。中文还有如"现"和"前"这样的对义词,既指示过去,也同时指示此刻甚至未来。也许,中国人相信轮回,一个祖先可能就是你的子孙,一个子孙也可能就是你的祖先,既然如此,过去与未来还有什么区别?或者说这样的区别还有什么意义?

在这样一个环境里,"现"一类对义词,大概就不难理解了。

作家们一次次回顾身后,写一些现事,说一些现话。但他们一字一句其实都是对当下的介入,涌动着当下的思维和情感,都是不折不扣的"现"在。作家们最习惯于寻找过去的现在和现在的过去,永远生活在时间的叠影里。他们的矛盾也许在于:既要发现时间,又要从根本上拒绝时间。

【嘴煞】（以及翻脚板的）

队上请篾匠补箩筐和筅箕，没有钱买肉办招待，实为一件难事。复查身为公家的会计，负有招待匠人的责任，估计罗伯手里活泛一点，可能有干儿子从南京寄来的钱，想找他先借上两三块度个急。

罗伯说他没钱，还说什么干崽哟，把薪水都缴党费了，心里早没他这个逢生干爷了。

复查不大相信，说有借有还，不是要你的。你把钱藏在墙壁缝里发霉做什么？

罗伯急了："你血口喷人，血口喷人！复查伢子，我比你爹大八岁，我看着你长大的，你讲话怎么不凭天良？"

复查这一天也是四处借钱都没借着，被日头晒得有些烦躁，后来走在路上忍不住骂了一句："这个翻脚板的！"

日头太烈的时候免不了要说些昏话。

他没想到，"翻脚板的"是马桥人最骂不得的话，恶毒等级最高的嘴煞——差不多相当挖人家的祖坟。他话一出口，身旁两个篾匠就大吃一惊，把复查看了又看。复查大概和我一样，并不知道这个词的来历，也不大相信嘴煞不嘴煞，有点掉以轻心，一时没锁住口。

第二天，罗伯就被疯狗子咬了，走上了归途。

罗伯之死，成了复查一块心病。马桥也有些人私下嘀咕，认为复查对这件事负有责任。照本地人的办法，犯煞以后也可以退煞的，只要复查在门边及时插一炷香，割一只鸡头，用鸡血洗门槛，就可能保住罗伯一条命。但复查那天忙，忘记了这道手续。他后来向很多人解释，他是一时失言，绝无咒死罗伯的意思。他也不知道嘴煞如此厉害。如何疯狗子来得这么巧呢？这些话，他最喜欢向知青说，因为知青从夷边来的，不大在乎马桥的规矩，都要他放宽心，根本不要相信煞不煞的。有的知青甚至很义气地拍胸脯，说你骂我吧，拣最狠的骂，看能骂出什么鬼来！

复查有些感动，疑疑惑惑地回去了。

过不多久，他见到别人，说着旱情或口粮，一不留神又绕到罗伯的事情上来，说他真是无心的，他只是日头晒得昏了头然后一时说走了嘴云云。这就有些烦人了，有些问题了。

"嘴煞"是一种忌语。其实，话就是话，耳边一阵风而已，不会伤任何人身上任何一根毫毛。但复查很快瘦了一大圈，头上明显多出了白发，即便笑一笑，也是一种没有深度的笑，一种没有根植于血液和内心的脸部努力。他以前习惯于衣服整整齐齐，出门前还要照镜子梳梳头，衣领也总是用几颗回形针夹住以保持挺括。但眼下的他衣冠不整，泥巴上了肩，头发像草窝，一走神就扣错扣子，或者丢了笔，丢了钥匙。他以前做个年终决算只需要一天的时间，现在做了三四天还是满头大汗，账表一塌糊涂。他自己也不知道这是怎么了，在账本堆里找来找去，找了半天又忘了自己要找什么东西。最后，他在供销社莫名其妙丢失五百块钱的棉花款以后，队委会觉得他确实不能当会计了。

他自己也觉得不能当会计了，把账本交出来，另外找人。他后来放了一段鸭子，遭了鸭瘟。学了一阵木匠，也没有学会。反正什么事都不是太顺，最后草草收了一房亲，是一个总是头发乱蓬蓬的婆娘。

我很惊讶，一句嘴煞几乎可以影响一个人几十年。他不能做出一些弥补吗？不能从头开始吗？

在很多马桥人看来：不能。事情已经过去了，就像覆水难收，复查的嘴煞将永远在那里，而且可能越长越大越长越硬再也不会平复消失。

语言的力量，已经深深介入了我们的生命。语言是人的优势，人可以怜惜动物没有语言，因此没有知识，不能组成社会，不能取得文化积累和科学进步的强大威力。但问题还有另一方面，动物永远也不会因为叫错了一个声音，就长时间像复查一样失魂落魄，直至最后几乎失去生存能力。在这一点上，语言也使人变得比狗还要脆弱。

"煞"是人们约定的某种成规，是寄托敬畏之情的形式。凭借语言从动物界分离出来的人们，情感需要找到某种形式给予表达，加以营构和凝固，成为公共心理的依托。马桥人设立语言的禁忌，就如更大世界里的人们结婚需要戒指，国家需要国旗，宗教需要偶像，人道主义需要优雅的歌曲和热情的演讲。当这些被人们袭用之后，它们本身就成为神圣不可冒犯的东西。任何冒犯在袭用者和习用者那里，不再被认为仅仅是恶待了一块金属（戒指），一块布料（国旗），一块石头（偶像），以及一些声波（歌曲和演讲），而是侵凌了他们的情感，准确地说，是他们确定的某种情感形式。

一个彻底的科学主义者，只追究逻辑和实用，不但应该认为马桥人的嘴煞之说是可笑的，也应该视某些金属、布料、石头以及声波的神圣化是可笑的——这些奇怪的心理建筑，在物用逻辑下没有必然如此的任何理由。但事情只能是这样了。一个人已经不是一条狗，不可能把物质仅仅当作物质。即使是一个科学主义者，他也经常对某些物质赋予虚幻的精神灵光，比方说从一大堆金属物品中分离出一块金属（情人的、母亲的或者祖母的戒指），另眼相看，寄予特别的情感。在这个时候，他有点荒诞了，不那么科学了——但开始真正像一个常人了。

一个戒指不仅仅被看做金属的时候，科学主义就为信仰主义留下了地盘，为一切没有道理的道理留下了地盘。生活的荒诞性和神圣性，就奇异地融合在一起。

孟子的"君子远庖厨"当然是一种情感形式。他不忍看厨房里血淋淋的宰杀场景，但这并不妨碍他大口吃肉。佛教徒的戒杀生甚至戒荤腥，也是一种情感形式。但他们不知道植物同样是生命，在现代生物学的揭示下，一棵树除了不能发出求救的呼叫，同样有痛感，有神经性反应，甚至可以有灵活的身体动作。但我们能嘲笑他们的情感形式吗？或者说，我们能在什么意义上在什么程度上来嘲笑他们的某种荒诞和虚伪？如果事情不是这样，如果我们鼓励每一个人乃至每一个孩子大举屠宰小鸡、小狗、小猫、小天鹅以及一切可吃的活物，如果我们看到一个孩子在进行这种血淋淋的狂欢，没有任何心灵的悸动不安，荒诞和虚伪诚然没有了，但生活是否同时也缺少了什么？

我们能怎样做呢？是让孩子不吃肉甚至不吃任何东西，还是嘲笑和消灭他们对任何美丽生物的同情？——这种来自孟子、来自佛教徒以及来自其他文化前辈的同情？

正是想到了这一点，我才理解了复查。他没有来得及退煞，没有来得及为挽救罗伯割下一只鸡头并且用鸡血洗门槛，于是陷入了永不可解脱的罪恶感。

他是毫无道理的。

也是完全有道理的。

【结草箍】

复查读过高中,是远近少有的知识分子之一。不但是个好会计,又吹得笛子,拉得胡琴,对老人恭敬有礼,办起事来细心周到,细白脸皮走到哪里都是女子们注意的目标。他对此视而不见,目光从不胡乱放置,总是从正前方向平直前伸,投向一些较为可靠安全的对象,一个比较道德的范围,比如,田土和老人的面孔。对女子们的叽叽喳喳的作姿作态,对她们羞涩或惊讶的用意,他是不知道呢还是装作不知道?人们捉摸不透。

有些女子看见他来了,故意把秧插得稀稀拉拉东倒西歪,看他管不管。他是干部,当然要管,但脸上没有任何表情,公事公办地说一句"把秧插好"之类的话,一步都没停留就走了。另一个女子,见他来了,故意摔一跤,肩上的一篓茶叶泼散了一地,哎哟哎哟地喊痛,看他来不来帮一下。他是干部,当然来帮,但脸上还是平静如常,帮着把茶叶拢回篓子里,挎上肩朝前面先走了。

他不觉得有个人还坐在地上,还在擦眼泪,这个事情比茶叶更重要一些。他光说一句"对不起我先走一步",是远远不够的。他也不觉得女子们多了一些花花的衣服,多了一些插在头上的桂花或桃花,就与自己有什么关系。

"一双眼睛顶在额头上,有什么了不起呢?"女子们对他没心没肺的高傲越来越无法容忍,越来越义愤填膺。当附近几个找复查娘提亲的人都遭到断然回绝之后,这种义愤渐渐有了集体性质,从马桥蔓延到四乡,成了远近众多待嫁女子的共同话题。她们在赶场的时候相见,在公社开什么群众大会时相见,免不了要凑在一堆,同仇敌忾诋毁那个人的笛子,那个人的胡琴,那个人的白脸皮。她们说马桥已经出了个红花爹爹罗伯,只怕又要出一个红花爹爹二世,对不起,说不定要出个阉佰子。她们对自己的这一番恶毒十分开心，笑得流了眼泪。

她们也许没有那么愤怒。但她们的感情总是在集体中得到放大，女子们一旦成了堆，事情就不一样了。细胞和神经不大管得住，不痛也痛，不痒也痒，不高兴也高兴，不愤怒也愤怒，凡事不闹过头是不行的。

最后，她们中间的十多个人偷偷结草为誓，相约谁都不准嫁给那个人，哪个没有做到，变猪变狗，天诛地灭。

这叫做结草箍。

时间一年年过去了。复查不知道有这样一个草箍，不知道有这样一个针对他的神圣形式。他并没有攀上什么龙王女和玉皇妹，最后收下的一个婆娘，头发都梳不整齐，腰圆如水桶。这个水桶成了女子党长达十多年坚守誓约团结抗敌的乏味结局。当然，她们现在早已纷纷离家，做了他人妇。其中有三位本来不是没有另外选择的，媒婆先后上过她们的家，表示过复查娘的意思，也是复查的意思。但她们有约在先，结过草箍的，不能做不义之人愧对各位姐妹。她们怀着一种对往日言辞的忠诚，一种报复的快感，一种公而忘私的激情，断然决然地摇了摇头。

在我看来，誓约如同嘴煞，也是语言的暴政。上述三个女子中的一位，即张家坊的秋贤，就是在这种暴政强制之下嫁给了一个兽医。不能说这种强制有什么太大的恶果。她学会了裁缝，家境也还算富裕，只是夫妻性子有点不太合得来。如此而已。

一天，天快下雨了，她做完上门生意骑着脚踏车回家，说不出哪点不乐意，不想回家了，决定去她一个伯伯家。她在路上遇见了一个汉子正在打娃崽，胸口怦然一跳，完全不相信自己的眼睛：这么多的白头发，这么多的抬头纹，这么乱糟糟的裤脚一只高一只低，居然是以前的复查。如果不是这半老头子对她怯怯地点了点头,她一定怀疑自己认错了人。

"复查哥……"她觉得这三个字已经生疏。

"秋贤呵……"对方一脸苦笑,"你看这家伙讨不讨厌,就要下雨了,他偏偏不肯走。"

"科科,坐我的车吗?"秋贤的目光投向娃崽。

娃崽对女人和脚踏车眼睛发亮。

"不坐,同小叔说,不坐车,不耽误她的事。"

"不打紧,我反正要经过马桥。"

娃崽看看父亲,又看看女人,一溜烟爬起来,十分内行地坐上脚踏车的前杠。

复查手足无措,大概上前来抢夺有些不便,只是远远地跺脚:"下不下来?下不下来?你讨打呵?"

"科科,同你爹说,不碍事的。"

"爹,不碍事的。"

"问你爹,他来骑不?"

"爹,你来骑不?"

"不……我不会……"

"你要他坐上来。"

"爹,你也坐上来。"

"不行不行,你们先走吧……"

秋贤迟疑了一下,听到对面山上已有淅淅沥沥的雨声,便把自己的一把雨伞回头塞给复查,跨上车朝前面先走了。娃崽在迎面而来的气流中很兴奋,一会儿发出赶马的声音,一会儿发出汽车的声音,碰到路边有娃崽看着,这些叫声便更加响亮。

"科科,你爹……对你娘……好不好?"

"好。冲呵——"

"他们吵架不?"

"不，不吵。"

"真的不吵？"

"我娘说，我爹脾气好，吵不起来，没有一点味。"

"一次也没吵过？"

"没有。"

"我不信。"

"真的没有……"

"你娘的命真是……好。"

秋贤的语气中透出失望。

默了一阵，她又问："你……喜欢你娘吗？"

"喜欢呵。"

"你喜欢她什么？"

"她给我做粑粑吃。"

"还有呢？"

"还有……我不做作业，复查要打我，她就来骂复查。"他一到痛恨的时候，就对父亲直呼其名。

"你娘给你买过游戏机没有？"

"没有。"

"也没带你到城里看过火车吧？"

"没有。"

"你娘会不会骑单车？"

"不……"

"太可惜了，是不是？"秋贤简直有点兴高采烈。

"不可惜。我不要她骑单车。"

"为什么？"

"骑单车会摔跤。桂香她娘骑单车，差点被拖拉机轧死了。"

"你好坏，就不怕小叔骑单车也摔跤？"

"你摔跤，闲话。"

闲话是不要紧的意思。

秋贤紧紧地问："为什么闲话？"

"你……不是我娘嘛。嘀嘀嘀——"娃崽又看见了一个下坡，快活地发出了加速的信号。

秋贤一愣，突然觉得眼里有些湿润的一旋，差点就要涌出眼眶。她咬紧牙，把车子朝前面蹬过去。幸好，一场秋雨已经落下来了。

【问书】

我再次见到复查的时候,他一头杂毛,还是一只裤脚高,一只裤脚低,搓着手,定局要我到他家里坐一坐。我实在没有时间了,看他不屈不挠地立在一边默默候着,没有办法,只得从命。我后来才明白,他是想抓住这个机会,让我看一看他写的书,一沓写在账本纸上密密麻麻的草稿,装在一个塑料的化肥袋子里,夹杂一些草须。墨水的质地也不大好,墨色淡褪,很多地方看不大清楚。我惊讶地发现,这是我迄今为止见到的最大胆的研究:

他要推翻圆周率,修改举世公认的 π。

我不懂数学,没法对他的研究提出什么意见,对他的石破天惊之论也充满着怀疑。

他淡淡地笑,把烟丝搓软了,往竹烟管里填着。他说隔行如隔山,你是可能看不懂。你认不认得上头的人?

"什么人?"

"搞数学的人。"

我赶忙说:"不。"

他眼中透出一丝失望,脸上还是笑:"不碍事的,我再找。"

我回到城里以后,他给我来过信,不谈圆周率了,谈一些语文方面的事。比方他认为"射"与"矮"是完全颠倒了的两个字。"射"是一寸之身,自然是矮的意思。"矮"呢,从矢,才有射的含义。他把这个意见写成了给国务院以及国家语言文字改革委员会的信,托我找熟人递上去,递给"搞语文的人"。

在另一封信里,他说马桥人以前说读书是"问书",他爹就是这么说的。学问学问,不问如何有学?相比之下,现在的"读书"没有什么意思,倒有过于重视文牍死记呆背的倾向。他建议全国的学校里还是恢复"问书"的说法为好,更有利于国家的现代化。

【黑相公】

一天夜里,突然听到村里有人大喊大叫,"嗬——嗬——嗬"的声音此起彼伏,片刻后狗也吠成一片,好像出了什么大事。我爬下床开门来看,发现淡淡的月光里,万玉的嗓音特别尖利可怖——原来是一只大山猪窜入村了,被男人们刀砍棒打,留下一线血渍和几束脱落的猪毛,不知跑到哪里去了。男人们都说可惜可惜,意犹未尽地朝黑黝黝的岭上又"嗬"了一阵。

这个时候所有的大门都大开,所有的男人都抄家伙跑出门来,连万玉那种水蛇腰娘娘腔的人,手里也捏着一把柴刀,跟在别人后面东张西望。复查气喘吁吁地说,这不算什么。不光是黑相公,不管什么野物进了村,只要有人一声喊,哪一家都不会关大门的。这时候若关了门,以后就休想有脸面做人。

他们把山猪叫"黑相公"。

叫了一阵,叫出了岭上一阵阵回声,估计今晚没有什么希望了,大家才怏怏地分头回家。我走到屋檐下,不留神一眼瞥见窗户下伏着个黑森森的家伙,差一点魂飞魄散。我叫来其他几个知青,发现它还是久久没有动静。我鼓足勇气靠上去一点,发现它还是没有动。最后踢一脚,才知道不是山猪,是沙沙响的柴捆。

已有了一身冷汗。

【黑相公】（续）

马桥人的"赶肉"即围猎；"做鞋"即下铗套；"请客"即下毒药；"打轿子"即挖陷阱；"天叫子"即粉枪火铳，如此等等。他们疑心动物也通人语，说猎事的时候即使坐在屋里，也必用暗语，防止走漏风声让猎物窃听了去。

尤其是指示方向的词必须重新约定："北"实际上是指南，"东"实际上是指西。反之亦然。这是因为围赶黑相公的时候，人们敲锣呐喊，人多嘴杂，为了隐蔽陷阱或枪手的方向，只有约定暗语，声东击西，虚虚实实，才可能迷惑畜生。

牟继生明明知道这一切，就是不往心里去，有时候事到临头脑子转不过弯来。他是初二级八班的，比我高一届，同我一起下乡。有一次我们从罗江边上买秧回来，他说要早点回去洗鞋，冲冲地一个人走在最前面，一眨眼就没看见人影了。我们愤愤地揭露：好没意思，洗什么鞋呢？他何时洗过鞋？无非是怕路上万一有人走不动了，他身坯最壮大，不好意思不来接一肩。其实不接就不接，不必贼一样地跑那么远。累呵！

牟大个确实不曾洗鞋子，有时候发现鞋子里面实在滑脚，就用鞋带把鞋子连成串，吊到溪沟的急流处，三五天以后再拉上来晒干再穿。他说这叫"自动洗鞋法"。不用说，这样洗出来的鞋子还是问题严重，时不时涌出一股鲜臭。无论主人何时脱鞋，旁人一定有鼻感，赶紧四散奔逃。

我们没有猜错，这一天他果然没有洗鞋子。不仅如此，我们到家的时候，也没见他的秧担子，这就是说，他还没有回来。整整一个下午，走在最后的人都回来了，我们插完了好几丘田的秧了，还没见他的人影。直到天黑，听到路上有重重的脚步声，有拉风箱一般的呼吸，才谢天谢地，心上一块石头落地。他全身是泥，竹筻箕里的秧只剩下浅浅一小半，根本压不住扁担。筦箕撞脚绊腿的,也合不上步子。他破口大骂:"妈妈的,这个鳖地方,这些鳖人!讲话跟放屁一样,把老子骗得岭上到处转,差点一脚踩到套子里。我嬲起你们老娘顿顿的呵——"

不知道他骂谁。

我们问他怎么回事,一整天他耍到哪里去了?他一脸怒气对谁都不理,走到他的房里去摔东打西。我们花了好一阵工夫,才知道他居然忘了本地人方向颠倒的习惯,也不大适应本地口音,不问路还好,一问必错,把沉沉的一担秧担到马桥东面的双龙弓,又担到马桥南面的龙家滩,最后在岭上转来转去大游行,一直快到天黑的时候,才有个过路的本地人疑心他不懂话,多给他一句提醒。他差点气晕。

我们大笑。

农民们知道这件事以后,更加觉得好笑。罗伯说:"那个肉坨子不懂人话,不成了个黑相公?"

岭上野物越来越少,黑相公这个词本来已经很少用了,不料牟继生让这个词卷土重来,只是改变了词义。牟继生平时出工不戴斗笠,光着上身在日头下暴晒,晒出了黑油油的虎背熊腰,一跑动身上就有黑浪晃荡。把黑相公的绰号加在他头上,似乎也能得其形似。

他体质强,喜欢同旁人斗个狠,尤其喜欢把本地的"鳖人"们比下去。鳖人挑两箩谷,他就偏偏要挑四箩,挑断两三根扁担,吓得旁人直吐舌头,这才强忍呼呼粗气,自鸣得意地罢休。鳖人穿上棉袄,他就偏偏要穿短裤,在雪地里冻得嘴唇发紫,吓得旁人啧啧赞叹,这才咬紧牙关,在人们的劝说之下半推半就地进屋。他喜欢打篮球,大伏天中午也不休息,在晒坪里一个人顶着烈日运球投球,没有篮筐架子也能玩出一身大汗。天气热得蝉灵子、蛤蟆和鸡都不叫了,唯有他的咚咚球声响彻全村，让农民们咋舌。

"我十三岁还吃奶。妈妈老是出差，奶娘硬要挤给我吃。"他经常这样宣布，解释他身体强壮无比的原因，也暗示他革命干部的家庭背景。

人奶是好东西。农民觉得这个解释是让人信服的。

仲琪很快对他表示了特别的兴趣。仲琪一到冬天就有个火笼子，闲时就提着它到处转。笼子小得只够烧两三块炭，只适合一个人把它夹在胯下或窝在胸口，也算是有了个火种，存了点热气。仲琪从来不让别人享用这个火笼，即便是女子们来暖暖手，他嘿嘿嘿笑得较为大方，也要限时限刻，不时提醒她们对木炭的花费，斥责她们对热气的大举侵夺。他唯有对黑相公网开一面，套鞋吧嗒吧嗒响，主动把火笼送上前去。不巧的是，黑相公对这个东西不感兴趣，身体又好，从来不觉得冷，看一眼就哼哼鼻子走到外面去了。

仲琪掌握了村里很多秘密，从不轻易公之于众。有时顶多只说一个话头，人家一旦追问，他就得意地吊胃口："你猜呵，你猜呵。"让别人永远听得不明不白。他只愿意与黑相公分享秘密，今天说一条："复查屋里昨天有一堆鸡毛。"明天又贡献一条："罗伯前两天在岭上跌了一跤。"后天再压低声音透露："水水的娘家来人了，挑来了两个猪娃。"

牟大个对这些秘密也没有什么兴趣，要他拣下的讲。仲琪不好意思，吞吞吐吐好一阵，自己先红了脸，下定决心作出贡献。他说起复查的娘，说她多年前有一次中午睡觉，迷迷糊糊醒来，发现自己身上压着一个男人，居然不是复查他爹。但她实在太困，没力气反抗，也无意弄清楚这人是谁，就对里屋喊："三伢子，来来来，老娘热死了！你看这个无聊的家伙在搞什么名堂呵！"她的儿子在里屋睡觉，也没有醒过来。但这一喊已经足够，把模模糊糊的人影吓走了。她舒心地翻了一个身，继续呼呼大睡。

"后来呢？"

"没有了。"

"就没有了呵？"牟大个大失所望，觉得这一条秘密还是没有多少意思。

我后来发现，仲琪和牟继生的关系还是渐渐密切了起来。牟继生以前一到了晚上就吵吵嚷嚷要熄灯睡觉，现在居然常常独自外出，有时候很晚才归窝。问他到哪里去了，他神神秘秘，含糊其辞，眉宇间藏着一丝得意，一不小心冒出一个有红枣味或者鸡蛋味的嗝，让我们震惊和嫉妒万分。他不会让我们分享口福的，打死他他也不会吐露真情。这一点我们完全知道。问题是，后来我们查出这饱嗝与仲琪相关，我们还知道仲琪帮他打过糍粑，仲琪的婆娘帮他洗过被子和鞋子。我们怎么想也觉得费解：仲琪那家伙平时最小气，不找张三不找李四，为什么对傻乎乎的黑相公如此讨好？

夜里，我们已经入睡，被一声暴怒的推门惊醒。我点燃油灯，发现黑相公怒气冲冲地在床上大口出气。

"你怎么了？"有人问他。

"老子要捏死他！"

"哪个呵？"

他不吭声。

"你是说同意老倌？"

还是不吭声。

"他什么事得罪你？你这家伙不知好歹，吃了人家的还骂人。"

"睡觉！"黑相公把床板碾出一阵吱吱呀呀巨响，把别人都闹醒了，自己却最先发出鼾声。

次日下午，仲琪的套鞋声响上门来，蛋大的毛主席像章在胸前忽闪忽闪。"毛主席说，欠钱是要还的。搞社会主义哪有欠钱不还的道理？"他响亮地咳了一声，"我今天无事不登三宝殿，牟继生不还钱，还谷也可以。"

牟大个从里屋冲了出来："我欠你什么钱？你这个老货讨打吧？"

"欠没欠，你心里明白。"

"次次都是你要请我吃的。我没讨，我没要，吃了的都屙了，你要还就到茅厕里去捞。"

"同志，话不要这么讲。你不要赖，你还要好好学习。你们这些知识分子翅膀还没有长硬，还在接受贫下中农再教育，懂不懂？说老实话，你黑相公的什么事情我都晓得，只是不讲。我是对得起你的。"仲琪的话暗含着威胁。

"你讲呀，讲呀，有屎快拉呀！"

"我讲？硬要我讲？"

"你不讲就是我的龙。"

"那好吧。去年种花生的时候，队上的花生种每天都短秤，你屙的屎里有花生皮你以为我没看见？前几天，你说是洗澡，其实是在做什么……"

黑相公脸刷地红了，扑上去，揪住仲琪往外推，把他的脑袋咚的一声顶在门上，顶出了仲琪的惨叫："打死人啦，打死人啦——"

我们怕真的出人命案，上去揪住黑相公的胳膊，奋力把他们分开。借这个机会，仲琪从我的腋下钻出去，吧嗒的套鞋声响到了地坪里。

骂骂咧咧的声音远了，我们问牟继生到底是怎么回事。

"什么事？他要老子搞下的。"
"怎么个下法？"
"给他婆娘那个。"
"什么那个？"
"鳖，那个还不懂？"

有一刻的沉默，有无限的惊讶，然后是我们的猛笑。一个女知青惊叫着跑开去，再也不敢露面。

我们后来才闹明白，仲琪没生殖能力，看中了黑相公一身好肉，拉他去床上代劳。"牟哥，这就是你没有味了。""有吃的有喝的，还有睡的，神仙日子呵。""这么好的事你一个人瞒得严丝密缝呵。"……我们十分开心，坚决不接受黑相公的表白，坚决不同意他把自己从仲琪家的床上开脱出来。

"你看这个鳖人好无血……"他装作没有听见。
"你骂什么人呢？老实坦白：睡过没有？"
"你敢睡？你敢睡？你看他那个婆娘，是个人吗？看一眼，饭都吃不进。老子情愿去睡猪婆！"
"你不睡，他屋里的鸡你又去吃？"
"哪里有什么鸡呢？一只鸡吃一个月，每次都是一瓢汤，还没尝出味，就空了碗。不说还好，说起来气死我。"

下午的地上，黑相公的事成了主要话题。

我感到奇怪的是，除了复查，村里人都不认为仲琪有什么不对。可怜仲琪他一心同你黑相公交朋友，供你吃香喝辣容易吗？他自己身体不好，想借一个种，续下香火，也是人之常情。他又没逼你结婚，没逼你入赘，只不过是想借你一点点不打紧的东西，有什么难的呢？后生这东西用完了还会有的呵？这也是没有办法的办法哟。兆青还说，退一万步，你黑相公不答应就不答应，吃了人家拿了人家那么多，不还是没天良的。

知青当然不同意这些奇谈怪论，整整一个下午同他们喉干舌燥地争吵，口口声声要告到公社去，决不能让仲琪老倌诱奸我们的革命知识青年。

一般群众这么说说，也就算了。本义作为党支部书记，也没两句公道话。他来召开知青户会议，要一个知青先读上几篇报纸上的社论。读完了，他也一觉睡完了，打了个哈欠，问牟继生："你去年偷了队上好多花生？"

"我，我也就是抓了几把。"

"一粒花生子种下去，要结出好多花生，你晓不晓？"

"本义叔，今天是说仲琪，这同花生是两码事。"

"什么两码事？小事上也看得出对集体是什么态度，对贫下中农有没有感情。上个月挖塘的时候，把兆青的娃崽打起哭，也是渠吧？"本义朝大家瞪眼。

没有人说话。

"看问题就是要全面地看，要历史地看。毛主席说，不管怎么样，打人就是不对。"

"我当时太气了……"牟继生心虚虚地辩解。

"气也不能打人。打人是什么作风？你是知识青年还是街痞子？"

"我以后……不打就是……"

"这还差不多，错了就是错了，做人就是要老实，明明错了还狡辩什么？就这样吧，检讨也不用写了，算了，扣你三十斤谷。"

本义反背着双手已经起了身，一个圆满解决了问题的样子，出门的时候还缩了缩鼻子，似乎闻到了我们伙房里的蛤蟆炒青椒的香味。至于仲琪的事，他说会要解决的，会要解决的。

其实后来不再提起，算是不了了之。

我现在回忆起这件事,发现道理是有用又没有用的,是讲得清又讲不清。在马桥党支部和广大群众特有的道理面前,我们的奇怪和愤怒一点也不管用。牟继生继续被舆论指责,他拒不向仲琪退还钱物也不赔谷的态度,甚至成了不义的铁证。他从此显得有些消沉,故意做出一些惊天动地的事,比如吞吃瓷片或者独臂举起整整一架土车,比如一个人打油榨让伙伴都去睡觉,但这一切很难重新引起众人的惊异,还有欢呼或者追随。他的霞妹子也离开了他——大概那位长着娃娃脸的女知青不愿意把自己与仲琪的婆娘联系在一起,即使这种联系毫无根据,她也无法逃脱这种想象。到最后,黑相公有一天突然胸前戴满了毛主席像章,出现在我们面前。

"牟哥你这是做什么?"

"解放台湾去呵。"他笑了笑。

我吃惊地盯着他的眼睛,发现他的目光已经完全陌生。

黑相公被诊断为癔病,户口退回城里去。据说他仍然很健壮,还能打篮球,也能在城里看电影、抽香烟、骑车上街,大活人一个,只是不大认得人,偶尔有点胡言乱语,喜怒无常,大概属于癔病的早期阶段。有一个老同学在大街上见到过他,捶了他一拳,他眨眨眼,迟疑了一会,还是掉头走了。

【磨咒】

对作恶多端的夷边人,马桥人的报复手段之一就是"磨咒"。比如,有人在马桥人的祖坟上随便屙尿,或者对马桥的妇人非礼,马桥人可以不动声色,偷偷绕着夷边人走三个圈。做完了这个手脚,静静地等待那贼养的走上岭,走进林子。他们到时候口里念念有词,是一种把岭上各处地名拆散之后再加以混杂的极为复杂极为绕口的口诀,也就是他们的迷山咒。

一般来说,咒语十分灵验。可恶的夷边人必定在林子里天旋地转,不辨东西,走着走着就撞回原地,面对越来越暗下去的天色,喊爹叫娘也不管用。他们可能要在岭上挨冻受饥,可能踏入捕兽的套夹,也可能碰上马蜂或者毒蚁,蜇得一脸一身血肿。据说曾经有一个偷牛的夷边人,还在那里送了命,再也没有走出天子岭北面那一片并不怎么茂密的枞树林。

还有一种取魂咒。只要取了恶人的一根头发,把咒语一遍遍磨下去,恶人就会神志不清,最终变成行尸走肉。

黑相公病退回城以后,有一种悄悄的议论。有些人怀疑仲琪的婆娘在给黑相公磨咒。我当然对这种议论不以为然。我看见过那个婆娘,她虽然怨恨黑相公,但也没有什么恶言,有时还在邻家妇人面前痴痴地叹息,她这一辈子不求钱财不图高寿,只是想生两个黑相公那样牛高马大的儿子,坐有坐相站有站相。要是那样,她也不枉两个奶子挂了一世。

【三秒】

牟继生在马桥的时候,精力过人,下了工还要打篮球。知青们都累得不想动的时候,他就带着几个本地后生去打,有时还跑上几里路,到公社的中学里去打到半夜,一只球拍得月光震荡。

他对他的学生要求十分严格,有时候哨子一吹,指着场上的一个说:"你裤子系上点!"

他是个连裤子都要管的裁判和教练。

他让他的学生学会了球场上所有最严格的规则,包括"三秒"。在此以前,马桥的后生也打球,只是规矩比较少,可以运球两次,可以情节严重地带球走,只是不准打人。牟继生用省甲级队的标准培训他的学生,成了"三秒"一词的传播者。很多年以后,我重访马桥时,村里已经有了一个私人开的文化室,还有半个篮球场,一些后生叫叫喊喊打球,都是我十分陌生的面孔。唯一感到熟悉的,是他们不绝于耳的"三秒"之声,使我心中怦然一动。

这些后生都不知道什么是知青。对于很久以前来村子里待过短短几年的人,对于在村子里客居过几年的夷边人,他们茫然无知,也毫无必要表示兴趣。我散步全村。马桥没有留下我们当年的任何痕迹,连土墙上一道眼熟的划痕都没有。我依稀还能记出的一些故人,一个个竟无觅处,在去年或者前年或者大前年或者大大前年相继辞世。他们使马桥在我的记忆中一块块沉落,眼看就要全部灭顶。

我曾经在这里生活了六年。现在,六年的日子风卷云散,只剩下了唯一的旧物,那就是"三秒"——虽然它的词义已经有变。在我的观察中,"三秒"对于眼下球场上的后生们来说,不仅仅意味着篮下禁区超过三秒的滞留,而且意味着篮下打手、推人、带球走等一切犯规动作。三秒就是犯规的同义语。这肯定是牟继生当年万万想不到的。

△【莴玮】冬天，公社一时要建粮食仓库，一时要建中学校舍，总是往下摊派任务：每人交烟砖五口。马桥人没有钱买砖，只好到岭上去挖坟砖——当然是一些没有主的野坟。

山里人多住茅棚或木屋，建坟墓却决不马虎，总是耗费不少烟砖，似隐着一种千年万载永垂不朽的企图。这些坟历时太久，坟堆大多已经坍塌，茂密的荆棘茅草覆盖其上，与平地的草木连成一片，随便看上一眼的话，不大容易辨出坟的所在。我们用弯刀把坟上的草木砍除，用钯头将表土渐次掀开，让墓拱的青色烟砖一块块浮露出来。到这时候，胆子小的女知青便害怕地跑开了，躲得远远的。男人则一个比一个更勇敢，争着把耙齿插入砖缝，慢慢摇，摇得砖块松动，再猛地撬掉第一块砖。

如果是保存得比较好的坟，就像保温性能很好的一口锅，破坟之时，必有蒸腾的白色气雾，一浪一浪从缺口翻涌而出，染开一片腥涩的尸骨之味，使我的胃不由自主地要呕。待白气慢慢散尽了，我们怯怯地凑上前，从破开的砖孔里，窥见坟内黑暗的世界。借着一缕颤颤抖抖探入的阳光，可以看到曾历经人生的骷髅，空大的眼窝或宽阔的盆骨。也可以看到乱糟糟的积土和朽木。一般来说，我们这些掘坟者不会期待能在坟里找到金银财宝，有时候能找到一两件铜器或陶器，就算运气不错。何况我们所见的骷髅好几个都朝下俯伏，照当地人的说法，这样的人都是恶死，比如遭雷劈的、吊颈的、枪杀的，后人不愿他们重返阳世延续厄运，断断乎不能让他们转生。让他们脸面朝下，就是让他们无法重见天日的重要措施。

人活着不一样，死后也有不同的待遇。

有一次，我们挖出一具女尸，发现她虽然已腐烂，但白骨还在，头发还乌黑发亮宛然有活气，其长度足可齐腰。两颗门牙居然也未腐败，独秀于嘴而且向外延伸，似有三寸多长。我们吓得四散逃跑。最后，还是队委会研究，以两斤肉一斤酒为代价，请出最不怕祸的黑相公，给那具尸骨浇了些柴油，一把火烧了，防止这女鬼闹出什么事来。多少年后，我从一位学者那里得知，这其实不算什么稀奇。人的死其实是一个慢慢的过程，头发和牙齿这两种器官比较特殊，在某种合适的环境里，相当时间内还可继续生长。外国医学界已有这方面的研究。

从岭上担回来的坟砖越来越多了。尸骨当然抛撒在岭上。据说那一段岭上多老鹰，在天上飘来滑去，大概是嗅到了什么腥味，发动了食欲。还有人说，晚上听到岭上男号女叫，一定是鬼都跑出来了，冻得受不了，在那里咒骂挖坟的人。

尽管如此，我们还是天天上岭干缺德的事。

兆青的胆子本来很小，挖祖坟却从不落后。我后来才知道，他每每抢在前面，是想找到坟穴里的一种稀贵之物：形如一颗颗大小不等的包菜，色彩鲜红，耀眼夺目，长在死者口舌处，似乎是呼吸的一种凝结，在墓穴悠悠岁月里绽开一朵惊人的美丽。农民把这种包菜模样的东西叫做"莴玮"，说是一种最好的补药，聚人体之精气，可理气补血，可滋阴壮阳，可祛风，可保胎，可延寿。《增广贤文》里有"黄金无假，莴玮无真"一语，就是指的这种东西，可见它的稀罕。他们还说，不是任何人死了之后都能从嘴里吹出莴玮的，只有那些富贵人，尝精品细，着绵枕皮，阳世里保养出金玉之体，才会有百年以后嘴上的成果。

有一天，兆青挖着地，突然长长地悲叹一声。

"想不得，想不得。活着有什么意思呢？"他摇摇头，"老子的嘴巴里以后是长不出莴玮来的。"

旁人明白了他的意思，面容也戚戚然。想想吧，每天只吞下一些红薯丝和老包谷，只吞下黑乎乎的干菜，连屁都放不出什么臭味，还想嘴上长莴玮？

"罗伯是长得出的，"万玉很有信心，"他有干崽子在夷边寄钱来。"

"本义也有点指望，他身上的精气足，肥料多。"兆青说，"他贼娘养的三天两头到上头去开会，一开会就杀猪，肉坨坨把筷子都压驼。"

"干部开会是革命工作。你嫉妒呵？"仲琪说。

"什么工作，还不就是养莴玮？"

"话不能这么讲。要是人人都长得出莴玮，莴玮也就太便宜了，太不值钱了，还上得了《增广贤文》？"

"土改那年，老子也差点当了干部。"兆矮子无限神往地回忆当年。

"你兆矮子连自己名字的倒顺都看不清，拿什么当干部？你要当得了干部，我天天倒起来用手走路。"仲琪自己觉得这话好笑，咯咯咯地干笑了几声。

兆青说："仲拐子，你看你那龙根样，天天把语录袋背起，把毛主席像章挂起，给哪个看呢？你还以为你嘴巴上也长得出莴玮？"

"我不要。"

"你长不出。"

"我不长，免得别个来挖坟。"

"你也有坟让别个来挖？"

兆青这句话很恶毒。仲琪无后人，在众人眼里，一直有死后无人埋的危险，而兆青一窝养了五六个娃崽，由他说出这句话，显然是仗着自己的优势，踩对方的痛脚。

"兆痞子，你烂肝烂肺的家伙。"

"这个猪戳的货。"

"你爹娘没给你洗嘴巴呵？"

"你洗了嘴巴也没有用，一肚子粪。"

两人嘴里越来越不干净，越来越有戾气，好容易才被其他人的话插断。为了缓和气氛，复查便说起公社的周秘书，说本义算什么呢？就算一个月开五个会，也只是间或油一下嘴巴，一肚子薯丝包谷是化不开的。只有公社干部最好过，今天转到这里，明天游到那里，都有人招待，都是过年。你看周秘书那白里透红的一身好肉，煎油都煎得一大锅。一条金嗓子中气最足，作一昼的报告还锣样响，比铁香的声音还好听。他以后长的莴玮还会小得了？

罗伯接过话头："正是正是，不怕不识人，就怕人比人。要说本义嘴巴里长莴玮，顶多也就长出个芋头大，十个也比不上周秘书的一个，以后要是挖坟，还是要挖周秘书的。"

他们从周秘书说到何部长，说到县里、省里的大人物，最后说到毛主席。他们一致相信毛主席福气最大，福分最高，百年之后的莴玮肯定了不得——岂止是治百病，定是长生不老之神药。这样的国宝恐怕要用高级化学方法保护起来的，重兵日夜把守。

大家想一想，觉得也是这么回事。这时日头已经偏西，就悠悠地把钯头上肩回家去。

几天之后，周秘书来马桥检查生产情况，顺便要我复写纸复写一份材料，还一个劲地表扬我的仿宋体标题做得好看。看着他笑眯眯的胖脸，我时常有片刻的恍惚，在他的嘴上想象出一颗包菜大小的莴玮——被他顶着到处走。他嗓音确实很亮，总是随着广播里的音乐，唱着最新的一支关于北京的颂歌，还不时问我他唱得如何，听取我重复了多次的吹捧。他还问我，他到县里当个文化局长怎么样？我说，当然，当然，凭你的艺术细胞，明摆着是文化局长的料。他更加高兴，不但继续哼哼唱唱，而且见什么人都亲热招呼，问问娃崽如何，问问猪如何。他对自己今后嘴上长出更大的一颗莴玮，似乎浑身洋溢着自信。

他让本义领着看烟砖去了。在我看来，是一颗大莴玮被一颗小莴玮领着去了，看以后不会有莴玮的人们挑烟砖去了——这种胡思乱想居然挥之不去，让我有点惶然。我猜想一定是这一段挖坟挖得太多了，挖得一脑子都有了尸臭，没有什么好东西。

"你说，除了仿宋字还有什么好看的字体？"

"莴玮。"

"你说什么？"

"哦，你是问……"

"我问还有什么好看的字体。"

我恍然醒悟，赶忙回答关于字体的问题。

【放藤】

黄藤是一种剧毒植物,女人要寻短,多是去坡上挖黄藤。男人如果要去河边积水缓流的浅湾毒杀鱼虾,一般也得使用这种东西。至于截一段黄藤打成三个结,插上一皮鸡毛或者淋上一碗鸡血,差人送给敌方,则是刀兵相见前的最后通牒。一旦到了这一步,意味着事态已经严重恶化,不送掉几条人命,问题就不大可能得到解决了。

人们说,马桥人在民国初年给龙家滩放过一次藤。龙家滩有一个兴甲爹,有一天买回一头牛,路过亲戚家,进门去吃酒,牛就系在大门外。酒意到了七八分的时候,他听得门外牛叫,要一个娃崽到外面去看看。娃崽出去看了一下,回头说,不知是从哪里来了一头黑牛,往他们的牛背上爬。兴甲爹很生气,说他的牛刚从街上买回来,哪里的畜生这样无聊?还没让人家歇匀一口气,就来强奸?

众人拥出门去,没见到黑牛的主人。兴甲爹的侄儿刚才多喝了一点,借着酒力,抄一把火叉猛戳过去,居然一下就直溜溜地插入黑牛的腿腋。畜生大叫一声,带着晃晃荡荡的火叉把子跑了。据说这一叉扎得太深,伤了心脏,牛跑回去当天还是死了。

牛是马桥的。马桥第二天就差人送来了带鸡血的黄藤。

一场械斗闹了十来天,马桥人没占到半点面子。龙家滩的彭家是一个大祠堂,串通了远近三十六个弓的彭姓人来扑寨,要一举铲平马桥。马桥人寡不敌众,绝境之下只得请来中人调解。调解的结果,马桥人不但没有讨还牛钱,还拆屋卖谷,赔给龙家滩一面铜锣,四头猪,六桌酒席,才把事情了结。去龙家滩赔礼的马桥代表敲着锣,四老四少一共八个,一律在头上扎着裤头,背上背着一束稻草,表示接受失败的羞耻。他们虽然也接受了对方的一坛子和气酒,回到村里还是泪流满面,在祖宗牌位前一个个长跪不起,口口声声对不起先人,活着还有什么脸面?他们彻夜喝酒,喝红了眼,然后争着吞了黄藤。第二天早上,八具已经硬了的尸体抬出祠堂,全村男男女女呼天喊地一片哀号。我在几十年以后挖的野坟,据说有几座就是这些人的。兆青叹了口气,说这些人的后人绝的绝了,跑的跑了。兆青还说,放藤的那年正是荒年,死者生前没吃过什么好东西,浆都不管饱,所以坟里现在长不出什么萬玮,是很自然的事情。

坟地上歇工的时候,马桥的男人们瞥一瞥乱七八糟的尸骨,离得尽量远一点,目光还有些虚,纷纷要万玉喊几声。大概这也是壮胆的一种办法。万玉蜷曲在一个避风的土坎下,把冻得红红的鼻子揪了一把,甩了一把鼻涕,懒懒地唱了一节:

> 四个兄弟四个角,
> 手拿牛角各走各,
> 五百年后叶归根,
> 手掌手背打不脱。
> 老大走了东南岭,
> 老二过了西北坡,
> 老三下了明珠海,
> 老四渡了通天河。
> 五百年后五百年,
> 天天等到太阳落,
> 四方大路空悠悠,
> 兄弟何时角对角?
> ……

【津巴佬】

兆青参加全公社修路大会战的时候,在工棚里是最不受欢迎的人。人家说他到工地上来,除了赤条条的一条龙,什么也没有带。人们所有的财物都被他共产。临到吃饭,发现筷子没有了,八成就是他抢先一步窃走,正在用来扒他的饭。发现毛巾没有了,必定是他刚才顺手扯走,此时正在什么地方,抹洗他骨头丰富的胸脯或阔大的鼻孔。知青在意他一口焦黄的牙齿,在意他长长的鼻毛,对他偷毛巾最为痛恨。把毛巾夺回来以后总要用肥皂狠狠洗几遍,还怀疑毛巾上残留着他鼻孔里的污秽。

他厚着脸皮笑笑,反倒指责对方小气,有时更寡廉鲜耻地狡辩:"我又没有拿毛巾给婆娘洗胯,你这样怕做什么?"

兆矮子什么事都往胯裆里说。哪个流鼻血,他就说你来了月水吗?哪个去小便,他就说你探出头来看天呵?就这两句玩笑话,他可以百说不厌,也不觉得单调乏味。

他还说到自己的儿子三耳朵,说到这个不肖之子勾引铁香私奔:"老子还没动手,他倒先一脚搞了个街上的婆子,你看气不气人!"

女知青对他最为反感,每次出工都不愿意同他在一起。

他在家里本来是从不用肥皂的。但他容不得别人有什么特殊,容不得世界上有什么东西可以逃脱他的探索。没过多久,他也对肥皂产生了兴趣,偷毛巾的时候连同肥皂一并捎带。洗得兴起,一条裤子就洗出轰轰烈烈一大盆肥皂泡,在肥皂的主人眼里实在是惨不忍睹。牟继生下工回来,发现自己刚买来的肥皂已经成了一小块,都认不出了,不免悲愤。"兆矮子,你这家伙一点道德也没有,侵占他人财产,犯法你知不知道?"

兆拉长脸:"你吼什么吼?我是做祖爷的人了,孙子都放得牛了,都捡得柴了,用一下你的碱都犯法?"

"你看你何事用的？赔，你赔！"

"赔就赔！一块碱都赔不起吗？老子赔你十块。你看你这样范。"

旁边有人打趣："你拿龙根来赔。"

兆脸色炸红："以为老子赔不起？老子的猪婆刚下崽，一天就要吃一锅潲，天看天地长膘，掐着日子就要出栏。"

对方还是实事求是："就算你的猪婆屙金子，也要你舍得呵。"

"我就赔，就赔。脱了裤子赔渠。"

牟继生跳起来："裤子不要，你那裤子是人穿的吗？"

"怎么不是人穿的？缝了还没有一个月。"

"婆娘的裤子一样，屙尿都找不到地方。"

牟继生最蔑视乡下人的抄头裤——靠一根草绳勒着，没有皮带扣环，更没有什么线条，两个宽阔浩大的大裤筒，裤裆正反两面一个样。人们总是前后两面轮换着穿，于是后裆常常到了前面，鼓鼓囊囊向前隆出，给人一个下身接反了方向的感觉。

"那你要何事搞？"

牟继生一筹莫展，没想出兆矮子那里有什么看得上眼的东西，只好把一块碱的问题留待以后去解决。

到这个时候，我们才明白为什么马桥人把兆青叫做"津巴佬"。津巴佬就是啬巴佬、吝啬鬼、小气鬼的意思。在马桥词汇中，"津"与"岩"相对。"岩"指呆笨或者憨厚，是山性的东西；"津"指狡猾和精明，是水性的东西，倒也同古人"仁者乐山，智者乐水"一说暗合。考虑到古代有河流的地方才有交通，才多商业，才会多出盘算和计较，用"津"字来描述精于算计的人，当然不无道理。

我同兆青一床睡过几天，最不能忍受他的磨牙。每天夜里，他不知怀着对谁的深仇大恨，嘎巴嘎巴地咬牙切齿，彻夜不息，像不屈不挠嚼下了成吨的玻璃或者钢铁,整个工棚都随之震动。即使隔了好几个棚子,不眠人的神经想必也被他的牙齿咬紧和咬碎。我注意到,很多人早上起来都红丝入眼,眼皮松泡,头发散乱,手脚软软的,像经历一场大难一样疲惫不堪痛苦难言。如果没有兆矮子的磨牙声,大家恐不会吓成这样子的。

兆青却若无其事,走路轻巧无声,有时还咧开一嘴黄牙笑一笑,把夜晚的仇恨掩盖得不露痕迹。

我提到这件事。他好像有点得意:"你没睡好?我何事没听见?我睡得连身都没有翻。"

"你肯定是风重了,再不就有一肚子虫。"

"是要看看郎中。你借我点钱,三块、五块都行。"

又是借钱。经过几次有借无还的惨痛教训,我现在一听就冒火:"你还好意思开口?我开了银行?"

"就借两三天嘛,两三天,猪一出栏我就还。"

我不会相信他。我知道,不仅是我,几乎所有的知青都在他面前失过手,钱一出手就很难回头。借钱似乎已成了他的一种爱好,一种趣味,一种事业,一种与实际目的没有多少关系的娱乐——常常在他并不需要钱的时候。有一次他情愿被黑相公骂得狗血淋头,上午借了他一块钱,下午在他的拳头之下原物退还,什么事也没有干。当然,借钱本身就是事,一张票子在自己的衣袋里暖了几个时辰,心里可以十分踏实和愉快。"钱和钱一样吗?"有一次他认真地说,"用钱没什么了不起,是人都会用。用什么样的钱,如何用得快活,那才是讲究。"

他又说:"人生一世,草木一秋,钱算什么东西呢?人就是要图个日子快活。"

倒说得很有哲理了。

他磨牙依旧,最后只能被我忍无可忍地驱逐,搬到另一个棚子里去。其实他没什么东西可搬，没有被子，没有箱子，没有碗也没有筷子，甚至没有自己的扁担和锄头。对他不怀好意的一身清白，没有任何一个工棚的人愿意收留，连他的一位同锅堂兄，也嫌他一床草席都没有，不愿与他共床合伙。好长一段日子过去了，他还没有找到自己可以归宿的窝。

这不要紧，他还是每天都活着，尖尖细细地活着。一到落黑，黑夜沉沉挤压出他的卑微。他尽量洗干净脑袋和手脚，尽量堆出可爱的嬉皮笑脸，一个个工棚串过去，暗暗寻找目标，半求半赖地见空床就上。你一不提防，他就钻到床角去了。你再一迟疑，他就佯作鼾声呼呼了。你怎么骂他打他，怎么揪他的头发和耳朵，他就是不睁眼，就是不动。

你打死他吧。

他个头小，精瘦如干蛤蟆，睡在床角似乎只有小小的一撮，加上曲背缩脚，倒也占不了多少地方。

如果哪一天众人提防得紧，他实在找不到容身之隙，就会在某个避风处架两条扁担，扁担上和衣度过一宵。这是他的一门绝技。他甚至曾经表演过在一条扁担上睡觉的本领，呼呼睡上半天，纹丝不动，不会掉下来，一条背脊骨，足以让踩钢丝的杂技演员瞠目。

他情愿每天晚上施展他的扁担功，决不愿意回家去搬来一床草席。有点奇怪的是，他寝霜宿露，从没有发过什么病，反而永远精神抖擞如一只小公鸡。我每次醒来的时候，他早就忙开了，坐在朦胧的晨光里搓什么草绳或磨锄头片子。我睡眼惺忪到工地上的时候，他肯定早已干出了一身汗。太阳出来了。太阳燃烧着大地上弥漫无边的雾气，给兆矮子全身镀上橘色的光辉。我特别记得，他挖土的动作很好看，沉重的钯头不像是他扬起来的，而是自动弹跃起来的，随着他的步子，一步一道轻松的辐线，抑扬有致，刚柔相济。钯头落下来的瞬间，手腕一摆，钯头顺势转过来，将土疙瘩准确而及时地击碎。他的双脚虚实交替，均匀地踩在节拍上，决无拖泥带水的动作，决无时间和气力的丝毫浪费。他的动作不可以个而论，所有的动作其实就是一个，不可分解，一气呵成，形随意至，舒展流畅，简直是一曲无懈可击的舞蹈。他低着头，是橘色光雾中优雅而灿烂的舞星。

这台出工机器的工分当然最多，如果是计件工的话，他常常一天做下人家两三天的工，让大家眼红而且不可思议。尽管如此，他仍然在扁担上过夜。我后来才知道，他平时在家里也是这样过的——他娃崽七八个要吃，两张床上的破被子要盖着娃崽，实在轮不上他。

计划生育运动开始的时候，他是重点结扎对象。他对此最为不满，说共产党管天管地，怎么还管到裤裆里来呢？

后来还是乖乖地去了公社卫生院。关于为什么是他而不是他婆娘去结扎，说法很多。他说婆娘有病，扎不得。别人则说他担心婆娘偷人，扎了以后容易瞒天过海。还有人说，什么呵，结扎的人每人可以享受政府奖励的两包葡萄糖和五斤猪肉指标，兆矮子从未吃过葡萄糖，所以争着去挨一刀，也享受一回。

十多天以后，他出门了，上工了，脸皮刮得青青的，脸色也红润了许多，好像葡萄糖真他娘的有神效。后生们笑他，说都是婆娘去扎，哪有男人去扎的？一刀割下去，不成了个阉官子吗？他急得不行，说政府保证过绝无此事，见众人还不信，便把裤子扯下来让大家参观，一洗自己的不白之冤。

黑相公与他有肥皂之怨，不想放过他，说那家伙模样虽说没怎么变，天晓得还管不管用？怕是个有名无实吧？

兆青说："小子，把你的霞妹子叫来，你就晓得它管不管用了。"

　　霞妹子是一位女知青，黑相公刚刚打上主意的对象。

　　黑相公红了脸："他这个鳖耍流氓。"

　　兆矮子慢慢扎裤头："说你的霞妹子你就心痛了吧？你霞妹子那么圆的屁股，不是让人……"

　　话还没有说完，黑相公冲到他面前，一个蒙古式摔跤的背包动作把他放倒。他抬起头来的时候蒙着满脸的泥。

　　泥脸爬起来跑得远远的，破口大骂："崽呵崽，崽呵崽，老子的孙都看得牛了，老子是刚动了手术的，刚出院的病人，连公社何部长都来慰问我，说我为国家作了贡献，你敢打？你敢打？……"

　　他捂着肚子回家，放出话来，他被打出了内伤，服草药花了五块多钱。他已经拿走黑相公的一把锄头，权且抵三块吧；一条毛巾抵了五角——黑相公还欠他两块多，不还是不行的。

　　他的结扎手术，从此成了他在任何事情上要价的理由，成为他到处通行的优待证。他今日要犁田（犁田的工分高），是因为他扎了；他明日不犁田（榨油的工分更高），也是因为他扎了；他今日要秤杆翘（队上分谷的时候），是因为他扎了；他明日要秤杆跌（给队上交家粪的时候），也是因为他扎了。他居然一直很成功，甚至企图把这种成功扩展到马桥以外的地方。

　　他同复查一起到县里去买种子，在长乐街上班车。他坚决不买车票。他不是没有钱，公家的钱，不是他身上的肉。但他对钱出手有本能的反感和痛恨，对任何票价都愤愤不已。"一块二？哪里值得一块二？就这几步路，顶多两角钱！"

　　他一口咬定。

　　售票员好笑："哪个请你来坐呵？你要坐，就是这个价，不坐，赶快下去。"

"三角,三角算了?四角?四角五?"

"国家的车,哪个同你还价?"

"这就怪了,做生意哪有不还价的?我们那里买担粪,都有个商量好打。"

"你去买粪呵,没人请你来坐车。"

"你这妹崽是什么话?"

"快快快,一块二,拿钱来。"

"你你你们要这么多钱做什么?我就不相信,这么大一只汽车,多坐个把人,未必车轮子就要多转一下?"

"下去下去!"对方不耐烦地把他往下推。

"救命呵,救命呵——"兆青死死攀住车门,一屁股坐在地上,"老子刚刚扎过的,公社干部都来慰问过我,你敢不让我坐?"

司机和售票员同他说不清,满车的乘客也急得喊成一片,要司机快点开车。复查有点怕,赶忙掏出钱来,把票买了。

事后,兆青的脸色一直不好看,把车窗拨一拨,把坐垫揪一揪,愤愤地吐痰,到了站也不下车,被复查喊了几次,发现自己已经是车上最后一个人了,还迟迟不肯钻出门。"夷边人就是拐。两斤肉的价钱,就坐这一泡屎的工夫。"

口里不干不净地骂了一通。

从县里回来,他说什么也不坐班车了,对一切班车也满腔怒火,路上每看见一辆,就"臭婊子""贼嬲的"之类叫骂一通,唾沫星子朝风驰电掣的汽车追过去。到后来,一切汽车都在他的憎恶之列,都要被他恶狠狠地瞪上一眼。走到黄市,一辆吉普轧死了农民的一只鸭,司机不肯赔,同鸭的主人拉拉扯扯,不干他兆青的什么事。他不知哪里来的冲天怒火,从围观的人群外挤进去,二话没说就是一拳,打得司机向后仰坐下去,鼻孔立即流血。围观的人本来同情鸭子的主人，怯于司机的威风，还不怎么敢说话，一见有人带了头，立即冒出一片喊打声，吓得司机和他同伙的脸都白了，赶忙掏出钱来消灾。

吉普慌慌地跑了。鸭主人对兆青满心感激，说这个司机是县政府的，以前经常来这里，是大名鼎鼎的一霸，刚才不但不赔鸭，还说鸭子妨碍了战备任务。要不是兆青仗义，司机说不定就把他抓到县里去了。

兆青没注意旁人的感激和敬佩，也没大注意县政府意味着什么，还在气呼呼地后悔，说吉普车溜得太快了，早知道这样，就应该找一根扁担撬住轮子。

他和复查继续赶路，想搭一搭顺路的拖拉机，拦了几次，都被拖拉机司机拒绝，只好在热气逼人的公路上走着。复查一路上走得大汗淋头，忍不住埋怨："反正是队上出车钱，你硬要省下来做什么？这不是，自己找苦吃！"

"贵得不平民愤嘛！"兆青是指车票价，"我这个人可以少吃点，可以少穿点，就是心里怄不得气。"

一个又一个公路牌数过去了。他们渴得喉眼冒烟，碰到一个路边卖茶水的摊子，牌价是一分钱一碗。复查喝了两碗，要兆青也喝。兆青白了他一眼，没说话，只是曲缩着身子在树荫呆坐。接下来，他们冒着日头又走了十来里路，路过一口水井，兆青这才从路边窑棚那里借来一个碗，一口气喝了八碗，喝得自己水嗝翻滚两眼翻白口吐涎流，差一点没接上气。他大呼一口长气，得意地教导复查："醒崽哎，我说你龙根毛还没长齐，不晓得过日子的艰难辛苦。我们这号人，就算赚不到别人的钱，赚自己的钱还是可以的呵。"

队上给出差的人一天补助五角钱的伙食。兆青饿着走了一天，留了个整数回家，还得了路边窑棚里的一只碗。

【破脑】（以及其他）

兆青说到钱数，总是让人听不懂，一开口就是黑话。比如他说到车票价，售票员就木然。他发现了这一点，才改口说"三角"。

三，在他的嘴里变成了"南"。类似的词还有：加（一）、田（二）、风（四）、汤（五）、滚（六）、草（七），等等，我已经记不全了。这些词在马桥以外的地方并不完全通用，比如在双龙弓那边，在罗江的那边，表示"四"的词可能是"戈"，也可能是"西"，还可能是"老罗家"。

中国的数词也许是最为丰富和奇怪的，如果仅仅把我在湖南听到的数词收集起来，恐怕就足足可以编出一本大书。几乎每一个地方，每一个传统的行业，都有各自对数词的特殊命名，都有数词的隐秘化和代号化，而且不断更换，表现出一种隐瞒真情的冲动。数词成了重重壁垒，对人们的秘密给予范围越来越小的圈割。在这种情况下，一个远行人要知道所到之处正在发生些什么事，不是很容易的。

数词成了对社会融合最顽强的阻抗之一。

在马桥，最大的数字，或者说"很多很多"，用"破脑"一词来表示。先人们也许觉得脑容量有限，想的事情一多，脑子就会炸破。比如小学生说老师布置的家庭作业太多，经常恨恨地咬牙："破脑破脑的作业！"

【怜相】

兆青去县城里看过一回世界,回来以后,免不了有一些人向他好奇地打听街上的事情。他无心把城里情况说得很具体,一律以草草打发。人家问房子,问汽车,问人貌,他都是说:"有什么呵?好怜相的。"

"怜相"是漂亮的意思。

他没有笑容,毫无谈兴,对打探者敷衍几句然后就去挖土。我后来才从家居县城的光复老师那里知道,兆青老倌在城里的时候,哪里都不去,一直在老师家蜷曲着小小身子,缩在椅子上睡觉,甚至不朝窗外瞥上一眼。他挂着脸上一团粗横的怨气,一点也不愿意看见那些漂亮的高楼,说有什么好看呢?我们不比你们街上人,一看这些就心里堵。造孽呵,这么大的屋,要好多人,做好多工,才砌得起来呵?

他第一次看见火车站的大厅,看到地上的大理石板光可鉴人,就总是黑着一张脸。不小心滑了一跤,还哇哇大哭,鼻涕抹上衣袖。"娘哎娘,錾得这样平,打得这样光,要磨死好多人呵。"

他让旁人吓了一大跳。

回到乡亲家里,他反常地吃得很少,对一只邻家的狗特别恼怒,显得脾气很坏。乡亲知道,他的父亲就是一个岩匠,打了一辈子岩头,已经死了。

在我看来,比起后生们对城市的赞叹来说,兆青的哇哇大哭更多保留了"怜相"一词的原义。马桥人没有"美丽"这个词,只有"标致""乖致""乖"一类可作替代,最为常用和流行的却是"怜相"。在汉语里,美与怜早有不解之缘,不算特别的奇怪。美使人疼,故有"疼爱";使人怜,故有"怜爱"。一切美好的东西都在中文里透出哀婉的情愫。有一篇西方学者评介日本作家川端康成的文章。文章说川端康成不爱用"悲"字,总是用"哀"字,因为在汉语里,"哀"与"爱"同音,在声音上沟通了两种情感——或者说,在川端康成看来其实就是一种情感,无由被文字粗暴地分割。文章从一点出发,论述川端康成的审美态度中的悲世情怀。其实,文章的作者不知道,汉语的"悲"字同样承担着美的诠义。古人说"悲角""悲商""悲丝""悲管""悲歌""悲响",等等,其中的"悲"字差不多都可以用"美"替换。我在大学的古文教授就是这么说的。他反对一九六四年版的《辞源》仅仅把"悲"限义为悲愁伤痛——那样的话,古人用"悲"来广泛形容一切音乐,包括欢乐或豪壮的音乐,就变得十分费解了。

我赞同我的古文教授。

在那一刻,我想起了马桥,想起了马桥的"怜相",想起了兆青在一切高楼大厦面前忍不住的哭泣。中国的美总是在"哀""悲""怜"的方块字里流淌,于是,兆青的泪水总是在现代化的美景前抛洒。

△ 【朱牙土】朱牙土是马桥一种常见的土,普通的土,不可能得到太多解释。酸性,质硬,极度贫瘠,如此而已。它与金刚泥的不同点在于,金刚泥是纯白色,朱牙土是深红夹白斑,土层断面有点像豹子皮。

问题在于,如果对朱牙土没有了解,就不可能对马桥有真正的了解。在很长一段时间内,这种土是人们每天都要面对的土,是使一杆杆铁耙剧烈震颤的土,是使一双双手血泡翻卷血肉模糊的土,是使钢铁比皮肉消失得更快的土,是使汗水一直湿透裤脚然后结出盐垢的土,是使人们眼睛昏花天旋地转虽生犹死的土,是使时间变成空白意识完全消除一切欲念都成了喘息的土,是使酷夏失去炎热严冬失去寒冷所有日子不再有区别的土,是使男人们疯狂女人们绝望孩子们刹那间变得皱纹满面的土,是永远没有穷尽的土,是逼得人们仇恨、吵架、殴打、拔刀相向的土,是增添着驼背、跛腿、瞎眼、流产、呆傻、哮喘、大脖子病以及死亡的土,是使人逃亡的土,是使人自杀的土,是使生命变成一个个日子的土,是无论怎么样的动荡或折腾它还在那里的土那里的土那里的土那里的土那里的土那里的土。

这种土层从罗江那边,从更远的湘东山地那边滚滚蔓延而来,在天子岭下戛然而止,然后折向南边那些村落。它凝结如铁,浩茫如火海,成了煎熬着人们一切日子的燃烧。

兆青的第一个儿子就是压死在这种土里。他参加修水库,取土筑坝,为了快些完成土方任务,就像其他民工一样,先掏空下面的土,掏到一定的程度再让上面的土垮下来。这叫放"神仙土",可以提高工效。兆矮子太贪心了一点,下面已经掏进去了丈把深,以为朱牙土反正硬实,不急着把悬在上面的神仙土倒下来。他去取箢箕时,身后突然轰的一声,回头一看,眼里只有大块大块的红色崩塌和滚动,大块大块的红色在舞蹈和飞腾,没有他儿子的身影,也没有叫声。

儿子刚才在那里玩耍。

他扑上去挖呵挖,挖了红色还是红色,挖了红色还是红色红色红色,一直挖到十个指头流血,还是没有挖出哪怕一个衣角。这是他最喜欢的一个儿子,刚满周岁就说得了很多话,到两岁就可以认得出自家的鸡,把邻居家的鸡赶出屋去。他的额头上有一颗很大的黑痣。

△ **【罢园】** 兆青一直怀念这个儿子,一直想把他再生出来。一直生到第八个,还是没有成功,他未能找到额头上的黑痣。

在一个已经开始控制生育的年代,兆青的一大堆娃崽显然不合时宜。从第四个娃崽开始,他给儿子取的名字里都有一个"元"字:桂元,昌元,茂元,魁元。在马桥的语言里,"完"与"元"同音。言下之意,他的这些儿子都是终结。至于为什么一次次没有终下来结下来,他就含含糊糊说不清了。

党支部书记本义对他的言而无信非常恼火,有一次在大会上作报告,突然想起这件事,横着眼睛插进来一句:"有的人家这个元那个元,早就说元,就是不罢园,一眨眼睛,又拱出来个秋丝瓜,搞什么鬼呢?"

他又说:"搞生产也不讲究质量,生得一破脑娃崽,没一个有看相的,吊眉毛的,塌鼻子的,你不丑人我都丑人了!"

兆青在下面咕咕哝哝没敢顶嘴。

要听懂这段话,还需要了解"罢园"的含义。罢园是农事常用词,指田园里最后一轮收获,即清园,净园,息园。这个词后来也引申为(一)"秋天"或者(二)"结束"。例如:"罢园(秋天)了,要加袄子了。""美帝国主义就要罢园(结束)了。"等等。在本义的眼里,兆青的婆娘是一块永远不息园的瓜地。

【飘魂】

兆青的死始终是一个谜。

他失踪的前一天,我还和他一起去张家坊挖茶园。听说中午有肉吃,他把满崽魁元也带去了,早早塞给他一双小筷子,一到吃饭的时候,父子俩几步就抢在众人前面,抖擞精神地往伙房里走,直奔肉锅里嗞嗞嗞的声音。娃崽不算人头,但也毫不含糊地呵着一张嘴,这一点大家都看见了。照当时的规矩,人们邀伙结伴,齐了六个人就可以领到一钵肉。但关键时刻谁都不愿意接受兆青身后那一张小嘴,推来推去,推得兆矮子生了气。"一细娃崽吃得了好多呢?你们做事不凭天良,你们都没有娃崽的?不生娃崽的?你们以后都要当五保户是不?"

这一说,有些人不好不接受他们,只得不太情愿地容忍他们两父子挤进来,发出呱唧呱唧的咀嚼声。他们还得接受兆青看准时机给娃崽抢先一步倒肉汤的动作,一个大瓦钵底朝天,盖得小蛋完全消失。

兆矮子自己钵里没有菜了,就去儿子那里讨一点辣椒。

他对魁元看得最重,无论哪里有吃肉的机会,都不会忘记把这张呱唧呱唧的小嘴巴带上。前不久,听说他夜里梦见魁元在岭上耍,被一个白衣人抢去了一块粑粑,梦醒以后还是难平心头之愤,居然操起一把草刀就到岭上去,要找白衣人报仇。这件事真是不可思议。津巴佬居然神到了这一步:梦里丢掉的一个粑粑也要找回来?

我不大相信有这种事。到了地上,忍不住向他打听。

他不说话。一到了地上,他总是全神贯注,决不愿意参与无关工效的废话。

我说:"你背后丢了钱。"

他回头看了看。

"真的有钱，你仔细看看。"

"你妹子给老子的体己钱是不？"他胸有成竹地继续挖土。

直到他口渴了，瞥见了我的水壶，才把我当水壶亲切了起来，模仿着下放崽的口音套近乎。"鳖，来，我看看你那个壶。"

"吃水就吃水，看什么壶！"

"嘿嘿，不晓得今天这样燥热。"

"有事情，这就认得人了？"

"什么话？就喝你一口水，还要我叩头？"

他一边喝水一边不由自主地念出数目：一双，两双……每一"双"就是指两口水。

我没好气地说："你喝就喝，数什么双？"

"搞惯了，不数就是。"他不好意思地笑笑。

喝完水，他对我客气了几分，只是对操草刀上岭一事有些含糊，没说有这回事，也没说没有这回事。他愤愤地强调，他好几次梦见那个白衣人，一次是白衣人偷了他家的瓜，一次是白衣人偷了他家的鸡，还有一次是白衣人毫无理由地打了他家魁元一个耳巴子。你看这家伙无不无聊？他咬着牙关问我。我没法回答。我只是从他的言语里听出，关于他操着草刀矢志报仇一事的传说，大概所言不虚。

事情也是有点怪。白衣人为何总是撞进他的梦里？他如何会有这么多奇怪的梦？我接过水壶时不免有点糊糊涂涂。

我没有料到，这是他最后一次借用我的水壶。第二天下午，他婆娘来找干部，说兆矮子昨夜一直没有回家，不知道他去了哪里。众人四周看看，想起一上午也没见他出工，也一个个面生疑色。

"他到猫形塘里去了吧？"黑相公笑着说。

"去得了这么久？"婆娘不明白。

"我也只是……随便猜……"黑相公刹住了话头。

"猫形塘里"是邻村的一个地名，一个僻静处，只有两户人家。兆矮子在那里有一个老相好，具体是谁，我们并不知道。只是每次做功夫做到那一边，他总是要捡点地上的树枝草根当柴禾，扎成一束，抽个空子往猫形塘里送去，算是一番情意。他很快就会赶回地上继续出工，快得让人不可思议：又不是一只鸡，做那种事再快也不能快到这种程度吧？

傍晚，复查从猫形塘里回来，说那里也没有兆矮子，根本没有人看见过他的影子。我们这才觉得问题有点严重。村里人三三两两，交头接耳，有一个消息最为大家重视：下村一个人刚从平江县回来，带回了志煌前锅婆娘的一个口信，那个梦婆嘱咐兆青这一段要穿好鞋子。

这是一种常用的警告方法，是马桥人对"飘魂"者的暗示。

在马桥语言中，飘魂是指人死到临头时的一种预兆。我多方打听之后，知道所谓飘魂大体上分两种情况：

（一）有时候，看见前面一个人走着走着突然不见了，过一阵又出现了，据此便可知道，这个人魂魄出窍，快要散发了。后面的行人如果好心，当去警告飘魂者，只是不可直说，不可说破，只能绕着弯子问一问：你刚才跑得好快呵！你失了一双鞋子没有？……诸如此类。对方一听这话，大多心中有数，忙去烧香，上供，请道师驱邪，以尽力免除灾祸。

（二）有时候，某人睡去片刻或昏去片刻，梦见自己被阎王差遣，去取别人的魂魄——可能就是自己的熟人。醒来之后，也须遵照不可说破的原则，对那人给予巧妙的警告。如果不得不说破，谈话双方就必须离开地面，比如爬到树上低声耳语，以免土地公公窃听，告到阎王那里，惹得阎王动怒。对方听到警告，只会感激，决不会生气。但也不可有任何礼物答谢，因为不能有任何被阎王察觉的蛛丝马迹。

现在，水水那个梦婆既然说到了鞋，情况当然十分紧急。只是水水的娘家离马桥太远，捎口信的人赶回马桥时已经晚了一步，口信还没有捎到，兆青就失踪了。村里还在派人四处寻找，想到前一段关于白衣人的事，又打发几个人到岭上去。最后，兆青婆娘那破嗓门沙哑的哭声，顺着风从岭上碎碎地飘下来。

兆青的魂魄果然已经飘出。他死得很惨，仆倒在溪水边，整个一个脑袋砍下来，泡在丈多远开外的水流里，叮满了密密麻麻的蚂蟥。这件凶杀案惊动了公社，惊动了县里的公安局，来了一些干部查了又查。干部们火焰高，不相信什么飘魂不飘魂，不相信什么命不命。他们最初的估计，是山上来了国民党空降的行凶特务，或者是被平江那边来的偷牛贼下了毒手。为了安定民心，揭破一些奇奇怪怪的谣言，上面花了很大的气力破案，到处神神秘秘地搞调查，录指纹，还把可疑的地主、富农分子斗了一轮，闹得鸡飞狗跳，最后还是没说出个所以然。公社还安排民兵晚上轮流站岗，严防再次出现类似的惨案。

站岗是一件很苦的差事。晚上太冷，瞌睡又重，我腋下夹一支梭镖，两脚冰凉，不时蹦跳一阵让脚尖恢复感觉。我听到通向天子岭的路上有嚓嚓脚步声，汗毛倒竖地再听一阵，又没有了。我躲到避风的墙角，仍然一阵阵不由自主地哆嗦。犹豫一阵，再退几步，回到了房里，隔着窗子监视外面的夜色，权且作为一种变通，还算是在执行任务吧。最后，腿还是冷得不行了，我把被窝暫了好几次，终于忍不住地钻进去，半躺在床上，打算不时朝外瞟一眼，不忘记继续保持革命的警惕。

我担心窗外突然出现一个白衣人的飘忽。

我一个迷糊醒了过来，发现天已大亮，慌慌忙忙跑出去，没有看见一个人。牛栏房那边有例行的吆喝声，是有人准备放牛了。一切平平静静。

也没看见有人来查哨的迹象，这才放下心来。

直到我后来调到县里工作，有一次碰到盐午进城来买油漆，谈起兆矮子奇怪的死，才得到另一种猜测。盐午说，他当时向公安局反映过，兆青肯定不是他杀，而是自杀。准确地说，是误杀性的自杀。他的看法是，他为什么死在溪边呢？为什么现场没有任何搏斗的痕迹？肯定他发现了溪里有鱼或者别的什么，藏在石头缝里，就用草刀的木柄去戳。他肯定是用力过猛了，没注意锋利刀刃正对着自己的后颈，一下戳空，一个拖刀从后面切向后颈，就把自己的脑袋斩了下来。

这种想象很大胆。我用过草刀，又叫龙马刀，是木柄很长可以让人直着腰子杀蒲草的刀，刀刃和刀木柄形成直角。我按照盐午的逻辑去想象，确实感到后颈一凉。

可惜当时盐午的阶级成分不好，公安局不可能把他的话当一回事。

再说，他也拿不出任何证据。

△【懈】兆青就这样不明不白地掉了脑袋。我在深夜值班站岗的时候，望着月色中突然壮大逼近了的天子岭，想起了他的生前。因为他的下流，因为他的小气，我没说过他什么好话。直到他死后，我才想起有一次我奉命爬到墙上刷写毛主席语录，突然梯子不可阻挡地往下滑，我靠手攀一根横梁，才没有栽下去。远远的兆青看见这一切，吓得手里的一碗饭都倾了，掉在地上发出脆响。"救命呵——救命呵——不得了呵——"他呼天抢地大跳，跳来跳去昏了头，没做什么事又跳回来，哇哇地大哭。

也许我并没有那么危险，他不必要那么大哭，那么大跳，他甚至没有做出什么实事帮我一把。但当时我所有在场的朋友和熟人中，除了他，没有人惊吓和慌乱成他那个样，没有人为我情不自禁地哭泣。我感谢他的泪水——虽然只有短短的片刻，虽然很快就消失在一双我永远也无法亲近的小眼珠里。在以后的日子里，我无论走到何方，我无论要遗忘多少城市和乡村，也不会忘记我在那一刻的俯瞰：下面有一张脸，仅仅只有一张脸，在透视关系中放大了，把后面瘦小的身子统统遮盖无余，为我喷洒出哗啦啦的黄泪。

我想说一句感谢他的话，或者让他从我身上占去一点便宜，比方几块钱，比方一块碱，但他不会了。

我抱了一床旧棉毯送到他家里，嘱他婆娘垫入兆青的棺木。他一生都习惯睡在扁担上，往后应该让他好好地睡一觉了。他一生忙忙碌碌，往后应该让他好好地懈一懈。

"懈"，发音 hai，去声，在马桥语言中是休息的意思。

【黄茅瘴】

我在马桥的时候,兆青多次告诉我不要大清早爬山上岭,一定要等到太阳出来以后。他还指给我看,山间的一种蓝色氤氲,如丝如带,若显若隐,悬挂于枝叶,出没于林间,有时还形成一圈一圈的雾环——那就叫瘴气。

瘴气分为好几种:春有春草瘴,夏有黄梅瘴,秋有黄茅瘴,都是十分有毒的东西。人一不小心碰上了,皮肤必定溃烂,伴有面色青黄,上呕下泻,十指发黑,说不定还会送命。

他还说,即使大白天也不可大意。上岭的前一天夜里,人不能抽烟喝酒,不能胡言乱语,不能行房事,还得烧香敬山神。第二天出门之前最好还要喝两口包谷酒,暖身子,壮阳气。在房子的东北屋角劈一竹筒也是必要的——可以驱邪魔。

这都是兆青说的。

是他说的。我记得。

【压字】

很多年后,遇到魁元的时候,我已经不认识他了。他已有成年人的喉结,留着小胡子,穿着卷了边的西装,蹬着翻了头的皮鞋,身上不知何处散发出香水味,手里提一只拉链已拉不上的黑皮包。他说他就是魁元,就是马兆青最小的满崽呵,少功叔你怎么就不认识了呢?你看你这记性哈哈哈……

我花了很长时间,才记起往日的一张娃崽脸蛋,与眼下这张陌生面孔细加核对,确实找出了一两道相似的线条。我也认出了他出示的一封信,不错,是我写的,是几年前写给复查的,谈一个关于语文的问题。

他说他想念我,日夜想念着我,特地来城里找我。我很惊奇,问他怎么能找到的我的家。他说哎哎哎,莫讲了,他一路找得好苦呵。一上码头他就到处打听我,问谁谁都不知道。最后问市政府在哪里,还是没有人知道。他火了,问省政府在哪里,这才有一个人给他指了方向。我笑了,说你找我就找我,找市政府和省政府做什么?他说,他每年都要出来耍一两回的,武汉,广州,深圳,都耍过了。他出门是有经验的。他这样说,算是回答了我。

他没有说明白,他是否真的找了政府。但他抱怨我的电话肯定坏了,害得他怎么也打不通。其实我后来才知道,他根本没有我的电话号码,天晓得打电话是怎么回事。

最后,他要了一辆出租车,花了五十块钱,几乎花完了身上所剩的钱,才找到我所在的大学。看来他遇上了恶意司机,被当作冤大头宰了一刀。

当然没什么要紧,他视金钱为身外之物,出手总是很大方。总之,他联系了政府也打了电话坐了小汽车,做完了一个大人物该做的一切事情,才碰到我的一个熟人,由对方领着到了我家里。他说他不信找不到我，事情果然如此，不费吹灰之力就完成了长途奔袭稳准狠直捣我家的奇迹，而且带来了另一个我不认识的后生。现在好了，到家了，他脱下外衣和手表，脱下鞋子和袜子，搓着脚趾上的汗泥，眼睛四下里溜，很惊讶我家既没有真皮沙发，没有直角平面大彩电，没有彩色喷塑墙面和情调调光射灯以及镭射音响双声道卡拉OK——他对都市生活的知识，比我丰富得多。我说镭射音响的花销太大，一张碟就要四五十块钱。他纠正我的错误，说哪止呢，一张好的碟少说也要一两百块。我说，涨价了吗？他说，从来就是这样。我不服气地说，我一位朋友前两天买的就是这个价，是正版碟。他说你那不是三个D的，不是数字的，真正要音响的人哪还要那个呵？

我不懂三D，不敢往深里谈，只好默认他的指导。

他洗完澡，穿上我的衣服，笑着说他早就知道不需要带换洗衣物。他向家里人说过的：少功叔是什么人？到了他那里，还怕没衣穿没饭吃没工做？在家靠父母，出门靠朋友，我们这次出去，就是要仗少功叔的势……他这样说着，手已亲热地拍到了我肩上。

我把他的手打下去。

我说事情没有那么简单，不过，先住下来再说吧。

我把他们送去旅馆里住下。登记的时候，我发现他现在不姓马，在身份证上的姓已经改成了胡，这才知道他爹死后，母亲养不活那么多娃崽，只好把他过继给胡家。他的一个弟弟和一个姐姐也送了人。

魁元在胡家上小学，上中学，日子过得还不错，只是尚未"压字"，所以还不能继承财产，也无法独立门户。所谓"压字"，是一种正式入族仪式，一般在继父的葬礼后举行。族中长者唱入族者继父的名字，继祖父的名字，继曾祖父的名字……唱一切尽可能追溯得到的父名，差不多要唱完大半本族谱。这是为了让过继者承继祖业和祖德，防止他以后带着财产回归原来家族。在他们看来，"字"是神圣的，姓名是神圣的，亡人姓名更有一种神秘威力，可镇压邪魔，惩罚不孝，保佑后人。魁元说，胡家的底子不算薄，有一栋大屋，有牛又有马，只可惜老家伙寿太长，八十七岁了还下得田，去年三月间发病卧床，又咳痰又咳血的，看样子差不多了，没想到他死着死着又活过来了……你说这是怎么回事？他惊讶地瞪大眼睛。

他的意思是，他至今还没有熬出头，还没压字因此也就没有胡家财产的所有权。这太令人苦恼。

因此他不能老等，得进城来另找出路。

【懒】（男人的用法）

我有一个朋友在城里当老板，领着一支工程队，经常需要添加人手。我把魁元以及随他同来的后生介绍过去，也算是去混一碗饭吃，学一点手艺。

没料到几天以后，他们敲开我的房门，苦着两张脸，齐声说实在没法干。嗯啦，实在没法干了。

"怎么回事？"

"也没什么。"

"晕街了？"

"我倒是从来不晕街，就是……晒。"

"你是说太阳晒？"

"就是。"

"你没戴个帽子？"

"戴了还是晒呵。"

"你在乡下不晒太阳的？我在你们马桥当知青那阵不是也天天晒吗？"

"我……从来不做田里的功夫。"

"你成天做什么？"

"不做什么，有时候帮盐午哥收点谷，讨点账，大部分时候就要一耍，打牌，打桌球，坐人家。"

魁元笑一笑，朝同来的那个后生递了个眼色。后生正瞟着电视机嗑瓜子，也适时地笑了一笑。

"你们年纪轻轻的，就这样——懒？"我说出一个很重的字。

"是懒，确实是懒。"魁元居然很高兴地接过话头，"我在家里还懒一些，从来不打柴，从来不挑水，从小到现在，我还不晓得米是如何淘的，潲是如何煮的。"

嗑瓜子的后生说："我也是，你要问我屋里的弯刀钎担在哪里，问我屋里的猪一餐要吃几多，我肯定不晓得。"

"我出去打牌,一打就是半个月。"

"牌我不打,我到县里三舅舅屋里去耍,骑摩托玩,看电视。"

我有些吃惊。从他们不无自豪的口气里,从他们多少有些夸张的自我介绍里,我发现了词义的蜕变,一场语言重新定义运动早已开始而我还蒙在鼓里。我所憎恶的"懒"字,在他们那里早已成为一枚勋章,被他们竞相抢夺,往自己胸前佩戴。我正在指责的耻辱,在他们那里早已成为潇洒、舒适、有面子、有本事的同义语,被他们两眼发亮地向往和追慕。我下一步如何同他们说话?

当然,他们不一定完全取消了"懒"的原义,比如说,到找对象的时候,他们说谁家的婆娘懒,谁家的姑娘不懒,对懒人还是一一贬斥的。从这一点来看,他们不过是新增了一本男人的词典,对女性不适用的词典。"懒"正是在这本新词典里获得了夺目光辉。可以想见,懒是如此,那么欺骗、剥削、强霸、凶恶、奸诈、无赖、贪污、偷盗、投机、媚俗、腐败、下流、拍马屁等等,都可能成为男人最新词典里的赞辞和奖辞——至少在相当一部分男人那里是这样。在他们的眼里,如果还有男人不承认这本词典,并不能说明这本词典不存在,只是说明这些男人是一些语言异类,十足的可怜虫,落在词义革新的潮流之后,落后于历史的暗影里。

人们的对话,常常在两种或多种词典之间进行。词义翻译的困难,尤其是深层感觉里词义翻译的一个个陷阱,并不是所有的人都随时慎察的。一九八六年我参观了美国弗吉尼亚州的一个"艺术家殖民地",也就是一个艺术家创作中心。colony(殖民地)一词一直使我感到别扭。我后来才知道,在西方诸多殖民地宗主国,在很多西方人那里,colony并不具有殖民地人民记忆中杀人、放火、强奸、抢掠以及鸦片输入之类的形象，相反，它词义平和，只不过是侨居地、聚居地、拓殖地的别名；甚至还隐隐散发出开发者、冒险者的浪漫诗意，与帝国记忆里援外开拓、航海探险、文明传播的种种法案和证词相联系。"殖民地"甚至是先锋的驿地，英雄的营垒，胜利者的天堂。西方人用这个词指示艺术家艰难工作的处所，会觉得有什么不合适吗？

也就是在美国，我遇到一个叫汉森的人，懂中文，娶了个中国老婆，在一家大报社当亚洲版的记者。听我谈到中国人的苦难以后，他深表同情，对苦难的制造者深表愤怒。但我突然发现他在同情之后，愤怒之后，有一个奇怪的动作：眼镜片里闪烁着笑目，一条食指在餐桌上的某个位置不停地来回划着，像在空中写一个什么字，或者在指挥心目中一支激动人心的乐队。他按捺不住内心的亢奋，终于用英文给朋友打电话，邀请朋友也来认识我，说我带来的一些故事太动人了，太可贵了！他相信这是全世界最精彩的故事……那一刻，我觉得心里猛地痛了一下，准确地说，是被"精彩"这个词刺痛。我的父亲自杀了，他沉入河底的时候感到"精彩"吗？我一位朋友的弟弟在一桩错案中被枪毙了，他临刑前在人群中找不到父母来送别的面孔而号啕大哭的时候觉得"精彩"吗？我一位朋友的儿子被流氓团伙误杀了，父亲从大学里领回了儿子的遗物并且做梦也没有想到是自己而不是别人为儿子写墓志碑文的时候是否感觉到任何"精彩"？……我不想怀疑汉森的同情心，不，他一直在他的版面里呼唤正义，一直在尽可能帮助中国人，包括帮助我获得访问学者的待遇和资助。但他的"精彩"出自一本我不能理解的词典。

显然，在那本词典里，苦难不仅仅是苦难，也是写作或演讲的素材，是激发人们反抗意志的必备条件，因此苦难越深重就越好，越能放射精——彩——的光芒。那本词典暗含了一种法则：为了消灭苦难的制造者，必须有更多的苦难作证，让更多的人明白这场斗争的必要性、紧迫性和崇高性。这就是说，为了消灭苦难，必须先有苦难。他人的苦难，是救难者的悲悯所在，也是他们的喜悦和欣慰所在，是他们英雄成绩单上一次次重要的得分。

我不想再说下去，并且突然改变主意，坚决不让对方为我的啤酒和比萨饼付费，弄得他有些迷惑不解。

我经常不无惶恐地发现，说话不容易，言词一旦飞出去，经常播种着误解。我还发现，即便是强有力的宣传机器，也从来没有对理解的控制权，同样是一次次陷入歧义的泥沼。我需要提到随同魁元来到我家的后生。我后来知道，他姓张，曾是县电影公司职工，因为超生一胎被开除公职。他不是不明白超生的后果，国家关于计划生育奖惩条令的宣传，可以说是连篇累牍车载斗量，在他的耳膜上磨出了茧子。他也不喜爱小孩，事实上，他已有的两个儿女都极少见到他，很难得到他的笑脸，甚至一直是他打算离婚的障碍和负担。他没有任何理由再生下一个。

在我与他谈话以后，在我百思不得其解以后，我只能得出一个结论：他有另外一套词汇体系。在那个体系里，很多词义超出了常人想象。比方说"违法乱纪"吧，这不一定是坏事，不一定是丑事，恰恰相反，违法乱纪常常是强者的证明，是强者的特权，是荣耀和享乐最重要的源泉。如果说"违法乱纪"词条下包括了贪污、走私、官倒、嫖娼、撞红灯、随地吐痰、公款吃喝等一些内容的话，那么没有一条不是令这位后生心向往之的美事。如果他没有完全做到这些，只是因为眼下他的能力还不够。

不难理解，当超生也划入"违法乱纪"之列，当这个行为尚未超出他的能力范围，他会不假思索地决定什么。

他的超生完全不合常理，不是出自利益的权衡，只是出自他理解事物的惯性，出自他对一切特权行为的追求冲动。也许，他认识的一个局长或者老板，就是因为堂堂皇皇生下三胎或四胎而旁人无可奈何，一直受到他暗中的羡慕。因此，一旦他也做了常人不敢做的事情，这本身就给了他不同凡响出人头地的自我感觉，一种局长或老板的感觉。他违法了，但这就像一个人窝藏了百万元赃款，足以让他偷偷地自鸣得意，不断回味自己胆大妄为的战绩。

对于像他这样的人来说，宣传有什么用呢？法纪的宣传有什么用呢？当然有：那就是强化他铤而走险的激情，日复一日给予他诱惑。

我找不到其他的解释。

如果上述解释大致不错，那么这整个事情不过是一次语言事件，是一次词义错接和词义短路的荒唐作业。违法者最终丢掉了自己的饭碗，为一个或几个极普通的词付出了代价。而执政者们对他的宣传，差不多是缘木求鱼，南辕北辙，在一本完全陌生的词典里，在一位完全不可捉摸的读解者这里，催生了一个毛头毛脑大哭大叫的女婴。这个女婴其实是任何一方都不需要的。但这个错误无法永远藏匿，没法用改正液涂掉，没法用橡皮头擦掉。

她越长越大并且将要活生生地进入未来。

她是一句有血有肉的错译。

△ **【泡皮】**（以及其他）

进入九十年代的马桥，流行着很多新词，使用频度很高："电视""涂料""减肥""操作""倪萍""劲舞""一〇七国道""生猛""彩票""砌长城（麻将）""打屁车（摩托）""提篮子（当中介人）"，等等。还有些老词，五十年代到七十年代不大用了，现在又纷纷出笼卷土重来。不了解实情的人，可能误以为是一些新词。比如：

"做脱"——即杀人，原是红帮用词。

"了难"——这个词其实也是红帮的用词，多用在官司方面，后逐渐流行于江湖，词义范围越来越广，泛指一切解决问题和了却困难的行为。报纸上也用这个词了，比方出现过《靠改革了难》的新闻标题。

"牛头"——意指权威的调停人和仲裁人，一般由年纪最大而且德高望重的老人来担任。牛头不是由选举产生也不是由官方任命，谁来当牛头，得靠众人在相当时间内自然形成的约定。

"草鞋钱"——以前是指办公差的人远道而来，办完公差后向当事人索要的一种小费。这个词八十年代末期重新出现以后，词义基本没有变，只是现在的草鞋钱，多数给一些穿皮鞋或胶鞋的干部、治安队员、报喜或报丧的热心人等等，也不再像以前那样以谷米的方式支付。

"泡皮"——意指懒汉和无赖，即普通话中的"泼皮"，只是缺少"泼赖""泼悍"一类用词中隐含的凶顽之义，更多一些卑微、怯懦、奉承巴结的所指，接近"泡"的虚质和柔质。

……

我从魁元嘴里听到了"泡皮"这个词。其实，魁元自己身上就有这样一股泡皮气。在我家的客厅里，一旦我正色指斥他的懒惰，他立刻鸡啄米似的点头，一连串的是是是。他甚至目无定睛手足无措，百般讨好地附和我。我说我像他这个年纪的时候，一天要劳动十来个小时；他说哪止十个小时呢，起码在十五个小时，两头不见天的。是不是？我说即便在农村，同样有前途的，只要肯钻研和肯劳动，养鸡、养鱼、养猪，都有当万元户的；他说哪止万元户呢，有的还当了董事长，公司都办到国外去了，电视里的报道你未必没有看见吗？

他附和得过了头，反过来质问我。

总之，他只差没有打自己的嘴巴，只差没有愤怒高呼打倒自己消灭自己的口号，忙不迭地收拾自己刚才晾晒出来的短裤和袜子，塞进拉链已经坏了的黑皮包，向我讨要一根红塑料带子，再把黑皮包紧紧地捆了几圈。他脱下我借给他的衬衣，说今天晚上就走，就回去，码头上最后一班船还是可以赶得上的。

他连茶都没有喝。

已经是深夜了。我突然觉得他慌慌逃窜的样子有些让人不忍。他其实不必连夜就往回赶，也不必把我的衬衣还给我，至少——他可以把一杯茶喝完再走。

"你们也不必这么急。既然来了，就算没找到活干，玩两天再走也好，难得来一次嘛……"我的口气缓和许多。

"要了，要够了。"

"明天吃了早饭再走不行？"

"反正是要走的，晚上走凉快。"

他和同来的那个后生争分夺秒，一刻也不耽搁，要赶回乡下去。他们对这个城市不熟悉，对自己能不能识路，能不能找到公共汽车，能不能赶上最后一班船，万一误了船如何度过这个长夜，其实一点把握也没有。他们只是被我的责备吓住了，前面是刀山火海也得急匆匆往下跳。当我送他们下楼，打算去找朋友借车送客，他们远远地叫喊了几声，然后遁入黑夜，一转眼就无影无踪。

【民主仓】（囚犯的用法）魁元离开我家之后,并没有回乡下去。大概十来天后,有人敲我的房门,开门一看,是一个蓬头垢面的少年,递给我一张皱巴巴的烟盒纸,上面有两行圆珠笔写下的字。写字人的笔头显然没有油了,好几次把纸戳破但没留下笔画,让我对着亮处费力地猜读。

"少功叔,一定一定要来就（救）我,快!快!快!"落款是"魁元小子（侄）"。我猜出了这几个字,问来人这是怎么回事。来人也说不清楚。他不认识魁什么元,只是今天获释之前,有人塞给他十块钱,请他送一个字条,就这么回事。他要是早知道我的家这么难找,给他三十块也不会干的。他磨磨蹭蹭地不肯走,直到我另外付给了他五块钱才离开。

事情很明白,魁元犯事了,进去了。

我又气又恼,如果魁元那家伙眼下在我面前,我恐怕就忍不住要破口大骂拳脚相加。不过事已至此,虱子上身甩不脱,我面子再要紧,也只得硬着头皮帮一把吧?首先,我得打探清楚拘留所在何处,包括弄清楚省所与市所的区别,还有看守所与收容所与收审所的区别等等。在那一刻,所有在电话里回答我的熟人,都有点支支吾吾,好像电话这一头已经是不三不四的囚犯。他们对我的耐心解释也吞吞吐吐,似乎我隐下了重大案情,他们碍着情面也就不深问了。我还把他们当傻子呵?

然后,我去单位上开具可能有用的证明,带上钱,带上雨衣,直奔风沙滚滚的郊外。因为摩托跑得太急,我在路上两次被交警拦住罚款,待找到拘留所,天已经黑下来,人家不办公了。我只得第二天再去,赔上很多笑脸和好话,拿出香烟敬献恩主,模仿各种方言向每一个大盖帽套近乎,这才获准挤过人群,进入办公室,与一位操四川腔的女警察说上了话。我总算明白了，魁元的案情是这样的：在码头聚众赌博——虽说属于严打范围，考虑到他情节还不算太重，加上监房人满为患不堪拥挤，警方对这样的人也可作罚款处理。我对这最后四个字喜出望外，用四川话连声道谢。

我带去的钱不够，只好回家再取钱，总算替他缴足罚款、生活费、教育资料费等等，把他领了出来。领人之前还有一个小小波折：大概是因为囚犯太多，登记有误，监管人员不知道他关入了哪个监仓。他们忙不过来，让我干等了两三个钟头，最后有些同情我，让我破例进入监区，一个个仓号自己去找。我看见两大排灰色的铁门一直排向远方，每张门上都有一个小小窗口，挤满了面孔，或者说，是从各个角度拼挤出的一个四方块，布满诸多眼睛，其紧密程度超过了刚出冰库的方形肉砖。我被这些眼光咬住，被他们满怀希望地期待。我从第一号仓开始，费力地要求每一块方形肉砖暂时分解一下，裂出一条缝，让我能朝肉缝里大喊一声"胡魁元"，然后把耳朵凑上去，静听肉缝里的动静。我听到了嗡嗡嗡的嘈杂声音，嗅到了尿和汗的酸臭，还有自己一次次失望——无人应答。

二十几个窗口都喊过了，一直喊到我喉头开始裂痛之时，一声细弱的应答才从似乎很遥远很遥远的天边飘来，成了铁窗对我若有若无的耳语。我十分奇怪，每间仓号最多也就二三十来个平方吧，如何声音来得这么远？如何像来自铁窗那边无限深远的另一个天地？

"呵呵呵——"他好像被什么人掐住了喉管。

他从警察那里领回了拉链失效的黑皮包，向警察说了很多痛改前非的话，就不再吭声了，怯怯地坐上摩托后座，偷偷打量我的眼色。一直跑了几公里之后，我才觉得身后这个人挪了挪脚，臭味被风吹散了一些。

回到家里,我的第一件事就是命令他站在门口不要动,不要坐,不要沾任何家具,立即脱衣进浴室,所有衣物也由我妻收成一大包塞进洗衣机。

果不出所料,我妻已经发现了虱子和臭虫,还发现了衣上的血迹,在洗衣机那边惊叫起来。钻出浴室的魁元不好意思地咧咧嘴,一边梳头一边说:"镜子呢?"

我指了指镜子的方位。

"运气不好,这次进了个民主仓……"

我没听懂。

"不死也脱了层皮。"

"什么民主仓?"

"你不晓得民主仓?"

"我没犯过法,怎么会知道?"

"就是……就是……大家民主呵。"

"什么意思?"

"一民主就虱子臭虫多,就打架,就放血。"

我还是没有听懂。

他开始吃饭了。他说,在牢仓里最享福的是牢霸,一般来说,牢霸吃饭时有人打扇,有人献歌,有人递毛巾擦脸。饭菜来了首先也由牢霸挑着吃,当然是把肉片一类好东西挑着吃了。然后由牢霸下面的"四大金刚"或"八大金刚"吃,再挑一轮。最后留下的残汤剩饭,才是其他小人物的伙食。牢霸要睡觉了,最好的地方就是他的。牢霸想看女犯了,窗口就由他一个人独占,还得有人在下面扛着他,让他爬到窗口的高度。有时候搭梯的人一扛就是两小时,累得两腿发抖,一直肿到脚跟。

初来者不服还不行。根本不用牢霸动手,金刚们或者想晋升为金刚的人犯早就打你个半死。这叫先吃一通杀威棒。再不就搞一搞假揭发，他们拿一根钉子或一块刀片，向管教人员揭发你违反监规的罪行，害得你因此戴上脚镣或者脚枷，过得生不如死。有意思的是，他说牢霸虽毒辣，但凡有牢霸的仓，倒也让人活个安分，一般来说事事有领导，有安排，不会打群架，也比较干净卫生，比如毛巾挂得整整齐齐，被子叠得次一次二，让管教干部看得高兴。人犯最怕的是民主仓，牢霸还没产生出来，或者一个窝里两三个牢霸还未决胜负，在那种情况下，哪还有人过的日子？一句话不对，就喊打，就一场混战。民主个把月下来，能够留着眼睛鼻子出来，留着手和脚出来，就算不错啦……

魁元摸着至今还留着的脑袋，心有余悸地说，他这次蹲的仓不在前，不在后，偏偏是个民主。里面有四川的一伙，有广东的一伙，有东北的一伙，已经打了"三大战役"还没有结果。管教干部给几个带头打架的加了脚镣，还是不解决问题。他在那里天天担惊受怕，没有睡过一次好觉。

我冷笑一声："你坐牢还很有经验呵？"

他急急地分辩："没有，没有，我是最守法的，人家的钱掉到我面前，我都不敢捡。"

"是几进宫了？"

"第一次，绝对是第一次。我讲假话就雷劈火烧好不好？牢里的一些事，我也是以前听盐午哥说的。"

我不记得这个名字。

他很不理解："你连盐午哥都不记得了？董事长呵，大老板呵，就是盐早他弟呵。对了，那时候你还同他耍过球的。"

提起盐早，我就想起来了，盐早好像是有这么个弟弟。我刚到马桥的时候，他还在读书，后来听说他在一座戏台上写过什么反动标语，还因此坐过牢——那时我已经调走了。我终于发觉自己的记忆力越来越糟糕。

△ **【天安门】** 我重访马桥之前,很多人告诉我,马桥有个天安门,差不多成了个著名景点,连上面一些来出公差的官员,看了屈子祠和县革命纪念馆以后,也总要驱车去那里看一看。

严格地说,天安门其实不在马桥,在张家坊地界,靠近后来的一○七国道,但它是马桥人盐午的产业,就与马桥有了关联。这实际上是一个大宅院,占地几十亩,里面有亭台楼阁,有荷塘、花园以及竹林,还有水上回廊和假山假石。园内分园,并且各有命名,有的叫"伊甸园",有的叫"潇湘馆",中西合璧,不伦不类。建得有些粗糙,没有几块瓷砖是铺得匀整的,总是歪歪斜斜,一些枯结的水泥浆还未刮净。也没有几个铝合金窗子能够顺利推开,总是发出尖厉声音,或被什么东西卡住。这种装修水准不得不让人忧虑,园子里的林黛玉光是推窗子关窗子就会成天忙不过来吧?还哪有工夫愁肠百结地葬花焚稿?日子长了,她顶多也只能喊两声卡拉 OK 吧?

一幢两层楼的西式小宾馆正搭架子施工,据说建好以后要从江浙一带招十个女子来当服务员,专门接待记者和作家,接待来访的游客。

我没有见到主人,据说盐午住在县城,偶尔才回来转一转,关照一下他办在这里的两个工厂。我远远看见了他的住房,在荷塘的中央,是两层楼的水中仙居。环看一周,可发现仙居的每一面墙上都挂着三四个空调机,多得有点毫无道理——主人是不是空调机太多,在厕所里也挂上了两三个?

早些年,我只听说这里有些农民发了财,一买电扇就是七八个,没地方装了就往猪栏里装,想不到一眨眼又是空调机时兴了。导游者对此有些自豪,一个劲地要我数一数空调机数目,见我没在意,就代我一五一十数起来。每一个数字狠狠地咬出口，响亮灌入我的双耳，好像这些铁盒子同马桥人都有什么关系，好像导游要用富民政策的辉煌成果，非得让我佩服起来不可。

导游者觉得还不够，不知何时又找来了一个管家，一个后生，据说是认识我的。当年我到学校代过几天课，他就是我的学生。他拿来了钥匙领我去室内参观。我却不过盛情，只好客随主便，跟了上去，穿过曲折回廊，穿过两三个钢闸门，走入了马大董事长的行宫别院。应该说，室内装修还不算差，一些金碧辉煌的吊灯，看来是日本或香港的产品。可惜电压不够，吊灯亮得像鬼火，空调机更打不起来，管家只好给每人发一把蒲扇息汗。电视机也收不到节目。电话有两台，一台黑的，一台红的，从摇把话机的模样来看，这里也还没有程控化线路，再多几台电话恐怕也听不到多少声音——人们说乡政府那个接线员总是不守店，大部分时间用来带自己的娃崽。

"你吃茶，吃茶。"有人对我客气了一番。

"好的。"其实我更想找水洗一把汗。

"你看电视，你看。"

"好的，我看。"

管家撅着屁股调试录像机好半天，电视荧屏里的斜纹布总算少了，浮出花花的图像，是一个外国歌舞。放着放着又出了斜纹布。我说可能是磁带坏了，想给大家换一盘好的。找了半天，我没发现其他可看的带子，另一盘香港武打片，霉得更加厉害。

我已经满头大汗。四周荷塘里蒸腾着热气，脚下热烘烘的猩红色地毯，简直让每个人的身上都冒出熟肉的气味。我只好躲到门外大口喘气，等其他人把七零八落的歌舞看完。

我后来才知道，这里之所以叫做"天安门"，是指院子的门楼，确实是仿天安门建筑，只是微缩了一点而已。一只被追急了的鸡，大概可以扑扑飞上城楼，可见其高度确实有限。门楼左右有拱形门洞，有护城河及其跨桥，仿宫墙也一律刷成深红色。大门前还有两头龇牙咧嘴的石头狮子。遗憾的是，护城河里没有水，只有杂草和偶尔跳出草丛的一两只癞蛤蟆。要是你走上城楼，你看不到广场和纪念碑，只能看到一个冷清的戏台，一排商业小街，排列着生意冷落的粉铺和杂货店，还有一个蒙着黄尘的空台球桌。有一伙蹲在屋檐下的后生，像一些栖息的鸡，无所事事。

我惊讶盐午盖起了这么大的宅院，也惊讶他盖出这么张扬和狂妄的式样——要是早上十多年，岂不犯下了抗君谋逆的杀头之罪？他是不是活出了什么毛病？我后来碰到老熟人志煌，才得知其中的原委。志煌说，盐午读中学的时候，家庭成分大，做不起人，有一次在床头贴了张天安门的画片，也被班干部没收了。班干部说，贫下中农子弟都没有这样的照片，他这样的地主崽子还有什么资格想念毛主席？你天天看着天安门，是不是想拿炸药包去谋害伟大领袖？……

想必是这件事太伤他了，太让他刻骨铭心了。他现在有了钱，什么事也不做，先造一个天安门再说。

他以前没有权利看天安门，好吧，他眼下要让人们知道，他不但可以看，甚至可以造出一个来，就造在你们大家的鼻子前。他可以让他的婆娘和两个娃崽在天安门上耍蛐蛐，耍狗，吃香油饼，打喷嚏，然后听他喊一声"人民万岁"。

他为了这个工程欠了不少债，好几次被追债人抓住，差一点被捉住割了脚筋。据说他还被检察院的警车带走过一回。

【狠】

马桥的"狠",是能干,本领、技艺高超的意思。问题在于,"狠"同时也意味着残暴、歹毒、恶意、不怀好心。把这两方面的意义统一于一个字,使我总是觉得不怎么舒服。我说过,我的字写得还不错,在马桥的时候,经常奉命用红黄两色油漆到处制作毛主席语录牌。农民看着我在墙上写字既不要画格子,也不要描底稿,爬上梯子挥手就写,一眨眼便成,常常发出啧啧赞叹:

"这个下放崽好狠。"

我辨不出这里面有多少赞叹,有多少指责。

字写得好是"狠",字认得多是"狠",帮队上修好了打谷机是"狠",能够潜水堵住水库涵管也是"狠",至于夷边工厂里造出了机器造出了农药造出了化肥和塑料薄膜——那当然更是工人们的聪明,也是工人们的"狠"。马桥人这样说的时候,也许并没有意识到,他们对一切知识技能,暗暗设定了一个道德败坏的位置,恶狠狠的位置。

我怀疑在他们往日的经验里:掌握着知识技能的人,对于他们来说,天然地具有一种侵害的可能。就像他们第一次见到的隆隆机器,从天上给他们丢下炸弹的日本飞机;就像他们第一次看到的扩音器,总是号召割掉"资本主义尾巴",割掉他们的自留地和自留山。他们怎么能不担心,以后遇到的其他强人,不会给他们留下同样的伤心事?

在这种情况下,他们的"狠"字用得有什么错呢?

不光是马桥的语言是这样。

在四川的很多地方,描述本领高强的人是"凶",与"狠"近义。他们会感叹有本领的人:"好凶呵。"

在北方的很多地方,描述本领高强的人是"邪",同样与"狠"近义。他们会感叹有本领的人:"邪门儿。"

已流行于汉语普通话的"厉害",表示本领超群的程度,也是褒中寓贬、喜中伏忧的一例。"厉"有剧烈和严峻之义,"害"更是一种明显和直截了当的警告。湘语中有"厉害码子"一词,就是指本领高强但处处占个便宜的人,即凶邪之人。

由此看来,在很多中国人的眼里,知识技能总是与恶事(狠、凶、邪、害等等)互为表里。两千多年前的庄子,甚至早就强调"圣盗同源",对一切知识技能表示忧虑。"天下之善人少,而不善人多,则圣人之利天下也少,而害天下也多。"(见《庄子·胠箧》)他认为只有消灭了知识技能,盗国者才得以铲除;只有捣毁了珠宝,盗财者才难以滋生;只有砸掉了符印,人们才会变得本分忠厚;只有折断了秤具,人们才不会计较和争夺;只有破坏了法律和教义,人们才可能领悟自然而终极的人生之道……庄子的警示,在技术日益进步的现代,成为一线遥远的绝响,一注天际之外微弱的星光,不会被大多数人认真对待。

但是在中国语言遗产里,至少在我上面提到的很多方言里,它仍然悄悄地与人们不时相遇。

【怪器】

在马桥的语言里，本领高强的人还承袭了一个符号："怪器"。

《辞源》（商务印书馆一九八八年）对"怪"有三种释义：一是指"奇异""奇特"；二是指"特别""非常""很"——似可看作前一义的逐步虚词化；三是指"责备""指斥"，比如，"怪我"就是批评我的意思。

这样看来，汉语中的奇异之物，总是与责备和指斥有不解之缘，不如庸常那么安全。

马桥最"怪器"的人，非马盐午莫属。当初知青招工的招工，病退的病退，只留下包括我在内的最后两个。会唱革命京剧的都走了，文艺宣传队奉命演出时几乎开不了锣，于是就有人推荐盐午。他当时还是个在校中学生，应招而来，果然唱得很好，虽然矮得没法上台，也没有工夫参加排练，但他躲在台后暗处，可以把一本戏从头唱到尾，无论正派、反派、生角、旦角，所有唱词他张口便有，台上人只需配合一下口形就行。有几个难度极大的高音，他也顺溜溜地唱了上去，音流在乡村夜空破云高飞，真让我大吃一惊。

他唱完就跑回家了，消失在夜色里，以至我还没来得及认真地看他一眼。

他唱戏的名气很大，平江县搞什么汇演，也有人来请他过去帮忙——吹笛子拉胡琴都是他的一碗饭。要做个景片或做件戏装，他挠挠脑袋，好主意说有就有。

我真正看清他的脸，是在他毕业回乡之后。一张圆乎乎的娃娃脸，似乎乳毛未退，与他哥哥盐早的尖嘴猴腮大不一样。他看我下围棋，看了几局就斗胆上场对弈。我对他掉以轻心，一心想指导他，没料到几步下来，他扭杀得我狼狈不堪。我另外做局，他也处处打劫，透出一股凶劲和狠劲，简直无懈可击，穷追猛打,斩草除根,宁可错杀三千,决不放走一个。

我暗暗称奇,也输得很不服气。

他谦卑地说:"对不起,献丑了,献丑了。"眉宇间却有一丝掩饰不去的得意。

我事后暗地里发愤研究棋谱,约他再战一场,不料他借口要抓药或者要出工,躲得远远的,决不给我雪耻的机会。我可以想象得出,他目睹我急不可耐无计可施的模样以后,一转背是如何开心。

他在村子里不怎么干活,在家的日子很少,连老母病重的时候也不大回来。队上分给每个人的水利工任务,都是盐早替他完成的。他家的菜地上,也总是只有盐早挑担的影子。他先是学做漆匠,提着一个工具篮,满身漆污,同我在路上相遇过一回。后来有一次见到他,我发现他又改学中医了,有模有样地给别人扎着针,把着脉,开着药方。他后来还学过画像和刻字——据说在长乐街和县城里卖字画,包括在顾客的自来水笔上刻出怀素体狂草的毛主席诗词,立等可取,价格也公道。总之,他没有什么学不会的,没有任何东西可阻拦他表现自己的超级怪器。他的怪器名播四乡,老幼皆知,众人称道。尽管他是个"汉奸"(参见词条"汉奸"),但马桥人从不恶视他,对他长期不明不白地在外流窜也一直很宽容。

他是马桥的骄傲,是马桥弓周围众多村寨人们共同的骄傲。传说某某地方出了一个大学生,马桥人就会不服气地说:什么呢?可惜盐午是个汉奸,要不三四个大学都读下来了。传说某某地方的一个人招到县里当水利技术员,吃上国家粮,眼看还要升官。马桥人也不服气地说:那家伙还能当技术员?可惜盐午的成分大,要不哪轮得到他?

本义的娃崽久病不愈,打算送到县里去。马桥人就断定他必死无疑：盐午开的药方都没治下来，还送到县里做什么？不是白白送钱吗？半个月后，那娃崽偏偏在县里治好了病。对此，马桥人一点也不奇怪，一点也不反思，还是有很多话可说。他们说决不是因为盐午的药方不好，只能怪乡下缺药，一个好方子配不齐药，能怪谁呢？能怪盐午吗？要是乡下配药条件好一点，那娃崽的病肯定早好了，何须到县医院去挨针和挨刀？可怜他脔心肝肺都被挖出来当酸菜洗，起码折去了十年阳寿呵。

连本义自己也同意这种看法。

本义是党支部书记，同盐午的父亲又结过仇，口口声声盐午比他老子还怪器，将来肯定是个反革命分子，是个坐班房判徒刑的料。但这并不妨碍他同样崇拜盐午的怪器，对盐午另眼相看，包括自己的家人病了，也要请盐午来把把脉。缺了这一步，他会觉得不大放心。

盐午给村里人看病从来不收钱，对干部当然更加恭敬有加。有一次，他找我讨一支纸烟，接烟以后拔腿就跑，眨眼间不见了人影。我去下村办事，发现公社何部长正坐在晒谷坪里，嘴上正抽着我那支"岳麓山"，盐午则在一旁搓着手，满脸是憨厚和略微羞涩的微笑，聆听部长教诲。我后来才知道，他不抽烟，不是不想抽，是舍不得抽。他在外面做漆匠、行医、画像刻字，所有接受来的顾客敬烟，都一律小心保存，小心积攒，回头就敬献给干部们，尤其是敬献给本义。本义的纸烟总是牌子杂乱，就是这个原因。

有一段时间，他同何部长关系特别亲密，只要是何部长有事，他招之即来，来之即笑，笑之即跑腿，永远是一个乖崽崽，是一个随时表现学问但又把学问归功于领导栽培的大才子。有一天，他为在外面做油漆活太累，回到马桥已是深夜，困得深一脚浅一脚的。听邻居说，何部长捎过信来，说一台闹钟坏了，请他去修理一下。他岂敢怠慢,连夜跑到长乐街一个钟表匠那里借工具,再往公社赶。过天子岭的时候,一不小心,摔到高崖下。第二天上午,有人从那里经过才发现了他——脸上、手上、脚上,叮满了密密麻麻的山蚂蟥,活像一夜之间全身长满红须。过路人七手八脚帮他打蚂蟥,打得满手都是血。把他打醒了,他一看自己全身血花花,吓得哇哇直哭。

如果不是碰巧有人经过,再过几个钟头,他的血恐怕就要被山蚂蟥吸得一干二净。何部长后来想起这事也有点后怕。

他的优秀表现最终管不了什么用,既没能让他当上干部,也未能让他入团入党。有两次大学招收工农兵学员,何部长做好了本义和其他干部的工作,把他作为"可以教育好的子女"往上推荐,一到上面还是打了回来。不仅如此,每到重要节日前夕,到他家里查抄一轮,对他家兄弟训一训话,是民兵们的例行公事,是再讲情面也得走一道的过场。

我调去县里工作那年,听说县公安局还怀疑他写了反动标语,曾把他抓入大牢。反动标语是国庆节文艺汇演时发现的,据说就写在公社临时戏台上。内容是什么,我一直不知道。我只知道公安局抓他的理由是:他当时在后台拉胡琴和帮腔,离出事位置很近,而且有反动的家庭背景,有文化,有水平,最为怪器,不是最有可能在黑夜掩护之下做出反动勾当吗?

我感到奇怪的是,盐午的崇拜者们,马桥的男女老幼并不怎么在乎他们的偶像被抓走,甚至把反动看成一件有头有脸的事。他们的反应很平静,似乎事情的结果很自然,很合理,是迟早的事。谈起邻村另一个嫌疑犯,他们不以为然地嗤之以鼻:他还想反动?他那一笔字,盐午拿脚都写得出来,他偷个牛偷个粮谷还差不多。

在他们的口气里,反动不是小偷小摸,非常人所能为也。

牛皮不是吹的，火车不是推的，这方圆百里之内比来比去，不是盐午最有资格反动、最有水平反动、最有可能反动吗？他面色惨白地坐入警车，与光荣远行去城里读大学，简直就是一回事。

其他人休想冒用他的特权。

他们甚至为此动起了拳脚。当时龙家滩有一个人来赶脚猪，闲谈时，说起龙家滩也有人十分反动，是某某在新疆的一亲戚，早几年就当了团长，同林彪一类大人物都一起照过相的。马桥的几个后生听了就很不服气，说什么团长呢，听说也只是个管仓库的，没有什么兵权。要是盐午从娘肚子里早出来二十年，莫说团长，军长也当得不爱了。说不定是蒋介石手下的重臣，眼下在台湾天天坐乌龟车哩。

龙家滩的人说："盐午怪是怪器，也不是太怪器，画毛主席的像，画得脑壳大身子细，像供销社的王老倌。"

马桥的人说："你以为盐午画不像？他反动，当然画得那个样子。"

"他画得一脑壳的汗，反什么动呢？"

"你没看见他画龙？一眨眼就画一条。"

"画龙不是奇事，是个漆匠都画得。"

"他还教得书。"

"李孝堂不也教书？"

"李老倌哪有他教得好？"

马桥的后生举出一例子，说盐午解释"脖子"这个词时，足足解释了十几分钟。什么叫脖子呢？就是人的脑袋和肩膀之间呈圆柱体形状的包容了很多管道的可以伸缩也可以旋转的肉质物体，你看看，这是什么水平？李孝堂能够解释出这么多学问？脖子就是脖子，李老倌肯定只能把自己的颈根拍两拍，完事。

那也算是教书?

龙家滩的人说:"我看拍两下还好些。"

关于盐午到底怪不怪器的问题,关于他是画不像毛主席还是故意画得不像的问题,关于脖子这家伙到底该如何解释的问题,他们争论了好久。龙家滩的人不小心踩了一个人的脚,对方火冒三丈,随手把茶水泼在他的脸上。要不是旁人劝住,事情就闹大了。

我在前面说过,(奇)怪总是被(责)怪。"怪器"一词总给我隐隐的不安,不会通向什么好的结果。公安局和马桥人最终证实了这一点。他们面对反动标语,不疑盐午的同锅兄弟盐早,也不疑邻村其他地主和富农,主要原因是那些人都不及盐午怪器。他们天经地义顺理成章不假思索不约而同地把聪明人认定为敌人,把才智认定为险恶——尽管对聪明才智不无暗暗的崇拜。与其说他们在追查反动标语,不如说他们早就看出来了,"怪器"这个词,迟早是要关进监狱的。

盐午聪明一世,可惜没有慎察其中词义,没有慎察这个词在马桥语言中的凶险指向,多年来竟得意于自己的怪器,一个劲怪器地讨好干部和乡亲,怪器地经营着自己的命运,忙得过于乐观了。

他在大狱里是否有所醒悟,我不得而知。我只知道他坐牢也别出一格,不放过任何可以怪器一下的机会。在那个连裤带都收走了的地方,他居然成功地自杀过一次。他好几个夜里捂住肚子在地上乱滚,哼哼叫叫,引得医生来给他打针。他把针药瓶偷偷地藏起来,最后,把药瓶打碎,吞到肚子里去。

他泪流满面,满嘴是血,一度昏迷过去。管教人员把他送到医院抢救,医生听说他吞了玻璃碎片,说透视也没法查出位置,手术更没法做,根本就没有什么救治的可能了。奉命背着他上医院的两个小囚犯一听,就呜呜地哭起来。哭声引来医院里的一个伙房老倌。幸好老人还有经验,建议给他灌韭菜,说没切断的韭菜稍稍烫熟,灌下肚去,就可把肠胃里的玻璃碎片缠住,裹住,最后混在大便里拉出来。医生们将信将疑地做了,事后翻出粪便里一团团的韭菜,里面果然有玻璃片,令人十分惊奇。

△ **【放转生】** 杀猪宰牛之类的血腥事，被马桥人叫做"放转生"，显得有几分清雅和高尚。老班子说，畜生也是一条命，前世作孽，现世遭罪，活得最苦，杀了它们就是让它们早点转生，是一件大恩大德的善事。这样说起来，屠夫们杀得理直气壮，食客们嚼咬得满嘴流油也可以心安理得了。

语言可以改变人的感觉，一个词的更换，可以缓解甚至消除人们在屠宰场上的悲悯，对肉案上一双双直愣愣没有闭上的眼睛从此无动于衷。

本义卸下书记一职以后，做了几年放转生的营生。直到身子骨不大硬朗了，只要下得床，一听到猪叫，没人请他，他也要去看看的。他指手画脚，骂这个的先人，骂那个的老娘，屠场上没有一个人不被他骂得一无是处。他对操刀有瘾头，刀法也熟练，杀得名气最大的那些年，根本不要什么人帮着捉猪或捆猪，无论好大的猪，也无论好顽劣的猪，他只要瞟一眼就有了主意。冷不防突然起刀，借力用力，以小搏大。他一手揪住猪耳，另一只手在猪头那里突然消失——早已把尖刀直捅捅送入猪胸，在里面深深地旋上一周，再猛然拔出。猪来不及叫喊就已经颓然倒地。他嘿嘿一乐，在一堆晃荡的肉浪上揩刀，揩下几道花糊糊的血印子，一把尖刀就干净明亮了。

这叫杀跑猪，杀哑猪，是他的拿手好戏。

有时他喝多了酒，也会有手误，一刀下去还解决不了问题，已经放倒了的猪又跳起来疯跑。他不得不怒目圆瞪，一口气憋得颈根上青筋游动，操着血淋淋的尖刀满地追赶。这个时候他总要恶狠狠咒骂："我看你跑，我看你怪器，我看你发财，我看你野心力力……"

人们一般不会明白他在咒谁。

野心勃勃的"勃"字,他总是只读半边。旁人纠正好几次了,他每次都记下:"念'勃'吗?未必不是'力'字?"但到了下一次,还是"力力"。大家习惯以后,也就随他去。只是他的话份(参见词条"话份")大不如前,他的错误不再传染成大家的错误。

【栀子花，茉莉花】

* 雨是要下的，我看下不下来。（关于天气）
* 吃饱了，吃饱了，还想吃一碗就是。（关于吃饭）
* 我看汽车是不会来了，你最好还是等着。（关于等车）
* 报上这篇文章写得好，我一句都看不懂。（关于读报）
* 他人是个老实人，就是不说老实话。（关于仲琪）
……

进入马桥的人，都得习惯听这一类模棱两可的话：暧昧、模糊、飘滑、游移、是这又是那。这种让人着急的方式，就是马桥人所说的"栀子花，茉莉花"。我发现，一般说来，马桥人对此不大着急，甚至一点也不怪异。他们似乎很乐意把话说得不大像话，不大合乎逻辑。他们似乎不习惯非此即彼的规则，有时不得已要把话说明白一些，是没有办法的事，是很吃力的苦差，是对外部世界的一种勉为其难的迁就。我不得不怀疑，从根本上说，他们常常更觉得含糊其辞就是他们的准确。

因为这一点，我始终没有弄明白马仲琪是怎么死的。总结马桥人的意思：仲琪有是有点贪心，又没怎么贪心；一直思想很进步，就是鬼名堂多一些；从来没有吃过什么亏，只是运气不好；婆娘的一身病明明是治得好的，可惜找不到对路的药；走到哪里都是个干部的样，就是没有个当干部的相；新屋倒是建了一栋，建了又不是自己的；黄老五对他最好，没帮过什么忙就是；是个有面子的人，没有什么话份；说他偷东西实在冤枉，他不过是没给钱就拖走了屠房里一块肉；黄藤是他自己吃的，说他自杀根本不符合事实……听了这些话，我明白了吗？没有明白吗？

我大体知道，仲琪守着一个卧床久病的婆娘，膝下没有儿女，日子越过越艰难，连买肉的钱都没有了。重阳节前夕他忍不住在屠房偷了一块肉，被当众抓获，写检讨书贴在墙上。大概觉得无脸做人，他第二天就喝了黄藤水。事情就这么简单。简单的事情不能被马桥人说得清清楚楚，在一种"栀子花，茉莉花"的方式中变得越来越暧昧，只能证明马桥人不能接受这个事实，或者说不愿接受这样简单的事实。也许，他们觉得在事实的每一个环节之外，还有更多说不清道不明的事实，他们的很多话都被那些隐形的事实搅乱、破坏和分解，只能变得牛头不合马嘴。

仲琪一辈子用水笔批下了数不胜数的"同意"，最后一个"同意"是习惯性地批在自己偷肉的检讨书上，张贴墙头公之于众。在检讨中，他骂自己是贼，是无廉耻的家伙，是愧对党和政府也愧对先人的反动分子。有些话写得过头，可使人想见他当时惶恐的程度。其实，他一生中知道太多别人的秘密，知道远远近近太多瞒天过海的恶行，但自己从来安分守己，非分的一根稻草都不敢取。他的本分给他带来了什么好处吗？没有。他被一批批他洞悉无余不以为然的人抛下，眼睁睁地看着他们发财，自己的日子却过得越来越紧巴，猪油罐子都没有什么腥味。他是不是需要改变一下呢？在我的想象中，他走进了屠房，掏着自己空空的衣袋，吸着火热逼人的节日气氛，终于决定从一块肉上开始自己的改变。可惜的是，他没有得到肉，只得到了众目睽睽千夫所指之下的无限耻辱。

那么他该怎么办？

他该继续他的本分，还是继续他的不本分？

如果他还在我的面前，如果他向我提出这样一个问题，我很可能会有一时的踌躇。我很难做出非此即彼的回答。在这个时候，我可能会暗暗感到，一种"栀子花，茉莉花"式的恍惚不可阻挡地向我袭来。

【亏元】

一九六八年,我参加了一次调查。中共湖南省委机关一个叫"永向东"的群众组织掌权,想解脱两个受审查的省委干部,须事先查清这两人的家庭政治情况。为了避免对立派别的攻击,他们摆出接受社会监督的姿态,邀请红卫兵派人参加调查。就这样,乳臭未干的我居然进了审干组,捞到了一次公费漫游全国的美差。

我们首先到了北京、锦州、沈阳的好几座监狱,了解某干部的一位堂兄。堂兄原是一个重要电台的播音员,在五十年代曾因一次口误,在现场直播时把共产党要人"安子文"误读成国民党要人"宋子文",便成了罪囚,判刑十五年,进入监狱服刑。我在沈阳监狱见到他的时候,惊讶地发现不论他写下多少上诉材料,所有的审理者都觉得他为一个字付出十五年生命是应该的,都不同意给他平反。当我们同他说起这事,他居然也想通了,一口一个"对不起党对不起毛主席",觉得自己罪有应得。他把年仅十五岁的我也叫做"政府":"政府,我再也不会上诉了,我一定好好地改造思想。"

从电网和大墙下走回我们住宿的大车店,我突然生出一种恐怖:一种对"安"字、"宋"字以及其他文字的莫名恐怖。

大车店外还响着武斗的阵阵枪声。到处有街垒,有弹痕,有硝烟,有一车车大喊大叫荷枪实弹的武斗人员在街上呼啸而过,把大车店里的旅客们从睡梦中惊醒。一九六八年的辽宁,"红司"正在攻打"革司""毛泽东思想"派正在围剿"毛泽东主义"派。火车站那边一场恶战,竟使火车停开,使我和三位同行者在大车店里窝了整整两个星期,过着有家不能归的日子。这一切也许很难被后来人理解,比如,被我的女儿理解。在后来人的眼光里,除了"红司""革司"一类少有几个词的区别,当初武斗的双方在思想、理论、做派、趣味、表情、着装、语言方面完全没有什么不同，他们时过境迁之后或做生意或打工，或读学位或炒股票，更是彼此彼此。那么一场场厮杀是怎么发生的？

　　这就如同我曾经不能理解十字军的东征。我读过天主教的《圣经》，也读过伊斯兰教的《古兰经》，除了"上帝"和"真主"一类用语的差别，两种宗教在强化道德律令方面，在警告人们不得杀生、不得偷盗、不得淫乱、不得说谎等方面，却是惊人的一致，几乎是一本书的两个版本。那么十字与新月之间为什么会爆发了一次又一次大规模圣战？他们用什么魔力驱使那么多人从东边杀到西边又从西边杀到东边，留下遍地的白骨和数以万计孤儿寡母的哭号？在黑云低压的旷野，历史只是一场词语之间的战争吗？是词义碰撞出火花？是词性在泥泞里挣扎？是语法被砍断了手臂和头颅？是句型流出的鲜血养肥了草原上的骆驼草，凝固成落日下一抹一抹的闪光？……

　　世界上自从有了语言，就一次次引发了从争辩直至战争的人际冲突，不断制造出语言的血案。我不以为这是语言的魔力，不，恰恰相反，一旦某些词语进入不可冒犯的神位，就无一不在刹那间丧失了各自与事实原有的联系，无一不在最为势不两立的时候浮现出彼此的同质性：它们只是权势，或者是权势的包装。

　　如果说语言曾推动过文明演进，那么语言也可以在神圣光环之下失重和蜕变，成为对人的伤害。

　　二十世纪就要过去了。这个世纪获得了科学和经济的巨大成果，也留下了空前的环境危机、贫困难题、怀疑主义、性解放等等，留下了两次世界大战及其他几百次战争的纪录，使战亡人数超过了前十九世纪战亡人数的总和。这个世纪还喷涌出无数的传媒和语言：电视，报纸，交互网络，每天数以万计的图书，每周都在出产和翻新着的哲学和流行语，正在推动着语言疯长和语言爆炸，形成对地球表面厚厚的覆盖。但谁能担保这些语言中的一部分不会触发新的战争？

语言迷狂是一种文明病，是语言最常见的险境。指出这一点，并不妨碍我每天呼吸着语言，在语言的海洋里毕其终生。对那次辽宁之行的回想，只是使我多一点对语言的警惕：一旦语言僵固下来，一旦语言不再成为寻求真理的工具而被当作了真理本身，一旦言语者脸上露出唯我独尊的劲头，表现出无情讨伐异敌的语言迷狂，我就只能想起一个故事。

故事发生在马桥，一个七月十五祭祖的日子里。盐午的叔叔马文杰平反了，盐午父亲当汉奸的事也没什么人再提了。以前没有给他们好好地办过丧礼，现在当然要补偿。盐午是马桥最有钱的人，请来了和尚和道士，请来了洋乐班子和国乐班子，准备好好热闹一下。又准备了八桌酒席，给村里村外的一些亲友送去红帖。

回村祭祖的魁元也接到了一张红帖，打开一看，脸立刻变了色。他叫胡魁元，帖子上竟写成了"胡亏元"。

"亏"字太不吉利，似乎充满着敌意——虽然这极有可能只是出于写帖人一时的马虎和懒惰。

"我嬲他老娘顿顿的——"他愤愤地撕了红帖。

他不能容忍一个"亏"字，就像五十年代的中国法官不能容忍一个"宋子文"，沈阳红司派的战士们不能容忍"革司"二字，欧洲十字军不能容忍"真主"二字。一场语言圣战就从这里开始。

他没有去赴宴，相反，他高唱"文革"时的歌曲，操一把柴刀，取一个大冬瓜，把那冬瓜横劈竖砍，尽泄胸头一口怒气，其含义看来是十分恶毒的。

看着人们抹着油嘴从盐午家那边回来，他恨恨地吞咬着一个生红薯,更生气了。他对家人说,他要找狗汉奸算账。其实,他人瘦如猴,并不怎么雄武,出门后先去志煌家里坐了坐,又到复查家的菜园子里摘了条黄瓜吃,最后到天安门前看后生打了一阵台球,看一桌后生摸了一圈麻将,根本不敢去算什么账。光是人家天安门那气势,足以把他的尿都吓得夹回来,他还能把人家董事长怎么样?

幸好,他游游荡荡的时候,发现盐午家还在装修的一间铺面里,有一把电钻丢在地上,大概是停电了,工人喝茶去了,没有收捡工具。魁元左右看一看,眼明手快地把电钻塞进怀里,又顺手拿了两个插座板,溜出大门,跑到他三哥家的红薯地,挖了一个土坑,埋下再说。他知道这家伙以后可以卖钱。

他不慌不忙回到家里,又是擦汗又是扇风,把跟着他的狗踢得惊叫,好像他已经很有权利这么踢了。

"也不睁开眼睛看看,我魁元是好欺的吗?"他兴冲冲地对母亲夸口。

"那个货如何说?"

"如何说?一切后果归他负责!"

只是没有说有什么后果,又如何负责。母亲看他忙着擦皮鞋,没有进一步往下问。两个嫂嫂抱着娃崽在门边站了一会,对事情的结果有点半信半疑,迫使魁元再次说出几句大话:"他有钱又如何?我一去,他就晓得的。"

吃完饭,魁元在家里待不住,出门去找电视看。刚走到路口,发现路上堵着三个汉子,借着月光看出,其中一个是盐午手下的管家,姓王。魁元装作没有看见,想擦身而过。

"走就是吗?"王一把揪住他的胸口,"等你好久了。说,是要我们动手呢,还是你自己吐?"

"你说什么?"

"还装蒜?"

"开玩笑呵?王哥。"

魁元笑了笑,想拍拍对方的肩,手还没搭上去,对方一出腿,他就刷的一下矮了半截,跪倒在地。他两臂护住脑袋大喊:"你们敢打人?你们凭什么打人?"

一个黑影给了他一拳。"哪个打人?"

"告诉你们,我也有兄弟……"

他腰上又挨了一脚。

"说,哪个打了你?"

"好好好,没打,你们没打……"

"你知道没打呵?这还像句话。好好说,电钻藏到哪里了?莫伤了和气。"

"本来就是不要伤和气嘛。今日你们发的帖子那样缺德,我还没跟盐午哥说……"

"你说什么?"

"哦哦,我是说我还没有跟马董事长说……"魁元还没说完,感觉头发被一只手揪住,脑袋不由自主地朝上引升,升到了王大胡子面前。他看到的大胡子面孔已经倾斜。

"你还想同我们耍一耍?"

"说,我说,好好好我说……"

魁元的屁股上又有一次剧痛。

他带三个汉子来到红薯地,双手刨去一些浮土,把电钻和插座板取出来,毫无必要地把插座板拍拍灰,还攻击它的质量:"这些都是伪劣产品,我一看就晓得。"

"给点草鞋钱吧。"黑影们拿了电钻,顺便剐了魁元的手表,"今天算是给你个面子,以后再不懂味,割了耳朵再说话。"

"那当然,那当然……"

这件事是怎么被对方发现的,魁元满心纳闷,但不敢问,直到黑影远了,脚步声完全听不见了,才站起来哭丧着脸骂:"崽呵崽,老子不杀了你们就不是人——"

他摸了摸手腕,发现那里确实空了,又到土坑里刨了刨,发现那里也确实空了。他决意去找村长。

村长根本不愿意听他谈什么亏元不亏元,手表不手表,听他哭起来,只用眼角瞟了他一下,甩手离他而去。村长是个戏迷,晚上去天安门看戏。可惜这天没有什么好戏。台上是双龙弓那边来的一个厚皮班,唱一些七拼八凑的地花鼓,唱腔、身段、化妆、锣鼓完全草得很,凑几个人在台上打禾晒谷一般,牛头不对马嘴地唱下去。实在没有词了,他们就来点挤眉弄眼的秽语痞话,博得台下一笑,也算是将就。台下已经有好多人往上面甩草鞋。

村长没找到烂草鞋,便上路回家去睡觉。突然,一个哇哇哇的声音在身后响起来,他还没有来得及回头,颈根已经被两只手掐住,整个身子向前栽倒,额头不知砸在什么东西上,眼前一片金星四冒。他想看清身后是什么人,想明白这是怎么回事,但说时迟,那时快,他感到右耳处一阵清凉,用手一摸,发现那里已平坦。"耳朵——"他惊恐地大叫。他听到身后有衣衫撕破的声音,听到身后那人吱吱咯咯地咬着什么,然后一口吐在地上,跳起脚来猛踩。这还不够,那人把踩过的东西捡起来,朝远处人流最稠密的方向拼力射出——所有的动作都在刹那间完成。

"姓王的,捡你娘的耳朵去呵——"

是魁元透出酒气的一声尖叫。

"王拐子,你不听君子言,耳朵喂狗去呵——"

魁元显然是一刀割错了人。

"魁拐子你猪嬲的,你眼睛里夹豆豉呵?"

"魁拐子你认错人了,认错人了咧——"旁边也有人在喊。

周围的人多起来了。有人冲过来,拦腰搂住疯了般的魁元。一阵扭打之后,魁元摔倒来人,冲破阻拦,朝山坡上跑去。

村长还处在全身哆嗦的惊恐之中,捂着脑袋右边的血流,一个劲地哀哭:"耳朵……哎哟哟我的耳朵哟……"他四肢落地,狗一样在地上寻找。有人突然想起来,说刚才魁元朝饭铺那边扔了什么,或许就是扔的耳朵?于是大家也帮着找,用手电筒照射,用松明子增亮,还把一双双脚挪开,担心自己不小心踩着什么。他们弯下腰去,很快找到了一个纸烟盒子,还有几块西瓜皮,几堆猪粪,就是没有发现一片肉。最后,一个娃崽眼睛尖,在一只烂草鞋里把那片肉找到了,可惜已经血肉模糊,嵌进了一些沙粒,糊了黑黑的泥污,而且完全冰凉,怎么看也不像人的东西了。人们说,它没有被狗叼走,是不幸中的万幸。

人们松弛了双脚,可以大大方方朝地上踩了,不担心踩着什么宝物了。脚下的土地,重新结实坚硬起来。

村长头缠白纱布从卫生院回来,已接近第二天早晨。据说耳朵是马马虎虎缝上了,但魁元那贼养的做得太绝,把它嚼咬得不成样子。郎中说,这耳朵最后能不能接活,暂时还没有把握,先接上再看吧。

很多人围在他家的门口,探头探脑朝里面看。

三个月以后,魁元一案子终于在区法庭判决。他逃跑到岳阳,还是被盐午派治安联防队从那里抓了回来。他的罪名是暴力伤人加财产盗窃,两罪并罚,判刑八年。他没有请律师,也显得无所谓,站在法庭上还不时朝旁听席上几个要好的后生咧咧嘴,笑一笑,头发朝后潇洒地一摆。如果不是法警喝止,那些后生已经把点燃的香烟递过来了。

"烟都抽不得吗？"他向法警做出很惊讶的样子。

庭长问他最后有什么说的，他又做出很惊讶的样子："我有罪吗？笑话，我有什么罪？我只是看错了人，只怪我那天喝多了一点酒。你们晓得，我平时是不喝酒的，除非是人头马，XO，长城干白。孔府家酒顶多也只喝一小杯。我的问题是朋友太多，人家一见面硬要我喝，有什么办法呢？不喝对不起朋友呵。那就舍命陪君子吧。再说那一天是七月半，鬼门开，不喝对不起先人呵……"

"胡魁元，这里是法庭，你不要牛胯里扯到马胯里。"

他被法官一再打断，连连点头："好好好，我拣重要的说，拣实质的问题说。当然，我是做了一点不那么文明的事情，但是，这不是犯罪，绝对不是犯罪，顶多只是一下看花了眼，就像一失手，打烂了一个碗。你们说对不对？我相信经过今天的审判，这个问题已经很清楚了。事实胜于雄辩。我已经向上面反映了这个问题。专署的李局长很快就会来的，就是粮食局的局长，我前不久还在他那里吃过饭……"他关于那天吃饭时的天气、环境、菜谱种种，再一次被法官不耐烦地要求略去，只得从命。"好吧，不说李局长了。上面对这个事是有看法的。省里的韩主编也认为我没什么问题。韩主编你们都认识吧？……怎么？你们连韩主编都不晓得？他是我叔呵，是我老爹最好的朋友呵，原来就在我们这个县文化馆工作呵。我劝你们打个电话去问一问，问一问他，省政府对这个问题到底怎么看……"

他的十八扯足足耗费了二十多分钟。

法官盯着他一口焦黄的牙齿，觉得他一口歪理混账透顶，终于驳斥了他的申诉，让警察把他带出去。他留给人们一个背影，还有过长的西装裤松松地挂在腰上，垂在脚后跟的裤脚在地上扫来扫去，拖泥带水。

【开眼】

魁元在牢里服刑一年多以后，病死了。消息传到马桥，他老娘一口痰卡在喉头一命呜呼。事情到了这一步，魁元家与盐午家的仇就结得更深了。简单地说，魁元的三个哥哥砸烂了天安门的一些玻璃，打伤了盐早。盐午后来又差人冲了魁元家的丧礼，一团团狗屎砸在灵牌上、供桌上，还有两口棺木上。两家人都操刀操火铳的时候，村里人才请来了牛头从中调解。

调解的结果，是盐午做了些让步，答应给魁元家其他人八百元"安慰费"，魁元家也就往事不提，恩恩怨怨一笔勾销。牛头依照旧规矩，主持了开眼的仪式，杀一只黑叫鸡，鸡血滴入十几个碗，双方的男人全部喝下。双方代表又各拿出一支临时做成的竹箭，自己先在箭上砍一刀，再把两支箭并在一起，双方一齐用力折断，以示今后不再互相打杀——各方执断箭为凭。

最后，双方各请出一个无子无孙绝了后的老寡妇。她们手托一碗清水，在水中放一枚铜钱。嘴里念念有词以后，她们各自从水中捞出铜钱，在对方眼皮上慢慢地抹。一个说："马盐午家的人伤了你们的人，你们不要蒙住眼，要开开眼，以后要好好来往……"另一个说："胡魁元家的同锅兄弟伤了你们的人，你们不要蒙住眼，要开开眼，以后要好好来往……"

她们开始含混不清地唱起来：

> 人人都有一张嘴，
> 世上道理万万千呵。
> 人人都有两只耳，
> 世上道理年说年呵。
> 今日开眼明日见，

亲兄亲弟笑开颜呵。
今日碰头明日散，
隔山隔水不隔天呵。
……

据说，越是孤寒穷困的妇人，越有资格在这种场合充当开眼人。为什么会这样，没有人说得清楚。

开眼之后，双方立刻恢复兄弟相称，无论在什么情况下，无论对什么人，都不得再提冤仇这一段。也就是说，有理没理，有冤无冤，一碗屋檐水统统洗去了。

已经进入了新的年代，"开眼"一词当然也越来越多新的含义。牛头也要讲一讲当前的国家形势，比如讲到亚运会即将在中国召开，讲一讲计划生育，作为开眼的引导。当事的双方也要各给牛头一个红包，不能像以前那样，给一个猪嘴巴就算是酬谢。当事双方还要给周围看热闹的人"操心费"，重则请吃饭，轻则塞一包烟。

魁元交结的一些后生，几天来一直在这里探头探脑，等待着这一件事。他们好像要做点什么，又说不出他们要做什么，最终也没有做出什么。他们像趋光的蛾子，总是往热闹的地方去，有一副事事关心的样子，要为天下人打抱不平的样子，走到哪里，喝不明不白的茶，抽不明不白的烟，不明不白地三两相聚不时会意地递个眼色或笑一笑。可能有一个人突然站起来大叫一声："走呵——"外人以为会要发生什么了。其实不会发生什么，他们一伙人走到小店里看一看，换到另一棵树下又坐了下来，又开始三两相聚的等待，偶尔为一支抢来抢去的香烟笑闹一阵，如此而已。

他们就这样把马桥关心了好几日，总算得到了最后的回报：

盐午派人买来几条烟，带嘴子的，还买来一些盒装饮料，算是打发了他们。

　　他们本来还准备到魁元家那边去，看看那里会不会有香烟和饮料，不料才走到半途，遇到一个叫煌宝的人，把他们劈头盖脸大骂了一通。他们不明这个人的底细，互相挤眉弄眼交换眼色，又有一个人喊："走呵——"大家便轰然一笑，走了。

△ **【企尸】** 魁元过继给胡家,但还没有压字(参见词条"压字"),不算正式入族,所以只能葬回马桥。他的一个小哥(参见词条"小哥"),即外来人说的姐姐,名叫房英。多年前远嫁平江县,此次闻讯赶回娘家,在弟弟的棺木前大哭了一场。她没去参加"开眼",也决不收下盐午家的安慰费。不仅如此,她还说什么不让魁元入土,整日守在墓前不准任何人动锄。她请来几个人帮忙,把棺木高高地竖起,用几块岩头从旁撑住。

这就叫"企尸"。企是站立的意思,发音 ji。马桥人都知道,企尸是一种鸣冤方式,以图引起公众和官家的注意。棺木周围压着的石块,表示冤重如山。棺木直立,则表示冤情大白之前死不瞑目誓不入土。不管人家如何劝说,房英一心认定弟弟死得太冤,是活活被人害死的。

她还在村里扬言,只要哪个帮她魁元弟申冤,她就酬谢一万元钱。如果不要钱要人,也可以,她可以做合同老婆,包做家务包生崽,什么工钱都不要,一两年后还她的身子就行。在什么都需要交易的年头,这是某些女人不成文的交易方式。

△【嗯】当时听说边境紧张,公社部署各个村寨都要挖防空洞,也叫挖战备洞。据说苏联要从北边打过来了,美国要从南边打过来了,台湾要从东边打过来了,所有的战备洞要在腊月以前挖好。还说一个很大很大的炸弹已经在苏联发射了,再过一两天就要落到我们这里——要是中国飞机不能把它打下来的话。队上只好安排三班倒,日夜不停地干,一定要抢在世界大战之前完成任务。

一般来说,每一班搭配两男一女,男的管挖土和挑土,女的力气小一些,专管上土。房英就是在这个时候,提着锯短了木柄的锄头,跟着我和复查进了洞。

战备洞很小,宽度仅仅可以容两人交错过身。越往里挖,光线就越暗,很快就需要点油灯了。为了省油,油灯也只能点上小小的一盏,照亮下镐处昏黄的一小团,其余就是无边的黑暗。你必须凭声音和气味判断周围的一切,比如挑土的搭档是否转回来了,是否放下箢箕等着了,是否带来了茶水或者吃的东西。当然,在这样一个极小的空间里,除了灯烟的气味以外,人们也很容易吸入人体的气味,比如一个女子身上汗的味道、头发的味道、口液的味道,还有一些男人不大明白的味道。

挖上几个时辰,人就有些摇摇晃晃。我好几次感觉到自己的脸,无意间撞到另一张汗津津的脸上,或者被几丝长长的曲发撩拂。我轻轻挪动麻木的两腿,退出挖掘位置的时候,一不小心,也可能在黑暗中撞到身后一条腿,或者一个胸怀——我能感觉到它的柔软和饱满,也能感觉到它慌慌的闪避。

幸好人们很难互相看清对方的脸。飘忽的昏灯,只照亮堵在鼻子前的泥壁,照亮前面永远无处可逃的绝境,照亮密密交集扑面而来的镐痕——其中有几道反射出黄光。

我想起了前人关于地狱的描写。

这里没有白天和黑夜的区别，没有夏天与冬天的区别，甚至没有关于遥远外部世界的回忆。如果不是无意间撞到另一张汗津津的脸，也不会有某种惊醒：发现自己还存在，还是一个具体的人，比如说有姓名有性别的人。刚开始的几天，我和房英还有些话说说。几次惊心的碰撞之后，她就不说话了，最多只是"嗯"一声。我后来发现，她的"嗯"有各种声调和强度，可以表达疑问，也可以表达应允，还可以表达焦急或者拒绝。"嗯"是她全部语言的浓缩，是她变幻无穷的修辞，是一个无法穷尽的意义之海。

我也注意到，她开始小心地避开碰撞，喘息声常常在我身后远远的地方。但每次下工，她会悄悄带上我忘记在洞里的衣，到适当的时候塞给我。吃饭的时候，她会往我的盆里多加两三个红薯，而她的盆子里总是浅浅的。最后，我跪在地上大汗淋漓筋肌扭动挥镐不已的时候，背上一阵清爽——一条毛巾会在我光光的背脊上擦拭。

"算了……"汗水吸入我的鼻孔，我没法流畅地说下去。

毛巾轻轻擦到了我的脸上。

"我不需要……"

我的脸闪开，而且想用手阻挡毛巾。但昏暗中我的手已经不大听话，没有抓到毛巾，在空中打捞了两下黑暗，最后才抓到一只手。直到事后很久，我才回味出那是一只小巧软和的手。不，我得更正一下，这种记忆只是事后的想象。事实上，一旦到了体力完全耗竭甚至到了向未来透支着喘息和喘息的时候，性别已不存在。不仅碰触不再惊心，任何触感也是空无的，抓一只女人的手同抓一把泥土不会有什么差别。我跌跌撞撞之际，也许还攀过她的肩，也许还搂过她的腰，也许还有其他的也许和也许，但这一切都留不下任何记忆，无法确证。

我相信在那一刻,她也丧失了触感,羞涩和矜持全部抽象为气喘吁吁。我有生以来第一次体验到这种无性别的时刻。

后来,我缓过劲来,她也回到了性别之中,于是退得远远的。

再后来,她就出嫁了。她父母亲重男轻女,只让她读了一个小学毕业,就让她在村里挣工分,一旦找到还能吃上白米饭的人家,就把她早早打发出去。送亲的那天,她穿一件粉红色的新袄子,蹬一双较为入时的白色网球鞋,被一群姑娘们叽叽喳喳地围绕着。不知为什么,她一直没有朝我看一眼。她肯定听到了我的声音,肯定知道我就在这里,但不知为什么,她可以同任何人说话,同任何人目光相遇,就是始终没有朝我看一眼。我和她之间并没有什么,没有什么秘密。除了挖洞的那一段,我们之间甚至谈不上什么接触。如果说有什么特殊一点的地方,那不过是我在事后的想象过她的一只手,不过是她曾经有机会目睹过我最遭罪的时刻。世界上没有任何一个女人,像她一样,在那么近的距离,看我如同一条狗,只穿着一条短裤,时而跪着,时而卧着,任浑身泥土混合着汗水,在暗无天日之处气喘吁吁地挣扎——脸上除了一双眼睛尚可辨认,全是尘粉和吸附在鼻孔周围的烟尘。她看见过我死鱼眼睛里的目光,听见过我垂死者一般的呻吟和喘息,嗅到过我身上最不可忍受的恶臭。如此而已。

当然,她还听到过我没出息的哭泣。在本义的怒骂之下,我们要抢在帝修反的炸弹丢来之前,把洞子挖出来。我那一段至少挖熔了五六把镐头。有一次没留神,一失手镐头挖在自己脚上,痛得我哭了起来。

她也哭了。她手忙脚乱帮着我包扎伤口的时候,一颗凉凉水珠落在我的脚背。我猜想那不是她的汗珠,而是泪水。

那是一段最硬的朱牙土。她没有帮上我多少忙，这不是她的过错。她没法不看见我最丢人的可怜样，这也不是她的过错。如果说这可以算作一个秘密的话，她没法将秘密交还给我，而是带着它到远远的地方去，这同样不是她的过错。

对于人来说，生命的极限在一生十分稀罕，因此这个秘密是如此重大，在回忆中弥足珍贵。也许房英正是体会到了这一点，才有一种欠债未还的惶恐，出嫁之时看都不敢看我一眼。

"天怕要下雨，你们还是把雨伞带上。"有人对她说。

她点点头，重重地"嗯"了一声。

我听出来了，她的"嗯"展开了翅膀，飞过了人群，飞过了几个正在吃糖果的娃崽，慌慌飞向了我的双耳——当然不是关于雨伞的回答，而是道别和祝愿。

我没有坚持到她动身的时候，没有目送送嫁队伍挑起嫁奁，背着新锅，在一些娃崽吵闹追赶之下，拥着她踏上离乡的远程。我来到了后山坡，坐下来，听树叶间呼呼风声，看满山守候和等待着我的秋草。远处送亲的唢呐突然吹响了，吹得满目秋草突然颤震和游动，最后被泪水淹没在我的眼中。我当然有哭的理由。我哭自己家人已经忘记了我（即便过生日也没有收到过他们的来信），哭朋友在关键时刻对我的疏忽（这位朋友进城玩耍时，竟把我一封事关招工前途的重要信件，给随随便便地玩丢了）。我当然也在哭新娘，一个与我毫无关系也不可能有关系的新娘，被唢呐声判决了消失，粉红色的袄子从此将消失在远方，永远带走了她那些"嗯"。

我多年后见到她，她瘦了一些，脸也有了中年妇女的枯槁和苍白。如果不是旁人介绍，我很难从这张脸上辨出她当年的线条。她怔了一下，眼中透出一丝恍惚，然后目光急急地逃离。她正忙着。随同我进村的一个乡干部，正在处理她家的一件民事纠纷，处理她母亲和她弟弟的丧事，包括批评她跑回娘家来企尸鸣冤（参见词条"企尸"）。"有什么说不清的呢？还让死人陪着企，吓白菜呵？人民政府是好吓的吗？不管你有理没理，闹就是没理！"乡干部一番话，训得她的几个兄弟点头称是。只有她扑通一声跪下去，没等乡干部明白是怎么回事，已经在地上嘣嘣嘣砸出几个响头。

在场的两个妇人急急上去拉扯她，劝了好一阵，她还是泪光满面地挣扎，口里一声声喊冤。

妇人们把她拉走了，到这个时候，她才终于把沙哑的哭声放了出来。她当然有理由哭，哭她的母亲和弟弟（他们刚刚去世而且死得很不值），哭自己势单力薄没法为他们申冤（连怕事的兄弟也不能帮来一把）。在我看来，她的哭声也许更是对我的悄悄回报。二十年了，二十年了，她一定是听见了我二十年前在山坡上的悲恸，于是忍不住眼泪夺眶而出，要偿还这一笔永远不会说与人听的泪债。

满山坡的秋草是泪债的证明。它们在风中飘摇，一浪一浪向山顶扑去。也许它们默默收纳了人间太多的哭声，才会落得如此的憔悴。

很多年后，我去看过当年的战备洞。世界大战终究没有打起来。我们挖的那一个，已经改成了薯种窖。因为潮湿，洞壁上蔓生绿苔，洞口里透出某种烂红薯气味。只是当年置放油灯的几个壁洞，上方还留有一团团烟垢。

下村还有一个防空洞，是当年其他人挖出来的。眼下的洞口被两块木板遮挡，木板后有一堆乱糟糟的稻草，有几个红红绿绿的废烟盒和一双破鞋子，似乎还住着什么人。

△【隔锅兄弟】

"稀客来了,洞里坐坐?"样子有点眼熟,但我不记得他是谁。

"韩同志,身体好吗?"

"好。"

"工作好吗?"

"好。"

"学习好吗?"

"好,还好。"

"令尊大人身体健吗?"

"还可以。"

"令郎令爱长得乖吗?"

"我只有一个女儿,多谢你关心。"

"哦,"他点点头,"城里的工业生产形势还好吧?"

"当然……"

"城里的商业流通形势也还……"

我担心对方要问遍城里的各行各业,急忙打断他的排比句:"对不起,你是……"

"分手还没有多久,就不认识了?"他朝我笑一笑。这是我观看防空洞的时候,身旁冒出来的一个中年人。

"对不起,是有点眼生了。"

"贵人健忘呵。"

"也不奇怪,我离开这里都快二十年了。"

"是吗?就二十年了?这就怪了,果真是洞中一日,世上千年啦,啧啧。"他大惑不解地一个劲摇头。

远处有一个人笑着喊:"他就是马鸣咧——"

"对,贱姓马,小字鸣。"

"你就是马鸣呵？你就是神仙府的……"

"惭愧惭愧。"

我这才把他想起来，想起了当年我到他那里刷写毛主席语录。我注意到他鼻尖上挂着一颗鼻涕，要落不落的，脸上每一道肉纹里都有肥沃污泥，却一点也不见老，红光满面，声气硬朗，还像以前那样套着一件油污污的棉袄，两只手笼进了袖子。唯一的变化，就他胸前多了一枚什么大学校徽，不知是从哪里捡来的。

"你还住在……神仙府？"我问他。

"喜迁新居，喜迁新居。"他笑了笑，用手里一节泥糊糊的生藕，指了指身后的防空洞。"天生一个仙人洞，冬暖夏凉待遇高呵。"

"这么潮湿还能住人？"我大吃一惊。

"你就不懂了。人是猴子变的，猴子是鱼变的。鱼一年到头游在水里，怎么一活成了人，反而怕什么潮湿？"

"你不得病？"

"惭愧，我这一世人，什么好东西都吃过，就是不晓得药是什么味。"正说着，一个婆娘匆匆地来了，说她家园子里一只南瓜没见了，问是不是马鸣摘了。马鸣立刻怒目而视："你如何不问我杀了人没有？"见婆娘发了呆，又紧逼上前，咬紧牙关迸出一句："你如何不问我杀了毛主席没有？"接着朝地下啐了一口，忘了我这个客人，扬长而去。

远处有几个娃崽嘻嘻笑，被他眼角里瞟了一下，又吓得四散奔逃。

他就这样气呼呼地走了。我最后看到他，是离开马桥的时候。我看见他又照例站山，扶着一根拐棍，孤零零独立在村后那个坡上，远眺前面迷迷茫茫的田野，还有浮游在山冲里的粉红色晨光。好像看得十分入神。我还听到他哼出一种奇怪的音调，似乎是从肠子里挤出来的呻吟，但居然是电视观众十分熟悉的旋律：你从哪里来？我的朋友，

好像一只蝴蝶飞到我的窗口。

不知能作几日停留，

我们已经分别得太久太久。

……我没敢招呼他，不便打搅他蝴蝶般的雅兴。

我后来才知道，马鸣对我说了这几句话，算是对我最大的礼遇。好几年来，他同村里人完全绝交，对谁都没有一个好脸色，更不愿意说话。他天天游山玩水，天马行空，冷眼人世，有一次一个娃崽落在水塘里，村里人都没有看见，只有他在坡上看见了。他救出了娃崽，对娃崽父母的事后感谢却不屑一顾，把人家送上门的腊肉统统丢到粪凼里，说莫污了他的口。他情愿吃蚂蚁和蚯蚓，也不吃俗人的俗食，更不愿意接受村里人的恩惠。

他已经搬出神仙府了。神仙府是马桥最古老的宅子，两年前已经坍塌。志煌带着一些人刨了些屋基土去熬硝。一些烟砖也还有用，被村里人拿去盖了个路边凉亭，也给他马鸣砌了一间小房子。他笼着袖子去看了看，并不搬进新屋去，以一种决不苟且求和的姿态，搂着铺盖钻入了防空洞。

他在土洞里睡得并不太多，更多的时候是野宿山上眠风寝露。有人曾问他睡在山上怕不怕，就不担心什么野物吗？他说，野物吃了有什么要紧？他一辈子吃了不少野物，理应被野物吃回去，这才叫公平。

这些年来，他在村里最恨两个人，一是恨本义，二是恨盐午。他总是冲着他们的背影骂"妖孽"，不知冤仇何来。其实他们三个人的面相倒有些相似，都是削长脸，双眼皮，下巴稍稍

下塌,下嘴皮一翻上来就有点"地包天"。偶尔想到这一点,我突然有一种无端的猜测,但我不敢说:

这三张相似的脸莫非来自同一个父亲?

如果事情真是这样,用马桥的话来说,这三人该叫做"隔锅兄弟",或者"借锅兄弟"。其骨肉分离,是出于名正言顺的过继,还是出于瞒天过海的私生,还是迫于劫乱之下的漂泊离散,在这里并不重要,没有相应的命名来给予区分。一是隔锅,二是兄弟,有这两条就足够了,马桥人似乎更注重这两方面的关键事实。

我相信村里是有人知道"地包天"的内情,只是不会说给我听。我相信马鸣、本义、盐午这三人也或多或少知道点什么,看见同自己酷似的两张脸,如同对镜自照,不可能心中无疑惑。

不过,他们冲着这些镜像又能怎么样?

【归元】（归完）

在马桥语言里,"完"字发音yuan,与"元"是一个音。完是结束的意思,元是初始的意思,对立两义统一于相同的声音,过程的两极竟在语音上相接。那么,马桥人说"归yuan"是指归于结束呢?还是指归于初始呢?

如果事情都是归于结束,那么过程就是一条永远向前的直线,永远不会重复,永远有前和后、彼和此、是和非的绝对位置,也就有了比较和判断的意义。相反,如果事情都是归于初始,那么过程就是一个永远周而复始的圆环,永远处于前和后、彼和此、是和非的重叠和倒置,叫人迷茫。

在我看来,历史的乐观主义者,无非是坚持完与元的两分,把历史看成一条永远向前的直线,他们所有的荣辱成败毁誉得失,会永远一清二楚地保存在那里,接受精确和公平的终审。他们的执著将最终得到报偿。而历史的悲观主义者,无非是坚持完与元的合一,把历史看成一个永远重复的圆环,他们是不断前进的倒退,不断得到的失去,一切都是徒劳。

马桥人将选择哪一个yuan?归元还是归完?

或者完本就是元?

马桥是这样一个地方,一个几乎遗落在地图里无法找到的小村寨,有上、下两村几十户人家,有几垄田和几道可以依凭的山岭。马桥有很多石头,有很多土。这些石头和泥土经历了千万万年,你怎么睁大眼睛也看不到它的变化。它的每一颗微粒,都在确证永恒。它永远不息的流水,喧哗着千万万年以前的声音;而千万万年以前的露珠,现在还挂在路边的草叶上,千万万年以前的阳光,现在还照得我们睁不开眼睛——前面一片嗡嗡而来的白炽。

从另一方面说,马桥当然不再是从前的马桥,甚至不再是刚才一瞬间的马桥。一条皱纹出现了,一根白发飘落了,一只枯瘦的手失去了体温,一切进行得悄然无声。一张张面孔在这里显现然后又逐一消失,成了永远不再回头的事实。我们唯有在这些面孔上,才能怵然发现光阴行进的痕迹。没有任何力量可以使它停止下来。没有任何力量可以使这一张张面孔避免在马桥土地的沉陷——就像一个个音符在琴弦上轻轻地熄灭。

△ **【白话】** 这个词有三个意义:

(一) 指现代汉语,与文言文相对的一种口语化语言。

(二) 指不重要甚至是不可较真和坐实的闲谈,说着乐一乐而已。甚至是一种欺诳,比如"捏白"。在这里,"白"显然远离了"平白""明白"的所指,凸现了无实效、无意义以及非道德的品格,充其量是一些"说了也白说"的戏言。

(三) 在马桥语言中,读"白"为 pa,去声,与"怕"同音,充当"怕"字声符最为准确。所以在这里,白话也是怕话,在很多时候是指神怪故事和罪案故事,能给听众一种刺激和享受。

马桥人说白话,如同四川人的摆龙门阵。这种活动多在夜晚或雨天进行,是消闲的一种方式,使我不得不怀疑,中国的白话文一开始就是在这种阴沉的茅檐下萌生,根植于一些奇闻异录寻常取乐的话题,甚至是一些恐怖话题。庄子把小说看作琐碎浅薄之语,汉代班固把小说定义为"街谈巷语道听途说",大体上接近这种状况。从魏晋时代的《搜神记》到清初的《聊斋志异》,作为白话文的一脉相传,也确实是充满着荒诞不经的神魔和奇案,一次次打击听众怕的神经。在这里,没有经邦纶国的兼济,也没有清心寡欲的独善。与文言文不同的是,白话从来不被视为高贵的语言,从来没有引导激情和指示精神终极的能力。

白话几乎只是一种日常消费品,一种市井语。它在近代以来受到西方语言的改造,获得自身成熟而完整的形态以后,并没有改变很多人对它的价值歧视——至少在马桥人的词典里,至少在九十年代以前,白话就是白话,明白的话就是白说的话,捏白的话。它仍然与任何严肃宏大的主题无关,仍然只是"街谈巷语道听途说"的代名词。马桥人还没有感到有一种紧迫的必要，要用新的命名，把上述"白"的三种含义清晰地区别开来，走出概念的混沌。也许，他们自认为是一些卑下的人，一些无知无识的粗人。他们只能进入一种低俗而无效的"白"，进入语言的坠落——无异于对自己作了一次语言的降罪和放逐。在他们看来，真正的知识似乎得用另一种深不可测的神秘语言来表达，不可能由他们来表达。

在他们的猜测里，除了先人遗落下来的零星言词，那种语言也许已经消失。那种神示的语言也许隐遁于巫公的符咒，梦婆的呓语，隐遁于大自然的雷声和雨声，而他们不可能懂得。

他们很瘦，肤色很黑，骨节很硬，眼珠和须毛发黄。他们出让了语言的最高治权，出让给他们不知道的人，然后埋头走完自己的生存。不幸的是，我的小说尝试，我青年时代最重要的语言记忆，就是从他们白话的哺育下开始，来自他们夜晚或雨天，来自三五成群的人们蜷缩着身子，乐滋滋交流的一些胡说八道。因为这个无法更改的出身，我的小说肯定被他们付之一笑，只能当作对世道人心毫无补益的一篇篇废话。从某种意义上来说，我感谢他们的提醒和蔑视。不管我是多么喜欢小说这种形式，小说毕竟是小说，只是小说。人类已经有了无数美丽的小说，但世界上各种战争说打就还是在打。崇拜歌德的纳粹照样杀人，热爱曹雪芹的政客和奸商照样行骗。小说的作用不应该被过于夸大。

更进一步说，不仅是小说，所有的语言也不过是语言，不过是一些描述事实的符号，就像钟表只是描述时间的符号。不管钟表是如何塑造了我们对时间的感觉，塑造了我们所能了解到的时间，但钟表依然不是时间。即使所有的钟表砸碎了，即使所有的计时工具都砸碎了，时间仍然会照样行进。因此我们应该说，所有的语言也是严格意义下的"白话"，作用也不应该被过于夸大。

十多年来,我忝为作家,写过一些小说。从本质上说,我没有比马桥人做得更多,一本一本的小说,其实就像小会计复查此刻正在做的事——他量了量我们今天挖洞的进度,松了口气。"口都要闭臭啦,讲点白话吧。"他丢掉扁担,伸了伸胳膊,兴高采烈地一笑。

洞里很暖和。我们不用加衣,膝盖抵着膝盖,斜躺在松软的散土上,盯着洞壁上飘忽的昏灯。

"你给我讲一段嘛。"

"你先讲。"

"你先讲。你看了那些书,肯定看了好多白话。"

我觉得这句话好像有点问题,但不知如何更正。

"好吧,我讲一段本义的笑话算了。上个月搞民兵训练,你开会去了,不在场。他窜到晒谷坪来,说我的口令喊得没有劲,要我站在边上,看他是如何喊的。他喊'向左转',又喊'向右转',再喊'向后转',最后喊'向前——转'。六崽他们几个身子几歪几歪,不晓得要如何向前转,本义就瞪大眼睛,朝地下画着圆圈,说你们车过来呀,车过来呀——"

复查哈哈大笑,脑袋砸到洞壁上。

"好,我也来说一个吧。"

他兴冲冲地润了润嗓门,说起一个鬼故事。他说双龙那边有一个人,傍山造屋,造了一个高高的吊楼。他住在楼上,有一天晚上一觉醒来,看见窗户外有只脑壳东张西望,以为是贼,后来一想不对头,他是睡在楼上,窗户离地足有两丈来高,这个贼如何有这么长的脚呢?他摸到手电筒,猛地一打开,你猜怎么样?

"怎么样?"我汗毛竖起来了。

"这个贼没有眼睛,也没有鼻子嘴巴,脸上是个光板子……"

洞口有了脚步声。听一听,知道是房英从家里转回来了。她刚才说回去拿一点粑粑来吃。

复查撕着手里尚有热气的粑粑,笑着说:"我们在说鬼,你听不听?"

她急急地"嗯"了一声,脚步声朝黑暗中逃去。

"外面有鬼呵,你不怕?"

脚步声停止了。

复查嘿嘿一乐。

"外面落雪了吧?"

没有回答。

"快天亮了吧?"

还是没有回答。

"好了好了,我们不说鬼了,你坐进来些,这里暖和。"

静了片刻,窸窸窣窣的声音近了一点。但我还是没有看见房英,只有她鞋上的一个金属扣环浮出黑暗,闪烁了一下。于是我知道她的一只脚离我不远了。

不知什么时候,脑门顶上有咚的一声,过了一阵,又沉沉地咚了一下,震得灯火一晃,但声音不像是来自脑门顶,而是来自前面,或者是左边,是右边,是所有的方向。复查神色有点紧张,问我这是怎么回事。我说不晓得。他说这上面是山,是晚上,不应该有什么声音。我说是不应该有什么声音。他说是不是我们挖到坟墓里来了?是不是真要碰到鬼了?我说我不信。

他说老班子们说过,天子岭上原来有一个洞,可以通到江西,是不是我们要挖通了?说不定外面就是江西呢?或者是北京呢？是美国呢？我说亏你还读了中学，这才挖了几十米？恐怕还没有挖到本仁家旁边的那个粪棚子。

他惭愧地笑了笑，说他有时候百思不得其解，隔好远，为什么永远就是那么远呢？隔好久，为什么永远就是那么久呢？难道就没有一个办法，比方说用挖洞的办法，一挖就挖到另一个世界去？

这是我小时候的幻想——常常把脑袋钻进被子里，希望从被子的那一头钻出来时，一眼看见什么明亮的奇迹。

我们等待新的声音，待了好一阵，倒什么也没有了。

复查扫兴地打了一个哈欠。"算了，时间差不多了，散工吧。"

我说："你端灯。"

他说："你穿好衣，外面冷。"

灯火移到了我背后。于是，我的身影在前面突然无限放大，把我一口吞了下去。

【官路】

在我的稿纸上,"官路"这个词当然也要孕育出一条岩板小路,曲曲折折地痉挛着,扭动着,哆嗦着,从山外通向马桥——并不是每一条小路都叫官路的,因此我必须猜测出这样一个来历:以前村里有人在外面做官了,就要骑着马回乡省亲,不能没有一条好路,因此当了官的第一件事就是在家乡修路,修官路。一般来说,官路都由罪人修筑。官家根据他们罪行的轻重,分别罚修十丈或二十丈不等。整条路既是富贵和殊荣的记录,也是由往日的罪行积累延伸而成。

马桥以前的官人和罪人,都没有留下名字。

年久失修,一些岩板已经破碎了,或者干脆没有了。剩下的断断续续,也沉陷在浮泥的包围之中,只冒出尚未没顶的部分,被过路人的赤脚踩踏得光溜溜的,像一段段冒着油汗的背脊,在我们脚下作永远的跪伏。我突然有一种冲动,想把这些背脊从泥土里挖掘出来,让背脊那一端的头颅抖落泥土,从漫长的黑暗里昂起来,向我睁开陌生的眼睛——他们是谁?

官路上的泥土开始有粪臭的时候,就是村寨快到了。那里有一树灿烂的桃花,迸发出哗啦啦的光斑。

我气喘吁吁地回过头来问:"马桥还没到吗?"

复查帮我们几个知青挑着大担行李,匆匆地赶上来:"就到了,就到了。看见没有,前面就是,不算太远吧?"

"在哪里呵?"

"就在那两棵枫树下面。"

"那就是马桥?"

"那就是马桥。"

"为什么叫这个名字?"

"不知道。"

我心里一沉,一步步走进陌生。

一九九五年十一月草成
一九九六年一月定稿

后记

人是有语言能力的生物,但人说话其实很难。

一九八八年我移居中国的南方之南,最南端的海南岛。我不会说海南话,而且觉得这种话很难学。有一天,我与朋友到菜市场买菜,见到不知名的鱼,便向本地的卖主打听。他说这是鱼。我说我知道是鱼,请问是什么鱼?他瞪大眼睛说:"海鱼嘛。"我笑了,我说我知道是海鱼,请问是"什、么、海、鱼"?对方的眼睛瞪得更大了,显得有些不耐烦。"大鱼吗?"我和朋友事后想起这一段对话,忍不住大笑。

海南人有全国最大的海域,有数不尽数的渔村,历史悠久的渔业。我后来才知道,他们关于鱼的词汇量应该说是最大的。真正的渔民,对几百种鱼以及鱼的每个部位以及鱼的各种状态,都有特定的语词,都有细致、准确的表达和描述,足可以编出一本厚厚的词典。但这些绝大部分无法进入普通话。即使是收集词条最多的《康熙字典》,四万多汉字也离这个海岛太遥远,把这里大量深切而丰富的感受排除在视野之外，排除在学士们御制的笔砚之外。当我同这里的人说起普通话时，当我迫使他们使用他们不太熟悉的语言时，他们就只可能用"海鱼"或"大鱼"来含糊。

我差一点嘲笑他们，差一点以为他们可怜地语言贫乏。我当然错了。对于我来说，他们并不是我见到的他们，并不是我在谈论的他们，他们嘲啾呕哑巩哩哇啦，很大程度上还隐匿在我无法进入的语言屏障之后，深藏在中文普通话无法照亮的暗夜里。他们接受了这种暗夜。

这使我想起了自己的家乡。我多年来一直学习普通话。我明白这是必要的，是我被邻居、同事、售货员、警察、官员接受的必需，是我与电视、报纸沟通的必需，是我进入现代的必需。我在菜市场买鱼的经历，只是使我突然震惊：我已经普通话化了。这同时意味着，我记忆中的故乡也普通话化了，正在一天天被异生的语言滤洗——它在这种滤洗之下，正在变成简单的"大鱼"和"海鱼"，简略而粗糙，在译语的沙漠里一点点干枯。

这并不是说故乡不可谈论。不，它还可以用普通话谈论，也可以用越语、粤语、闽语、藏语、维吾尔语以及各种外国语来谈论，但是用京胡拉出来的《命运交喷曲》还是《命运交响曲》吗？一只已经离开了土地的苹果，一只已经被蒸熟了腌制了的苹果，还算不算一只苹果？

方言当然不是唯一的语言障碍，地域性也不是语言的唯一属性。在地域性之外，语言起码还有时代性的维度。几天前，我与朋友交谈，感慨交通和通信手段的发达，使人类越来越强化了横的联系，越来越加速了文化更新的进程，在不久的将来。可能基本上铲除和融化文化的地域差别，倒是可能扩大和加剧时代差别。地球村的同代人吃着同样的食品，穿着同样的衣服，住着同样的房子，流行着同样的观念，甚至说着同样的语言，但即便到了那个时候，五十年代的人了解三十年代的人，二〇二〇年出生的人要了解二〇〇〇年出生的人，有可能就像现在湖南人要了解海南文化，中国人要了解英国文化一样困难。

事实上，这个过程已经开始。在同一种方言内，所谓"代沟"不仅表现在音乐、文学、服装、从业、政治等方面的观念上，也开始表现在语言上——要一个老子完全听懂儿子的词语，常常得出一把老力，已成为我们周围常见的事实。"三结合""豆豉票""老插""成分"……一批词汇迅速变成类似古语的东西，并没有沉淀于古籍，没有退出日常生活，仍然在某些特定的交际圈子里流通，就像方言在老乡圈子里流通一样。不是地域而是时代，不是空间而是时间，还在造就出各种新的语言群落。

这个问题还可以再往深里说。即使人们超越了地域和时代的障碍，是否就可以找到一种共同的语言呢？有一个语言教授做过一次试验，在课堂上说出一个词，比方"革命"，让学生们说出各自听到这个词时脑子里一闪而过的形象。答案竟然是多种多样的：有红旗，有领袖，有风暴，有父亲，有酒宴，有监狱，有政治课老师，有报纸，有菜市场，有手风琴……学生们用完全不同的个人生命体验，对"革命"这个词作出了完全不同的下意识诠释。当然，他们一旦进入公共的交流，就不得不服从权威的规范，比方服从一本大词典。这是个人对社会的妥协，是生命感受对文化传统的妥协。但是谁能肯定，那些在妥协中悄悄遗漏了的形象，一闪而过的感觉，不会在意识暗层里积累成可以随时爆发的语言篡改事件呢？谁能肯定，人们在寻找和运用一种广义普通话的时候，在克服各种语言障碍以求心灵沟通的时候，新的歧音、歧形、歧义、歧规现象不正在层出不穷呢？一个非普通化或者逆普通化的过程，不正在人们内心中同时推进呢？

从严格的意义上来说，所谓"共同的语言"永远是人类一个遥远的目标。如果我们不希望交流成为一种互相抵消和互相磨灭，我们就必须对交流保持警觉和抗拒，在妥协中守护自己某种顽强的表达——这正是一种良性交流的前提。这就意味着，人们在说话的时候，如果可能的话，每个人都需要一本自己特有的词典。

词是有生命的东西。它们密密繁殖，频频蜕变，聚散无常，沉浮不定，有迁移和婚合，有疾病和遗传，有性格和情感，有兴旺有衰竭还有死亡。它们在特定的事实情境里度过或长或短的生命。

一段时间以来，我的笔记本里就捕捉和囚禁了这样一些词。我反复端详揣度，审讯和调查，力图像一个侦探，发现隐藏在这些词后面的故事，于是就有了这一本书。

这当然只是我个人的一部词典，对于他人来说不具有任何规范意义。这只是语言学教授试验课里各种各样答案中的一种，人们一旦下课就可以把它忘记。

一九九五年十二月

附录

文学有副多疑的面孔

——在国际华语纽曼文学奖授奖晚宴上的致辞

各位女士、各位先生：晚上好！

我非常荣幸地站在这里，接受各位评委的鼓励，领取第二届国际纽曼华语文学奖。我知道，有资格获此殊荣的作家远不止我一个，因此这个奖意外地降临于我，与其说是对我的肯定，不如说更代表该奖的资助者、组织者以及全球众多读者朋友对华语文学的关注与支持。谢谢你们！

很抱歉，我在这里只能用汉语来表达感激——尽管我希望自己有一天也能用法语、日语、俄语、西班牙语、阿拉伯语等其他语言来自由地表达自己和结交各位朋友。但这当然是太难了。全世界五千多种语言使任何一位语言天才都只能望洋兴叹。

其实，任何人甚至也无法穷尽自己的母语。英语单词量据说已近五十万，而且每年还在增加数千新词。《康熙字典》里收集了四万七千汉字，由这些字所组合的词更是变化多端无穷无尽。我们哪怕在大学读上一辈子甚至三辈子，其实都只能熟悉母语的很少一部分。

　　更为重要的是，在人类复杂丰富的生存实践中，每一种语言既是公共性的，又是非公共性的，以至不少常用词在具体语境那里总是歧义丛生。一个小毛孩与一个成年人对"结婚"缺乏共同的体验，不可能有共同的词义理解。同样道理，分别住在寒带和热带的居民对"太阳"一词会有相同的感受？终身定居者与频繁迁居者对"家乡"一词会有相同的联想？当下全球化的现实，是富人在无国界地发财，穷人在有国界地打工；全世界的富人富得几乎一个样，全世界的穷人穷得很不一样——那么我们所说的"全球化"是哪一些人生故事？这种五花八门的复数"全球化"能否借助一本词典而获得统一的定义？

　　十多年前，我正是在中国南方的一个村庄开始这类困惑，从而获得了写作《马桥词典》的最初动力。语言是生活之门。一张张门后面的"马桥"是一片无限纵深，需要我们小心地冒险深入。今天，由千万个"马桥"所组成的中国故事构成了争议不休的难题，现有的各种理论似乎都不足以描述这个巨大而莫名的现实，不足以诊断它不可思议的重重困局和勃勃生机。在这种情况下，我们是应该删除这种现实，还是应该对我们既有语言——以及各种语言产品——的局限性保持更多警惕？

　　这本获奖的小书当然不是真正的"词典"——虽然很多书店职员曾把它误列在工具书柜，甚至以为"马桥"是与"牛津"有意对偶和比拼的品牌。这本书只是一本小说，并不许诺永恒和普适的权威解释，无意冒充理论、史学、工具书。像其他文学作品，它对生活中各种现场、细节、差异、个别、另类、模糊性的守护，也许只是重申怀疑的权利，让人们的定见向真相的更多可能性开放。

　　从这个意义来说，文学总是有一副多疑的面孔，或者说文学总是以非公共性方式来再造公共性,一再用新的粉碎以促成新的聚合,用新的茫然以引导新的明晰。这个过程大概永远难以完结——因此这也是我们不管多少次听到"文学将要灭亡"的预告,其实用不着过于担心文学的理由之一。

谢谢!

二〇一一年二月
于美国俄亥拉荷马州立大学

○ 最初发表于二〇一一年上海《文汇报》。

图书在版编目（ＣＩＰ）数据

马桥词典 / 韩少功著. -- 上海：上海文艺出版社, 2025. -- （韩少功作品系列）. -- ISBN 978-7-5321-8399-9

Ⅰ. I247.5

中国国家版本馆CIP数据核字第2025BY2289号

责任编辑：丁元昌　江　晔
装帧设计：付诗意

书　　名：马桥词典
作　　者：韩少功
出　　版：上海世纪出版集团　上海文艺出版社
地　　址：上海市闵行区号景路159弄A座2楼　201101
发　　行：上海文艺出版社发行中心
　　　　　上海市闵行区号景路159弄A座2楼206室　201101　www.ewen.co
印　　刷：浙江中恒世纪印务有限公司
开　　本：1240×890　1/32
印　　张：12
插　　页：5
字　　数：290,000
印　　次：2025年5月第1版　2025年5月第1次印刷
ＩＳＢＮ：978-7-5321-8399-9/I.6629
定　　价：75.00元
告　读　者：如发现本书有质量问题请与印刷厂质量科联系　T：021-59404766